U0525221

本书为国家社科基金项目"文学空间批评研究"
（17BZW057）最终成果

文学空间批评

方英 著

中国社会科学出版社

图书在版编目（CIP）数据

文学空间批评／方英著. -- 北京：中国社会科学出版社，2024.12. -- ISBN 978-7-5227-4566-4

Ⅰ.I06

中国国家版本馆 CIP 数据核字第 2024VL7014 号

出 版 人	赵剑英
责任编辑	张　玥
责任校对	牛　玺
责任印制	戴　宽

出　　版	中国社会科学出版社
社　　址	北京鼓楼西大街甲 158 号
邮　　编	100720
网　　址	http://www.csspw.cn
发 行 部	010-84083685
门 市 部	010-84029450
经　　销	新华书店及其他书店

印　　刷	北京明恒达印务有限公司
装　　订	廊坊市广阳区广增装订厂
版　　次	2024 年 12 月第 1 版
印　　次	2024 年 12 月第 1 次印刷

开　　本	710×1000　1/16
印　　张	22
插　　页	2
字　　数	326 千字
定　　价	119.00 元

凡购买中国社会科学出版社图书，如有质量问题请与本社营销中心联系调换
电话：010-84083683
版权所有　侵权必究

献给导师胡亚敏先生

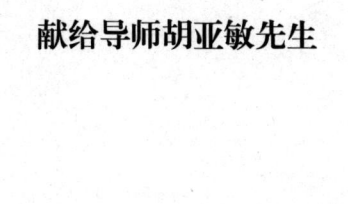

目　录

序
　——罗伯特·塔利(方英译) …………………………………（1）

绪论　空间批评的提出 ……………………………………（1）

第一章　文学空间研究 ……………………………………（33）
　第一节　文学绘图:空间研究与叙事学的重叠地带 ………（36）
　第二节　地理批评:文本与世界的多维互动 ………………（55）
　第三节　绘制空间性:空间叙事与空间批评 ………………（72）
　第四节　罗伯特·塔利的空间批评:开拓、引领与传承 ……（86）

第二章　空间类型 …………………………………………（104）
　第一节　物理、心理与社会空间 ……………………………（106）
　第二节　总体、政治与亲密空间 ……………………………（117）
　第三节　乡村空间与城市空间 ………………………………（128）
　第四节　另类空间:他性、边缘与过渡 ……………………（151）

第三章　空间与权力 ………………………………………（170）
　第一节　空间与权力理论概说 ………………………………（171）

· 1 ·

第二节　边界叙事:权力与空间的交缠 ………………（190）
第三节　权力的空间性:空间想象与空间表征 …………（206）
第四节　对立、跨越与重构:《到灯塔去》的性别与空间 ………（222）

第四章　空间与存在 ……………………………………（237）
第一节　空间与存在理论概说 ……………………（239）
第二节　空间与身体:《魔幻玩具铺》女主人公的身份建构 ……（255）
第三节　乔伊斯《尤利西斯》都市空间的现代性表征 …………（267）
第四节　卡夫卡《变形记》的伦理困境与空间书写 ……………（281）

结语　研究范式、问题域与其他 ……………………………（296）

参考文献 ……………………………………………（315）

后记 ……………………………………………………（336）

序

——罗伯特·塔利(方英译)

人文、社科领域的空间转向使文学研究的方法创新成为可能,这些方法又转而催生了文学和文化研究的新观点。虽然无法确定"转向"发生的确切日期,但大多数从事空间研究的人文学者都一致认为,在过去的三四十年里,空间、地方(place)和绘图(mapping)问题得到了越来越多的关注。这并不是说时间性或历史问题不再重要,只是它们现在被视为更大的时空框架的一部分,而空间性问题则应得到同样重视,获得至少同样多的研究和讨论。近年来,文学空间研究(spatial literary studies)取得了突破性成果,在文学理论和批评实践方面都获得了长足发展。既有对具体文本或作者的深刻阐释,也有对空间与文学表征关系的探讨;既有理论研究的新范式,也有对文化史的重新定位,不一而足。在此背景下,方英的《文学空间批评》出版或许会对中国和中国之外的文学空间研究产生持久的影响。

在我看来,方英教授已经成为当今中国(以及国际上)文学空间研究的重要学者,并在叙事学领域也有一定声誉。当然,这两个领域是相关的,我在后文会讨论。就我个人而言,我要感谢她翻译了我的一些著作,包括《空间性》(北京大学出版社2021年版)和即将出版的《处所意识》,以及许多空间研究的文章。此外,她多年来一直积极倡导文学研究的空间路径,鼓励和帮助其他学者,致力于教学和学生培养,组织并参与学术讨论,推动中国学术在国外的出版,同时自己也创作了大量优秀的学术论文。这些工作不仅很有价值，而且卓有成效。《文学空间批评》只是其中的一项成果，值得所有对当代文学和文化感兴趣者阅读。①

我有幸于2017年和2019年到中国做学术访问，并在过去几年里多次远程参加中国的学术会议或发表学术演讲。通过这些经历，我更多地了解到中国学者在文学地理、空间人文和其他空间研究领域取得的卓越成果。这些都要感谢方英的帮助和支持。我和她还共同编辑了——方英为第一编者，并承担了绝大部分工作——《文学空间研究在中国》（*Spatial Literary Studies in China*，2022）。该书精选了19篇论文，其中大部分已经用中文发表，现在则走向了所有懂英语的读者，能让世界上更多人了解中国学者的出色研究。我希望这本书能促进更多跨国界、跨语言的文化交流和学术交流。而方英的著述，包括《文学空间批评》中的许多章节，本身就是对世界文学与比较文学的重要贡献。我相信她的研究将为未来几年的学术互动开辟更多途径。

如前文所言，方英不仅在文学空间研究领域取得了杰出成果，而且是一位备受尊敬的叙事学研究者。文学空间研究与叙事学的重叠并非偶然。伟大的马克思主义理论家弗雷德里克·詹姆逊（Fredric Jameson）在其标志性著作《政治无意识：作为社会象征行为的叙事》（*The Political Unconscious: Narrative as a Socially Symbolic Act*，1981）中指出，叙事是"人类思想的核心功能或实例"。因此，叙事是人类理解世界并为世界赋形的手段。一方面，叙事是组织时间碎片或事件的方式，即将这些事件按特定顺序排列，以便读者将这些事件理解为在时间域的展开。另一方面，叙事也是各种空间组织形式，可以想象成情节、背景以及其他关系在空间域的分布。换言之，人类既是历史性存在，共时地生活在多种时间参照系中（一小时、一天、一年、一生、一个世纪、一个时代、一个地质时代，等等），同时也是空间性

---

① 这一段（以及其他地方）塔利对笔者和这本书的溢美之词体现了美国式夸奖的典型特点：对朋友的成果极尽赞美和鼓励，有些夸张，但很真诚。对此，笔者既惭愧又感动，请读者们不必太当真。

存在，占据着各种空间性整体（房间、建筑、社区、城市、省、国家、大陆，乃至整个地球或宇宙）。我们讲述的故事不可避免地既包括时间又包括空间，因此叙事是一种空时体验（a spatiotemporal experience）。对叙事的研究，即叙事学，也必须意识到空间表达和时间表达的特征既相互重合又迥然相异。

在我自己的著作中——如今方英或许比我本人更了解这些著作——我着重讨论了对文学绘图（literary cartography）的构想。这个概念指文学——很大程度上指叙事——创作和运作的方式，即文学被当作各种形式的比喻性地图。我曾提出，某种"制图紧要性"（cartographic imperative）位于人类存在的核心，因为在存在主义层面，我们发现自己处于某个特定的情境（既在时间中也在空间中），此情境涉及其他地点和最终被理解为整体的由相互关系构成的更大的时空体，并且我们始终在努力理解我们自己的地点与其他地点之间的关系，无论我们是否意识到这些。叙事是一种重要手段，我们据此来"绘制"（map）我们的世界和我们在其中的位置。因此，作为对叙事分析感兴趣的文学批评者，方和我这样的学者会坚持一种针对文学绘图的阅读方法（或者更准确地说，一个装满了可能的方法的工具箱）。继法国文学评论家贝尔唐·韦斯特法尔（Bertrand Westphal）之后，我将这种方法称为"地理批评"（geocriticism），但也与他的具体思想有所不同。当然，这不是阅读文学空间性的唯一方法，但它提供了一种面向空间的文学批评的方法，能使我们注意到文学生产和传播中涉及的制图实践。方英的著作虽然未必要贴上地理批评的标签，却毫无疑问是对这项工程的重大贡献。

英国小说家 D. H. 劳伦斯在其《美国古典文学研究》（*Studies in Classic American Literature*, 1923）中讨论了"地方精神"（The Spirit of Place）。其观点在于，一个特定民族的文学和文化产品，恰如其经济或农业产品，可以说是源于他们可能的地理条件。劳伦斯说："每个洲，都有属于自己的伟大的地方精神。每个民族都在某个特定地区——家，或家园——形成自己的特性。地球表面的不同地方有着不同的生命流动，不同的振动，不同化学物质的释放，拥有不同星空的不同极区：随你怎么称呼它。但地方精神是一个伟大的现实。"地方精神与空间观念密不可分。查尔斯·奥尔森（Charles Olson）在《叫我以实玛利》（*Call Me Ishmael*, 1947）一书的开头谈到了他认为对生活在美国的人来说独一无二的背景："我认为空间（SPACE）是出生在美国的人的核心事实……我把它拼成大写的是因为它的确很大。无比辽阔，冷漠无情。"但有人可能会说，其他国家和地区的人们也以这样或那样的方式经验了空间的绝对规模，且此类空间经验也是人类经验的核心，这又使得空间经验成为文学表征的核心。

然而，就传统而言，空间大多数时候都不是现代文学研究的中心，只是近年来，由于所谓的"空间转向"，它在文学和文化研究中重新受到重视。后现代主义话语尤其强调空间、地理和绘图的重要性，因为动荡的后现代状况需要人们通过绘图不断为自身确定方向。认识到空间实践在多大程度上影响了这一时期的文学生产与消费，对这一时期的文学批评也可能有所裨益。叙事能为文本所描绘的空间绘制地图，为概念地理或想象地理赋形，此类地理能帮助个人和群体根据不断变化的社会空间来辨别方位。像所有小说一样，由作家创作的叙事地图的作用是以一种可识别的方式理解世界并赋予世界形式。批评则具有不同的功能。批评家与其说是理解世界，不如说是理解人们理解世界的方式。文学空间批评非常适合这一任务。

写作和阅读都允许对空间和空间实践的强调。一个关注文本内空间表征的批评框架也将探索实际的、物质的地理与文本中作者或人物的认知绘图的重叠之处。例如，韦斯特法尔认为，地理批评探索的是"真实地理"与"想象地理"之间的相互关系："地理批评所借鉴的理论洞见往往会缩小所指事物和表征之间的距离。其目的是探索我们曾经试图区分的两个维度——现实和虚构——的交叠区域。简言之，就是把图书馆带到世界中来。"因此，地理批评邀请我们考察文学绘图如何参与到所谓的"真实世界"的表征中。

传统上，文学批评的主导性范畴是时间而非空间，而时间性往往是小说和诗歌更为有趣的方面。弗兰克·克莫德（Frank Kermode）在《结尾的意义》（*The Sense of an Ending*, 1967）中指出了这种对时间的强调："人，就像诗人一样，在出生的时候，冲到'事物之间'；他们也会'在事物之间'死亡。为了理解自己的生命跨度，他们需要与起点和终点保持虚构的和谐，比如赋予生命和诗歌以意义。"对于克莫德来说，创作小说、理解世界并赋予世界形式的需要，来自我们"处于中间"的状态。克莫德在小说中发现了叙事的灵魂（小说既能组织时间，又能赋予形式）：时钟的滴答作响是情节的简单模式，其中无限而永恒的滴答作响的时间可以被重新组织并作人性化处理，使其具有独特的开端、中间和结尾。然而，通过将时间想象为滴答—暂停—滴答，我们观察到停顿；同样，在过渡性、沉默的空间中，生活在"中间"的我们可以创造一个具有明确开端和结尾的叙事，以理解我们自己的状况。

但我们的存在情境，包括其固有的焦虑，既是时间性的也是空间性的。我们居于其中的众多事物，既是时间坐标也是空间坐标。诗人或作家提供了对世界的理解并为其赋形，这些都围绕人、社群、民族、自然现象之间的空间关系展开。格奥尔格·卢卡奇（Georg Lukács）在《小说理论》（*The Theory of the Novel*）中亦有类似见解。他将哲学的任务称为创造一幅"原型地图"，该地图能重现古希腊的幸福图景，那时"星空是所有可能路径的地图……世界虽广阔，却犹如家园"。这是卢卡奇眼中的史诗时代；但在小说的时代，人们处于"超验的无家可归"（transcendental homelessness）状态，而小说的目标就是创造一幅地图，为自己和他人确定方位。就像虚构的滴答声创造了情节，令我们在时间中的存在变得有意义，对我们的空间或地理状况的标绘（plotting）——注意，"plot"这个词也指设计图（plan）、图表（chart）或地图（map）——为我们提供了理解自己所在世界的意义系统，令我们"在世"的同时依然"在家"（to be at-home-in-the-world）[①]，虽然只是

[①] 即，虽然被逐出乐园、抛入世界，却依然拥有家园，没有"出离家园"的焦虑。具体可参考塔利著《空间性》第二章《文学绘图》第四节"存在焦虑与地方感"。

暂时的。这正是叙事的功能之一：文学绘图（literary cartography）。

在《想象的地图：作为制图师的作家》（*Maps of the Imagination: The Writer as Cartographer*, 2004）一书中，彼得·图尔希（Peter Turchi）将所有写作都比作地图绘制（mapmaking），但他特别感兴趣的是作家绘制其世界的方式。"要一幅地图就是说，'给我讲个故事'。"讲故事确实是一种绘图方式，是在空间中以可理解的方式为自己和读者确定方位。动词"orient"的比喻用法曾经指"转向东方"，这本身就是写作和绘图（mapping）之间相互作用的例证，虽然局限于中世纪和欧洲中心主义的视角。正如制图者一样，讲故事者选定要表征的空间，选择要纳入的元素，绘制比例，诸如此类。在创作叙事的过程中，作家制作了一幅地图，将读者与叙事所形成的整体联系起来。从某种意义上说，所有叙事都是某种类型的绘图。

如果作家是制图者，那么制图者也是作家。在《地理批评指南》（*La géocritique mode d'emploi*, 2000）中，韦斯特法尔强调了写作和地理的相互关系，用"地理批评"一词来指称各种涉及文学空间的批评实践，无论是真实的还是想象的空间。正如韦斯特法尔所说，文学空间归根结底是一个真实的、物质的、地理的、用语言想象和表征的场域。地理批评的使命是在地理和文学的交汇处解释这种空间想象的表现。地理是一种写作形式，其后缀"-graph"表明了这一点。它作用于（写作的）同一空间话语的不同模式，（与写作的）最大的区别在于地理学家的书写对象被认为是真实的，而作家的书写对象是虚构的或发挥着虚构功能。地理学也是一门空间"话语"（discourse）。通过其思想和语言，地理学在描述和区分空间的同时创造或发明了空间。它是理解人类宇宙的一种方式，是通过语言侵占世界的一种方式。

关于叙事的地理批评路径不完全等同于辨认出叙事在哪些方面是根本性绘图活动，但承认叙事和空间分析重叠的方式在任何情况下都是有意义的。

这样的批评，就像作为它批评对象的文学一样，可能是变革性的，能帮助人们以不同的方式看待和体验世界。小说对世界的表征，即我所说的文学绘图，对作家和读者来说，也具有改变世界的效果。地图不仅帮助我们理解它声称表征的空间，并帮助我们在其中巡航，而且还积极地使空间成为其意义所在（正如绘图实践的评论者很快指出的那样）。这是因为这些表征和对它们的解释在"现实世界"中具有持久的意义，不论这样的"现实世界"多么具有想象的意味。文学空间批评为我们提供了动态的、多效价的方法来解读这些文学地图，将它们置于各种相关语境中，推测它们的潜在发展，并想象未来地图绘制和地图阅读的新方法。

方英的《文学空间批评》既讨论了这些方法，也为这些方法提供了模本。因此，这是一本极其重要的书。该书考察了最复杂、最前沿的空间理论，同时也密切关注比较文学学科的具体实践，包括仔细阅读弗朗茨·卡夫卡、詹姆斯·乔伊斯、弗吉尼亚·伍尔夫、安吉拉·卡特、乔治·奥威尔、阿兰·罗布—格里耶、约翰·福尔斯、埃德加·爱伦·坡、刘慈欣、郝景芳等人的具体文本。此外，还对与空间性和叙事相关的当代文学理论和实践做出了令人惊叹的综合概述。《文学空间批评》是对文学理论和批评的重要贡献，我相信各个层次的学者都会想要阅读此书。我也相信该书会激励其他人继续这类研究，将其带向以前无法预见、目前无法想象的方向，因为在这个全球化时代，越来越多的学者和学生开创了看待叙事、批评和世界的新方式。同时，正如方和我都坚持的，这也是地图的目的：地图不仅帮助我们定位我们所在的地方，而且帮助我们去往其他地方，这往往意味着发现地图上没有的地方，而这也是文学的目的。

2023 年 3 月

绪论　空间批评的提出

A Fold of Time[①]
I meet you
In a fold of time
In the blank space
We happen to
Carve out

It folds
And unfolds
In repetition
And
Differences

It explodes
And expands
With gaining impetus
The restless drives
Of being and becoming

[①] 本书中的诗歌，皆为笔者原创，乃笔者关于空间的思考和经验。

> Here
> We can chart
> And project
> A growing universe
> Of possibilities

人文、社科领域的"空间转向"(spatial turn)带来了新的知识范式、研究范式和研究领域,也为文学研究提供了新的层出不穷的空间理论资源,促进了文学与其他学科的对话、融合与互相借鉴,也推动了空间研究在文学领域的蓬勃发展。也可以说,自从 20 世纪末、21 世纪初以来,逐渐形成了文学研究的"空间转向",空间、地方、绘图(mapping)等问题占据了文学和文化研究的前沿[①],并逐渐形成了一种"文学空间研究"(spatial literary studies),此研究逐渐发展为文学研究的热点。文学空间批评是文学空间转向的重要维度,也是文学空间研究的重要组成部分。

菲利浦·E. 魏格纳(Phillip E. Wegner)在《空间批评:批评的地理、空间、场所与文本性》中指出,"在最近的 25 年中,正在出现的多学科把中心放到了空间场所和文化地理学的研究上",并罗列了一长串堪称"空间批评家"的学者,他们中既有哲学家、历史学家、地理学家、人类学家和建筑师,也有社会理论家和文学、文化批评家。[②] 在魏格纳看来,文学空间批评主张挑战启蒙时期和笛卡尔主义的空间观,是上述学者的各种空间研究以及"对空间的生产的新关注,从不同角度进入了文学研究中"。[③] 而这些改变了文学和文化研

[①] 参阅 Robert T. Tally Jr. , "Introduction: The Reassertion of Space in Literary Studies", in *Routledge Handbook of Literature and Space*, ed. Robert T. Tally Jr. , London: Routledge, 2017, p. 1; 或 Robert T. Tally Jr. , "Introduction: The Map and the Guide", in *Teaching Space, Place and Literature*, ed. Robert T. Tally Jr. , London and New York: Routledge, 2018, p. 2。

[②] [美] 菲利普·E. 魏格纳:《空间批评:地理、空间、地点和文本性批评》,载 [英] 朱利安·沃尔费雷斯编著《21 世纪批评述介》,张琼、张冲译,南京大学出版社 2009 年版,第 243 页。

[③] [美] 菲利普·E. 魏格纳:《空间批评:地理、空间、地点和文本性批评》,第 244 页。

绪论　空间批评的提出

究：一方面，令人们更加关注文本中的空间再现，"并注意到，对空间问题的关注能改变我们对文学历史的思考"；另一方面，"对文学经典的构成提出了进一步的质疑"。①魏格纳通过对列斐伏尔（Henri Lefebvre）、福柯（Michel Foucault）、詹姆逊（Fredric Jameson）和萨义德（Edward Said）等人的空间理论与空间批评的分析，以及对约瑟夫·康拉德（Joseph Conrad）《吉姆爷》（*Lord Jim*）展开的空间批评实践，向读者展示了空间批评的巨大魅力、潜力和必要性。与之形成呼应的是，陆扬也曾指出，"空间的分析势必成为人文学科的一种基础方法，从而，成为文学批评的一种基础方法"②。陆扬还呼吁要为"空间批评"正式命名："空间批评（Spatial Criticism）还不是一个约定俗成的术语，但是我们在这里给它命名，希望空间批评有了名称，也就能够开启自己的光明学科前景。"③在陆扬看来，广义的空间批评不仅限于文学批评，而且包括亨利·列斐伏尔的《空间的生产》（*The Production of Space*）、戴维·哈维（David Harvey）的"空间修整"（spatial fix）等社会批判（与魏格纳观点一致），而爱德华·萨义德的《东方主义》（*Orientalism*）则被视为文学空间批评的"发轫之作"，其"开辟了一个方兴未艾的空间批评新领域"④。

要讨论空间转向、文学空间研究、空间理论、空间批评等话题，必然离不开对"空间意义"的思考和界定。持怎样的空间观很大程度上决定了如何看待"空间研究"，以及空间研究的方法、视域、特征等问题。因此，本书将从空间的意义切入，再考察"文学空间研究"的兴起、发展、特征、范围、主要理论与方法，然后详细讨论"文学空间批评"的理论建构和文本批评实践，最后尝试着总结文学空间批评的研究范式、问题域等问题。

---

① ［美］菲利普·E. 魏格纳：《空间批评：地理、空间、地点和文本性批评》，第251—252页。
② 陆扬：《空间批评的谱系》，《文艺争鸣》2016年第5期。
③ 陆扬：《空间批评的谱系》，《文艺争鸣》2016年第5期。
④ 陆扬：《"想象地理学"的发轫——赛义德〈东方主义〉开辟的空间批评》，《南国学术》2021年第11卷第1期。

绪论部分将梳理西方空间意义的大致发展脉络，辨析空间批评发生的理论语境，并大致勾勒本书的主要观点和各部分内容。

一 西方空间意义的演变[①]

纵观西方历史，空间的意义发生了巨大变化。不同时期，哲学界的空间研究具有不同特点，空间的意义在不同维度得到拓展，呈现出不同的内在发展逻辑。从空间意义的发展历史来看，古希腊、近代、20世纪是三个重要阶段，每个阶段内部具有相对统一的特点和相对一致的发展趋势。在这三个阶段之间是不同空间观之间的过渡。

（一）古希腊空间概念与意义

古希腊哲学关注本体论问题，因而，关于"空间是什么"的思考成为古希腊哲学的重要内容。这个阶段的哲学家在对宇宙、虚空、处所等问题的思考中探讨着空间的意义。这些探讨始终贯穿着空间是存在还是非存在、是实体还是属性、有限还是无限等问题的争论。在争论中，空间被看作虚空、非存在、容器、处所、间隔、"接受器"（柏拉图语），等等。

古希腊空间概念的发展始于对宇宙的思考。在这些思考中，与空间相关的问题有：宇宙有形还是无形，有限还是无限，有序还是无序，与虚空、处所的关系，等等。在这些争论中，宇宙逐渐被认定为和谐有序的有机体系。亚里士多德的"有限宇宙"是这个时期宇宙观与空间观的代表。但到古希腊晚期，尤其是新柏拉图学派那里，有限宇宙（finite cosmos）逐渐被无限宇宙（infinite universe）所取代。[②]

"虚空"（kenon, void）与"处所"（topos, place）[③]是古希腊时

[①] 这一节根据两篇已发表的文章修改而成，参见方英《理解空间：文学空间叙事研究的前提》，《湘潭大学学报》（哲学与社会科学版）2013年第2期（该文被人大复印资料《文艺理论研究》2013年第11期全文转载）；方英《西方空间意义的发展脉络》，《江西社会科学》2014年第2期。

[②] Edward S. Casey, *The Fate of Place: A Philosophical History*, Berkeley: University of California Press, 1997, pp. 75 – 103.

[③] 这里的 kenon, topos 和后文将讨论的 chora 都是拉丁文，对应着相同意思的希腊文。

期讨论的主要空间概念，并已成为西方哲学的两大空间范畴。虚空是原子论者的重要概念，并得到了毕达哥拉斯学派、爱利亚学派、直至新柏拉图学派等许多学派的深入讨论。在这些讨论中，有人（如巴门尼德）否定虚空的存在，将其视为非存在（not-Being）[1]；有人（如毕达哥拉斯学派）将虚空当成气体，是从宇宙之外的无限气体中吸入到宇宙（heaven）中的[2]；有人（如原子论者）证明虚空是实在的，犹如容器，是"物体移动的场所"，而在这容器或场所中运动的正是构成所有事物的本质——原子。[3] 在亚里士多德之前，虚空已成为重要的空间概念，而亚氏则将处所（topos）置于重要地位，"第一次明确地把处所作为自然哲学的基本概念之一加以探究"。[4] 亚氏认为某物体的处所既不是构成该物体的质料，也不是该物体的形式，而是"所容纳物的最为临近的不可动的边界"[5]，因此，可动的河水只是船的容器，而不动的整条河才是船的处所。亚氏的定义揭示了处所的如下特征：是界面，包围物体，属于物体，可与物体分离，静止不动。亚氏的空间观在当时占据统治地位，其主导性一直持续到中世纪；直到文艺复兴时期，空间才被重新视为三维的无限虚空。[6] 不过，在新柏拉图学派那里，亚氏的空间观已经遭到质疑和挑战。该学派的菲罗波努认为，处所是某种"间隔"或"空隙"，是无形的，是纯维度，与虚空同一。[7] 对他而言，处所的本质不是物体，而是"间隔"或"广延"（diastema, extension）。[8] 该学派的辛普里丘还提出，除了物体的具体处所，还有整个宇宙的整体处所（the whole place）——所有具体处所

---

[1] William Guthrie, *A History of Greek Philosophy*, Vol. 2, Cambridge: Cambridge University Press, 1965, p. 31.

[2] Aristotle, *Physics*, 214a20 – 25, in *Great Books of the Western World*, Vol. 8, ed. Robert Maynard Hutchins, Chicago: Encyclopedia Britannica, 1952, p. 293.

[3] [美] 撒穆尔·伊诺克·斯通普夫、[美] 詹姆斯·菲泽：《西方哲学史》（第七版），丁三东等译，中华书局2005年版，第34—36页。

[4] 吴国盛：《希腊空间概念》，中国人民大学出版社2010年版，第36页。

[5] Aristotle, *Physics*, 212a20, p. 291.

[6] Max Jammer, *Concepts of Space*, MA: Harvard University Press, 1954, pp. 83 – 92.

[7] Max Jammer, *Concepts of Space*, MA: Harvard University Press, 1954, p. 54.

[8] Edwards. Casey, *The Fate of Place*, p. 94.

都是这一整体处所的部分。① 可见，新柏拉图学派的处所分明具备了"广延"的含义，而且提出了具有背景作用的整体处所，这些为统一的空间概念的产生做好了准备。

除了 kenon 和 topos，chora 也是一个十分重要的术语。学术界一般认为 chora 可以英译为 space。② 柏拉图在论述空间问题时，使用了 chora 这个词。他在《蒂迈欧篇》中提出，在"永恒的范本和它们在变化世界中的复本之外"还应添加一个"第三要素"，这个要素有时被称为"物质""接受器"③，有时被称为"空间"（chora）④。在柏拉图的论述中，chora 被赋予物质性和容纳性，且与"虚空""处所"在概念上有所重叠。而不少哲学史家、科学史家都认为 chora 还含有"广延"的意味。⑤ 这表明，古希腊时期的空间意义虽处于极大的混乱之中，但作为人类基本空间经验的虚空、处所、广延概念，都已蕴含在哲学家的讨论中。及至新柏拉图学派，融合三种空间经验的空间概念 space 开始出现。⑥

由上可见，关于"空间"，古希腊时期主要探究了"虚空"和"处所"这两个概念，并已触及笛卡尔提出的"广延"含义。虚空、处所和广延这三个概念涵盖了空间的基本内涵：容纳性、范围性、方位性、参照性、秩序、层级、关系、三维等。这些基本内涵渗透在所有空间中，也贯穿于整个空间概念发展史。这些是我们把握空间和理解诸多空间问题的起点和基础。

（二）近代空间概念与意义

如前文所述，古希腊晚期，已出现融合三种空间经验的概念

---

① Edward S. Casey, *The Fate of Place*, p. 99.
② 如，吴国盛在《希腊空间概念》指出，萨姆波斯基相信希腊时代除了有 place，还有表示 space 的词，他虽未明说为何词，但吴国盛认为是 chora（第 35 页）；Casey 在 *The Fate of Place* 中将古代原子论者的术语 somata kai chora 翻译成 bodies and space, p. 80;《西方大观念》关于空间的讨论中，也将柏拉图使用的 chora 译为"空间"（第 1480 页）。
③ 英文为 receptacle，含有"容器"的意思。
④ 陈嘉映等译：《西方大观念》，华夏出版社 2008 年版，第 1480 页。
⑤ 吴国盛：《希腊空间概念》，第 35 页。
⑥ Edward S. Casey, *The Fate of Place*, pp. 79 – 102.

space。及至中世纪和文艺复兴时期，关于世界是否是运动的、上帝能否创造并占据一个足以超越宇宙（cosmos）的空间的争论，最终导致对上帝无限力量的承认，"无限空间"（infinite space）的地位得到确认并不断上升。[1] 这个时期的空间观成为向近代空间观的重要过渡。

近代空间观的形成和确立主要由哥白尼、笛卡尔、牛顿、康德等人完成，主要有以下两个特点：

第一，背景化、几何化；空间被视为绝对的、永恒的、静止的。空间的背景化、几何化过程伴随着近代哲学、物理学、神学研究的发展。近代的机械自然观和物理学对宇宙无限性的探讨、笛卡尔提出的广延与坐标系概念、牛顿提出的绝对空间、神学对上帝力量和存在之无限性的论断，导致空间被视为绝对的、无限的、永恒的、静止的。[2] 空间成为静止的容器、背景和框架，为所有物体提供唯一的参照系。所有物体都在一个无限的、可以脱离物体而独立存在的绝对空间中，占据着绝对空间的一个部分，而这个绝对空间则被想象成纯几何的广延，"可度量、三维、连续、均匀各向同性"[3]。这种背景化、几何化的空间观长期主导着西方哲学，直至19世纪晚期才有所突破，至20世纪后半期才有了明显的改观与逆转。

第二，受认识论哲学的影响，将空间视为人认识和把握的对象。在认识论哲学的框架下，空间成为与人的主体性相分离、相对立的客体。这种主客二分的框架，以及伴随着认识论哲学的形而上学的影响，既促进了近代空间意义的发展，也束缚着人们对空间概念的理解。因而，近代对空间的研究始终限于主体与客体、实体与虚空、精神与物质、绝对与相对等问题的二元分裂，且越来越"抽象化、同质化、简约化、平面化、空洞化"[4]。

---

[1] Edward S. Casey, *The Fate of Place*, pp. 103–132.
[2] Edward S. Casey, *The Fate of Place*, pp. 76–77, pp. 133–136.
[3] 吴国盛：《希腊空间概念》，第4页。
[4] 谢纳：《空间生产与文化表征：空间转向与当代文艺理论建构》，载王宁主编《文学理论前沿》（第七辑），北京大学出版社2010年版，第77页。

受认识论哲学的影响，近代空间研究主要沿着理性主义与经验主义两种路径展开。

理性主义认为空间是一种先验的精神形式，将关于空间的哲学思考与人的理性认识联系在一起，以数学逻辑和理性思辨作为认识空间的基础。在理性主义的空间研究中，笛卡尔、莱布尼兹、牛顿和康德产生了重大影响，形成了近代空间意义发展的重要脉络。笛卡尔提出的"广延"概念不仅对应着人的一种基本空间经验，而且确定了空间的坐标系概念。在他看来，物质占据空间则为广延，物质是在长、宽、高上延展的实体，这是物质或物体的普遍本质；每个物体的广延与这个物体所占据的空间是一样的；广延既构成了物体的本质，也构成了空间的本质。[1] 如果说笛卡尔以广延界定空间，那么莱布尼茨则以关系界定空间，他对空间的理解代表着与实体论、属性论相抗衡的关系论。他的定义"空间是共存信息的秩序"（order of coexistence）[2] 暗示了空间由关系的秩序所建构。他认为空间是事物的相对位置，是观念性的、抽象关系的集合体，是连接众多处所（places）的网。[3] 牛顿区分了绝对空间和相对空间：绝对空间与外在事物无关，其本性始终保持相似与静止；相对空间则是绝对空间的可动维度或对绝对空间的测量；绝对空间是人们生活中使用的各种相对空间的唯一背景和参照。[4] 如果说牛顿的绝对空间是外在于人的无限空间，康德则将空间的无限性内化为主体的纯粹直观。他认为，作为"外感官"的空间与作为"内感官"的时间先验地存在于人的心中，是人获得外部经验的表象，也就是说，"空间被表象为一个无限的被给予的大小"。[5] 在黑格尔那里，理性主义对空间的

---

[1] 参见陈嘉映等译《西方大观念》，第1481—1482页。
[2] Max Jammer, *Concepts of Space*, p. 4.
[3] Edward S. Casey, *The Fate of Place*, pp. 168 – 71; Stephen C. Levinson, *Space in Language and Cognition：Explorations in Cognitive Diversity*, 世界图书出版社2008年版，第8页。
[4] Jammer, *Concepts of Space*, p. 97; 参见陈嘉映等译《西方大观念》，第1483页。
[5] ［德］伊曼努尔·康德：《纯粹理性批判》（第2版），李秋零译，中国人民大学出版社2004年版，第48页；［英］罗素：《西方哲学史》（下卷），马元德译，商务印书馆1976年版，第256—261页。

思辨达到了最精致的程度，此后，空间研究开始厌恶并远离形而上学。

经验主义强调事物的客观性和人的感性经验，认为空间是客观存在的物理事实，可以通过经验、科学的方法加以认识。因此，经验主义的空间研究以人的知觉和认知为基础，形成了不同于理性主义的感觉空间论。洛克、柏克莱、休谟是经验主义的代表人物，而柏克莱的《视觉新论》则是这一流派空间研究的代表作。柏克莱将空间研究与人的身体器官相联系，从视觉和触觉入手，对空间知觉进行了系统研究。他用经验和联想来解释空间知觉，讨论了距离、体积、位置的视觉知觉，并证实了人的视觉与触觉、听觉等其他知觉存在绝对差异。[①]

经验主义的空间研究开启了从形而上学思辨到实证性研究的转变，影响了 19 世纪后半期兴起的空间研究的心理学路径。但就整个近代空间观而言，经验主义空间观的地位并不高，占主导地位的是背景化、几何化的理性主义空间观。然而，也恰恰是这种空间观，无法统一也无力解释现代社会中人们全新的空间体验，更无法分析和解决现代社会中种种空间问题与矛盾，因而遭致理论家的质疑和批判。19 世纪中期以后，对空间的研究受到人类学、心理学等学科和实证主义等新方法的影响，开始远离形而上学。

（三）20 世纪空间意义的变化

20 世纪，空间与时间成为哲学、美学、物理学、政治学等学科的核心概念。20 世纪上半期"多数学科聚焦于时间性范畴"，而下半期"哲学社会科学出现了整体性的'空间转向'"[②]。因而，20 世纪的空间研究可分为上半期和下半期。这两个时期的空间研究既呈现出迥异的特征，又具有内在的连贯性和较为一致的发展趋势。

20 世纪上半期的哲学重视时间，忽视甚至贬低空间，空间曾一度淡出哲学舞台。20 世纪初期的柏格森便是这种思想的代表。他认为时间是精神性的、连续性的、真实的，空间是物质性的、分离性的、非

---

① 参见［英］柏克莱《视觉新论》，关文运译，商务印书馆1957年版，第18—20页。
② 冯雷：《理解空间：现代空间观念的批判与重构》，中央编译出版社2008年版，导言第1页。

实在的；时间意味着意识、自由、生命和绵延，是对肉体和物质的超越，空间意味着物质、肉体和对自由的限制，因此，意识优于身体，时间优于空间。①柏格森对空间的贬低影响了半个世纪之久，直到"空间转向"出现，这种思想才遭到明确的批判。当然，从总体趋势而言，这种以时间遮蔽空间的倾向逐渐有所改观。其中梅洛－庞蒂和巴什拉对空间的现象学研究赋予空间以不可忽视的地位，而一向重视时间的海德格尔，后期也开始关注空间问题。他研究了此在如何界定位置，居住如何与建筑空间互为目的和手段，以及存在与栖居的空间性等问题。②

20世纪下半期的空间研究与上半期形成了鲜明的对照。这个阶段批判"线性时间观"与"历史决定论"，强调空间，到六七十年代，出现了"空间转向"。这个阶段关于空间的研究流派纷呈，著述甚丰，无法一一赘述。概括来说，主要在以下两个方面与前半期呈现出截然不同的特点。

第一，空间的凸显。"空间转向"之后，空间得到了极大的强调和重视。"空间转向"本身就是对19世纪以来哲学界忽视空间、重视时间之传统的反抗。正如福柯指出的："当今的时代或许应是空间的纪元……我确信，我们处在这么一刻，其中由时间发展出来的世界经验，远少于联系着不同点与点之间的混乱网络所形成的世界经验。"③詹姆逊也指出，"在日常生活里，我们的心理经验及文化语言都已经让空间的范畴、而非时间的范畴支配着"④。他认为，在后现代社会中，空间具有主题上的优先性，空间不再需要用时间来表达，时间变成了空间。⑤在众多理论家那里，空间被纳入各种理论重构，被推至思想知识领域的前沿。列斐伏尔的"空间生产"、福柯的"另类空

---

① 参见［英］罗素《西方哲学史》（下卷），第350—351页；冯雷《理解空间》，第34—38页。
② 童强：《空间哲学》，北京大学出版社2011年版，第68—80页。
③ 参见［法］米歇尔·福柯《不同空间的正文与上下文》，载包亚明主编《后现代性与地理学的政治》，上海教育出版社2001年版，第18页。
④ ［美］詹明信：《晚期资本主义的文化逻辑》，张旭东编，陈清侨等译，生活·读书·新知三联书店1997年版，第450页。
⑤ 参见［美］弗雷德里克·詹姆逊《文化转向》，胡亚敏等译，中国社会科学出版社2000年版，第61—71页。

间"、布尔迪厄的"空间区隔"、吉登斯的"时空分延"、德波的"景观社会"、哈维的"时空压缩"、卡斯特尔的"流动空间"、索亚的"第三空间"等诸多理论，均从不同角度思考并阐释着空间问题。空间已成为理解、分析和批判当代社会最重要的维度。

第二，出现了全新的空间形式与空间经验。首先是全球化空间。正如哈维指出的，"近二十年来，'全球化'已经成为我们思考世界如何运行的关键词"。[①] 当资本主义地理重组的全球化过程发展到20世纪后半期，经济、政治、信息技术的发展促成了全球化空间这一新空间形式的出现。一方面，各个国家和地区的经济和政治都已形成高度互相渗透、互相依赖的格局，因此建构起一个共同的空间。另一方面，由于现代通信技术的发达，信息的传递和资金的周转可以瞬间完成，人类似乎生活在一个共时的空间——全球化空间。其次是超空间（hyperspace）。数学家用超空间这个概念指三维以上的空间。城市理论家凯文·林奇（Kevin Lynch）曾用该词描述现代都市中"缺乏空间可读性的混乱景象"。[②] 鲍德里亚则通过对类像的分析，指出了城市空间的超空间特性。他认为类像与真实的界限已经消失，类像将取代真实，制造出"超现实"。在鲍德里亚看来，"超现实是一种以模型取代了真实的状态。"[③] 根据类像的概念，城市中模拟的环境变得比真实环境还要真实，城市空间变成了超现实和超空间。受鲍德里亚影响，詹姆逊用超空间概念来描述后现代主义空间。詹姆逊认为，后现代超空间作为空间的模拟，犹如"失却中心的迷宫"，令人体无法在空间布局中为自身定位，无法以感官系统组织周围的一切，从而引起人的空间迷失感。[④] 还有一些新的空间形式，如赛博空间、"流动空间"等，既因无法一一赘述，又因这些空间与全球化空间、超空间有颇多交集与重叠，因此略过。

[①] [英]大卫·哈维：《希望的空间》，胡大平译，南京大学出版社2006年版，第52页。
[②] 冯雷：《理解空间》，第13页。
[③] [美]道格拉斯·凯尔纳、[美]斯蒂文·贝斯特：《后现代理论：批判性的质疑》，张志斌译，中央编译出版社2012年版，第133页。
[④] 参见[美]詹明信《晚期资本主义的文化逻辑》，第497页。

20世纪空间意义的发展虽有明显的分期，但又有较为一致的趋势，且这种趋势在下半期表现得尤为明显和集中：远离背景化、几何化、形而上学的空间概念，对近代空间观展开反思、质疑和批判。这一趋势主要表现为以下几点：

第一，对形而上学展开清算，对空间的研究不再困于抽象思辨的窠臼。首先，越来越受到心理学、人类学、社会学、实证研究等多种学科和方法的影响，越来越强调空间的身体、心理、社会、文化、生活等层面。关于这一点，后文将在对空间多维意义的分析中详述。其次，越来越强调空间概念中 place 的具体性和独特性。早在胡塞尔，途经海德格尔，直至福柯、德鲁兹、德里达等哲学家，都赋予 place 以越来越重要的地位，强调 place 与身体、实践、主体经验、社会结构、道德秩序的关系。① 虽然随着全球化的推进，空间的同质化和"无地方"（placeless）导致 place 在一些社会学科的地位下降，但 place 始终是地理学尤其人文地理学的研究焦点之一，而且许多学科对此概念做出了理论整合，强调 place 作为具体地方（location）和场所（locale）所蕴含的价值、观念等特性，强调社会实践对 place 的建构性，强调其流动性、多样性、开放性与互动性。②

第二，对二元对立、本质主义的质疑和超越。20世纪以后，空间的不同维度得到了深入考察与研究，空间被赋予更为丰富和宽泛的意义。这些意义不再是本质主义的界定，或互相否定的对立，而是互为补充的多元；不再是主体与客体、理性与感性、物质与精神的割裂，而往往是辩证的统一。梅洛－庞蒂赋予身体以现象学的两义性，试图克服传统观念中身体的主客二分。在此基础上，他提出"知觉世界"以超越经验空间与理智空间的二元割裂。③ 列斐伏尔以马克思的辩证法为方法，以社会实践空间为落脚点，建构了历史—社会—空间三元

---

① Casey, *The Fate of Place*, part 4.
② John A. Agnew, David N. Livingstone (eds.), *Handbook of Geographical Knowledge*, London: Sage, 2011, chapter 23.
③ 参见［法］梅洛－庞蒂《知觉现象学》，姜志辉译，商务印书馆2005年版，第310—378页。

辩证法，并试图展示出一种超越二元论的"物理空间、精神空间和社会空间之间的理论统一性"。① 索亚在列斐伏尔三元辩证法的基础上，提出了"第三空间"。第三空间既包括空间的物质维度和精神维度，又超越这两种空间。通过"作为他者化的第三化策略"②、理论重构和新元素的不断注入，第三空间呈现出无限开放的局面，从而实现对传统空间观二元割裂的超越。

第三，正是由于对空间的研究渗透到多学科、多领域、多层面，空间的意义变得丰富、多维、复杂、流动。"有多少种不同的尺度、方法与文化，就有多少种空间以及在空间中展开的人类活动。"③ 列斐伏尔曾提出社会空间、政治空间、都市空间、女性空间等几十种不同的空间概念。空间不再仅仅是时间与运动的参照物，而是与历史、文化、政治、种族、性别、权力、心理、甚至时间等多种因素紧紧地纠缠于一体。在空间的多维意义中，其社会意义、文化意义、心理意义、身体意义尤其重要。

空间的社会意义侧重于空间中的经济政治结构、权力关系、意识形态、以及阶级阶层的矛盾冲突。对社会空间、权力空间、都市空间等领域的研究都强调并丰富了空间的社会意义。列斐伏尔指出，空间是社会的产物，每个社会都生产自己的空间；社会空间是对生产力、生产关系和社会关系的表达与再生产。④ 空间的社会意义还在于空间的政治性。列斐伏尔认为，他所寻找的空间科学应代表知识的政治功用，且隐含着一种为掩饰这种功用而创造出来的意识形态。⑤ 他还明

---

① [法]亨利·勒菲弗:《空间与政治》（第二版），李春译，上海人民出版社 2008 年版，序言第 10 页。

② Edward W. Soja:《第三空间——去往洛杉矶和其他真实和想象地方的旅程》，陆扬等译，上海教育出版社 2005 年版，第 6 页。

③ [英]弗兰克斯·彭茨等编:《空间——剑桥年度主题讲座》，马光亭、章邵增译，华夏出版社 2006 年版，导言第 2 页。

④ Henri Lefebvre, "Spatial Is a Social Product", in *Urban Theory—Classic and Contemporary Readings*, ed. Yu Hai, 复旦大学出版社 2006 年版，第 115—118 页。

⑤ Henri Lefebvre, *The Production of Space*, trans. Dolald Nicholson-Smith, Blackwell, 1991, pp. 8 – 9.

确指出，空间"是政治性的、战略性的……意识形态性的"。①福柯则通过考察监狱、军队、医院、工厂、学校等空间与权力和知识的关系，指出"空间是任何权力运作的基础"②，权力的空间化保证了权力的运作和扩张。西方的城市社会学对都市空间的研究极大地丰富了空间的社会意义，其中，新马克思主义者尤其强调空间的社会性本质。他们借用马克思主义的理论体系和方法研究城市空间，突出了经济利益和阶级关系在城市发展和城市活动中的重要作用。③列斐伏尔提出的"空间生产"概念，将空间研究与马克思的实践论相结合，完成了从经典马克思主义"空间中的生产"到"空间本身的生产"的转变。哈维在《希望的空间》中以地理不平衡发展为轴心对现代社会展开批判，提出了一个乌托邦的空间。卡斯特尔通过对城市"集体消费"的研究，论证了资本主义的空间生产、空间控制与意识形态和工人阶级运动的关联。④

空间的文化意义与社会意义有重合的地方，但侧重点不同。文化意义侧重于空间中的思想观念、价值与情感、符号表征，这些既体现在文学艺术作品中，也表现为日常生活中的物质形态与行为方式。哈维在《后现代的状况》中以空间生产与时空体验的变化为线索，探究了后现代主义文化的形成过程，指出了启蒙主义、现代主义、后现代主义作为文化运动与空间的复杂关系。与此相似的是，詹姆逊在《文化转向》中从时空体验、时空观、时空逻辑的层面分析了后现代主义文化思潮的发展与特征。毫无疑问，在他们的论述中，后现代空间主要是文化意义上的空间。文化地理学的研究从地理的角度丰富了空间的文化含义。他们的研究表明，特定的地理空间会携带特定的文化意义。段义孚在《地方与空间》中指出，一个地方的独特性在于其内在的思想、价值、情感和传统，而这些则凝聚于与该地相关的建筑、地

---

① ［法］亨利·勒菲弗：《空间与政治》（第二版），第46—47页。
② ［法］米歇尔·福柯、［美］保罗·雷比诺：《空间、知识、权力——福柯访谈录》，载包亚明主编《后现代性与地理学的政治》，上海教育出版社2001年版，第13—14页。
③ 参见高鉴国《新马克思主义城市理论》，商务印书馆2006年版，第278页。
④ 参见包亚明主编《现代性与空间的生产》，上海教育出版社2003年版，序第6—7页；孙江《"空间生产"——从马克思到当代》，人民出版社2008年版，第118—119页。

理标志、艺术作品、历史故事、重要人物、节日庆典等。①正如克朗指出的，"不同空间必然与不同的文化意义相关"②。另外，某些空间中的地理景观会被人为地赋予特定的象征意义，如英国的乡村住宅被"用于象征英国民族特征最本质的部分"③，中世纪的花园体现着新柏拉图主义的自然观与秩序观。克朗还指出，文学经典对某些地理空间的艺术性建构会赋予该地方独特的文化内涵，成为人们对该地方空间的想象中无法剥离的一部分。显然，不同空间体现着不同秩序、规范、品位、行为方式、历史内涵、价值观念，这些都构成了空间的文化意义。

随着心理学的发展，对空间心理维度的研究不断深入，空间的心理意义变得越来越重要。巴什拉在《空间的诗学》中分析了一些空间意象的现象学意义，其中大量涉及了这些意象的心理意义。比如，他分析了家宅给予人的安全感和宁静感，贝壳给人的惊奇与恐惧，角落的寂静感、陈旧感和孤独感。而这些意象都与人的记忆、梦想和童年相关。萨克在《社会思想中的空间观》中也探究了空间特性与情感的联系，指出身体的不对称性、伴生感觉、外貌感知等因素促成了这种联系，并指出了这种联系的非稳定性和非普遍性。④认知语言学对心理空间的探究也丰富了空间的心理意义。福克尼亚建立的心理空间理论认为，心理空间（mental space）是研究语言的关键，是人们在思维和说话的过程中为了对话语的局部理解而临时存储于记忆中的信息集合，是一个可以不断增长的动态的集合。⑤福克尼亚及其他语言学家还进一步探讨了心理空间之间的关联、映射、投射等问题⑥，从而揭

---

① Yi-Fu Tuan, *Space and Place: The Perspective of Experience*, Minneapolis: University of Minnesota Press, 1977, Chapter 12.
② [英]迈克·克朗：《文化地理学》（修订版），杨淑华、宋慧敏译，南京大学出版社2005年版，第5—6页。
③ [英]迈克·克朗：《文化地理学》（修订版），第28页。
④ [美]罗伯特·萨克：《社会思想中的空间观：一种地理的视角》，黄春芳译，北京师范大学出版社2010年版，第133—145页。
⑤ Gilles Fauconnier, *Mental Spaces: Aspects of Meaning Construction in Natural Language*，世界图书出版社2008年版，第16页；参见王文斌、毛智慧主编《心理空间和概念合成理论研究》，上海外语教育出版社2011年版，前言第iii—iv页。
⑥ 参见王文斌、毛智慧主编《心理空间和概念合成理论研究》，前言第3—12页。

示了心理空间的并置性、层级性、关联性与互动性。

空间的心理意义与其身体维度紧密相关。在很大程度上，我们无法离开身体来探究心理空间。德国哲学家石里克从"意识的统一性"入手研究人的空间感觉，探讨人为何有统一的空间直观。[①] 梅洛－庞蒂在现象学框架下研究了空间的身体意义。他认为身体是空间的起点，如果没有身体，也就没有空间。[②] 皮亚杰研究了儿童如何通过身体的感觉运动，领会客体空间的基本结构和特征，如何逐步形成完整的"身体图示"，如何在感觉经验的基础上借助符号最终获得完整而成熟的空间观。[③] 还值得一提的是，20世纪的城市研究往往将城市视为有机体，在隐喻的层面上赋予城市空间以身体的意义，研究其生长、胃口、性、增殖、健康等问题。[④]

综上所述，西方空间意义的发展主要经历了古希腊、近代和20世纪这三个重要阶段。古希腊哲学关注本体论问题，对空间的探索始终在存在的层面展开。通过对"虚空""处所"这两个重要空间概念的探讨，古希腊哲学已触及空间的基本内涵，为近代空间观的形成奠定了基础。近代哲学关注认识论问题，主要将空间作为客体的认识对象。此阶段的空间研究虽有理性主义和经验主义两种路径，但占主导地位的是以背景化、几何化为特点的理性主义空间观。20世纪空间的意义经历了巨大的发展与变化，尤其是"空间转向"之后，近代空间观遭到挑战与批判，空间得到空前强调，并被赋予极其丰富而复杂的意义。20世纪后半期产生了全新的空间形式、空间体验、空间观和空间问题。空间成为多种力量与元素的混杂，成为理解和分析当代各种问题的关键场域。这样一种空间观是我们在全球化的当今应当持有的。而未来的空间研究会朝向哪个方向，呈现出怎样的特点？本文大胆展望，

---

① 童强：《空间哲学》，第111—112页。
② ［法］梅洛－庞蒂：《知觉现象学》，第140页。
③ ［美］萨克：《社会思想中的空间观》，第128—131页。
④ ［英］丹尼·卡瓦拉罗：《文化理论关键词》，张卫东等译，江苏人民出版社2006年版，第167—169页。

应该会在学科交叉、理论重构和方法互借方面进一步发展，会将空间问题和空间视角引入更多领域和更深层次，会呈现出全球化、多元化而又个性化的特点。

二 空间批评的理论语境[①]

虽然难以确定空间批评发生的确切日期和这个术语的准确定义，也难以将这个术语的命名完全归功于某一位学者（毋宁说，这是由许多空间研究学者相似的学术兴趣和批评实践逐渐形成的"现象"和趋势），但（文学）空间批评发生的理论语境依然有迹可循，值得梳理。总体而言，空间批评的兴起主要受到西方人文、社科、艺术领域"空间转向"的影响，而且是这一转向在文学研究领域的重要成果。

空间转向的发生有着复杂而多维的原因，大致可以归为以下几个方面。

其一，伴随着后现代主义、后殖民理论和全球化的潮流，发生了各个层面、尺度和领域的空间格局的巨变："二战"后世界地缘政治秩序的重塑、大规模人口流动（如移民潮、难民潮、工作性"迁徙"）、资本与信息的流动（随着技术的进步速度越来越快）、全球化及其影响（包括"反全球化"思潮）、城市化及其不断增速的空间生产、各种新空间（性）的出现（如赛博空间、"超空间"、对"他性"空间越来越复杂而具体的想象，等等）。

其二，伴随空间格局变化而产生的人们空间经验的巨变：既有全新的空间体验（积极而言，对人类经验的拓展），又有（消极而言）难以适应空间快速巨变而产生的震惊、迷茫、痛苦等空间焦虑，这在本质上类似存在主义的"畏"（angst）和"出离家园"（unheimlich）。而更为根本性的原因在于，第二次世界大战期间及战后出现的灾难性社

[①] 这一节为拙文《文学空间批评：理论语境、研究范式、问题域》的第一部分，《华中学术》2023年第1期。

会重组,导致人们不再把历史看作走向更大自由的进步运动。正如法国哲学家贝尔唐·韦斯特法尔指出的,"战前占主导地位的时间性概念已经失去其大部分合法性",而"传统历史性的削弱,伴随着时间与进步的脱钩,使得重读空间成为可能,这种重读赋予空间以价值。"①

其三,伴随着空间格局、空间经验的巨变,以及人们对时间痴迷热度的下降,对空间政治本质的认识,理论家们纷纷提出自己的空间理论或开展一系列空间探索:如法国历史学家费尔南·布罗代尔提出的"地理历史"(geohistory)对"人与环境的关系的历史"的强调②,列斐伏尔的"空间生产"(production of space)理论和空间性"三元辩证法"(une dialectique de triplicité)③,福柯对"知识—权力—空间"关系的探究和谱系学考察,德勒兹的"地理哲学"(geophilosophy)和游牧学(nomadology),哈维的"时空压缩"(space-time compression)和"地理不平衡发展",詹姆逊的"认知绘图"(cognitive mapping)理论、以及关于文学艺术形式与资本主义不同发展阶段的社会空间形式之间对应关系的讨论,索亚的"第三空间"(thirdspace),人文地理学、文学地理学学者们对"地方"(place)的研究和对文学空间的考察,等等。

特别需要指出的是,"空间转向得益于一种新的审美情感,即艺术、建筑、文学和哲学中的后现代主义,并结合了后结构主义所提供的强有力的理论批判"④。地理学家丹尼斯·科斯格罗夫曾明确指出空间转向与后结构主义理论的联系:"一种得到广泛承认的跨艺术、跨学科的空间转向,回应了关于自然主义解释、普世性解释以及单声

---

① Bertrand Westphal, *Geocriticism: Real and Fictional Spaces*, trans. Robert T. Tally Jr., New York: Palgrave Macmillan, 2011, p. 14, p. 25.
② Fernand Braudel, *The Mediterranean and the Mediterranean World in the Age of Phillip II*, trans. S. Reynolds, New York: Harper & Row, 1972, p. 20.
③ 既可指列斐伏尔所讨论的"历史性—空间性—社会性",又可指他提出的"空间实践—空间表征—表征的空间"。
④ [美]罗伯特·塔利:《文学空间研究:起源、发展和前景》,方英译,《复旦学报》(社会科学版)2020年第6期。

(single-voiced)历史叙事的后结构主义不可知论(agnosticism),并回应了相伴而来的一种认识,即所有知识建构都主要地、不可避免地涉及位置和语境。"① 空间转向与后现代主义亦有着类似的关联,或者说,空间转向在很大程度上是对"后现代状况"的回应。比如,詹姆逊呼吁开展"认知绘图"工程,在认知层面"绘制"主体与更宏大的时空结构的关系,以及某种整体性,以应对他所提出的"后现代所隐含的新空间性"(具有新颖、令人迷失、快速变化等特质)。② 戴维·哈维1989年的《后现代状况》(*The Condition of Postmodernity*)和爱德华·索亚同年出版的《后现代地理学》(*Postmodern Geographies*)都论证了后现代主义如何引起批判理论中"空间的重申"(reassertion of space)。此外,爱德华·萨义德的后殖民研究中"对历史经验的地理探索"③ 亦揭示了空间转向与后现代主义的紧密勾连。总体而言,空间转向"代表着20世纪70年代以来西方知识学的宏大变迁,而非某种狭义的思潮,它涉及人文社会科学研究各个领域"④。空间批评正是在这一宏大的知识学变迁的语境中发生的。

具体而言,空间批评发生的理论语境涉及哲学、社会学、地理学、诗学、文学等领域关于空间、地方和绘图等问题的讨论,其中最重要的影响来自两方面,一是哲学领域,主要是法国哲学家列斐伏尔、福柯、德勒兹等人的空间理论,二是地理学领域,包括英美人文地理学关于地方(place)的强调和研究,以及马克思主义地理学和批判地理学对"地理学想象"强调。

列斐伏尔的空间哲学赋予空间全新的意义,将空间从静止、虚空的容器变成动态的、生产性、增殖性的、不断变化并缠绕着各种变量和关系的实体/场域。尤其是他提出的"社会空间"和"空间生产"

---

① Denis Cosgrove, "Introduction: Mapping Meaning", in *Mappings*, ed. Denis Cosgrove, London: Reaktion Books, 1999, p. 7.
② Fredric Jameson, *Postmodernism, or, the Cultural Logic of Late Capitalism*, Durham: Duke University Press, 1991, pp. 417–418.
③ Edward Said, *Culture and Imperialism*, New York: Knopf, 1993, p. 7.
④ 胡大平:《地理学想象力和空间生产的知识——空间转向之理论和政治意味》,《天津社会科学》2014年第4期。

概念，强调了空间的经济属性和政治属性，突显了空间中的生产关系和意识形态性。空间不再是空的，而是充盈着人与人之间纷繁复杂的社会关系。列斐伏尔还列举了社会空间、政治空间、都市空间、女性空间等几十种空间类型，为文学研究中的空间探索提供了细分和深入的概念参照。他的空间性三元组合［空间实践（spatial practice）］—空间表征（representations of space）—表征的空间（representational spaces）；知觉的（perceived）—构想的（conceived）—亲历的（lived）空间］直接启发了索亚的第一空间（物质性空间）—第二空间（精神性空间）—第三空间（既是物质的也是精神的，又超越两者并向他者和各种可能开放）。列斐伏尔还提出了生产模式与空间的对应关系：空间是一种社会产品，是由人的活动生产出来的，而不同历史阶段和社会形态会生产出不同的空间组织。"每个社会——因此每种生产方式［……］——都生产一种空间，它自己的空间。"① 列斐伏尔的哲学体系，其关于空间的全新阐释和空间模式与生产模式的讨论，启发了各个领域的空间研究，也开启了文学批评中无限广阔的新"空间"。

福柯曾经振聋发聩地宣称当前的时刻代表了"空间的纪元"：

> 正如我们所知，十九世纪的伟大痴迷是对历史的痴迷：痴迷于关于发展和中断、危机和循环的主题，痴迷于永远处于积累过程的过去的主题，痴迷于以前死者的数量占人口的绝大多数，痴迷于世界的冰川化威胁着人类……当今的时代或许首先是空间的时代。我们正处在共时性（simultaneity）的时代：我们在并置（juxtaposition）的时代，远与近的时代，肩并肩的时代，离散的时代。我相信，我们正处于这样的时刻，我们对世界的经验，与其说是随时间发展的漫长生命的体验，倒不如说是关于联结着不同点与点的混乱网络的体验。②

---

① Henri Lefebvre, *The Production of Space*, trans. Donald Nicholson-Smith, Oxford: Blackwell, 1991, p. 31.

② Michel Foucault, "Of Other Spaces", trans. Jay Miskowiec, *Diacritics*, 16 (Spring 1986), p. 22.

不仅如此，福柯还在历史与谱系学研究中增添了一个关键联结——"空间、知识和权力之间的联系"①。他不仅探讨了许多空间问题，而且论证了"空间生产了我们"。②这是对时代空间性和空间重要性的空前强调。就空间转向而言，福柯最重要的贡献是其关于"权力的空间性"的研究。他不仅指出"空间是任何权力运作的基础"③，而且讨论了权力的空间化与城市运行的关系，不同场所如何体现不同权力和秩序，知识的空间化（如空间技术的运用）如何保证了权力在空间中的运行。福柯的讨论触及现代社会中"权力—知识—空间"联结的各个领域：对社会秩序的控制、对社会层级的维持、对不同群体的区隔、对疾病的隔离、对被统治者的监控［以及"全景敞视"（panopticism）技术和"医学凝视"（medical gaze）］、对身体的规训（以及对身体的定位、分布、分类、调节和识别）、绘制权力关系的地图和流动线路图，等等。他的空间理论对许多学科（包括文学）的研究产生了深远影响，构成了地理批评等文学空间研究的重要基石。

空间批评的形成和发展离不开哲学和人文地理学对"地方"的强调，即对主体经验的强调。段义孚区分了"空间"和"地方"这两个概念：空间是无限的、开放的、抽象的、流动的、自由的、危险的，而地方则是具体的、稳定的、安全的、静止的，是运动中的暂停④；地方是对主体目光的吸引，是目光停留处无差别空间中的一段，是独特的、可识别的，被赋予情感、思想、价值和意义，而这些则凝聚于与该地相关的地标、艺术作品、历史故事、节日庆典、风俗传统等⑤，即来自人的活动和主体性的介入，其核心是人与"这段空间"之间建立了联系。人文地理学强调地方的意义，强调人与地方的关系和联结，

---

① ［美］爱德华·W. 苏贾：《后现代地理学——重申批判社会理论中的空间》，王文斌译，商务印书馆2004年版，第32页。

② Robert T. Tally Jr., *Spatiality*, London and New York: Routledge, 2013, p. 120.

③ ［法］米歇尔·福柯、［美］保罗·雷比诺：《空间、知识、权力——福柯访谈录》，载包亚明主编《后现代性与地理学的政治》，上海教育出版社2001年版，第13—14页。

④ Yi-Fu Tuan, *Space and Place: The Perspective of Experience*, Minneapolis, MN: University of Minnesota Press, 1977, pp. 3–7.

⑤ Tuan, *Space and Place*, pp. 161–178.

文学空间批评

这不仅使人文地理学的"地方"与文学所表征的"世界"具有高度相似性和相关性,也启发了文学批评学者以新的视角和方法看待并阐释文学世界中的地方。一方面,人文地理学的"地方"充盈着意义,而地方的意义产生于主体的观看,因而地方需要主体的阐释(这类似于文学批评);另一方面,人文地理学对地方的表征往往带有某些文学情感,属于"文学批评"的对象。① 更重要的是,人文地理学的研究令文学批评学者将地方(以及空间、空间性等相关问题)作为文学批评的对象和视角,将人—地关系作为考察文学世界的核心,并打通两个学科的"地方",在这两种地方"之内"和"之间"展开批评。但,需要指出的是,此处关于"地方"与"空间"的区分,并非以新的二元对立替代哲学领域长期以来的时、空二元对立,而是将"地方"看作"空间"的特殊形式,是被赋予情感、记忆和意义得足以引起"目光停留"并区别于周围空间的一段空间。

马克思主义地理学和批判地理学对"地理(学)想象(力)"(geographical imagination)的强调也构成了文学空间研究产生的重要理论语境。地理(学)想象(力)被普遍看作"对场所、空间和景观在构成和引导社会生活方面的重要性的一种敏感性"。② 一般认为戴维·哈维对这个概念的使用影响力最大。哈维将"地理想象"与米尔斯的"社会想象"(sociological imagination)相对应,并将两者联系起来。米尔斯的社会(学)想象(力)令个体能够理解历史场景(historical scene)对于不同个体的内在生活和外在职业的意义。③ 受此启发,哈维认为地理想象(或空间意识,spatial consciousness)能够使"个体认识空间和地方在他们自己经历过程中的作用……认识个人之间和组织之间的业务往来如何受到分隔他们的空间的影响……认识自己和周

---

① Robert T. Tally Jr., *Topophrenia: Place, Narrative, and the Spatial Imagination*, Bloomington: Indiana U P, 2019, p. 8, pp. 17–18.
② [美] R. J. 约翰斯顿主编:《人文地理学词典》,柴彦威等译,商务印书馆2004年版,第253页。
③ Charles Wright Mills, *The Sociological Imagination*, Oxford: Oxford University Press, 1959, p. 5.

围街区以及所在地区的关系……评价发生在其他地方的事件的关联性……创造性地塑造并使用空间,理解他人所创造的空间形式的意义"。① 他将此看作构成理解城市的理论框架中必不可少的维度:在他看来,唯一充分的概念框架必须"包含并基于社会想象和地理想象这两者"②。后来格里高利的专著《地理学想象》进一步发展并传播了这个概念③,并提出了"更宏大的知识构想"④。就文学研究而言,地理想象促使人们重新认识人与空间/地方的关系,重新评价空间/地方的不同维度、意义和影响,重新看待文学世界中的空间、地方、地理等问题,重新评价文学中的各种空间形式和意义,并在文学阅读和批评中开展(想象性)空间实践,介入对空间的重构,并打通文学空间与现实世界的空间,实现两种空间的互动,在现实中开展空间实践,(一定程度上)以文学空间改造现实空间。还值得一提的是,"用 imagination 来指称或替代'知识',本身就表明了一种知识学立场的转变,从客观知识……和代表全能理性的科学向主观知识和局部经验的转换"⑤。文学空间研究恰恰是对"主观知识和局部经验"的阅读、分析和考察,因为其研究对象包括文本与世界的关系,以及主体与地方的关系。

除了"空间转向"这个宏大背景,文学空间批评的发生亦离不开文学和诗学领域的最新空间探索,尤其是相关理论话语的建构,如贝尔唐·韦斯特法尔⑥(Bertrand Westphal)的"地理批评"(La Géocritique),罗伯特·塔利⑦(Robert T. Tally Jr.)的"文学绘图"

---

① David Harvey, *Social Justice and the City*, Oxford: Blackwell, 1988, p. 24.
② David Harvey, *Social Justice and the City*, Oxford: Blackwell, 1988, p. 27.
③ Derek Gregory, *Geographical Imaginations*, Oxford: Blackwell, 1994.
④ 胡大平:《地理学想象力与空间生产的知识——空间转向之理论和政治意味》,《天津社会科学》2014 年第 4 期。
⑤ 胡大平:《地理学想象力与空间生产的知识——空间转向之理论和政治意味》,《天津社会科学》2014 年第 4 期。
⑥ 也被译作"波特兰·韦斯特法尔"或"贝特朗·韦斯特法尔"(笔者在几篇文章中的翻译),后来韦斯特法尔的学生乔溪和《子午线的牢笼》的译者张蔷都主张应当译作"贝尔唐·韦斯特法尔"。
⑦ 也被译作"罗伯特·泰利",但一般来说,Tylee 译作"泰利",Tally 和 Talley 都译作"塔利"。

（literary cartography）和"地理批评"（geocriticism），弗朗科·莫瑞迪（Franco Moretti）的"粗读"（distant reading）和文学史的"地理学"研究。前面几个概念将在本章后面几节逐一讨论，此处仅简要介绍莫瑞迪的理论和方法。"粗读"（或远读）是莫瑞迪在2000年发表的文章《世界文学猜想》（Conjectures on World Literature）中提出的，是"一种他认为最适合处理世界文学问题的方法"①，一种用于撰写他心目中的"新"文学史（他所构想的文学史的"地理学"研究）的方法。莫瑞迪认为过去以经典文本构成的文学史是不科学的，其忽视了常规，而且纳入的作品太少。他热衷于确立一个更大范围的视野，挑选更多的、不同类型的、更为普通的书，并且更为关注文学作品的"类型"。但可选入的作品实在太多了，这妨碍了文学史编撰者真实地表征文学史的对象。以上这些都要求他必须远离对个别文本的细读，采用一种"科学的"绘制图表或地图的方法。"更大的文学史需要其他技能：抽样；统计；与系列、标题、索引、引言有关的工作。"② 并要求集体的协同合作，开展对数据的收集、组织和分析。这样的文学史将成为"别人研究的拼凑，没有对文本的任何直接阅读"；"粗读读者"不再直接阅读单个文本，而是考察其他问题，"比文本小得多或大得多的单位：技巧、主题、比喻——或文类和体系"。③ 因此，"粗读"可以概括为以空间的视角考察文学史，绘制文学史的抽象模型以显示文学史上的广泛趋势，包括文学消费、表征形式的流通、文类的兴衰等环节的空间特质。正如塔利所言，"粗读并不是细读法（close reading）的补充，而是一种全新的文学史"，"是文学史领域的一种空间化"。④

以上理论或概念侧重点各不相同，有的研究作家写作，有的围绕读者阅读和批评，有的考察叙事和"真实"空间的相互作用和多维关

---

① Tally, *Spatiality*, p. 105.
② Franco Moretti, "The Slaughterhouse of Literature", *Modern Language Quarterly*, 61.1（March 2000）, pp. 208 – 209.
③ Franco Moretti, "Conjectures on World Literature", *New Left Review*, 1（January-February 2000）, p. 57.
④ Tally, *Spatiality*, p. 106.

系；有的聚焦文本细读，有的考察作家、作品与地方的关系，有的"以图表的形式，或在实际的地图上，绘制出文本中相互独立的元素"①（信息的碎片）并解释最后的结果图，并以"远距离"阅读和分析的方式绘制文学史的"地图"；有的侧重理论建构，有的侧重批评实践。但它们的共同点是对空间、空间性、空间关系和空间问题的关注，切入点都是文学空间性②，而且往往采用最新的理论或研究方法，摆脱了过去将"空间"看作虚空容器，等同于故事背景、场景、或环境的观念。换言之，它们持空间转向之后的空间观，视空间为生产性、社会性、建构性、多元、流动性，认为空间既是"一种产品"又是"一种作用力"③，并且非常重视空间的丰饶意义。

三 文学空间批评研究构思

如果说本书开篇所述的魏格纳和陆扬的讨论可称为广义的"空间批评"（魏格纳的空间批评显然溢出了文学研究的边界，包含了多学科的相关研究；陆扬的多篇文章都将空间批评上升为哲学上"一切文学活动展开的一个直观形式基础"④，赋予其普遍性和形而上意味），那么本研究所论述的"文学空间批评"则可归为狭义的，且所考察的文本主要是传统意义上的文学作品。本研究主体内容由四章构成，另有绪论和结语。这四章分别讨论了"文学空间研究"、空间类型、空间与权力、空间与存在等话题。本书认为，"文学空间研究"发生的

---

① Tally, *Spatiality*, p. 100.
② 关于"文学空间性"，可参见方英《绘制空间性：空间叙事与空间批评》，《外国文学研究》2018年第5期；方英《文学空间研究：地方、绘图、空间性》，载朱立元主编《美学与艺术评论》（2019年第2期总第十九辑），山西教育出版社2019年版。
③ ［美］菲利普·E. 魏格纳：《空间批评：地理、空间、地点和文本性批评》，载［英］朱利安·沃尔费雷斯编著《21世纪批评述介》，张琼、张冲译，南京大学出版社2009年版，第244页。魏格纳的表述与列斐伏尔的观点形成呼应，甚至很可能是受到后者影响（尽管魏格纳此处并未做注释解释这种呼应）。
④ 战红、陆扬：《恋地情结：空间批评的跨学科研究》，载王杰主编《马克思主义美学研究》（第二十四卷第一期），上海人民出版社2021年版，第259页。

历史语境构成了提出"文学空间批评"的理论语境,而后者也是前者的一个分支。因此,在展开"文学空间批评"研究之前,有必要绘制一幅关于"文学空间研究"的发生、发展、主要论域和主要分支的大致版图。此外,不同空间类型往往具有各自显著的特质和内涵,往往涉及空间表征、审美意蕴、主题意义、权力关系和意识形态等方面的差异,因此,对空间类型的细分和讨论是实践文学空间批评的前提和基础。在此基础上,本书分别讨论了空间与权力、空间与存在这两个问题。我们认为,这两个方面是文学空间批评不可回避的重要内容,或者说主要论域;在空间视角下考察权力和存在,是文学空间批评的应有之义。在这四章中,第一章和第二章基本上是理论探讨,第三章、四章既有理论梳理和论述,也有具体文本分析,既讨论了文学空间批评研究中几个主要话题的理论资源和理论建构,也结合作品分析探讨相关理论问题,并针对具体文本展开空间批评实践,尝试了几种批评路径,讨论了一些热点问题。

第一章《文学空间研究》考察了21世纪以来几种主流的朝向空间的文学研究。这些研究被冠以不同旗号,但具有明显的共同之处:是西方"空间转向"的后果,借鉴人文、社会科学中的各种(跨学科)空间理论,关注文学中的空间问题(甚至以空间话题为核心),以"空间(性)"为切入点。因此,这些名称各异的文学研究可以统称为"文学空间研究"。第一节详细考察了"文学绘图"概念、相关理论和研究,尤其是这个理论与叙事学的联系、对叙事研究的开拓和借鉴意义。"文学绘图"是美国"文学空间研究"领军学者罗伯特·塔利提出的重要概念,以地图绘制喻指文学写作,尤其是通过"叙事"完成的创造性表征,揭示了写作等文学活动乃绘制主体与更宏大的时空整体的关系,并探究文学如何表征并建构这一整体性。笔者发现,文学绘图不仅是文学空间研究的核心概念,也是叙事研究的重要开拓:首先,这体现了绘图、叙事和存在的根本性联系;其次,文学绘图研究重视叙事地图和叙事绘图,既包括"真实"可见的地图,也指以语言符号绘制叙事地图,涉及绘图模式、话语、视角等问题;最后，文学绘图可用于对特定作品和作家创作、特定时期或特定文类的叙事形式/模式及其绘图特征的讨论。我们认为，文学绘图理论在方法论、认识论乃至本体论层面讨论并揭示了叙事空间性的意义和价值，强调了叙事形式/模式乃至叙事本身的意识形态性。第二节梳理并对比讨论了"地理批评"的两个主要流派，法国学派和美国学派。法国学派以贝尔唐·韦斯特法尔为首，其"地理批评"理论以空时性、越界性和指称性为基本范畴，最独特的贡献是他提倡的"地理中心法"，即以地方为中心，积累并分析多学科、多文类、多作者、多视角、多重感官的广泛文本总汇，建立起关于某个地方的文学地理，其批评实践涉及地中海、澳大利亚、非洲、美洲等区域和相关文本的广泛考察和互文阅读。美国学派以罗伯特·塔利为首，包括塔利本人的研究和麦克米伦出版社的"地理批评与文学空间研究"系列等。塔利的"地理批评"是对作家"文学绘图"工程的阅读与分析，是一种对空间关系、地方和绘图高度敏感的文学阅读方法。两种地理批评有明显差异，但更重要的是共同点：都是面向空间/地方的批评方法、理论和思想体系，并聚焦于考察文学与空间/地方的动态关系。笔者认为，地理批评展现了（文学）文本与（现实）世界的多维互动，两种地理批评为文学研究提供了考察文学中的地方/空间、沟通文学空间与现实世界的两种进路。第三节《绘制空间性：空间叙事与空间批评》指出，空间叙事和空间批评都是对存在"空间性"的图绘，也是对文学意义的新探索；一个侧重作者写作，一个侧重读者的阅读和批评。笔者以"绘制空间性"连接起21世纪以来日益受关注的两个文学研究领域，界定了广义的"空间叙事"（空间/空间性在叙事中的功能和意义）和狭义的"空间叙事"（一种叙事模式，即以空间秩序和逻辑统辖作品，以空间性为叙事重心），并大致勾勒出"文学空间批评"的主要论域和特点。第四节讨论了塔利作为整体性研究的"空间批评"，分别考察了塔利的空间批评话语体系、空间理论探索、文本批评实践及其空间批评的学术渊源，试图对塔利的空间研究做出概览式评述，并勾勒出塔利在文学空间研究领域的开拓性、引领性和对前人的继承与发扬。这一章的许多概念都有塔利的贡献，因此几乎每一节都涉及塔利的研究，前后不免有互相交叉重叠的内容。但每一节原本都是一篇独立的文章，为了保持其独立性和完整性，笔者基本维持了文章的原貌。重复之处，敬请读者谅解。

　　第二章考察了文学和世界中常见的空间类型。根据不同标准，我们可以区分出不同空间类型，如伊曼纽尔·沃勒斯坦的中心与边缘[①]，亨利·列斐伏尔提出的空间实践—空间的再现—再现的空间这个三元结构，爱德华·索亚的第一、第二、第三空间，等等。这一章将讨论几种主要的空间分类，不同空间类型的大致特征，以及相关的理论论述。第一节《物理、心理、社会空间》是笔者在列斐伏尔和索亚的启发下做出的分类和界定。笔者认为，物理空间是物质层面的关系建构，是以物质形态呈现的、人的知觉可以感知的空间；这个空间大致相当于索亚的"第一空间"，即空间的物质基础。心理空间是一个内部的、主观的空间，是人的知觉、情感和意识对外部世界染色、过滤、变形、编辑后所建构的空间，也是人的内心对外部世界的投射；心理空间属于索亚的"第二空间"，即空间的精神层面，是外部空间在人的内心的表征。社会空间是人际空间，是人与人之间关系的建构；这个空间主要强调政治、经济、权力、种族、阶层、文化等因素，强调人的实践及其影响。第二节《宇宙、社会、个人空间》主要评介韦斯利·科特提出的空间理论框架。科特通过对托马斯·哈代、约瑟夫·康拉德、E. M. 福斯特、格雷厄姆·格林、威廉·戈尔丁、缪丽尔·斯帕克这六位作家作品的分析，区分了三种空间类型：宇宙空间或总体空间，主要指自然与风景，类似宇宙的背景或语境；社会空间或政治空间，主要侧重经济与政治因素；个人空间或亲密空间，是一个培养个人身份与亲密关系的空间。[②] 顺便提一句，笔者的研究生郑晨怡和好友吴

　　[①] 沃勒斯坦在《现代世界体系》中写道："世界经济体已被分成中心地区和边缘地区"以及"介于中心和边缘之间的半边缘地区"。Immanuel Wallerstein, *The Modern World System*, Berkeley, CA: University of California Press, 1974, p. 349.

　　[②] Wesley A. Kort, *Place and Space in Modern Fiction*, Gainesville: University Press of Florida, pp. 19–20, pp. 149–172.

燕飞曾借用科特的理论框架，分别讨论了《一九八四》中亲密空间的反抗意义[①]和菲利普·拉金城市诗歌中亲密空间的异化与救赎[②]。第三节《乡村空间与城市空间》粗略介绍了雷蒙·威廉斯的《乡村与城市》、伊丽莎白·赫尔辛格的《乡村风光与民族表征》、大卫·黑格隆的《英国乡村：表征、身份与变异》中讨论的乡村空间，以及马克·戈特迪纳和莱利斯·巴德的《城市研究核心概念》、肖恩·埃文的《什么是城市史》、理查德·利罕的《文学中的城市》，以及马克斯·韦伯、刘易斯·芒福德、简·雅各布斯、温·凯利、威廉·怀特、雷蒙·威廉斯、德·塞托、罗伯特·塔利、马克·戈特迪纳、莱斯利·巴德、伊丽莎白·格罗斯等人的相关著述中关于城市空间的论述；并结合文本分析，讨论了哈代"性格与环境小说"中的乡村书写对田园传统的颠覆，考察了宁波当代城市诗歌中的城市空间生产。第四节《另类空间》考察了日常空间之外的具有"他性"的一些空间类型：异托邦、非托邦和阈限空间。关于异托邦的讨论主要集中于福柯的理论，同时引述了哈维和苏德拉贾特的观点；关于非托邦的讨论主要是对马克·欧杰和西沃恩·卡罗尔的著述的考察；"阈限空间"主要介绍了维克多·特纳的研究，克莱尔·德鲁里的博士论文以及达拉·唐尼等人编撰的《阈限性风景：空间与地方之间》中的相关论述。这一章论及的空间类型和重要概念，在后两章的文本分析中发挥了重要的理论支撑作用。

第三章考察了空间与权力的关系。对"空间与权力"的考察是文学空间批评非常重要的内容：权力如何在空间中运作，如何借助空间结构、空间关系和空间技术得以实施，人物之间的权力关系与空间的关联，空间书写如何表现权力的实施与反抗，等等。第一节《空间与权力理论概说》考察了亨利·列斐伏尔、米歇尔·福柯、彼埃尔·布尔迪厄、安东尼·吉登斯、戴维·哈维、爱德华·索亚、理查德·沃

[①] 此为笔者的硕士研究生郑晨怡的毕业论文，参见 Zheng chenyi, The Resistance of Intimate Space to Social Space in *Nineteen Eighty-four*，硕士毕业论文，宁波大学，2020 年。
[②] 参见吴燕飞《拉金城市诗歌中亲密空间的异化与救赎》，《宁波大学学报》（人文科学版）2021 年第 4 期。

克等人以及女性主义地理学和城市研究中关于性别权力关系的相关论述。第二节《边界叙事：权力与空间的交缠》讨论了边界这一独特的空间状态，涉及边界作为边缘、居间空间、第三空间、解域化的特点，设界的问题；越界与越界性，援引了瓦尔特·本雅明、米歇尔·德·塞托、吉尔·德勒兹、贝尔唐·韦斯特法尔、苏珊·弗里德曼的相关论述；并提出"边界叙事"概念，结合具体文本，讨论了文学作品中的边界与越界现象。笔者认为，边界是权力场；设界和越界是关于权力关系的空间实践：设界是权力关系的建构，是权力的运作和实施，越界是权力主、客体的互动和权力关系的改变；设界与越界的辩证法是边界最具诱惑力之处，而围绕边界展开的"边界叙事"则是对边界与权力关系的深入探索。第三节《权力的空间性：空间想象与空间表征》主要讨论文学作品中的权力问题，分别涉及"权力关系与空间结构""空间窥视与监控""空间区隔与监禁""空间争夺与入侵"这四个方面，考察了弗兰兹·卡夫卡的短篇小说、弗吉尼亚·伍尔夫的《达洛维夫人》、郝景芳的《北京折叠》、乔治·奥威尔的《一九八四》、罗伯-格里耶的《窥视者》、约翰·福尔斯的《收藏家》、爱伦·坡的《一桶白葡萄酒》、刘慈欣的《吞食者》等作品。第四节在借用相关空间理论的基础上，考察了伍尔夫《到灯塔去》中的性别权力与空间的关系，以及该作品关于性别问题的空间表征。笔者认为，小说中的性别权力关系与空间性息息相关。首先，空间的性别化和性别的空间分布呈现出二元对立的状态，即男性占据生产性、支配性和文化性空间，而女性的空间则呈现出再生产、依附性与自然性的特征。其次，身处其中的女性通过占据边缘、反凝视、身体移动、城市漫游等空间实践，力图跨越两性空间的分隔边界，打破二元对立的空间束缚，反抗基于性别的不平等空间划分。同时，在社会空间和性别地理中处于弱势的女性，会借助对家庭空间和精神空间的重构谋求两性和谐共处之路。

第四章讨论了空间与存在这个复杂而不容忽视的话题。笔者认为，在后现代文化语境中，人的存在与空间更为相关，因此，从空间入手，能深入剖析人的存在经验、存在困境和对存在意义的探索。第一节《空间与存在理论概说》分为"空间与身体""人的空间经验""人对空间的建构"这三个部分，梳理了勒内·笛卡尔、伊曼努尔·康德、埃德蒙德·胡塞尔、马丁·海德格尔、莫里斯·梅洛-庞蒂、加斯东·巴什拉、费雷德里克·詹姆逊、段义孚、德·塞托等人的理论。第二节考察了安吉拉·卡特小说《魔幻玩具铺》主人公梅拉尼在不同空间中（乡下大宅、舅舅家的工作空间和生活空间）探索和建构自我身份（女人、新娘、工作者、家庭成员、恋人）的动态过程，并结合对作品中空间话语的解读，探讨小说中空间与身份建构的紧密联系。第三节研究了乔伊斯的《尤利西斯》对都柏林的"现代性"表征：街道、酒吧、电车等场所的空间结构与社会功能"生产"了城市中的偶遇和偶然事件；城市布局、行人在街道上的行走和文化空间对立导致了都市空间及人们空间体验的碎片化；游荡者和交通工具展现出都市空间的流动性和变动不居。在相关空间理论的观照下，通过对都柏林都市空间的偶然性、碎片化、流动性的分析，笔者发现，乔伊斯建构了一个既具有资产阶级"殖民现代性"特征，又承载着作者对时代、民族、存在等问题思考及（审美现代性）批判精神的都柏林。第四节讨论了弗兰兹·卡夫卡中篇小说《变形记》中的伦理悲剧与空间书写。笔者认为，空间焦虑和身份困境是卡夫卡一生痛苦的根源，也是其存在困境的焦点，他将这样的困境写进了他的作品，将他对空间和身份的困扰编织在极其独特的文学空间建构之中。这一节具体分析了《变形记》的伦理困境、伦理选择、伦理冲突如何在空间书写中展开。首先，小说详细描述了格里高尔变形后身体—空间关系的变化，及其空间知觉与所处物理空间的矛盾，以此揭示他变形后身份认同的两难处境。其次，小说将格里高尔的卧室建构成一个圈禁、监控和异化的"他者"空间，一个"异托邦"，在此空间展示了其与家人的不同伦理选择，和他无法破解的伦理困境。最后，小说通过卧室内外的空间对比，以及边界、边界跨越等空间表征，揭示了两种伦理观念的根本冲突，以及这一伦理困境的悲剧性。

结语部分讨论了文学空间批评的研究范式和问题域，简要论述了空间与意识形态、空间与性别、空间与伦理、文类的空间模式等问题（这些都是文学空间批评研究的重要问题，但本书未能详细讨论），并尝试总结文学空间批评的特征，及其为文学研究提出的新问题。

本书的部分内容来自拙著《小说空间叙事论》（2017），主要是绪论第一部分"西方空间意义的演变"、第二章第一节《物理、心理、社会空间》和第四章第一节《空间与存在理论概说》（部分）。一方面是因为这些内容的确是本书不可或缺的有机组成部分——其实笔者在撰写《小说空间叙事论》时已经在酝酿"文学空间批评"这个概念和可能的批评路径，可以说，文学空间批评研究是笔者上一本书（也是博士论文）的延续。另一方面，由于种种原因，《小说空间叙事论》只能在省级新华书店和出版社购买（如今也已售罄），常有年轻学者和在读研究生给笔者发邮件，表达无法获得此书的遗憾和困惑。因此笔者将部分内容纳入本书，并在第一章第三节概述了笔者关于"空间叙事"的思考和原创性观点，以飨读者，于己也是安慰。

本书有一个明显的局限：无论是理论资源和方法借鉴，还是所讨论的理论对象，所分析的文学文本，基本上都是来自国外的，更确切地说，基本上都是欧美国家的。这是由于笔者本科就读于英语专业，硕士论文研究英国文学，博士阶段专攻西方文论，且一直在英语系任教。当然，这些都不是忽略中国理论和中国文学的理由。作为一名中国学者，始终应当坚持中国立场，并最终应当关注中国的文学和现实。因此，笔者已经下定决心，以后将倾注更多精力涉猎并研究中国理论和中国文学作品。所幸，今年笔者入职了浙江工业大学人文学院，必定能为实现这个想法获得许多便利和帮助。

第一章 文学空间研究

Mapping Our Space

To check the flow of time
We are mapping our space

I fold my time
Toward yours
We are knitting
The spatial curves

In the vast void
And in dense love
We are ploughing space
With the seeds of time

We twist and knead the time
And make space grow flesh
We inlay the pulsation of life
In the wormholes of the universe

  2014 年开始，麦克米伦出版社推出了由罗伯特·塔利（Robert T. Tally Jr.）主编的"地理批评与文学空间研究"（*Geocriticism and*

Spatial Literary Studies）系列丛书（至今已出版近四十卷，包括专著和论文集），这是"文学空间研究"这个术语最早被正式使用并得到有力推广。在此，"文学空间研究"与"地理批评"似乎是并列关系，分属两个不同研究领域，具有各自独立的研究对象、方法和范围。但实际上，"文学空间研究"概念的涵盖面十分宽泛，可以包含"地理批评"。比如，2016 年出版的《生态批评与地理批评：环境研究与文学空间研究的重叠地带》（*Ecocriticism and Geocriticism: Overlapping Territories in Environmental and Spatial Literary Studies*），将地理批评看作文学空间研究的一种方法，或者说其中一个领域。2017 年出版的《劳特里奇文学与空间指南》的《前言》中，此概念已被当作统摄整本书的术语，可指称"任何关于聚焦空间、地方和绘图的文本的研究"，如"地理批评、地理诗学（geopoetics）、文学地理学（literary geography）、空间人文研究（spatial humanities），或其他类似的研究"。[①] 由此可见，在塔利的使用中，"文学空间研究"可泛指各种以空间为导向或聚焦于空间的文学研究。

在笔者与塔利长达八年的学术交流中（访学，访谈，邮件交流），曾多次讨论空间研究领域中不同术语的关系，并谈及对"文学空间研究"的界定。塔利直言，最初使用这个术语，是觉得这个概念比较宽泛，可以尽可能囊括相关研究（而"地理批评"等术语的涵盖面显然不够）；也正因如此，他一直未曾正式界定这个概念，甚至认为不必急于对此做出界定（因为不界定意味着一种开放的视野和胸怀）。但希拉·赫恩斯（地理学期刊 *Literary Geographies* 编辑）一篇关于塔利《劳特里奇文学与空间指南》的书评改变了他的想法。赫恩斯（她的一篇文章也收在这本论文集中）认为，"文学地理学"是地理学的一个子学科，与"文学空间研究"迥异，其中最大的不同在于：文学地理学虽然也涉及文学作品，但更重要的是具有人文地理学的学科性质，

[①] Robert T. Tally Jr., "Introduction: The Reassertion of Space in Literary Studies", in *The Routledge Handbook of Literature and Space*, ed. Robert T. Tally Jr., London: Routledge, 2017, p. 3.

其理论和实践不仅属于人文学科，而且属于社会科学；由此，赫恩斯进一步间接批评了塔利将"文学地理学"归入"文学空间研究"的做法。① 赫恩斯的文章令塔利意识到应当定义这个概念，并厘清相关术语的关系。在此后的交流中，塔利和笔者都主张，文学空间研究尽管具有与生俱来的跨学科特色，但首先应属于文学研究，应当面向文学，这的确不同于赫恩斯等文学地理研究者所理解的文学地理学。而且，"空间"概念比"地理"概念更宽泛。从构词法来看，"geo-"这个前缀决定了地理学主要是关于"地"的，而"空间"概念显然可以包含地理空间。因此，文学空间研究既以文学研究为归宿，又持跨学科的视野和方法，既包含地理空间/维度并可借鉴地理学的理论和方法，又不同于归属于地理学科的文学地理学。

笔者也曾在两篇文章中尝试界定"文学空间研究"。第一次是在《空间转向与外国文学教学中地图的使用》中提出的："此研究借鉴哲学社科领域的各种空间理论、人文地理学的研究成果与方法，研究文学世界中与空间、地方、地理等相关的现象；或以空间性概念为切入点，探究在空间视角下的作品主题、人物活动、权力关系、意识形态等问题；以及文化批评中对空间性问题的研究。"② 后来觉得这个定义还不够完善，又在《文学空间研究：地方、绘图、空间性》中做出补充，认为文学空间研究"可囊括围绕（文学）空间性开展的各种研究，因而与西方的文学地理学、地理诗学、空间诗学、人文空间研究、制图学、环境美学等具有不同程度的重合与交集，也应包括中国学者在这一领域的开拓与贡献，如文学地理学、空间叙事、空间美学、生态批评、城市研究等领域的相关探索"③。

文学空间研究的领域如此广阔，其边界在哪里呢，笔者认为，边界和划定边界的标准都在于"（文学）空间性"。这是各种相关概念、

---

① Sheila Hones, "Literary Geography and Spatial Literary Studies", in *Literary Geographies*, 4.2 (2018), pp. 146 – 147. (https://www.literarygeographies.net/index.php/LitGeogs/article/view/151)
② 载《宁波大学学报》（教育科学版）2018年第3期。
③ 朱立元主编：《美学与艺术评论》（2019年第2期总第十九辑），山西教育出版社2019年版，第69页。

理论、研究对象和研究方法的共同点，也是文学研究中各种空间、地方、地理、场所、地图、空间组织、空间关系、空间结构和文学绘图的共性。空间性是物体具有的一种可能性——隆起并占据一个空间[1]；是各种空间的本质属性；也是卡斯特纳所说的空间诗学研究的一种批评方法[2]。（文学）空间性对应（文学）时间性，是与文学研究相关的、文学文本所表征或创造的空间性，始终处于真实与虚构、文本与世界、指称与表征的互动之中。（文学）空间性可包含表达和内容两个层面："在表达层面，是抽象的形式化、作品的结构或文学表征的空间形态"；在内容层面，包括"空间形象、空间知觉、空间关系"、特定场所、社会空间结构等。[3] 当然，空间性不能脱离时间性而孤立存在，巴赫金的"时空体"（chronotope）和韦斯特法尔的"空时性"（spatiotemporality）概念是重要理论参照。因而，文学空间研究也可解释为聚焦空间性的、以空间性为导向或中心的文学研究。

本章将讨论文学空间研究的特质和主要论域，以及这一研究领域中的几个主要术语：文学绘图（literary cartography）、地理批评（geocriticism）、空间叙事（spatial narrative）和空间批评（spatial criticism），并以罗伯特·塔利的空间批评理论和实践作为本章的结束，既绘制出塔利的空间批评地图，又试图总结他的开拓性、引领性和对其他学者的传承与超越。

第一节　文学绘图：空间研究与叙事学的重叠地带[4]

法国哲学家贝尔唐·韦斯特法尔在《地理批评》一书中提出了

---

[1] David B. Greene, "Consciousness, Spatiality and Pictorial Space", *The Journal of Aesthetics and Art Criticism*, 41.4 (1983), p. 379.

[2] Joseph Kestner, *The Spatiality of the Novel*, Detroit: Wayne State University Press, 1978, p. 9.

[3] 关于"空间性"，参见拙作《绘制空间性：空间叙事与空间批评》，《外国文学研究》2018年第5期。有更详细的解释。

[4] 这一节已经发表，参见方英《文学绘图：文学空间研究与叙事学的重叠地带》，《外国文学研究》2020年第2期。

"空时性"概念，并专辟一节"空间的反击"讨论"空间转向"之后空间地位的不断攀升。① 美国学者罗伯特·塔利则提出，空间转向令空间、地方、绘图等问题占据了文学和文化研究的前沿②，甚至在文学领域逐渐形成一种"文学空间研究"③，该研究可涉及地理批评、地理诗学、文学地理学、空间人文等领域，可包含"任何关于聚焦空间、地方和绘图的文本研究"④。在笔者看来，就文学空间研究而言，韦斯特法尔等人的"地理批评"（La Géocritique, geocriticism）和塔利提出的"文学绘图"（literary cartography/mapping），代表了当今西方在该领域的主流和前沿。⑤ 同时，笔者又注意到，国内学术界对地理批评关注较多，但对文学绘图的讨论远远不够，现有的研究也只是聚焦于文学与地图的关系，还有许多需要探索和深入的领域。

塔利是德克萨斯州立大学杰出教授，美国文学空间研究领军学者，先后出版了十几本文学空间研究著作，并发表了几十篇相关文章。他在这个领域最重要的贡献是"文学绘图"概念的提出、阐释、发展和理论化，以及在具体文本分析和作家研究中的运用。这个概念在西方文学研究中产生了较大影响，并受到越来越多关注，不少学者借用这个概念，或以此为研究角度，探讨了作品、作家、流派或文类的文学绘图问题。如，塔利主编的《文学绘图：空间性、表征与叙事》中收入13篇文章，讨论了不同时代（从中世纪到当代）、不同民族（英、美、德、西、加、日等）、不同文类（小说、传奇、奇幻等）、关于不同空间（城市、乡村、海洋、边界、记忆风景等）的文学绘图问题。

---

① Bertrand Westphal, *Geocriticism: Real and Fictional Spaces*, trans. Robert. T. Tally Jr., New York: Palgrave Macmillan, 2011, pp. 23–26.
② Robert T. Tally Jr., "Introduction: The Map and the Guide", in *Teaching Space, Place and Literature*, ed. Robert T. Tally Jr., London and New York: Routledge, 2018, p. 2.
③ Robert T. Tally Jr., "Spatial Literary Studies versus Literary Geography?" *English Language and Literature*, 65.3 (2019), pp. 391–392.
④ Robert T. Tally Jr., "Introduction: The Reassertion of Space in Literary Studies", in *Routledge Handbook of Literature and Space*, ed. Robert T. Tally Jr., London: Routledge, 2017, p. 3.
⑤ 参见方英《文学空间研究：地方、绘图、空间性》，载朱立元主编《美学与艺术评论》（2019年第2期总第十九辑），山西教育出版社2019年版，第57—72页。

此外，麦克米伦出版社的"地理批评与文学空间研究"丛书（*Geocriticism and Spatial Literary Studies* Series）和印第安纳大学出版社的"空间人文"丛书（*Spatial Humanities* Series）中也有不少著述涉及、借用或讨论文学绘图这一概念。

笔者发现，文学绘图不仅是文学空间研究的核心概念，而且极为强调绘图与叙事的天然联系，并始终围绕叙事作品和叙事话语展开研究，可以说是叙事研究的重要开拓，是叙事学和文学空间研究的重叠地带。在这个地带，至少有以下几方面值得深入探讨：其一，围绕"绘图—叙事—存在"这一根本联结展开的文学绘图研究；其二，叙事地图与叙事绘图研究；其三，特定作品、作家创作和文类的叙事形式/模式的绘图特征。本节将主要考察塔利的文学绘图研究，并探讨这个概念和理论对叙事学研究的开拓和启发。

一 绘图—叙事—存在

"文学绘图"概念最早出现于塔利关于赫尔曼·麦尔维尔研究的博士论文（*American Baroque*: *Melville and the Literary Cartography of the World System*，1999），作为一种文学理论的形成与发展，则借鉴了詹姆逊的认知绘图，德勒兹的地理哲学，列斐伏尔的空间三元辩证法，段义孚的"地方"概念，索亚的第三空间理论，并受到福柯、彼得·图尔希、德·塞托、巴什拉等人的启发。塔利关于文学绘图的讨论散见于《麦尔维尔，绘图与全球化》《空间性》《处所意识》等著作和《论文学绘图》《文学绘图中的冒险》《小说与地图》等大量论文中，且不断发展和自我完善。塔利将作家的写作看作文学绘图，并始终强调绘图与叙事的比喻性关联。但笔者认为，绘图不仅可以喻指写作，亦可喻指各种文学活动；绘图与叙事的联系不仅是比喻性的，更是本体论层面的。笔者还发现，塔利的文学绘图是其逐渐发展出的文学空间研究体系的一部分，尽管他本人尚未明确阐释这个体系。

塔利关于文学绘图的论述丰富而庞杂。概括而言，文学绘图概念是以地图比喻文学作品，以绘图比喻作家的写作，强调两者都是对社会空间或我们所在世界的表征："文学作品能表征广义的社会空间，因而具有一种类似地图绘制的功能，这就是文学绘图。"[①] 绘图与写作的相似性不仅在于他们与世界之间的表征关系，还在于表征的过程：就像地图绘制者那样，作家必须勘察版图，决定就某块土地而言，应该绘制哪些特点，应该强调或忽略哪些元素〔……〕作家必须确立叙事的规模和结构，就好像绘制地方的刻度与形状。[②] 因此，塔利认为"所有写作都参与了某种形式的文学绘图，因为即便是最写实的地图也无法真正描绘空间，而是像文学那样，将空间表征为图像并投射在复杂的想象关系中。"[③] 塔利的论述向我们揭示，写作与绘图都是以符号表征主体所在的世界（具体经验以及抽象结构），并投射出某种比喻性空间/地方/世界，此表征与投射的空间既有真实的，也有想象的，还有索亚所说的"真实并想象的"（real-and-imagined）[④]。后来，塔利进一步将文学绘图概括为：以比喻的方式表征文本中的社会空间，以及个体或集体主体与更大的空间、社会、文化整体之间的关系。[⑤]

文学绘图概念的提出，在本体论层面对文学写作乃至整个文学活动做出了全新的阐释。本质而言，文学绘图揭示了：文学如同地图那样，绘制主体所在的位置，主体与其他主体的关系，与更宏大的时空整体（空间组织、社会空间、经济政治体系、历史等）的关系，或者说，绘制主体的存在状况，建立主体与世界的联系。这个概念揭示了

[①] Robert T. Tally Jr., "On Literary Cartography: Narrative as a Spatially Symbolic Act" (2011) (2011–01–01).

[②] Tally, *Spatiality*, p. 45.

[③] Robert T. Tally Jr., "Geocriticism: Mapping the Spaces of Literature: Review of *La Géocritique: Réel, fiction, espace*", in *L'Esprit Créateur: The International Quarterly of French and Francophone Studies*, 49.3 (2009), p. 134.

[④] Edward W. Soja, *Thirdspace: Journeys through Los Angeles and Other Real-and-Imagined Places*, Oxford: Blackwell, 1996.

[⑤] Robert T. Tally Jr., "Adventures in Literary Cartography: Explorations, Representations, Projections", in *Literature and Geography: The Writing of Space throughout History*, ed. Emmanuelle Peraldo, Newcastle upon Tyne: Cambridge Scholars Publishing, 2016, p. 25.

文学和地图这两种符号系统的共性，建立起这两者的关系，并将其与世界、与人的存在勾连在一起。文学绘图概念还让我们看到，不仅是写作，其实各种文学活动都是某种程度的绘图。如果说作家的写作是绘制出他/她所理解和想象的世界的"地图"，那么，读者的阅读就是对作家绘图的"再绘图"，而批评家/理论家/哲学家的思考和解读则是从特定角度、就特定话题展开的绘图。无论写作，还是阅读、批评和研究，都是一种绘图行为，都能创造出某种文学地图，都是对存在状况的谱写、想象或反应，都是对关系的建构或绘制，都是对社会和时空整体性的表征与想象性建构。文学绘图研究正是致力于探究文学如何表征并建构整体性，尤其是全球化时代的世界体系这一几乎无法表征的整体。可以说，文学绘图理论以一种"空间的"思维和方式重新诠释文学，包括文学是什么，文学写作、阅读、批评和理论，文学的功能，以及我们与文学的关系。文学绘图不仅改变了我们对文学的理解，而且改变了我们看待世界和自己的方式。

在探索文学绘图的本质、价值和独创性的同时，笔者注意到，塔利的文学绘图概念"尤其"指通过"叙事"完成的创造性表征，特别强调叙事（形式、文类、作品）"尤其"具有文学绘图的特性，并始终强调绘图与叙事的比喻性关联。比如，塔利在其第一部专著中指出，小说是一种文学绘图形式。[1] 此处主要是强调叙事的绘图性质，因为叙事能赋予世界形式，创造出世界的比喻性图景，具有空间表征的意味。在一篇专门讨论文学绘图的文章中，塔利认为"叙事是为读者建立文学地图的空间性象征行为"[2]，指出了叙事的空间性和绘图性。在《空间性》中，塔利以缝制或编织这个意义将叙事和绘图联系在一起。他通过引用法国历史学家弗朗索瓦·阿尔托，指出叙事既是勘测者的地理投射，又是史诗吟咏者（rhapsode，词源学意义为"编织者"）的作品，而且叙述者还是诗人（bard），创造出其勘测并编织在一起的世

---

[1] Robert T. Tally Jr., *Melville, Mapping and Globalization: Literary Cartography in the American Baroque Writer*, London and New York: Continuum Books, 2009, p.14.
[2] Tally, "On Literary Cartography".

界。也就是说，作家描述某个地方时，会将完全不同的元素编织在一起，如其他故事的片段，其他各类文本中的不同意象。① 此处的勘测、编织、缝制等意象都具有制图学的意味，这些类比再次凸显了绘图与叙事的天然联系。塔利甚至认为，所有叙事都构成了文学绘图的形式，而绘图也是实现叙事目的和效果的关键。② 其实，塔利曾在诸多著述中反复强调：在许多方面，叙事乃绘图，绘图乃叙事。

更重要的是，塔利以"绘图"这个比喻重新观照叙事与存在的关系，将叙事与绘图的联系上升到本体论层面，并建立起"绘图—叙事—存在"这个三元联结。可以说，塔利对文学绘图的讨论始终围绕绘图、叙事、存在这三个关键词展开，并以这三者的内在联结为其假设前提、逻辑起点和理论核心。在《论文学绘图：作为空间象征行为的叙事》中，塔利详细阐述了对文学绘图概念的构想。文章开篇就指出人的存在的空间性，以及存在与绘图的关系：在世（being in the world）经验是不断航行，是确定自己与他人的位置关系〔……〕是绘制路线，是到达或离开某处〔……〕。他接着指出，人的存在状况是：被抛入世界，同时常常在世界中迷失；为了应对这一状况，人们投射出想象的线条（如经纬线），建立地标，或创造出叙事。在此，塔利将绘图和叙事看作应对存在困境的根本对策。接着，他从现象学角度指出，绘图能为主体建立有意义的参考框架，帮助主体思考自身与社会空间的关系，因而主体必然会参与绘图活动，以便理解自己所在的世界。与此相似的是，叙事常常被用于理解世界，并赋予世界形式。这种绘图，以及文学叙事，类似于詹姆逊的"认知绘图"，都是为了帮助主体在复杂而难以表征的社会整体性中为自身定位，调协个体经验与未知整体之间的关系，并试图创造出想象的意义系统和整体。③ 也就是说，叙事恰如绘图，能为世界赋形，能帮助主体理解并面对自

---

① Tally, *Spatiality*, pp. 48–49.
② Robert T. Tally Jr., "Mapping Narratives", in *Literary Cartographies: Spatiality, Representation, and Narrative*, ed. Robert T. Tally Jr., New York: Palgrave Macmillan, 2014, p. 1.
③ Tally, "On Literary Cartography".

己所在的世界,为主体在这个世界"导航",并投射出另一个世界,那个世界是对主体所在世界的表征、改写乃至替代性想象,是对意义和整体性的想象性建构。需要指出的是,塔利所讨论的"世界"是具有存在主义意味的世界,因而他关于绘图和叙事的思考也是存在意义上的思考。在《空间性》中,塔利提出,人是空间动物,也是讲故事的动物①;在《处所意识》中,塔利甚至直接主张"我绘图,因而我存在"②。显然,塔利比图尔希的"要一份地图就相当于说'给我讲个故事'"③走得更远,他不仅一再强调绘图与叙事的联系,更是赋予这两者本体论地位,视其为人存在的根本维度和应对存在状况的重要策略。

笔者发现,塔利的文学绘图是他近三十年文学空间研究的核心部分,也是其"处所意识—文学绘图—文学地理—地理批评—制图学"("存在—写作—文本—批评—理论化"④)理论框架和系列概念的一部分。在这个框架中,文学绘图是贯穿整体的核心概念:绘图焦虑(处所意识)催生了绘图行为,作家的写作创造出文学地图(文学绘图),绘制出文本中的空间与地方(文学地理),读者/批评家的解读既是阅读地图,又是再次绘图(地理批评),理论家的研究是围绕特定问题的地图绘制(制图学)。因此,可以说,塔利的文学空间研究,以文学绘图概念为核心,始终围绕"绘图—叙事—存在"这个三元关系展开。

二 叙事地图/绘图

文学绘图理论始终围绕地图/绘图与叙事的固有联系和相互喻指关

---

① Tally, *Spatiality*, p. 16.

② Tally, *Topophrenia*, p. 1.

③ Peter Turchi, *Maps of the Imagination*: *The Writer as Cartographer*, San Antonio, TX: Trinity University Press, 2004, p. 11.

④ 这个理论框架是塔利与笔者通过多次讨论共同提出的。截至《文学绘图》发稿前,塔利本人对此从未撰文阐释。

系，因此必然涉及并十分重视叙事地图和叙事绘图问题。塔利使用文学绘图概念是为了考察作家如何创造出文学地图（literary map）。[①] 从塔利和一些欧美学者的研究来看，文学绘图包含"文学地图""叙事地图"和"叙事绘图"的含义，相关论述主要涉及叙事地图的类型（平面地图、数字地图、比喻性地图），叙事绘图的特点、主要话语范畴、主要视角类型等问题。

首先是叙事地图，这可以是作家为作品世界绘制的"真实可见的"地图。托尔金在论及《指环王》的创作时说，他"先绘制一幅地图，再根据地图来填补故事（通常是一丝不苟地处理距离问题）"[②]。此处，托尔金指的是一张由他亲自绘制的平面实物地图，这幅地图清晰地呈现出中土世界的空间和地方。塔利指出，《指环王》附的这幅地图可以帮助读者（像作家一样）跟随冒险者旅行的脚步，但中土世界的"地图"绝非只有这幅图，它的形成主要是通过叙事本身[③]，或者说，通过文字绘制的叙事地图。塔利还分析了托尔金为《霍比特人》绘制的实物地图。他指出，发现这张地图是整个故事的起点，而地图本身则带领故事中的人物展开了一系列冒险，成为叙事发展的动力，并且地图还可以为读者在这个奇幻世界中指引方向。因此，"《霍比特人》中的地图既是情节的元素，又是理解情节的工具"，其本身也构成了《霍比特人》文学绘图的一部分。[④] 由此，塔利分析了地图的叙事功能，地图与叙事之间的动力关系，以及地图、叙事与文学绘图之间互为交织、互相生产的关系。

有些学者利用地理信息系统及各种绘图工具，尝试为叙事作品绘制多维乃至动态的数字地图。也就是说，他们将文学绘图理解为读者/

[①] Amanda Meyer, "A Place You Can Give a Name to: An Interview with Dr. Robert T. Tally Jr", *Newfound: An Inquiry of Place*, 4 (Winter 2012), p. 3.

[②] J. R. R. Tolkien, *The Letters of J. R. R. Tolkien*, ed. Humphrey Carpenter, Boston: Houghton Mifflin, 2000, p. 177.

[③] Robert T. Tally Jr., "The Space of the Novel", in *Cambridge Companion to the Novel*, ed. Eric Bulson, Cambridge: Cambridge University Press, 2018, pp. 156 – 157.

[④] Tally, "Adventures in Literary Cartography", p. 26.

研究者为作品世界绘制数字地图的行为，或所绘制的数字地图本身。如，阿纳斯塔西娅·林认为文学绘图应当使用 GIS 方法分析文学作品中的地理信息①。她在教学中使用 GIS 技术，带领学生绘制《橙色北回归线》的叙事地图，包括小说中所有地点的位置和不同人物的活动轨迹，并由此揭示出不同种族、阶层在居住和活动区域及流动性等方面的特点，以及各种族、阶层的空间混杂程度。又如，苏珊·库克在文学研究和教学中使用 Google Tour Builder，Google Maps，Placing Literature 等工具绘制出维多利亚时期小说中的城市、乡村、人物活动轨迹和人物关系图，试图揭示小说中的地点、人物等不同元素之间的多重关系；或如她所言，通过绘图"创造出新的空间现实"②。皮亚蒂等认为，这种文学绘图旨在直观呈现真实和虚构地理的多重叠加，从而解构所谓的地理稳定性。③ 米切尔等指出，这类绘图可以分析叙事作品中的位置信息，这种分析同时具有地理学、文学和文化研究的洞察力。④ 的确，文学绘图研究中使用信息技术和绘图工具能揭示纯文字阅读不容易发现的地理特征、空间关系、地缘政治与文化地理因素。

尽管在小说中附地图已成为欧美文学市场的流行营销手段，研究者绘制作品世界的地图（尤其是数字地图）也悄然跻身文学和地理学研究的时尚与前沿，但塔利所青睐的文学/叙事地图主要指通过语言符号（尤其是通过叙事）所绘制的比喻性地图。塔利借助"plot"的多重词义（情节、策划、在地图上标出、绘制图表等意思，是"plan"

---

① Anastasia Lin, "Mapping Multiethnic Texts in the Literary Classroom: GIS and Caren Tei Yamashita's *Tropic of Orange*", *Teaching Space, Place and Literature*, ed. Robert T. Tally Jr., London and New York: Routledge, 2018, pp. 40–41.

② Susan E. Cook, "Teaching Victorian Literature Through Cartography", *Teaching Space, Place and Literature*, ed. Robert T. Tally Jr., London and New York: Routledge, 2018, p. 70.

③ Barbara Piatti and Lorenz Hurni, "Editorial: Cartographies of Fictional Worlds", *Cartographic Journal*, 48.4 (2011), p. 218.

④ Peta Mitchell and Jane Stadler, "Redrawing the Map: An Interdisciplinary Geocritical Approach to Australian Cultural Narratives", in *Geocritical Explorations: Space, Place, and Mapping in Literary and Cultural Studies*, ed. Robert T. Tally Jr., New York: Palgrave McMillan, 2011, p. 58.

"map"的近义词)指出，情节是一种规划，其本身就是地图，因为情节建立了背景和故事的过程，并标记了虚构景观的特征。① 作家的写作就是"将一种地图投射在叙事试图再现的混乱世界上，为读者提供一种比喻性的或寓言式的表征"。② 在叙事作品和叙述活动中，这种投射和表征创造出可归入叙事学研究的"叙事地图"。

比如，乔伊斯的《尤利西斯》为读者提供了堪称典范的都柏林叙事地图。但这份精准复杂的文学地图，其成功不仅仅来自对都柏林的景观、街道、小巷和房屋等空间特征的详细描绘，也来自小说中的叙述，这些叙述令都柏林成为值得注意的"地方"。③ 换句话说，这些故事令都柏林的地图更完整更有意义，并将相关的地点标入了整个叙事地图。如果说《尤利西斯》绘制了现实世界中现代都市的叙事地图，那么托尔金的《指环王》则投射出一幅更具想象色彩的奇幻世界的叙事地图。这幅地图向读者展现出一个广阔的中土世界，其中不仅有多样的地形和地理环境，还有丰富深厚的历史背景，这些历史背景赋予这些地方丰富而多元的意义。④ 循着塔利的思路，我们很容易发现更多叙事地图：哈代的威塞克斯，狄更斯、伍尔夫的伦敦，艾柯（Umberto Eco）《福柯的钟摆》中的巴黎，以及其他许多真实/想象的地方，如荷马的古地中海，但丁的地狱等。

现有的文学绘图研究，很大部分围绕"叙事绘图"展开。叙事绘图即通过讲故事来绘制叙事地图并由此创造出叙事中的整个世界，往往可与狭义层面的文学绘图概念互换。由于绘图与叙事的天然联系，笔者认为，对叙事绘图的研究是叙事学研究不可或缺的部分。

塔利曾讨论从史诗到现代小说的三种典型叙事绘图。其一，《奥德赛》的中间部分（九至十二卷）奥德修斯化身为吟游诗人，他的第一人称叙述将看似无关的五花八门的歌曲和故事缝制在一起，将他所

---

① Tally, "The Space of the Novel", p. 159.
② Tally, *Spatiality*, p. 8.
③ Tally, *Topophrenia*, p. 31.
④ Tally, "The Space of the Novel", p. 156.

处世界的各个空间和英雄奥德修斯在地中海漂流的路线编织成一个可辨认的整体,一幅古地中海"世界"(oikoumene)的地图;其二,但丁的《神曲》借助一种超验的、近乎科学的想象地理顺序,将文学绘图的范围扩展到非现实世界的来世空间,并纳入了高度结构化的道德地理;其三,麦尔维尔的《白鲸》为整个由水陆构成的地球绘制了地图,这种叙事绘图通过制图者(主要指亚哈船长)与制图行为的互相指涉得以完成,主体性融入绘图行为,主体也被绘图实践所标记。[1] 这三种绘图代表了叙事绘图的三种基本特征:第一种呈现出叙事绘图的"拼缝"特征;第二种体现了绘图的逻辑性、结构性和超验想象的可能性;第三种强调了绘图主体与行为之间互相指涉、互相定义的特点。

叙事绘图主要采用两种话语、范畴或模式:抽象思辨的地图式整体投射,具体地对特定地方和空间的个人知识。这两者相辅相成,缺一不可:总体性抽象地图为人们的经验式行程提供了必要的框架,行程反过来也为地图上的地点赋予了形状、纹理、颜色和其他特性。[2] 与这两者相关的绘图实践主要有:勾勒等高线,建立坐标。绘制叙事地图的等高线必然结合了叙述(narration)和描写(description)这两种形式,或叙事轨迹和描述性地理这两个范畴。叙述主要建构故事情节,彰显时间的流动,同时也绘制出人物的活动轨迹和路线图;描写则意味着停顿和对空间元素的强调。塔利援引段义孚关于"现象学的地方乃目光的停留和被赋予意义的停顿"的观点指出,这种停顿为读者提供了思考或阐释所描绘地方和整个叙事的机会;而这种对"地方"的关切,于建立地图等高线而言是必不可少的:正是因为停顿(描绘)赋予其意义,这些地方才得以出现在叙事地图上,成为地图上被标注的地点。[3] 就建立结构性坐标而言,关键在于"鸟瞰视野"和

---

[1] Robert T. Tally Jr., "Spatiality's Mirrors: Reflections on Literary Cartography", *Journal of English Language and Literature*, 61.4 (2015), pp. 560 – 573.

[2] Robert T. Tally Jr., "The Novel and the Map: Spatiotemporal Form and Discourse in Literary Cartography", in *Space, Time, and the Limits of Human Understanding*, Shyam Wuppuluri and Giancarlo Ghirardi, eds. London: Springer, 2017, pp. 484 – 485.

[3] Tally, "Adventures in Literary Cartography", pp. 28 – 29.

一种认知、想象并绘制整体性的努力。也就是说,叙事绘图需要将个体的有限主观感知与"抽象的、总体的或系统的理论化"相联系,将人物的经历和行程与"更广阔世界的历史和地理"的整体图景相联系。[1]

在叙事绘图中,"看"和"走"是两种基本视角和绘图方式,并绘制出两种不同的地图。这两种视角与以下概念相关:詹姆逊区分的"map-itinerary",前者是对全局的概览,后者是围绕行走者的(以主体为中心的、存在性)旅程组织而成的路线图[2];林德和勒博的"map-tour",这是描述建筑空间布局的两种叙述方式,前者试图呈现共时的空间关系,后者将空间布局转换成主体在空间中的移动及相关叙事[3];德·塞托的"空间故事"中的"seeing"(了解关于地方的秩序)和"going"(将行为空间化)[4]。这些成对的概念,前者都强调整体性和共时性,后者则是局部的动态的。塔利认为,这些看似二元对立的概念,实则是辩证的互补和互动关系,而且都是绘图性的,因为地图不必是静态的,而旅程和路线也都是为了表征一种整体性,两者都是绘图,只是视角各不相同。[5] 笔者认为,就"叙事绘图"而言,"看"大致对应概览性和全局性"地图","走"则对应路线和旅程,是在想象的空间中动态记录位置信息及其相互关系。而对叙事研究而言,这是两种感知、表征和叙述空间的方法,类似于申丹对外视角和内视角的区分[6],一个倾向于呈现整体性图景,另一个则描绘局部的动态空间。大多数

---

[1] Tally, "Adventures in Literary Cartography", p. 31.

[2] Fredric Jameson, *Postmodernism, or, the Cultural Logic of Late Capitalism*, Durham, NC: Duke University Press, 1991, p. 52.

[3] Charlotte Linde and William Labov, "Spatial Networks as a Site for the Study of Language and Thought", *Language*, 51.4 (December 1975), pp. 924 – 939.

[4] Michel de Certeau, *The Practice of Everyday Life*, trans. Steven Randall, Berkeley: University of California Press, 1984, p. 119.

[5] Tally, *Topophrenia*, pp. 4 – 5.

[6] 申丹指出,所谓"外视角",即观察者在故事之外,所谓"内视角",即观察者处于故事之内;并在综合西方学者相关研究的基础上,区分了五种外视角和四种内视角。(详见申丹、王丽亚《西方叙事学:经典与后经典》,北京大学出版社2010年版,第94—97页。)文学绘图中占据"鸟瞰视野"的"看"显然是一种外视角,而处于故事之中的某个人物的"走"则是"内视角"。

叙事绘图都包含这两种视角和叙述方式，以及上一段所讨论的等高线和坐标。比如，乔伊斯的《尤利西斯》中关于都柏林的绘图，包括了鸟瞰式的总览地图、人物行走的路线图、各种被标注的地点、叙事的结构坐标等，是宏观与微观、静态地图和动态绘制、外视角与内视角的结合。

　　文学绘图理论关于平面、数字和比喻性叙事地图的考察，以及对叙事绘图过程、特征和话语模式的讨论，无疑为叙事学研究开拓了新领域，带来了新启示，而且赋予大家早已习以为常的视角、情节、描写、叙述等概念以新的含义和功能，甚至为叙事本身提供了新的阐释维度和研究路径。

三　叙事形式/模式

　　文学绘图理论与实践讨论了叙事形式或叙事模式问题，即特定作品、作家创作、特定时期文学、流派或文类的叙事形式/模式及其绘图特征。在很大程度上，文学绘图就是将叙事形式赋予特定的地理、景观和空间（元素与关系），或者说，考察空间、表征与叙事形式的关系。因此，不同叙事形式或模式往往意味着不同绘图方式，或绘制不同类型的空间，并绘制出不同类型或特征的地图。比如，华盛顿·欧文的地方故事、斯托夫人的民族史诗、麦尔维尔叙事中的全球视野，显然涉及迥然不同的叙事空间和文学绘图，而现实主义小说和奇幻叙事等不同文类也会呈现出不同绘图特征。塔利虽然没有明确系统地讨论作为叙事形式/模式的文学绘图，但他在庞杂的著述中，不断涉及文类或作品的叙事形式或模式，并且总是将叙事形式/模式与绘图结合起来讨论。

　　塔利专门探讨了麦尔维尔小说创作的叙事形式及其对应的文学绘图。塔利发现，《白鲸》创造了一种巴洛克风格的绘图：奇异、疯狂乃至有些荒谬；几乎不尊重传统小说或传奇（romance）的形式界限；采用了一种毫无节制的形式：总是偏离以实玛利的故事，却将来自各处的各种元素纳入其中，最终绘制出一幅向各个方向延伸的复杂的文学地图。① 这种不加节制的散漫形式实则具有后国家叙事的特质，试图绘制一个刚刚兴起的世界系统。② 不仅是这部作品，实际上麦尔维尔的整体创作（尤其是晚期作品）都在绘制世界系统和全球空间。恰如莫瑞迪对《白鲸》的归类（世界文本），麦尔维尔文学绘图的地理参考框架不再是民族—国家，而是更广阔的整个洲乃至整个世界③；既包含又批判国家叙事（national narrative）④；将个人叙事（personal narrative）融入到一种全面的、整体性绘图工程中⑤。

塔利的文学绘图研究深入探讨了特定文类的叙事模式，如小说、冒险故事、奇幻、乌托邦、恐怖小说、犯罪叙事的绘图问题。塔利曾在不同著述中谈及小说的叙事绘图，主要讨论了小说文类的绘图特征、真实与虚构问题、不同时期不同流派小说的绘图及其与社会空间的关系。他指出，如果说史诗可以反映古希腊文明的一致性和整体性（如卢卡奇所言），那么小说的使命则是投射出一个想象的、临时的、偶然的总体。⑥ 在这一逻辑基础上，塔利概括出小说形式与绘图的一般特征：对一个广袤世界的整体投射，加上对人物、地点和事物的细致描述，及其与情节运动之间的互动。⑦ 关于小说空间的真实与虚构问题，塔利认为，小说中呈现的空间必然是想象的，但读者能够区分哪些是完全虚构，哪些是在现实世界有清晰参照物的地点，而这些区别对于在不同文类或写作模式间划定界线常常能发挥至关重要的作用。⑧ 也就是说，小说所绘制的空间类型往往决定了文类或模式特征。在具

---

① Robert T. Tally Jr., *Melville, Mapping and Globalization: Literary Cartography in the American Baroque Writer*, London and New York: Continuum Books, 2009, pp. 7 – 8.

② Tally, *Melville, Mapping and Globalization*, p. 36.

③ Franco Moretti, "Conjectures on World Literature", *New Left Review*, 1 (January-February 2000), p. 50.

④ Tally, *Melville, Mapping and Globalization*, pp. 65 – 66.

⑤ Tally, *Melville, Mapping and Globalization*, p. 101.

⑥ Robert T. Tally Jr., "Lukács's Literary Cartography: Spatiality, Cognitive Mapping, and The Theory of the Novel", *Mediations*, 29.2 (Spring 2016), p. 120.

⑦ Tally, "The Novel and the Map", p. 480.

⑧ Tally, "The Space of the Novel", p. 154.

体叙事模式的讨论中,塔利借用卢卡奇、列斐伏尔、詹姆逊等人的观点,分析了不同时期不同小说叙事的模式与绘图特征:17 或 18 世纪的小说试图绘制的是"上帝所弃世界"中的社会;现实主义小说绘制了市场资本主义阶段社会空间的同质化;现代主义表现手法用于绘制垄断资本和帝国主义所带来的新型国家空间(即国际空间)。塔利甚至展望,当今的小说写作范围必然扩展至全球体系的规模,最终绘制出一幅跨越全球的"世界图景"。①

塔利还专门讨论了冒险叙事的绘图问题。他认为作为一种文类的冒险故事往往具有固定的情节模式:一个徒步旅行的英雄,探索陌生的地方,遭遇新奇的事情,返程后,其经历成为自我叙述或其他作家笔下的故事②。塔利认为冒险故事在叙事史上具有特殊地位,堪称文学绘图的典范,因为冒险者的行程为其所在世界的地图提供了补充意义,因此,冒险叙事能极好地结合行程和地图这两种语域(register)的力量。③ 关于行程与地图在冒险叙事中的关系和作用,以及由此产生的绘图特征,塔利阐释道:一方面,关于冒险者行程的叙述将形式和意义赋予小说中的地理空间,使其变成可理解的(据笔者理解,"可理解的"即读者"可见的",即为读者绘制出这些地方),从而形成其所描绘世界的地图;另一方面,冒险者的返乡构成了作家所创造的艺术空间的闭合框架,由此产生的文学绘图结合了对故事情节的行程式追踪和已完成的冒险所形成的地图式概览。④ 确实,冒险叙事特别适合于文学绘图工程。首先,冒险故事主要叙述空间流动性(离乡、返乡、不断去往新地方),与空间密切相关,具有明显的绘图性质。其次,这类叙事绘制出异域之地,即未知或陌生的空间,而这是地图绘制的任务,并典型地呈现出绘图的三个过程:勘测一片新的未被绘制的土地(冒险者在陌生领土的探险过程),表征这个世界(冒

---

① Tally, "The Space of the Novel", pp. 163 – 165.
② Tally, "Adventures in Literary Cartography", p. 20.
③ Tally, *Topophrenia*, p. 11.
④ Tally, "Adventures in Literary Cartography", pp. 24 – 25.

险者的所见所闻，叙述者对这个世界的描述），投射出一个"真实并想象的"空间（作者的书写投射出一幅整体性地图）。最后，"叙事中描绘的异域土地被纳入一个由地理、历史、文化和其他知识所构成的整体系统"①，因而将个体经验与宏阔的历史、自然、宇宙相联系（如《霍比特人》《指环王》），将主观的具体的经验绘制到客观而抽象的宏大结构中，即绘制出个体经历与总体历史、社会空间之间的关系。

塔利在许多著述中都谈到奇幻（Fantasy）和乌托邦故事的叙事特征和绘图问题。塔利认为，奇幻故事的绘图工程包括对他性（alterity）、另类世界特性（otherworldliness）和不可能世界的想象②；而作为叙事或话语模式的奇幻可包括科幻、乌托邦、恐怖故事等各种亚文类③。关于作为奇幻模式亚文类的乌托邦，塔利在许多著述中都讨论了其空间特性、话语特征、批判力量及其与文学绘图的关系。比如，塔利分析了托马斯·莫尔的乌托邦绘图：布局完美的社会空间和标准化城市，运用精确的数学手段或笛卡尔网格对社会空间进行巴洛克式的重组，根据福柯所说的规训社会的需要对空间进行排序，时间和经验在资本主义生产方式下转变为空间框架〔……〕④ 总体而言，乌托邦是一种非常独特的空间类型和绘图模式，要么是一种具有高度同质性和整体性的理想国家空间，要么是关于理想未来的想象，要么在现实空间或时间链条之外，要么是时间或空间的错置⑤，而在全球化的今天，乌托邦叙事是想象并绘制一种后民族世界系统的

---

① Tally, "Adventures in Literary Cartography", p. 25.
② Robert T. Tally Jr., "Beyond the Flaming Walls of the World: Fantasy, Alterity, and the Postnational Constellation", in *The Planetary Turn: Relationality and Geoaesthetics in the Twenty-First Century*, eds. Amy J. Elias and Christian Moraru, Evanston: Northwestern University Press, 2015, p. 199.
③ Robert T. Tally Jr., "Weird Geographies: Fantastic Maps", in *Spaces and Fictions of the Weird and the Fantastic: Ecologies, Geographies, Oddities*, eds. Julius Greve and Florian Zappe, New York: Palgrave Macmillan, 2019, p. vi.
④ Robert T. Tally Jr., "In the Suburbs of Amaurotum: Fantasy, Utopia, and Literary Cartography", *English Language Notes*, 52.1: *Imaginary Cartographies*, ed. Karen Jacobs (Spring/Summer 2014), p. 60.
⑤ Tally, *Utopia in the Age of Globalization*, pp. 3–4.

方式①。

　　塔利还论及个人叙事、城市叙事、海洋叙事中的文学绘图问题。关于 19 世纪中期美国文学中盛行的个人叙事（personal narrative），塔利认为，这种模式热衷于对"新世界"的好奇，并通过对这个世界的叙述将这些地方纳入政治与地理的总体系统中，绘制到文学地图之中②。但个人叙事有其局限性：受制于主体关于地理空间的不完整认识，过于依赖个体主体的特定视角（也是受限视角）③；依赖类似于目击者陈述的单一叙述声音，更像行程而非地图④。关于城市叙事，他指出 19 世纪的城市叙事中，常见的城市空间意象是全景图和迷宫：全景图提供了对城市的全面概观，能将秩序带给日益复杂的社会空间；迷宫提供了一种想象的差强人意的秩序，其秘密或者说目的是逃离这一空间的关键。⑤ 至于海洋叙事，塔利关于麦尔维尔、康拉德海洋小说中文学绘图的讨论，是其对具体文本与作家的研究，而 2019 年 11 月他在宁波大学"第三届海洋文学与文化国际学术研讨会"的主旨发言《作为航海图的海洋叙事：文学绘图与海洋空间》，则对海洋叙事的文学绘图问题作出了理论探讨。⑥

　　莉萨·弗莱彻（Lisa Fletcher）主编的《通俗小说与空间性》（*Popular Fiction and Spatiality: Reading Genre Settings*, 2016）中汇编了关于通俗小说中背景的讨论，其中不少关于叙事模式的绘图问题，包括惊悚小说（Thriller）中的各种背景（洞穴、地下空间、南极洲），英国

---

　① Tally, *Utopia in the Age of Globalization*, pp. 5 – 7.
　② Robert T. Tally Jr., "'Spaces That before Were Blank': Truth and Narrative Form in Melville's South Seas Cartography", *Pacific Coast Philology*, 42.2 (2007), pp. 184 – 185.
　③ Robert T. Tally Jr., "'Spaces That before Were Blank': Truth and Narrative Form in Melville's South Seas Cartography", *Pacific Coast Philology*, 42.2 (2007), p. 188.
　④ Robert T. Tally Jr., "'Spaces That before Were Blank': Truth and Narrative Form in Melville's South Seas Cartography", *Pacific Coast Philology*, 42.2 (2007), p. 192.
　⑤ Robert T. Tally Jr., "Neutral Grounds, or the Utopia of the City in the Era of Globalization", *Journal of Contemporary Literature*, 2.2 (2010), pp. 139 – 140.
　⑥ 详见 Robert T. Tally Jr., "Sea Narratives as Nautical Charts: On the Literary Cartography of Oceanic Spaces",《外国文学研究》2020 年第 2 期。

奇幻叙事中的空间与地方，城市奇幻小说中交通空间与交通地图，犯罪小说（Crime Fiction）、新西兰 1930—1950 年通俗小说、未来小说（Genre of the Future）中的空间（如人烟稀少的腹地、乌托邦空间）与绘图问题。

从词汇意义来看，形式或模式本身具有空间性意义，叙事形式或模式则令人联想到"赋予时间性故事以空间性形式"，或者说为故事和时间绘图。因此，文学绘图理论对叙事形式和模式的考察也就是题中之义了。尽管塔利等西方学者对各种文类的绘图问题已有不少讨论，但显然还有值得继续深入的空间（比如，叙事诗的绘图问题），而关于具体作品、作家和流派创作的叙事绘图问题，则是一个亟待开拓和绘制的疆域。

结　语

文学绘图概念不仅整合了各种与空间、地理和制图相关的理论，为文学研究提供了新视角、新领域和新理论，而且为我们提供了关于文学、文学与世界、文学与存在关系的新理解。文学绘图理论因其对叙事的特别关注和大量讨论，为叙事学研究提供了不容忽视的借鉴与启发。其中，以下两点尤其值得一提。

其一，强调了文学叙事中长期被忽视的空间性，并在方法论、认识论乃至本体论层面讨论并揭示了叙事空间性的意义和价值。在"文学绘图"理论中，"空间（性）"不仅是故事发生的场所或背景，甚至不再仅仅是"空间叙事"研究中常见的研究对象，而是被看作文学研究的方法："绘图"是一种空间性研究方法，要求研究者始终以空间的眼光和视角，以空间性阅读法，甚至借用或绘制出真实的地图，考察文学作品、创作和理论中的空间性元素和问题。这是文学研究的新进路，是方法论的革新。该理论还强调了绘图和叙事空间性的认识论意义：叙事或文学写作绘制出文学地图，不仅将文本所表征的世界呈现给读者，而且为读者在这个世界导航，令读者获得关于这个世界的知识（尤其是那些异域的、幻想的世界）；而且，该绘图将这个世界投射到更大的时空体系和社会空间上，能帮助读者更好地理解自己的世界。不仅如此，文学绘图理论甚至认为叙事就是绘图，绘图就是叙事，都是应对存在焦虑的策略。这是在本体论层面对空间性的强调，是对绘图、叙事空间性与存在关系的探究。

其二，强调了叙事形式/模式乃至叙事本身的意识形态性，因为地图和绘图本身具有鲜明的意识形态性。正如马克·蒙莫尼尔在《如何用地图扯谎》中指出的，英国人之所以青睐用墨卡托投影绘制的地图，是因为其讨好大英帝国的方式——让零度经线穿过格林威治，以及澳大利亚、加拿大、南非等殖民地。[①] 塔利也多次讨论绘图的意识形态性。他认为地图绘制是一种意识形态活动，而欧洲现代制图与航海发展共同促进了欧洲的殖民活动。[②] 绘制地图一直与帝国、社会压迫和各种意识形态计划相关，这些计划是为了某些群体的政治利益而对空间表征加以操纵。[③] 与地图/绘图相似的是，叙事形式/模式乃至叙事本身也往往具有意识形态性。比如，冒险叙事关于异域空间和经历的叙述，不可避免地成为大都市中心的知识与权力总体的一部分，更不必说那些关于殖民历史和所谓"教化使命"（civilizing mission）的故事，以及冒险叙事本身所暗示的"文明—野蛮""中心—边缘"二元对立模式。[④] 由于叙事与绘图具有本体论的关联和互相喻指性，因此，叙事，恰如绘图，不可能是中性的或客观的，必然具有与生俱来的意识形态性。对叙事意识形态的考察，既是文学绘图研究的重要维度，也是文学绘图理论的核心和目的。

因此，笔者认为，应当将"文学绘图"纳入叙事学领域，作为叙事学概念和理论加以整理、研究和阐发，并运用于文学文本分析和作

---

① Mark Monmonier, *How to Lie with Maps*, Chicago: University of Chicago Press, 1991, p. 96.
② Robert T. Tally Jr., "Cartography and Navigation", in *The Blackwell Encyclopedia of Postcolonial Studies*, Gen. eds. Sangeeta Ray and Henry Schwarz, Oxford: Wiley-Blackwell, 2016, Vol. I, p. 1.
③ Tally, *Topophrenia*, p. 1.
④ Tally, "Adventures in Literary Cartography", p. 23.

家、文类、流派等研究。其实，学者撰写学术著作，又何尝不是一次次的"绘图"呢？学者们要勘测所研究的领土，确定将要绘制的学术地图的主题和目的，并进一步决定要纳入哪些元素，强调哪些，弱化哪些，并努力将不同的"叙事"片段编织缝合在一起，织入一个逻辑严密的框架，努力绘制出某种整体性，而在这共时呈现的整体性之中，亦包含学者在这个领地探险时的动态路线。因此，我们或许可以说,在一定程度上，学术写作也是（空间性）叙事和（学术性）绘图。

第二节 地理批评：文本与世界的多维互动[①]

"地理批评"一词的提出有两个源头。一个是法国哲学家贝尔唐·韦斯特法尔（Bertrand Westphal）：他首次提出"地理批评"（La Géocritique）这个词是1999年在利摩日大学举办的学术研讨会上，其论文《走向对文本的地理批评》构成了奠基这一批评理论与实践的宣言。[②] 另一个是美国学者罗伯特·塔利（Robert T. Tally Jr.）："早在20世纪90年代初，我开始使用'地理批评'（geocriticism）这个术语来涉及我研究项目的一个方面，我用这个词，希望在文学研究中更强调文学研究的空间、地方和绘图（mapping）……"[③] 在两位学者的实践、倡导和推动下，逐渐形成了以两位学者为首的法国地理批评学派和美国地理批评学派。在过去的十年中，两位学者的地理批评研究引

[①] 这一节已经发表，参见方英《地理批评》，载傅修延主编《叙事研究》（第4辑），上海外语教育出版社2022年版。

[②] 参见《关于"地理批评"——朱立元与波特兰·维斯法尔的对话》，骆燕灵整理翻译，载《江淮论坛》2017年第3期。这篇文章后来与当年研讨会上的其他论文一同编入了论文集：Bertrand Westphal, "Pour une approche géocritique des textes", in: *La Géocritique Mode d'emploi*, Pulim: Limoges, coll, 2000, pp. 9 – 40. 还可见：http://sflgc.org/bibliotheque/westphal-bertrand-pour-une-approche-geocritique-des-textes/。

[③] Robert T. Tally Jr., "Introduction: On Geocriticism", in *Geocritical Explorations: Space, Place, and Mapping in Literary and Cultural Studies*, ed. Robert T. Tally Jr., New York: Palgrave Macmillan, 2011, p. 1.

起了国内学术界日益浓厚的兴趣,关于这个领域的译著、译作、文章、书评、访谈、专栏乃至论文集不断涌现。① 因此,有必要考察地理批评的发生和发展脉络、其主要学派(法国学派和美国学派)和研究方法,而这一新兴批评所带来的启示,亦值得思考和总结。

一 法国地理批评

法国学派以贝尔唐·韦斯特法尔为首,其理论贡献为韦氏提出的"地理批评"(La Géocritique),其批评实践涉及韦氏及其团队开展的关于地中海、澳大利亚、非洲、美洲等区域的广泛考察和相关文本的互文阅读。韦斯特法尔是法国利摩日大学哲学系教授,著有《地中海之眼》(L'œil de la Méditerranée,2005)、《地理批评:真实与虚构空间》(La Géocritique: Réel, fiction, espace,2007;英译版 2011)、《似真世界:空间、地方与地图》(Le Monde plausible: Espace, lieu, carte,2011;英译版 2013)、《子午线的牢笼》(La Cage des méridiens: la littérature et l'art current ain face à la globalization,2016)等著作,在与空间和文学相关的许多领域产生了深远影响。韦斯特法尔的研究极大地借鉴了德勒兹和福柯的哲学思想,哈维和索亚的后现代地理学理论,也吸收了后结构主义和后现代主义的见解,以及社会学、建筑学、城

---

① 如:译著:方英翻译的塔利的《空间性》由北京大学出版社出版,张蔷翻译的韦斯特法尔的《子午线的牢笼》由福建教育出版社出版;译作:方英翻译了塔利的文章《此前空白的空间》《文学绘图中的冒险》《文学空间研究》《萨义德,马克思主义,空间性》,乔溪、陈静弦等人分别翻译了韦斯特法尔的《"地平线"与"风景":东西方审视世界之不同视角》《水平线与空间转向》《世界的形貌:去中心化的地理批评》《地理批评宣言:走向文本的地理批评》;文章:方英的《论罗伯特·塔利的文学空间研究》,张蔷的《论韦斯特法尔的空间隐喻与世界文学观——从〈子午线的牢笼〉谈起》;书评:方英的《空间转向之后的存在、写作与批评——评塔利的〈处所意识:地方、叙事与空间想象〉》,高方、路斯琪的《从文本到世界:一种方法论的探索——贝尔唐·韦斯特法尔〈地理批评:真实、虚构、空间〉评介》;访谈:袁媛的《文学空间研究与教学:罗伯特·塔利访谈录》(英文),颜红菲的《文学·世界·地理批评——贝尔唐·韦斯特法尔教授访谈录》;专栏:朱立元主编的《美学与艺术评论》2019 年第 2 期总第十九辑)组织了韦斯特法尔专题研究;论文集:Palgrave Macmillan 出版的 Spatial Literary Studies in China (2022)汇集了中国学者关于地理批评理论和实践的探索。

市研究、文学批评、后殖民理论、性别研究、电影研究的方法和话语。其地理批评理论主要集中于两本专著和几篇文章中，下文将逐一介绍。

在《走向对文本的地理批评》[1] 这一奠基之作中，韦斯特法尔围绕地理批评的目的，渐次展开以下三点：其一，不是考察文学中的空间表征，而是着眼于人类空间和文学之间的互动，以及对文化身份的确定性/不确定性方面作出贡献[2]；其二，虽然从文学出发，但最终目的是超越文学领域，"将空间中阐释人性的虚构部分抽离出来"[3]；其三，无限接近被研究空间的真实本质[4]。文章还明确了地理批评的方法：抛弃单一性，强调多重视角和多重感知，因此必然采用跨学科方法，但同时又立足于文本。文章主体部分讨论了三个重要问题。其一，地理批评对地图集的使用。文章认为，地理批评最好从地图集中已经绘制的地方入手，并抛出一个文学与空间关系的重要问题：如何区别对真实空间和展现虚构的乌托邦空间的表征？作为回答，文章援引让·鲁多（Jean Roudaut）在《法国文学中想象的城市》中的观点，讨论了文学所表征的地方与真实地方（指称本身）之间的关系，并指出，"移植到文学中的空间会影响对所谓'真实'指称空间的再现"。[5] 其二，地理批评与时间、空间的关系。文章认为，人类空间不应被视为历史长河中不再移动的石碑，也不是自我指涉的整体；所有空间都同时在绵延（durée）和瞬间中显现；空间位于它与历时性（它的时间层）和共时切面（它所容纳的多个世界的共可能性）的关系中。文章通过对

---

[1] 由于笔者法语水平有限，因此，阅读此文主要参考了［法］波特兰·韦斯特法尔的《地理批评宣言：走向文本的地理批评》，陈静弦、乔溪译，《南京工程学院学报》（社会科学版）2018年第18卷第2期，也得到了罗伯特·塔利的帮助。

[2] ［法］波特兰·韦斯特法尔：《地理批评宣言：走向文本的地理批评》，陈静弦、乔溪译，《南京工程学院学报》（社会科学版）2018年第18卷第2期。

[3] ［法］波特兰·韦斯特法尔：《地理批评宣言：走向文本的地理批评》，陈静弦、乔溪译，《南京工程学院学报》（社会科学版）2018年第18卷第2期。

[4] ［法］波特兰·韦斯特法尔：《地理批评宣言：走向文本的地理批评》，陈静弦、乔溪译，《南京工程学院学报》（社会科学版）2018年第18卷第2期。

[5] ［法］波特兰·韦斯特法尔：《地理批评宣言：走向文本的地理批评》，陈静弦、乔溪译，《南京工程学院学报》（社会科学版）2018年第18卷第2期。

城市与历史的讨论指出,"可感知的空间是沉淀的结果",人类空间具有"历时性的多样"(历史性,神话性,总体而言的互文性)。① 其三,指称与表征的关系。文章认为,这两者是相互依存乃至相互作用的,他们的关系是动态的、辩证的。文章特别强调对他者和他性的表征,并指出,地理批评的多重视角就在本土表征和异地表征的交叉口。这三个方面的讨论实则蕴含了后来关于地理批评三大基本范畴的构架:越界性(transgressivity)、空时性(spatiotemporality)和指称性(referenialality)。文章还讨论了地理批评的语料库选择问题,以及选择的原则和衡量的标准。

在《地理批评:真实与虚构空间》这本集成之作中,韦斯特法尔对"地理批评"理论和方法作出了更系统深入,也更成熟的阐述。在《引言》中,作者明确指出地理批评的对象:探索模仿艺术通过文本、图像以及与之相关的文化互动组织而成的人类空间。② 全书主体部分由五章构成。在第一章《空时性》中,作者展示了"二战"后空间的地位如何不断上升(各种形式的"时间空间化"、时空重组、空间的反击),现代主义、后现代主义如何从根本上改变了理论家的空间观念,如何令更为动态的越界性运动成为思考的焦点。这一章在时空一体性的前提下确立了地理批评的"空间首要性"(supremacy of space over time)原则。在第二章《越界性》中,作者首先明确了地理批评的两大前提:其一,时间、空间都服从于"震荡逻辑",即时空的片段不再被导向一个连贯的整体;其二,空间表征与真实空间的关系是不确定的。③ 这两个前提决定了后现代空间必然是异质的,必然以越界性为常量。这一章主要讨论了德勒兹、索亚等人的空间概念,越界概念的内涵与越界状态,后现代绘图中的边界、身份、危机、悖论,身

---

① [法]波特兰·韦斯特法尔:《地理批评宣言:走向文本的地理批评》,陈静弦、乔溪译,《南京工程学院学报》(社会科学版)2018 年第 18 卷第 2 期。
② Bertrand Westphal, *Geocriticism: Real and Fictional Spaces*, trans. Robert T. Tally Jr., New York: Palgrave Macmillan, 2011, p. 6.
③ Bertrand Westphal, *Geocriticism: Real and Fictional Spaces*, trans. Robert T. Tally Jr., New York: Palgrave Macmillan, 2011, p. 37.

体、空间与流动性等问题。他认为，越界性原则居于大多数文学理论的中心，也是符号学、哲学领域的空间思考的核心。[1] 第三章《指称性》讨论了"空间与空间再现""现实、文学与空间""世界理论""指称的摇摆""同境共识"（homotopic consensus）、"异境干扰"（heterotopic interference）等九个问题，主要探讨了世界与文本的联系，或者说，指称物（referent）与表征的联系。这些讨论是以地理/空间为核心展开的，这在作者对"指称性"的界定中一目了然：指称性指的是现实与虚构的关系，世界中的空间和文本中的空间之间的关系。[2] 第四章《地理批评的元素》主张地理批评应该避免传统的以自我为中心的（ego-centred）研究方法，取而代之的是"地理中心法"（geo-centred）。这一章提出了地理批评方法的四种原则，并各分一节详细讨论：（1）多重聚焦（multifocalization），即采用多种视角；（2）拥抱多重感知的聚合（polysensoriality），考察空间不仅仅通过视觉感知，而且通过气味和声音；（3）地层学视野（stratigraphic vision），将地方看作包含多层次意义，这些意义经历了解域（deterritorialization）和再辖域（reterritorialization）；（4）将互文性置于研究的首位。在第五章《阅读空间》中，作者考察了文本对地方建构的重要性，尤其是文本中地方的"易读性"问题，并延续了对指称性的讨论：文本与地方的联系和相互影响。作为结语，韦斯特法尔指出，"地理批评的工作场所在'真实'地理和'想象'地理之间……这两种地理颇为相似，都能通向其他地理，而这些都是批评家应当努力发展并探索的。"[3] 此处提出的"在'真实'地理和'想象'地理之间"已经预示了其姊妹篇《似真世界》中"似真世界"的本质特征。

2011年出版的《似真世界》可看作《地理批评》的续篇，也是

---

[1] Bertrand Westphal, *Geocriticism: Real and Fictional Spaces*, trans. Robert T. Tally Jr., New York: Palgrave Macmillan, 2011, p. 46.

[2] Bertrand Westphal, *Geocriticism: Real and Fictional Spaces*, trans. Robert T. Tally Jr., New York: Palgrave Macmillan, 2011, p. 6.

[3] Bertrand Westphal, *Geocriticism: Real and Fictional Spaces*, trans. Robert T. Tally Jr., New York: Palgrave Macmillan, 2011, p. 170.

对地理批评研究领域的开拓。这本充满诗意和批判性的理论著作分析了从古希腊到现代的丰富文本，借鉴了来自世界各地的众多文化和语言传统，以比较文学的视野和方法讨论了各种空间表征，试图探索一个"似真的"世界。全书主要由五章构成（另有《引言》和塔利作的《前言》）：《中心的增殖》《地平线》《空间冲动》《对地方的发明》《对世界的测量性控制》。在《引言》中，作者解释了他对"似真世界"的理解："也许在一个被超越的单数和一个被整合的复数之间存在着另一个世界。那将是一个振荡的世界……这将只是一个似真世界。它毫不矫揉造作，支持空间迷宫（这是这个星球、它的历史和现状的特征）的不规则形式。……形容词 plausible 来源于拉丁语 plausibilis，共有词根 plaudere，意思是'掌声'。因此，似真的就是值得鼓掌的。因此，似真世界将是一个值得称赞的世界。"[①] 作者将这本书设想成一次跨越时代和文化的旅行，并将旅行的起点设在"世界的中心"（历史上有过许多中心）。因此，他讨论了"omphalos"概念（即"肚脐"，世界的中心），并由此扩展到肚脐综合征问题、朝向问题、不同世界的交会等。接着，作者讨论了地平线对梦想家和航海者的吸引力，考察了作为耶路撒冷对立面的炼狱海滩，以及中世纪对空间的敞开及其对不同地方的奇特编织方式。第三章讨论了各种更广阔的空间探索，这些探索都是出于强烈的空间冲动，选择跨越地平线去发现隐藏在远处的东西——一片纯空间（pure space）：阿尔戈英雄们从赫拉克勒斯神柱俯冲而下，哥伦布与马可·波罗的空间探索，非洲的阿布·巴卡里二世的海上探险和遇难，关于不同文本中郑和航海经历的分析等。第四章讨论了西方人面对广袤的空地（如美洲大陆）和无边无际的海洋时，为了实现对这些空间的掌控，通过削减、限制和操纵性实践，将开放的空间塑造成封闭的地方，或者说，"发明了"地方。考察"空间被强行变成地方"的历史构成了这一章和下一章的研究基础。

[①] Bertrand Westphal, *The Plausible World: A Geocritical Approach to Space, Place, and Maps*, trans. Amy Wells, New York：Palgrave Macmillan, 2013, p. 7.

第五章主要关于对空间的各种测绘（以实现对空间的掌握和控制）。作者考察了陆地和水中各种看不见的线条（如，布满整个澳大利亚的"歌声的线条"——唱出一路上遇见的万物，也就在歌唱中令世界显现），以及他们的命运（被西方的测量方式修改，以便征服空间的无限、开放和"光滑"）；地图绘制如何传播殖民的骗局；如何从地图上抹去他者，等等。作者还思考了"不测量"（将现代度量衡相对化）和"测量"这两种把握世界的方式，并相信在这两者之间，应该有足够的空间可以让另一个世界升起。《似真世界》通过对从古至今各种文本的解读，探索了一个似是而非却又尚合情理的世界，这个世界不是一个在物理维度和地理位置上基本稳定的世界，而是位于文本与（真实）世界之间，现实与虚构之间，在诸多世界的缝隙和交汇处，在索亚的第三空间中，或者说，在地理批评者的阅读中。

韦斯特法尔在《地理批评的探索》《前言》中援引托马斯·帕维尔（Thomas Pavel）的"可能世界理论"（possible-world theory），并指出，文学中的可能世界令文本不再仅仅是文本，文本在无数世界中打开了一个新世界。① 这个新世界就是地理批评要探索的空间。关于影响地理批评的重要理论，作者将其概括为"那些以游牧性视角（a nomadic perspective）释放空间感知与表征的理论"。② 这两点既指明了地理批评最重要的哲学基础（可能世界理论和游牧理论），也概括了地理批评场域的本质特点：无限性，开放性，文本与世界的多重关系以及解读的无限可能。

二 美国地理批评

美国的地理批评学派以罗伯特·塔利为代表与核心。由于塔利的

---

① Bertrand Westphal, "Foreword", *Geocritical Explorations: Space, Place, and Mapping in Literary and Cultural Studies*, ed. Robert T. Tally Jr., New York: Palgrave Macmillan, 2011, p. xii.
② Bertrand Westphal, "Foreword", *Geocritical Explorations: Space, Place, and Mapping in Literary and Cultural Studies*, ed. Robert T. Tally Jr., New York: Palgrave Macmillan, 2011, p. xiii.

倡导、引领尤其是编撰论文集与丛书，美国"地理批评"学派得以形成并迅速壮大。

早在20世纪90年代读研究生期间，塔利就开始在自己的研究中使用"geocriticism"一词，用来指称批评家对作家的"文学绘图工程"（literary cartographic project）的分析和阐释，或者说，对作家所绘制的"文学地图"的阅读。这是一种对空间关系、地方和绘图高度敏感的文学阅读方式[①]，是一种看待文学空间的方式，这个空间既包括读者和作家通过文本所体验的地方，也包括我们的内在空间，以及作为一种存在状态的"置身于"空间（*situatedness* in space）[②]。当然，这也是一种文学批评方法：读者/批评者聚焦于叙事表征、形塑、影响社会空间以及被社会空间影响的方式。这种批评方法特别关注文本中的空间元素和空间问题，并尤其偏爱使用人文社科领域的各种空间理论、思想、发现与方法，与国内一些学者（如陆扬、方英）主张的"空间批评"（spatial criticism）颇为相似。在地理批评实践中，空间/地方不再是空的容器，也不仅仅是事件发生的舞台或衬托人物、烘托主题的背景。地理批评方法要求批评家将空间和地方看作文本中的动态元素与特征，其对人物、事件等其他元素和特征发挥着积极影响，并不断与之互动。[③] 地理批评还是对人类存在状况中"处所意识"（topophrenia）[④]的回应，是将自己对所在地方的"空间关切"迁移至文学阅读和批评中。"塔利认为，在后民族全球化时代，作为存在与

[①] Robert T. Tally Jr., *Topophrenia*: *Place*, *Narrative*, *and the Spatial Imagination*, Bloomington: Indiana U P, 2019, p. 38.

[②] Tally, *Topophrenia*, p. 49.

[③] Tally, *Topophrenia*, p. 39.

[④] 处所意识（"topophrenia"）乃塔利创造的词，由希腊词根"topos"（对应place）和"phren"（对应mind）组合而成，塔利将其解释为"placemindedness"（地方关切），即对自己所处地方（位置、地点、方位、环境、空间关系等）的意识和关切。这是一种持续、强烈乃至有些夸张的"地方关切"，且往往令人不安，并决定着主体与环境之间互动的特征。在塔利看来，处所意识与人类如影随形，是人存在的持续状态和常有特征，"是思想、经验和存在的基本要素"（*Topophrenia*, pp. 1–2）。可参见方英《空间转向之后的存在、写作与批评——评罗伯特·塔利的〈处所意识：地方、叙事与空间想象〉》，《外国文学》2021年第3期。

感知的处所意识日益加剧，这要求我们将文学写作看作地图绘制，以建构一种想象的整体性，并需要大家拥抱一种地理批评进路，以分析文本中的空间性。"① 塔利认为许多学者的著述都具有地理批评的性质，如爱德华·萨义德在《文化与帝国主义》中对"历史的地理学探索"，弗雷德里克·詹姆逊在《地缘政治美学》中对"认知绘图"的分析，瓦尔特·本雅明关于巴黎的著述（尤其是《拱廊街》），等等。②关于地理批评的问题域，塔利主张：其一，追问如何创造出新的、不同的故事；其二，思考社会现状的局限性；其三，投射出替代性世界。③可见，塔利的地理批评不仅是对文本的阅读，而且是对现实世界的介入和空间实践。关于地理批评的发展前景，塔利非常乐观。他认为在不久的将来，地理批评必将成为文学与文化研究中极为重要的部分；而且，地理批评将提出新问题，采用新的阅读方法和研究方法（往往是其他学科的方法），帮助我们以不同的方式理解我们的世界。④

塔利的"地理批评"研究还包括大量的文本批评实践，主要涉及赫尔曼·麦尔维尔、埃德加·艾伦·坡、约翰·托尔金、约瑟夫·康拉德、库尔特·冯内古特、J.K. 罗琳等人，本书主要讨论他对前三位作家的研究。

首先是关于麦尔维尔文学创作的批评研究。这是塔利文学空间研究的开始，也是他早期学术研究的重点，其成果主要体现在专著《麦尔维尔、绘图与全球化》中。塔利借鉴了许多文学批评与社会批评理论，从空间和绘图的角度，对麦尔维尔的作品做出了全新解读，并分析了其中的叙事形式、游牧思想（nomadology）、海洋空间、城市空间、全球化、世界体系等问题。这本书最大的原创性在于对麦尔维尔

---

① 方英：《空间转向之后的存在、写作与批评——评罗伯特·塔利的〈处所意识：地方、叙事与空间想象〉》，《外国文学》2021 年第 3 期。

② Tally, *Topophrenia*, p. 37.

③ Tally, *Topophrenia*, p. 67.

④ Tally, *Topophrenia*, pp. 49 – 50.

文学创作的历史性、空间性、风格与价值的重新定位：塔利认为麦尔维尔并不属于美国文艺复兴传统，而是创造了一种独特的巴洛克风格的文学绘图，即一种散漫、无节制的叙事风格，试图纳入来自各处的一切元素[①]；这种绘图超出了民族/国家叙事的范畴，投射出一种正在兴起的世界体系；这种独特的文学形式使得麦尔维尔能够批评当时占主导地位的民族/国家叙事和国家哲学（American State philosophy），展现出一种后民族的（postnational）力量[②]。还值得关注的是，塔利讨论了麦尔维尔叙事风格的变化和原因：从早期的个人叙事（personal narrative）转变为晚期恢宏而庞杂的文学叙事（literary narrative）[③]，目的是表征他所追求的"真实"，一种包括美学、科学和政治的更全面的真实。塔利指出，麦尔维尔不仅以"讲述真实"为目标，而且认为"真实"总是与"空间"有关，因此叙述真实是一个地理工程，这促成了他对南太平洋空间的探索和表征。南太平洋海域在当时世界地图上属于"空白之处"，人们对其知之甚少或颇多错误认识，因而个人叙事的有限视角无法全面表征此处的真实。塔利通过对《泰比》《奥穆》《玛迪》《白鲸》等作品的解读和对比，指出了《白鲸》如何突破个人叙事的局限并努力表征"真实"：不再直接展示事实，而是以夸张、推断、想象等文学叙事手段，跨越各种边界、框架和阐释范畴，绘制出一个更"真实的"世界体系，追求一种宏阔的文学绘图工程。[④]

塔利的爱伦·坡研究集中体现于《坡与美国文学之颠覆》。这本书在考察爱伦·坡的文学创作、文学理论与美国文学传统、主流、发展之间的颠覆关系时，在本体论和方法论层面开展了一种"空间性研

[①] Robert T. Tally Jr., *Melville, Mapping and Globalization*: *Literary Cartography in the American Baroque Writer*, London and New York: Continuum Books, 2009, pp. 7 – 8.

[②] Robert T. Tally Jr., *Melville, Mapping and Globalization*: *Literary Cartography in the American Baroque Writer*, London and New York: Continuum Books, 2009, p. 65, p. 82, p. 122.

[③] 塔利此处沿用了乔纳森·艾瑞克在《美国文学叙事的发生：1820—1860》（*The Emergence of American Literary Narrative*: *1820 – 1860*）中对文学叙事、国家叙事、地方叙事和个人叙事的区分。

[④] Tally, *Melville, Mapping and Globalization*, pp. 86 – 101.

究"。首先，该书借用德勒兹的地理哲学尤其是"游牧思想"为理论基础，分析了坡的思想、人生经历和作品的游牧主义（nomadism），并主张这种游牧主义通过"奇幻"的讽刺与批判模式颠覆了美国文学——反对并破坏美国国家哲学、文学中的民族主义（nationalism）和地方主义（regional provincialism）。或者说，坡在美国文学和文化的时空之外。[1] 塔利甚至认为，坡试图想象一种不再以民族为主导性文化力量的"后美国"（post-American）世界体系。[2] 显然，塔利试图为坡在美国文学乃至世界文学的地图上重新定位，绘制他们的关系，并考察坡的创作的空间规模、地理尺度、空间类型与特征。其次，该书的小标题采用了许多空间性词汇，如"向下的诗学""地底下的喧嚣""街头游子""定居者之地的游牧者""夸张的轨迹""未探明的领土"等，这些体现了塔利的空间性思维，及其对作品和作家创作思想的空间性观照。最后，该书辟专章讨论了坡的作品中的都市空间，城市中人们的空间焦虑，以及"人群中的人"（a man of the crowd）。需要指出的是，后来的"游荡者"（flaneur）、"城市行走"和"流动性"（mobility）研究往往都要追溯到坡的作品。最后，塔利将坡的作品归入"奇幻"这一文类，分析了其中的"他性"（otherness）及其对"他性空间"的绘制，以及这种"他性世界特质"（otherworldliness）对美国文学和文化的批评。[3] 塔利认为坡的奇幻空间包括其恐怖故事中的未知世界和不可知世界，都市中的陌生人世界，"活埋"主题中的地下世界等。总之，塔利对坡的研究不仅运用了空间理论和方法，采用了空间视角和思维，而且考察了坡作品中的空间、地方与绘图，对坡的作品做出了某种"空间性"解读和评价。

托尔金是塔利喜欢的作家之一，也是其地理批评的重要对象。塔

---

[1] Robert T. Tally Jr., *Poe and the Subversion of American Literature: Satire, Fantasy, Critique*, London and New York: Bloomsbury, 2014, p. 3.

[2] Tally, *Poe and the Subversion of American Literature*, p. 11.

[3] Tally, *Poe and the Subversion of American Literature*, pp. 123 – 126.

利发表了四篇相关论文和一部专著《托尔金的〈霍比特人〉：在奇幻中走向历史》[1]，主要从空间、地方和绘图等角度分析了托尔金的《霍比特人》三部曲和《指环王》三部曲。在引入与空间相关的新视角和新理论的同时，塔利得出了一些新结论：其一，通过对《霍比特人》的解读，阐述了真实的地图与文学绘图的关系（前者并非必要的，但前者往往是叙事的动力，也是构成整个文学绘图的元素），并总结出冒险叙事这一文类的绘图特征：徒步英雄在他乡遭遇新奇的事情，再成功返回，其经历变成叙述者的故事。[2] 其二，通过对托尔金作品中"中土世界"（Middle-earth）的考察，将其界定为奇幻世界的典范，并发现托尔金的奇幻世界具有一种乌托邦式的批判力量。[3] 其三，通过分析《指环王》电影和原著在地理空间呈现、地缘政治布局等方面的差异，指出彼得·杰克逊的电影三部曲明显削弱了托尔金文学绘图的力量，将后者的多样性和丰富性变成一种简单化形象：比如，对原著做出简化的空间重绘，强调全景监控和肤浅的道德感，用一种被动的幻觉代替托尔金作品中积极主动的奇幻探索，实际上破坏了托尔金地缘政治奇幻的时空力量[4]；又如，将托尔金通过丰富的地理历史细节建构的可认知的、宏阔而完整的中土世界变成了纯粹的视觉奇观（抽空了小说中用以建构中土世界的叙事部分）[5]。

---

[1] 因时间原因，本书的写作未能纳入塔利这本关于《霍比特人》的专著。详见 Robert T. Tally Jr., *J. R. R. Tolkien's The Hobbit—Realizing History Through Fantasy: A Critical Companion*, New York: Palgrave Macmillan, 2022。

[2] Robert T. Tally Jr., "Adventures in Literary Cartography: Explorations, Representations, Projections", in *Literature and Geography: The Writing of Space throughout History*, ed. Emmanuelle Peraldo, Newcastle-upon-Tyne: Cambridge Scholars, 2016, p. 20.

[3] Robert T. Tally Jr., "Places Where the Stars Are Strange: Fantasy and Utopia in Tolkien's Middle-earth", in *Tolkien in the New Century: Essays in Honor of Tom Shippey*, eds. John Wm. Houghton, Janet Brennan Croft, et al. Jefferson, NC: McFarland, 2014, p. 43.

[4] Robert T. Tally Jr., "The Geopolitical Aesthetic of Middle-earth: Tolkien, Cinema, and Literary Cartography", in *Topographies of Popular Culture*, eds. Maarit Piipponen and Markku Salmela, Newcastle-upon-Tyne: Cambridge Scholars, 2016, p. 31.

[5] Robert T. Tally Jr., "Tolkien's Geopolitical Fantasy: Spatial Narrative in *The Lord of the Rings*", in *Popular Fiction and Spatiality: Reading Genre Settings*, ed. Lisa Fletcher, New York: Palgrave Macmillan, 2016, pp. 127–128.

塔利不仅积极推进地理批评的理论建构和批评实践，而且凭借其编辑身份，大力倡导地理批评，影响并凝聚了一大批学者参与这项浩大的工程。塔利于2011年主编了《地理批评探索：文学和文化研究中的空间、地方和绘图》，包含了关于地理诗学、地理哲学、地形诗学（topopoetics）、地缘政治、风景表征、情感绘图（affective mapping）、流动性、越界的讨论。此后，塔利又相继主编出版了多部论文集：《文学绘图：空间性、表征和叙事》（*Literary Cartographies*: *Spatiality*, *Representation*, *and Narrative*, 2014），《萨义德的地理批判遗产：空间性、批判人文主义和比较文学》（*The Geocritical Legacies of Edward W. Said*: *Spatiality*, *Critical Humanism*, *and Comparative Literature*, 2015），《生态批评与地理批评：环境研究与文学空间研究的重合地带》（*Ecocriticism and Geocriticism*: *Overlapping Territories in Environmental and Spatial Literary Studies*, co-edited with Christine M. Battista, 2016），《劳特利奇文学与空间手册》（*The Routledge Handbook of Literature and Space*, 2017），《教授空间、地方和文学》（*Teaching Space*, *Place*, *and Literature*, 2018），《文学空间研究：空间、地理与想象的跨学科路径》（*Spatial Literary Studies*: *Interdisciplinary Approaches to Space*, *Geography*, *and the Imagination*, 2021），2022年还出版了与笔者合作编辑的《文学空间研究在中国》（*Spatial Literary Studies in China*）。每部集子收录的作者与论文数量不等，但显然不再局限于《地理批评探索》中的13位作者，而且大大拓展了地理批评的研究领域。此外，麦克米伦出版社的"地理批评与文学空间研究"系列（*Geocriticism and Spatial Literary Studies Series*）的出版极大地推动了地理批评学派的发展壮大。塔利是这个系列的主编，先后出版了三十多本（卷）书籍，包括专著和论文集，并且仍然以每年一至两本的速度不断增加。这个系列基本上反映了美国在该领域的重要理论和实践所涉及的方面。如艾米丽·乔纳森（Emily Johansen）的《世界主义与地方》（*Cosmopolitanism and Place*: *Spatial Forms in Contemporary Anglophone Literature*），达斯廷·克劳利（Dustin Crowley）的《非洲叙事地理》（*Africa's Narrative Geographies*: *Charting the Intersections of Geocriticism and Postcolonial Studies*），斯滕·莫斯兰德（Sten Pultz Moslund）的《文学感官地理》(*Literature's Sensuous Geographies: Postcolonial Matters of Place*），安德鲁·索恩（Andrew Hock Soon Ng）的《当代哥特叙事中的女性和家庭空间》(*Women and Domestic Space in Contemporary Gothic Narratives: The House as Subject*）。此外，印第安纳大学出版社推出的"空间人文研究"系列丛书（*Spatial Humanities Series*）以空间/地方为视角和关键词，探究了历史、地理、宗教、文化、文学等领域的空间问题，其中有不少涉及文学研究和文学文本分析，可归为地理批评的成果。如，简·斯塔德勒（Jane Stadler）等人在《想象的风景：澳大利亚空间叙事的地理成像》(*Imagined Landscapes: Geovisualizing Australian Spatial Narratives*）中分析了小说、电影、戏剧等文学文本，讨论了电影、戏剧改编中的不同地理想象，文学文本中的神话空间，地理成像技术在文化地理研究中的作用，旅行叙事中的流动性问题，叙事绘图/地图等话题。而诸如茱莉亚·哈勒姆（Julia Hallam）等人的《定位移动形象：电影与地方研究新进路》(*Locating the Moving Image: New Approaches to Film and Place*）、戴维·波登哈默（David J. Bodenhamer）的《深绘图与空间叙事》(*Deep Maps and Spatial Narratives*）等著作中都有大量文学作品分析，具有地理批评的特点。还值得一提的是，劳特里奇出版社的相关书籍也见证并推动了美国地理批评的发展，如 2009 年出版的论文集《空间转向》(*The Spatial Turn: Interdisciplinary Perspectives*），塔利的《空间性》(*Spatiality*, 2013），以及前文提到的《劳特里奇文学与空间指南》《教授文学与空间》《文学空间研究》等。

三 方法论与启示

韦斯特法尔的"地理批评"，无论是理论建构还是批评实践，无论是作为地理研究还是比较文学的方法，对文学研究都有很大启发和借鉴意义。其中最独特的贡献就是他提倡并实践的"地理中心法"，即，以地方为中心，通过积累并分析多学科（建筑、城市研究、电影、哲学、社会学、后殖民理论、性别研究、地理学和文学批评等）、多文类（各种文学文类乃至广告、歌曲、旅游手册等非文学文献）、多作者、多视角、多重感官的广泛文本总汇，试图建立起关于某个地方的文学地理学。其研究步骤是，事先确定一个特定的地方以供研究，如某座城市，或某个街区，然后收集表征这个地方的各种文本（各种时代、文类和媒介的），形成"足够"大的文本库，再阅读、分析、阐释、比较这些文本，以期最大限度地理解这个地方，尽可能接近这个地方的"真相"/本质。塔利认为，这种研究在某种程度上相当于"创造了"被研究的地方，把这个原本无法表征的空间变成一个有边界、有意义的地点。[①] 不仅如此，韦氏在对地理文本和文学（乃至非文学）文本的互文阅读中，亦解放了或敞开了"地方"的意义，在真实与想象的世界之间，在诸多文本所开启的"似真世界"中，追寻着（或创造出）地方的多元身份和多维意义。此外，韦氏的方法强调不同作者（多重视角）、多重感官（视觉、听觉、触觉、嗅觉）、地层学视野（将"处所"看作包含多时代的多层次意义），力图"创造一种多样化的、全面的、很可能是无偏见的空间与地方形象"。[②] 虽然这种努力只是理想化的难以真正实现的（在选择和阅读文本时，主体性问题无法真正回避），但其"阐释方式与涉足领域的多样性不仅使地理批评在很大程度上规避了主观主义和民族中心主义的研究倾向"[③]，"还对探索多中心而非单一等级秩序的世界文学构想具有一定的启示意义"[④]。

塔利的地理批评体现了一种考察文本的独特视角，即"空间的"角度，体现了对空间性问题的关注和对空间理论的偏好，但同时拥抱

[①] Tally, *Topophrenia*, p. 40.
[②] Tally Jr., *Spatiality*, p. 143.
[③] 高方、路斯琪：《从文本到世界：一种方法论的探索——贝尔唐·韦斯特法尔〈地理批评：真实、虚构、空间〉评介》，《文艺理论研究》2020 年第 4 期。
[④] 高方、路斯琪：《从文本到世界：一种方法论的探索》，《文艺理论研究》2020 年第 4 期。

各种理论和批评方法。塔利的文本批评实践向我们展示了地理批评的各种可能进路。其一，讨论作品的文学绘图特征、方法和元素等问题。其二，通过对作家创作的整体性空间观照，或对作品中的空间表征、空间元素、人—地关系等具体问题的分析，探讨或重新定位作家的创作风格，与其他作家创作的关系，及其在文学史上的位置。其三，对作品中的地方尤其是某些独特的地方展开详细分析，可讨论其中的场所、地理空间、地缘政治、历史文化背景等问题，及其与文本中其他元素和话题的互动关系。其四，将文本分析上升到对某种文类的讨论，尤其是文类的空间特征和绘图问题。其五，以比较文学的视野，研究不同媒介文本在空间表征方面的差异，及其导致的主题、美学和意识形态表达等方面的差异。总之，塔利通过细致而深入的文本分析，不仅展示了地理批评实践的可能路径、地理批评理论和方法的巨大潜力，还揭示了空间理论在批评实践中的适用性和阐释力。

韦斯特法尔的"la Géocritique"和塔利的"geocriticism"都可译作"地理批评"，且塔利将"la Géocritique"也译作"geocriticism"。这两个概念既有重要内在联系和很多相似之处，又有极大差异。两者的差异十分明显。其一，韦氏的研究最独特的贡献是他提倡的"地理中心法"（geocentric approach），以"地方"（而非作家）为批评实践的中心；而塔利的研究则是对"文学绘图"的阅读与批评，往往围绕作家创作及其作品展开，是一种"以自我为中心"（egocentric）的方法。其二，塔利的地理批评是一种文学研究方法或理论，韦氏的则首先是一种地理学研究，是"将文学应用到地理学里"[①]，"是以文学为载体，从空间到文学再到空间的辩证法过程……是地理学对文学的征用"[②]。换句话说，塔利地理批评的目的是文学（和文化）研究，并籍此形成对现实世界的再认识与再塑造，而韦氏的目的是地理学研究，

[①] 朱立元、[法] 波特兰·维斯法尔：《关于"地理批评"——朱立元与波特兰·维斯法尔的对话》，骆燕灵译，《江淮论坛》2017年第3期。

[②] 颜红菲：《地理学想象、可能世界理论与文学地理学》，载朱立元主编《美学与艺术评论》（2018年第1期第十六辑），山西教育出版社2018年版，第183页。

并在此过程中展开地理文本与文学文本的互文阅读,揭示文本与世界之间的多维关系。其三,韦氏主要受法国哲学和美国后殖民主义的影响[①],而塔利主要受马克思主义和存在主义哲学影响[②]。

然而,两位学者的共同点也很明显,而且更有意义。首先,他们的"地理批评"概念和研究都受到人文、社科领域"空间转向"的影响,并且都是这一转向的重要组成与成果。其次,两者都坚持跨学科方法,借用并整合不同学科的思想和理论。最后,也是最值得指出的,两者都是面向空间/地方的批评方法乃至思想体系,都强调空间/地方的重要性,并聚焦于考察文学与空间/地方的相互影响和多维动态关系;两者也都强调人文地理学的"地方",所不同的是,韦氏以现实世界中的地方为出发点和焦点,研究与此相关的各种文本,塔利则聚焦于文本中"真实并想象的"地方。

由于两种地理批评的内在紧密联系,我们可以将"地理批评"看作整个"文学空间研究"的一个分支,即关于文本与空间/地方/世界之间动态、多维关系的探究,并将法国地理批评和美国地理批评看作考察这种关系的互为补充的两种理念和方法,以及沟通文学空间与现实世界的两种进路。一是以地方为中心的研究,围绕一个地方,对比不同文本对这个地方的表征之间的异同,并考察这些文本如何重构出一个"真实并想象的"地方。这不仅仅是研究某个作家不同作品关于某个地方的书写,如哈代对威塞克斯的建构,还可以研究某(几)个时期不同作家的不同文本关于同一个地方的书写,这些书写建构出怎样的多维而流动的地方形象、文学地图或文化身份。二是以文本为中心,借用最新的(其他学科的)空间理论和方法研究文本/作家创作/某种文类中的地方书写、空间元素、空间建构、空间关系等,探究从前被忽视的空间性问题,并得出某些新发现或新结论。

---

① [法]贝尔唐·韦斯特法尔、颜红菲:《文学·世界·地理批评——贝尔唐·韦斯特法尔教授访谈录》,《浙江工业大学学报》(社会科学版)2020年第3期。
② 具体可参考方英《空间转向之后的存在、写作与批评——评塔利的〈处所意识:地方、叙事与空间想象〉》,《外国文学》2021年第3期。

韦斯特法尔、塔利的两种地理批评，一个立足地理学，一个立足文学；一个借助文学（以及非文学）文本考察地理问题（尤其是地方），一个借助地理的（以及其他空间性）视角、理论和方法研究文学问题，却似乎是殊途同归：两者都是在思考文本与地方的多维互动关系。在后现代性碎片化时空中，地理批评可谓正当其时。

第三节　绘制空间性：空间叙事与空间批评[①]

20世纪70年代以降，西方人文社科领域经历了一场"空间转向"，这场转向以亨利·列斐伏尔的"空间三元论"和米歇尔·福柯的空间—历史分析为标志，并随着全球化进程而不断深入。弗雷德里克·詹姆逊的"认知绘图"理论，戴维·哈维、爱德华·索亚等地理学家的城市研究，以贝尔唐·维斯法尔、罗伯特·塔利为代表的文学地理批评，爱德华·赛义德的后殖民研究中对"历史经验的地理追问"[②]，雷蒙·威廉斯的以空间为落脚点的文化研究，生态批评与环境美学的发展等，使空间不仅摆脱了长期以来在哲学研究中"重时间轻空间"的劣势地位，而且甚至成为某些学科的热点。正如塔利指出的，过去的几十年见证了人文学科对空间的重申，因为空间、地方、绘图等问题已经占据文学和文化研究的前沿。[③]

这一节将在借鉴詹姆逊的"认知绘图"（cognitive mapping）和塔利的"绘图"（mapping）、"文学绘图"（literary cartography）概念与理论的基础上，讨论近年来国内文学空间研究中的两个热点——空间叙事与空间批评，并探讨这两者的根本性内在关联——绘制空间性。

[①] 这一节已经发表，文献来源：方英：《绘制空间性：空间叙事与空间批评》，《外国文学研究》2018年第5期。

[②] Edward Said, *Culture and Imperialism*, New York: Knopf, 1993, p. 7.

[③] Robert T. Tally Jr., "Introduction: The Reassertion of Space in Literary Studies", in *The Routledge Handbook of Literature and Space*, ed. Robert T. Tally Jr., London: Routledge, 2017, p. 1.

一 "认知绘图"与"文学绘图"

詹姆逊1984年在《后现代主义,或晚期资本主义的文化逻辑》一文中首次提出"认知绘图",并在《认知绘图》(1988)、《后现代主义,或晚期资本主义的文化逻辑》(1991)和《地理政治美学》(1992)等著作中讨论了这个概念。詹姆逊认为,晚期资本主义或后现代主义的空间,是一个关于新世界系统的更加全球化和整体化的空间,这一空间需要一种新的与我们的处境相适应的政治文化模式,即"认知绘图的美学"[①]。在他看来,认知绘图是应对后现代所隐含的"新空间性"的策略,而这种新空间性具有以下特点:对距离的压制,对仅存空地的无情渗透,感知对身体的直接攻击;列斐伏尔所提出的同质性和空间断裂[②];导致主体难以在空间中为自身定位、难以组织并从整体上想象和把握自身周围的空间[③]。因此,他诉诸达克·苏凡所强调的"认知"的口号,并结合林奇《城市意象》中对城市"可意象性"(imageability)的研究和阿尔都塞的"意识形态"理论,提出认知绘图概念,认为认知绘图涉及在实践中重新把握地方感,建构或重构一种能保存于主体记忆的整体。[④] 尽管他1984年提出此概念后多次完善其定义,且在更晚近的著作中不太使用这个术语,但该概念继续隐在地影响着他关于晚期资本主义的各个维度的研究。塔利认为,"詹姆逊的认知绘图美学是他此生的理论工程——对文学形式和社会结构之关系的理论化——的核心",已成为"与空间转向、后现代主义相关

[①] Fredric Jameson, *Postmodernism, or, the Cultural Logic of Late Capitalism*, Durham, NC: Duke UP, 1991, pp. 49–51.

[②] Fredric Jameson, *Postmodernism, or, the Cultural Logic of Late Capitalism*, Durham, NC: Duke UP, 1991, pp. 412–413.

[③] Fredric Jameson, *Postmodernism, or, the Cultural Logic of Late Capitalism*, Durham, NC: Duke UP, 1991, p. 44.

[④] Fredric Jameson, *Postmodernism, or, the Cultural Logic of Late Capitalism*, Durham, NC: Duke UP, 1991, p. 51.

的文学、文化理论中最具影响力、有时也是最具争议的概念之一"。[①] 詹姆逊的认知绘图强调空间认知和空间想象,试图通过一种新的认知方式和美学形式,对抗后现代空间的流动性、碎片化和主体的迷失感,以实现主体的日常存在经验对抽象的全球化社会整体性的把握。即通过作为美学形式的认知层面的"地图绘制",在后现代的碎片和断裂中实现一种想象的整体性。

在塔利看来,认知绘图也是一种叙事形式,是人们在后现代时期认知和把握世界的一种方式。塔利是詹姆逊的学生,美国文学空间研究的领军学者之一,著有《空间性》《全球化时代的乌托邦》《麦尔维尔、绘图与全球化》,编著《劳特里奇文学与空间指南》《文学绘图:空间性、表征与叙事》等系列丛书。塔利结合认知绘图理论、维斯法尔的地理批评,吉尔·德勒兹的地理哲学,列斐伏尔关于物理空间、精神空间和社会空间的区分,段义孚关于"地方"的阐释性特质的论断,提出了"文学绘图"概念。塔利认为,文学作品能表征社会空间和主体所在的世界,因此具有一种类似地图绘制的功能。也就是说,文学是一种绘图形式,所有文学作品都在一定程度上以某种方式参与了文学绘图的工程。[②] 他还指出,詹姆逊的认知绘图也是文学绘图工程的一种重要模式。[③]

在《空间性》中,塔利从狭义的层面,特别将文学写作称为文学绘图,并讨论了"作为地图绘制者的作者"。他指出,"写作本身可以看作绘制地图的一种形式,或者一种地图绘制行为。正如地图绘制者,作者必须勘测土地,决定绘制某一特定地方时,哪些特点应纳入,哪些应强调,哪些应弱化……作者必须建立关于叙事和所叙地方的刻度与形状"。[④] 他接着澄清,此处的绘图是比喻意义的,地图是关于写作

[①] Robert T. Tally Jr., *Spatiality*, London: Routledge, 2013, p.67.
[②] Katiuscia Darici, "'To Draw a Map Is to Tell a Story': Interview with Dr. Robert T. Tally Jr. on Geocriticism", *Revista Forma*, 11 (2015), p.29.
[③] Tally, *Spatiality*, p.67.
[④] Tally, *Spatiality*, p.45.

中的语言行为和想象行为的比喻。他还引用法国历史学家弗朗索瓦·阿尔托对希罗多德《历史》的研究，指出叙事既是勘测者（surveyor）的地理投射的结果，又是史诗吟咏者（rhapsode）[①]的作品，而且叙述者还是作为创造者的诗人（bard），创造出其勘测并编织在一起的世界。勘测土地，将不相关的元素编织在一起，再创造出一个全新的世界，这正是叙事和绘图的相似之处，也暗含了一切文学创作乃至一切文学活动都是某种程度上的绘图[②]。由此可见，广义的文学绘图，既包含描写，也包含叙述，以及文学世界的其他要素，是对这所有要素的比喻性或想象性表征与建构。

那么，我们为何需要绘图？为何需要将文学活动看成绘图？塔利认为，现代社会的各种时空变化令人产生空间迷失感，催生了一种"绘图焦虑"。因而，我们需要强大的想象力来应对这一切。文学和文学批评，正如诺思洛普·弗莱所说的，根本责任在于培养人的想象力，特别适合应对当今的"表征危机"。[③] 因此，塔利将绘图看作文学活动的重要形式，或者说重要特质，并希望通过强调这一形式或特质，帮助主体理解自己所在的世界，在这个世界中为自己"导航"以应对空间迷失和存在焦虑。

如果说詹姆逊的认知绘图是为了应对晚期资本主义新空间性而提出的一种新的美学形式和政治文化模式，目的是在认知层面把握难以把握和表征的后现代空间的抽象整体性，那么，塔利的文学绘图则强调文学活动与地图绘制之间的共性：都是对世界的隐喻性表征，都试图建构某种整体性。可以说，塔利借鉴并发扬了詹姆逊的认知绘图概念，尤其是其中将绘图视为表征、理解和应对现实世界的方式的思想，以及绘图是对整体性的呈现。但塔利的文学绘图一方面融入了多学科的空间理论，另一方面始终着眼于文学理论和文本批评，因而对于文

[①] 此处强调"rhapsode"词源学上"编织者"的意义。
[②] Tally, *Spatiality*, pp. 48–49.
[③] Katiuscia Darici, "'To Draw a Map Is to Tell a Story': Interview with Dr. Robert T. Tally Jr. on Geocriticism", Revista Forma, 11 (2015), p. 30.

学研究具有更强的借鉴意义和可操作性。

二　绘制空间性

受两位学者启发，笔者认为，在空间转向的思潮中，应当提倡一种聚焦空间性的研究，即从"空间性"入手来从事当代的文学理论建构和文学批评，并以"绘制空间性"为视角，来审视和梳理最近国内呈井喷式涌现的与空间、地方、地理等问题相关的文学研究，尤其是近年来国内文学研究与文化批评中的两个热点——空间叙事和空间批评。

首先需要讨论两个核心概念：绘图/绘制和空间性。第一个是绘图/绘制，对应英文"mapping"/"to map"，字面意思是绘制地图，在隐喻层面指对空间、空间性元素的表征和建构。本书的绘图/绘制很大程度上沿袭了塔利的概念。之所以使用这个概念，主要原因有三。其一，"绘图"是一个空间性术语，对空间性的强调是显而易见的，正如"叙事"更容易令人联想到时间性因素。使用这个概念是对空间转向和后现代空间状况的回应。其二，正如詹姆逊和塔利指出的，地图、绘图和文学活动一样，都是对现实世界的表征，同时也是主体想象世界的投射，是真实空间与想象空间的相遇和交叠，或者说，是真实并想象的空间。这种相似性尤其体现在对空间性元素的组织和处理，因而绘图/绘制概念尤其适用于文学空间研究和相关理论的建构。其三，地图和绘图具有鲜明的意识形态性。例如，墨卡托投影（Mercator projection）本来是为了解决在平面上再现地球曲线空间的技术性问题，从而解决对长途航海的信心问题。[1] 然而，使用墨卡托投影绘制地图，往往具有意识形态倾向。正如马克·蒙莫尼尔指出的，这类地图受到青睐，有时候正是因为其中蕴含的意识形态价值：英国人尤其喜爱墨

---

[1] Robert T. Tally Jr., "'Spaces that Before Were Blank': Truth and Narrative Form in Melville's South Seas Cartography", *Pacific Coast Philology*, 42.2 (2007), p.193.

卡托投影讨好大英帝国的方式——让零度经线穿过格林威治，以及澳大利亚、加拿大、南非等遥远的殖民地。[1] 另一个更明显的例子是沃尔特·克莱恩（Walter Crane）1886 年绘制的世界地图（Imperial Federation Map of the World）。该地图将英国放在中心位置，地图四周全是人物插画，是世界各地不同民族和种族的被殖民者，插画正中央是手持权杖的英国王。该地图显然代表着英帝国在全世界的殖民统治，且体现了英国的殖民意识形态——帝国将其统治从中央向世界各地辐射，并将其他民族的文化贬损为装点地图边框的象征性稀有存在。[2] 也就是说，该地图不仅是对帝国主义这一意识形态结构的表征和记录，而且是对该意识形态的宣扬和传播。空间和空间实践的意识形态性是文学空间研究的核心之一，而使用绘图概念则彰显了这一特点。

第二个概念是空间性（spatiality）。空间性是任何实体都具有的，是物体对空间的占据。借用大卫·格林的话来说，空间性是物体具有的一种可能性——隆起并占据一个空间，这个空间是物体在此过程中创造并界定的。[3] 在卡斯特纳看来，小说研究的空间诗学要求：将空间作为一种形式的建构；将空间性作为一种批评方法。[4] 其实，无论是作为形式建构的空间，还是作为批评方法的空间性，都属于本文所讨论的范畴。在本文中，文学世界的空间性对应时间性，可以涵盖"空间"的意义，可以处于表达和内容两个层面。在表达层面，空间性是抽象的形式化、作品的结构或文学表征的空间形态，如弗兰克提出的"空间形式"[5]，龙迪勇在《空间形式：现代小说的叙事结构》（2005）等论著中分析的"链条式""套盒式"等叙事形式，张世君在

---

[1] Mark Monmonier, *How to Lie with Maps*, Chicago: U of Chicago P, 1991, p. 96.
[2] Susan E. Cook, "Teaching Victorian Literature Through Cartography", in *Teaching Space, Place and Literature*, ed. Robert T. Tally Jr., London and New York: Routledge, 2017, p. 72.
[3] David B. Greene, "Consciousness, Spatiality and Pictorial Space", *The Journal of Aesthetics and Art Criticism*, 41.4 (1983), p. 379.
[4] Joseph Kestner, *The Spatiality of the Novel*, Detroit: Wayne State U P, 1978, p. 9.
[5] 1945 年，约瑟夫·弗兰克在《西旺尼评论》上发表了《现代文学中的空间形式》一文，提出"空间形式"这一概念，并于 30 年之后继续撰文发展与此相关的理论。

《明清小说评点叙事概念研究》（2007）中提出的"间架"等概念。在内容层面，空间性包括空间形象、空间知觉、空间关系等，往往是具象的空间描绘和对具体地方的建构。根据不同标准，这些空间可以区分为公共与私密、开放与封闭、个人与非个人空间等，正如罗侬对小说空间中框架的分类[1]，或者如张世君在《〈红楼梦〉的空间叙事》（1999）中分析的实体空间、虚化空间和虚拟空间，或者如佐伦（Gabriel Zoran）在《朝向空间的叙事理论》中指出的垂直维度和水平维度。当然，空间性不能脱离时间性而孤立存在，巴赫金的"时空体"（chronotope）概念——文学中以艺术方式表达出来的时间与空间的内在相关性[2]，是本文讨论的重要理论参照。

绘制空间性，广义而言，存在于一切文学活动中，因为任何文学创作、阅读和批评都少不了空间想象，都涉及一定程度的对空间性的表征或建构，或者说，都涉及对文学世界（以及现实世界）中某些特定元素的选择、布局和描绘，这些就如同绘制地图时对相关因素的取舍，对地图整体的构思，以及对地貌、经纬度、水深、气候变化等细节的处理。狭义而言，本书的"绘制空间性"特别指对文学中空间性因素的强调和凸显，是在写作、阅读和解读的过程中，绘制出与空间元素相关的"地图"，并以此表达主体强烈的空间意识和与空间性相关的各种意义。

绘制空间性可发生于作者和读者两个层面。在作者写作层面，对空间性的强调与绘图，可称为"空间叙事"；在读者阅读与批评层面，聚焦空间性，并对作者绘制的文本中空间性的（再）绘图可称为"空间批评"。正如塔利指出的，如果作者是地图绘制者，批评家就是地图的解读者，且正如所有看地图的人那样，在这个过程中创造出新的地图。[3] 由此可见，空间批评是批评者对文本中空间性的勘测、选择、

---

[1] Ruth Ronen, "Space in Fiction", *Poetics Today*, 7.3 (1986), pp. 431–432.

[2] Michael M. Bakhtin, *The Dialogic Imagination: Four Essays*, ed. M. Holquist, trans. C. Emerson and M. Holquist, Austin: U of Texas P, 1981, p. 84.

[3] Robert T. Tally Jr., "On Literary Cartography: Narrative as a Spatially Symbolic Act" 〈https://www.nanocrit.com/issues/issue1/literary-cartography-narrative-spatially-symbolic-act〉.

整理、组织和关于特定因素、针对特定目的的重新绘图，不同读者根据不同目的和视角将绘制出不同的"文学地图"。

三 （文学）空间叙事

"空间叙事"是近年来叙事学研究和文学批评的一个热点。在张世君的《〈红楼梦〉的空间叙事》中，空间叙事是作品空间性元素对意义的表达，具体可涉及空间建构、空间叙事的分节和节奏等问题。程锡麟的《论〈了不起的盖茨比〉的空间叙事》等文章借用列伏斐尔的"社会空间"和佐伦空间模型中的"地志空间"与"文本空间"等理论和概念，揭示了空间叙事中对空间的凸显和对"空间性"叙事手法的运用。龙迪勇在《空间叙事学》（2015）及相关论文中的研究表明，空间叙事是与空间/空间性相关的叙事，空间叙事研究是对叙事形态空间性的探索，对空间所叙故事和意义的挖掘与阐释。国内的许多相关研究要么将弗兰克的"空间形式"基本等同于空间叙事，要么以空间叙事指称作品中空间性因素所发挥的功能，要么以空间叙事为题解读具体作品空间元素的意义，要么兼谈空间的意义和功能。这些研究虽然各有侧重（或许也难免偏颇），但都是将研究聚焦于叙事中的空间性元素，都是将空间叙事看作对文学空间性的强调。这些观点可称为广义的空间叙事，即认为空间叙事乃文学叙事中空间/空间性发挥的功能和传达的意义。

狭义而言，空间叙事可被看作一种叙事模式，即"以空间秩序为主导，以空间逻辑统辖作品，以空间或空间性作为叙事的重心。叙事通过空间形态、空间位置、空间顺序、空间关系、空间描写、空间的意义等得以组织，表达和完成"。[①] 也就是说，是作者对空间性的强调和绘制。"空间叙事"可从表达和内容两方面探讨。表达层面的空间叙事，"指的是通过一定的叙事手法……实现叙事模式的立体化和表

[①] 方英：《小说空间叙事论》，上海交通大学出版社2017年版，第75页。

达层面的空间性……在规划叙事的逻辑和结构时，在安排事件之间的关系时，不是遵从时间的次序性、流动性或因果逻辑，而是遵从空间逻辑，或者说遵从……空间分布和空间性联系。这种分布不是线性的，而是块状的，分散的，甚至是交叉的，可逆的"①。表达层面的空间叙事至少有以下三种形态：其一，叙事元素的并置，即将一些本不相关的叙事元素置于同一个层面，通过比较、对照、重复、呼应等方式，使他们产生一种空间上的邻近或相关（如《喧哗与骚动》和格里耶的《窥视者》）；其二，情节的"碎片化"，指小说情节由散乱的"碎片"组成，不同碎片之间呈现出空间化的网状联系（如《红高粱家族》和杜拉斯的《情人》）；其三，叙事脉络的"迷宫化"，指叙事脉络的混乱性、离散性、去中心……强调叙事线索的杂乱、残缺与分岔（如西蒙的《弗兰德公路》）。

另一方面，"空间叙事"也可以是内容层面对空间性的强调，"将各种或抽象或具象的空间作为叙事的重心"②。这种对空间性的绘制可涉及三方面。其一，以空间为叙事"前景"，指空间是小说叙事所强调的内容，而不仅仅是叙事的背景，小说叙事中要么有大比重的空间描写（如《墙上的斑点》），要么赋予空间独立性和主题性（如《城堡》中的城堡、《厄舍府的倒塌》中的厄舍府）。其二，以空间组织叙事，这是以空间"前景化"为前提的，表现有三，以空间组合代替情节发展（如格里耶的小说，尤其是《快照集》中的作品）；以空间转换推动叙事进程（如冯志的《伍子胥》表面线索是伍子胥的逃亡，但深层次的脉络是不同空间的建构、对比与转换；对九个地方的空间描写、伍子胥对不同空间的体验、尤其是他对理想政治空间的追求和"去往一个新空间"的内在动力推动着叙事的进程）；以空间重复形成叙事节奏（如《窥视者》对主人公推销手表这一情节的叙述主要是路上、通道、门前、居民家中和商店内这几个空间的不断重复，构成了

---

① 方英：《小说空间叙事论》，上海交通大学出版社2017年版，第78页。
② 方英：《小说空间叙事论》，第93页。

整部作品的主要叙事节奏;而对掩盖杀人证据这一情节的叙述则是通过咖啡店、路上、小洼地和海边这几个空间的不断重复加以组织的,构成了类似"副歌"的次要节奏)。其三,以空间为意义主体,即小说的意义主要来源于空间的意义——空间形象、空间知觉和空间关系的意义(如法国"新小说"和卡夫卡的《回家》《邻村》《地洞》《一则小寓言》《一道圣旨》等)。

显然,无论是表达层面还是内容层面,无论是狭义的或是广义的空间叙事,都是作者精心绘制的关于空间性的"地图",这些地图上有作品各元素的空间化分布,有情节发展或人物活动的路线,有不同地方和场所的地形描绘,有不同空间形象的尺度、色彩与相互关系,还有对空间功能与意义的宏观与微观的图绘。更重要的是,空间性是这类地图所描绘的重点。

四 (文学)空间批评

近年来,"空间批评"在人文社科领域呈显著上升趋势,并占据了国内相关学科理论研究的前沿。同时,国内文学和文化研究领域的空间批评实践与理论探索也得到迅速发展。鉴于此,陆扬提出应当为此类研究命名[①]:"空间批评(Spatial Criticism)还不是一个约定俗成的术语,但是我们在这里给它命名,希望空间批评有了名称,也就能够开启自己的光明学科前景。"[②] 陆扬由此展望,"文学批评与空间理论的联系,它显示的应不光是文学和文化地理学的联姻可能";一旦将认知地理学和空间政治学的视角引入文学批评,"文学和批评叙事有望迎来它们由表及里的'人文认知地图'"。[③] 陆扬的讨论,正如塔

[①] 菲利普·魏格纳早在《空间批评:临界状态下的地理、空间、地方和文本性》(Philip E. Wegner, "Spatial Criticism: Critical Geography, Space, Place and Texuality", in *Introducing Criticism at the 21st Century*, ed. Julian Wolfreys, Edinburgh: Edinburgh UP, 2002: 179 - 201.) 一文中使用"空间批评"指称空间转向中聚焦空间的文学批评,也为国内"空间批评"的命名和发展开拓了道路。
[②] 陆扬:《空间批评的谱系》,《文艺争鸣》2016 年第 5 期。
[③] 陆扬:《空间批评的谱系》,《文艺争鸣》2016 年第 5 期。

利的研究，向我们展示，空间、空间性、地方、地理、地图绘制等概念是空间批评的关键词。

本书认为，在文学空间批评中，"空间性"是关键概念，既是研究视角，也是问题域的核心。在隐喻层面，空间批评是读者/批评者绘制文学空间性的地图，即在文学研究中对空间性的探索、强调和描绘，具体可包括以下研究。

首先，对空间叙事（作品与理论）的研究。龙迪勇在《叙事学研究的空间转向》等文章中提出，空间叙事学的研究对象应当既包括小说、传记等传统上偏重时间维度的文学文本，又涵盖雕塑、建筑、绘画等传统上偏重空间维度的艺术文本，以及电影、电视节目等既重时间又重空间的叙事文本。龙迪勇在《空间叙事学》中探究了作为现代小说叙事结构的空间形式、作为表达形式的分形叙事、内容层面的主题——并置叙事、空间书写的人物塑造功能、现代小说中空间的核心功能以及图像叙事等。拙作《小说空间叙事论》将空间叙事看作一种叙事模式，讨论了小说"空间叙事"的模式特征、时空关系和意义言说等问题。国内的空间叙事研究多集中于空间形式（结构）、空间的功能、对空间叙事文本的解读等，而国外的研究多集中于文学叙事空间的分类、"空间形式"或"空间结构"、虚构空间、空间问题与读者阅读等。

其次，对任何作品中空间性的解读都是某种程度的文学空间批评，尤其是借用一定空间理论的文学批评。首先，可以借用空间理论考察某位作家的创造，挖掘其中的空间性元素和意义。比如，戈弗雷（Laura Gruber Godfrey）在《海明威的地理学》（*Hemingway's Geographies: Intimacy, Materiality, and Memory*，2016）中借用文化地理学和地理诗学的理论，分析了海明威独特的地理书写方式，其地理中的物对地方建构的意义，战争小说中的地理书写所揭示出的人与地理的亲密性及其对重建秩序感和存在感的意义。其次，可以在空间理论的观照下，以空间性为切入点，重新审视和解读某位作家的文学绘图。如，塔利的《麦尔维尔，绘图与全球化》（*Melville, Mapping and Globalization*,

2009)借用德勒兹、福柯、詹姆逊和弗朗科·莫瑞迪等人的空间理论，考察了麦尔维尔的创作，并极富创见地指出，麦尔维尔并不属于美国文艺复兴的传统，而是创造了一种巴洛克风格的文学绘图，探索了超越民族文学的空间，发现了一种正在兴起的后民族主义的世界系统的力量。再次，可以探究某文学流派中的空间性问题。如安德鲁·萨克（Andrew Thacker）通过对福斯特、乔伊斯、伍尔夫等作家作品的分析，试图对其中的意象旅行、都市空间、人物行走等绘制出文学地图，并由此探讨现代主义作品中空间元素的意义和现代空间的流动性。此外，还可解读某部作品中的空间性问题，或从空间的角度审视其他问题。如萨克对乔伊斯的《尤利西斯》中都柏林的详细解读，从城市空间中的交通工具、人物漫步、建筑等入手，阐释了空间知觉、权力关系、殖民统治、爱尔兰民族身份等问题。[1] 又如，笔者在《卡夫卡〈变形记〉中的身份困境、伦理悲剧与空间书写》中借用段义孚、巴什拉、索亚、福柯、伊丽莎白·格罗斯等人的空间理论或研究，从空间书写的角度分析了卡夫卡《变形记》中的身份困境与伦理悲剧，绘制了一幅以空间元素解读伦理问题的地图。

此外，还应当研究不同学科关于空间性的理论思考，及其对文学研究的价值和意义。正如卡斯特纳指出的，空间研究的方法，必然是对不同学科的整合，必然包括文学理论、科学思想、空间艺术实践和哲学的追问[2]。因此，梳理、整合并研究各学科的空间理论与思想是空间批评的题中之义。首先是文学研究和文化批评中的空间性研究。如，科特将文学世界划分为三种空间：宇宙或总体空间、社会或政治空间、个人或亲密空间，并提出了一种基于"人—地方关系"的文学批评。[3] 又如，卢卡奇关于史诗与小说空间性差异的研究，巴赫金的

---

[1] Andrew Thacker, *Moving through Modernity—Space and Geography in Modernism*, Manchester: Manchester UP, 2003, pp. 115–151.

[2] Kestner, *The Spatiality of the Novel*, p. 9.

[3] Wesley A. Kort, *Place and Space in Modern Fiction*, Florida: UP of Florida, 2004, pp. 19–20, pp. 149–172.

"时空体"研究,威廉斯关于文学中城市空间与乡村空间的讨论,从本雅明到德·塞托等人对"城市漫游"的讨论,吉莉恩·罗斯、多琳·马西等人关于文学和文化领域中性别化空间的探究,等等。此外,贝尔唐·韦斯特法尔在《地理批评》(*Geocriticism*: *Real and Fictional Spaces*,2011)中提出的"地理批评"强调多重聚焦、多重感知、地层学视野(stratigraphic vision)和互文性,将文学研究变成了空间实践与其他实践之间的多形式互动。第二,社会学、政治学和西方马克思主义理论中的空间性研究。如列斐伏尔的"空间的生产"和社会空间理论,福柯对空间—权力关系、城市空间和"另类空间"的研究,戴维·哈维对《共产党宣言》的地理学重构,安东尼·吉登斯对社会理论的空间化重构,理查德·沃克对空间中阶级关系的讨论,等等。近年来,这些理论在文学研究中得到越来越多的关注和探究,此处不再赘言。第三,人文地理学的理论、方法和发现。如,段义孚在《地方与空间》(*Space and Place*: *The Perspective of Experience*,1977)中对空间和地方的区分,对空间经验、亲密空间、时空关系、空间与建筑、地方的可视性等问题的讨论,可用于解读文学作品中空间的特定意义、人物的空间体验、身份与空间的关系、空间中的生存困境等问题;爱德华·索亚的《第三空间》(*Thirdspace*,1996)及《后现代地理学》(*Postmodern Geographies*,1989)中的相关理论对于解读文学作品中空间与阶层、族裔、性别、权力等的关系,尤其是对都市空间的研究,具有极大启发和借鉴意义;迈克·克朗的《文化地理学》(*Cultural Geography*,1998)以文化为切入点研究地理,其中与文学研究相关或具有借鉴意义的内容有:文学叙事与地域空间的塑造、地理景观的象征意义、空间书写与他者化过程、空间(区分、实践)与性别政治、文学中的城市空间和游荡者形象等,他的分析深刻地指出了文学艺术文本如何参与空间意义的建构,如何与政治权力运作和意识形态勾连在一起,而文学空间又如何影响并改变着现实社会空间。第四,哲学领域的空间性思考应当引起足够重视。如胡塞尔对肌肉运动知觉的探讨,梅洛-庞蒂关于身体—主体和知觉空间的讨论,晚期海德格尔对筑造和世界等问题的分析,加斯东·巴什拉关于空间的现象学讨论,都揭示了存在的空间性,以及存在与空间之间紧密而复杂的联系。[1] 吉尔·德勒兹提出的解辖域化、游牧思想、光滑空间和条纹化空间、地理哲学等概念,区分了对待空间的不同方式(游牧者与国家)和由此产生的不同空间类型(光滑与条纹),并揭示了空间的意识形态性,以及一切思考和作为整体的哲学的空间性/地理性本质。如,德勒兹指出了游牧者(nomad)对边界的不断跨越和观念上对边界的拆毁,而国家(state)则具有空间测量、对阶层的切分、概念上的网格化等特点;与这两者对应的是,光滑空间被占据却未被计算,而计算条纹空间则是为了对其占领。[2] 对"未被计算的"空间的"条纹化",恰如制作地图时对未知空间的勘探和绘制,或者主体对陌生空间的拓殖,都具有极强的意识形态性;而游牧与国家的区分中所涉及的边界、空间测量、层级切分等问题也与权力关系、意识形态等问题密切相关。以上所述,都是文学研究中的重要问题,也是有待深入开拓的领域。

最后需要指出的是,文学空间批评还应当致力于相关理论建构,系统地探究空间、地方、空间关系等元素与文学研究中某些核心问题的关系。比如,绘制文学世界中的不同空间类型,从空间性角度研究权力、意识形态、存在、性别、民族、族裔、伦理等问题。这几个问题十分宏大,显然超出了一本书的范围,也不是笔者一人能够完成。希望将来有更多学者一同探索这个广阔而迷人的疆域。

从空间转向到文学空间研究的兴盛,从认知绘图到文学绘图理论的发展,从西方人文社科领域的空间热到国内空间叙事研究的繁荣,从空间批评实践的大量涌现到空间批评的命名和理论探索:国内外学者共同绘制了一幅聚焦空间性的文学和文化研究的动态地图。在此绘

---

[1] 具体可参考方英《空间与存在:20世纪西方文学理论的空间转向》,《江西社会科学》2016年第12期。

[2] Gilles Deleuze and Félix Guattari, *A Thousand Plateaus*, trans. Brian Massumi, Minneapolis, MN: U of Minnesota P, 1987, pp. 361–362.

图中，我们发现，空间叙事和空间批评是两个前沿领域，且两者都是空间转向中文学空间研究的核心内容，都是对当下由"后现代新空间性"带来的空间焦虑和空间问题的回应，都是对存在空间性的探究，以及对文学意义的新探索。

第四节 罗伯特·塔利的空间批评：开拓、引领与传承[①]

文学空间研究的蓬勃发展主要应归功于美国著名学者罗伯特·塔利（Robert T. Tally Jr.），这既是他本人多年以来文学空间研究（理论建构与批评实践）的结果，又得益于他作为编辑的大力推广。塔利是得克萨斯州立大学"国家人文基金"杰出教授（NEH Distinguished Professor），美国文学空间研究领军学者，麦克米伦出版社"地理批评与文学空间研究"系列丛书主编（该丛书已出版近40卷，包括专著和论文集）。他先后出版了十几本文学空间研究著作，并发表了近百篇相关文章。塔利在国内外都颇有影响力，先后二十多次受邀参加英国、法国、瑞典、瑞士、西班牙、葡萄牙、捷克、韩国、中国（如复旦大学、浙江大学、上海交通大学、南开大学）、美国（如斯坦福大学）的学术会议，发表与文学空间研究相关的主旨演讲。他的文学空间研究在学术界得到了广泛肯定与好评。如弗雷德里克·詹姆逊在为塔利《空间性》的背书中写道："在罗伯特·塔利之前，没有人从整体上探寻当代理论中空间实践和空间思考的发展轨迹。他做到了这些，并表现出超凡的深度与智慧，尤其是原创性。我认为，他的书对于当代哲学和批评的'空间转向'……具有引领作用。"[②] 又如，维基百科英文版关于"geocriticism"的词条将法国的韦斯特法尔和塔利看作代

[①] 这一节根据两篇已经发表的文章修改而成。文献来源：方英《空间转向之后的存在、阅读与写作》，《外国文学》2021年第3期；方英《论罗伯特·塔利的文学空间研究》，《文艺理论研究》2021年第5期。

[②] 见 *Spatiality*（2013）封底。

表性学者，介绍了他们各自在概念提出、理论探究和批评实践等方面的贡献。① 特别值得一提的是，他的《空间性》已被翻译成葡萄牙语、汉语②和土耳其语，此外，意大利语版正在翻译中。

本书认为，塔利的文学空间研究可概括为"空间批评"（受菲利浦·魏格纳和陆扬教授启发）。此处的"批评"指一种广义的文学研究活动，可包含话语建构、理论研究、美学探讨、批评范式、文本批评③等。塔利的"空间批评"则包括塔利的话语体系建构、相关理论研究、批评范式探索和文本批评实践。经过十几年的深耕，塔利的空间批评已然自成体系，不仅发展出一套独特的学术术语，做出了深刻而具有独创性的理论建构，且开展了广泛的文本批评，克服了学术界近年来脱离文本谈理论的弊病。塔利的空间批评具有其独特的思想基础和哲学基础，主要受到马克思主义、存在主义和人文地理学，以及德勒兹、图尔希、韦斯特法尔等学者的影响。同时，他的研究也是对相关理论的批评、阐发、拓展或矫正，丰富并促进了当代空间理论研究。

一　话语体系建构

塔利对文学空间研究的兴趣可追溯到 20 世纪 80 年代，当时他还是杜克大学哲学系学生，对空间理论和地理问题十分着迷，开始思考空间与文学的关系，而这奠定了他后来博士论文（"American Baroque: Melville and the Literary Cartography of the World System"，1999）的研究方向。此后，塔利逐步发展了"处所意识"（topophrenia）、"文学绘图"（literary cartography）、"文学地理"（literary geography）、"地理批评"（geocriticism）和"制图学"（cartographics）等概念。这几个概念

---

① 参见 https://en.wikipedia.org/wiki/Geocriticism。
② 见《空间性》，方英译，北京大学出版社 2021 年版。
③ 关于塔利的文本批评实践已经在本章第二节《地理批评：文本与世界的多维互动》中展开较为详细的讨论，此处略去。

及相关探索构成了塔利文学空间研究的主要领域,并形成了一个自洽的理论体系:存在(处所意识)—写作(文学绘图)—文本(文学地理)—批评(地理批评)—理论化(制图学)。这个体系也可理解为"存在—文学生产—文本世界——文学批评—文学理论",或者"空间焦虑—空间绘制—绘制的空间—空间批评—空间理论"。当然,建构这个体系是一个不断发展并完善的过程。①

本书将按照上文框架中各概念的顺序,逐一展开讨论。首先是"处所意识"。这个概念在《处所意识:主体的地方》一文②中首次提出,在《处所意识:地方、叙事与空间想象》一书中做了详细阐述。"topophrenia"乃塔利创造的词,借用希腊词根"topos"(对应 place)和"phren"(对应 mind),塔利解释为"place-mindedness",即对自己所处地方(位置、方位、环境、空间关系等)的意识和关切。这种地方感/空间意识往往带有不满、不安、不舒服或焦虑等特征,而在全球化时代,这种空间焦虑日益剧烈。③ 塔利认为处所意识催生了一种"绘图紧要性"(cartographic imperative):存在就是不断绘制并修改我们所居住、所想象世界的地图,不断创造我们自己的空间表征;因而,我们时刻都在绘图,这就是绘图的紧要性。④ 这种绘图紧要性又导致了绘图焦虑(cartographic anxiety),其"不仅反映了个人的迷失感……而且……感到无法以有意义的方式图绘自己的位置和周围环境:一种表征的危机"⑤。在文学活动中,处所意识意味着"任何文学写作和阅读都

---

① 这个框架的提出和成型,是笔者 2017 年跟随塔利做访问学者期间塔利与笔者反复讨论的结果,后来又多次邮件交流并不断完善。

② Robert T. Tally Jr, "Topophrenia: The Place of the Subject", *Reconstruction*, 14.4 (2014). http://reconstruction.eserver.org/Issues/144/Tally.shtml,这是塔利组稿特刊"*Spatial Literary Studies*"的一篇。

③ Robert T. Tally Jr., *Topophrenia: Place, Narrative, and the Spatial Imagination*, Bloomington: Indiana University Press, 2019, pp. 23–27.

④ Robert T. Tally Jr., *Topophrenia: Place, Narrative, and the Spatial Imagination*, Bloomington: Indiana University Press, 2019, p. 5.

⑤ Robert T. Tally Jr., "Adventures in Literary Cartography: Explorations, Representations, Projections", in *Literature and Geography: The Writing of Space throughout History*, ed. Emmanuelle Peraldo, Newcastle-upon-Tyne: Cambridge Scholars, 2016, p. 25.

必须不断考虑到地方的持续存在，以及主体与地方的关系……主体的地方感，对替代性空间的投射"。① 作为存在本质的处所意识决定了文学活动必须关注空间、地方以及相关问题，而处所意识所导致的绘图焦虑及其反映的表征危机则激发了对叙事的渴望，催生了文学绘图的行为。可以说，处所意识是一切文学绘图以及（与文学绘图对应的）地理批评的心理动因。

文学绘图主要指作家的文学写作，尤其是通过"叙事"开展的创造性表征，有时也指作家所绘制的"叙事地图"或"文学地图"。在博士论文中，塔利就构思了"文学绘图"概念，在由博士论文拓展而成的《麦尔维尔，绘图与全球化》中，他阐述了自己对这个概念的理解和界定，并基本塑造了这个概念的雏形。他在"前言"中借用彼得·图尔希（Peter Turchi）在《想象的地图》（*Maps of the Imagination: The Writer as Cartographer*, 2004）中提出的观点：任何写作都可比作某种形式的绘图（a form of mapping），并进而将麦尔维尔的创作比作绘图工程。② 在"小说形式：赋形"（A Novel Form: Giving Form）这一节，他通过对小说的讨论揭示了（小说）写作与地图绘制的关联：小说（如地图）绘制出世界的比喻性形象，将形式赋予世界，因而是一种文学绘图形式。③ 但与史诗或中世纪作品不同的是，小说是为一个混乱无序的现代世界赋形，是通过赋形来发现或建构整体性，因此，小说就像地图一样，在本质上是一种认识论形式。④ 也就是说，塔利的文学绘图是在"空间表征和叙事之间建立起联系"⑤，是通过叙事赋予世界形象，帮助人们认识世界，是"绘制主体与更宏大的时空

---

① Tally, *Topophrenia*, pp. 22–23.
② Robert T. Tally Jr., *Melville, Mapping and Globalization: Literary Cartography in the American Baroque Writer*, London and New York: Continuum Books, 2009, p. xi.
③ Robert T. Tally Jr., *Melville, Mapping and Globalization: Literary Cartography in the American Baroque Writer*, London and New York: Continuum Books, 2009, p. 14.
④ Robert T. Tally Jr., *Melville, Mapping and Globalization: Literary Cartography in the American Baroque Writer*, London and New York: Continuum Books, 2009, pp. 15–16.
⑤ Robert T. Tally Jr., *Melville, Mapping and Globalization: Literary Cartography in the American Baroque Writer*, London and New York: Continuum Books, 2009, p. 17.

整体的关系，并探究文学如何表征并建构这一整体性"[1]。在《论文学绘图：作为空间象征行为的叙事》中，塔利对文学绘图概念做了更系统的论述，详细分析了写作与绘图的相似之处：确定边界，勘探领土，选择元素，建立范围和比例，等等。[2] 在《空间性》中，塔利深入讨论了"作家写作乃文学绘图"的观念，还提出了绘图（及叙事）的缝制/编织和投射意义：作家将迥异的元素（如其他故事或文本中的片段、意象等）编织在一起，并投射（创造）出一个新世界（一个经由勘探、表征并缝制在一起的世界）[3]；并讨论了文类、体裁、时空体与绘图的关系[4]。

塔利对 literary geography 的使用经历了一些变化。在《空间性》中，他将此定义为一种空间性阅读方式，是对文学绘图概念的补充[5]，而这实则是他最初（写博士论文时）和现在对 geocriticism 的界定。在 2019 年与笔者的讨论中，塔利将 literary geography 修正为作家通过写作（主要是通过叙事）在文本世界中绘制的"领土"，属于文本世界。必须指出的是，塔利的 literary geography 并非"文学地理学"，这一点既不同于西方作为地理学子学科的文学地理学[6]，也不同于中国的作为文学子学科的文学地理学。

塔利的"地理批评"与其"文学绘图"是一对概念，分别代表阅读和写作这两种文学活动。早在读研期间，塔利就开始在自己的研究中使用"geocriticism"，并将此设想成德勒兹的"地理哲学"（geophilosophy）在文学批评中的对应概念[7]，是对作家"文学绘图工程"的

---

[1] 方英：《文学空间研究：地方、绘图、空间性》，载朱立元主编《美学与艺术评论》（2019年第2期总第十九19辑），山西教育出版社2019年版，第39页。

[2] Robert T. Tally Jr., "On Literary Cartography: Narrative as a Spatially Symbolic Act" (2011) (2011 – 01 – 01).

[3] Robert T. Tally Jr., *Spatiality*, London: Routledge, 2013, pp. 48 – 49.

[4] Robert T. Tally Jr., *Spatiality*, London: Routledge, 2013, pp. 54 – 64.

[5] Robert T. Tally Jr., *Spatiality*, London: Routledge, 2013, pp. 80 – 81.

[6] 比如，赫恩斯认为，"文学地理学"是地理学的一个子学科，虽然也涉及文学作品，但更重要的是具有人文地理学的学科性质，其理论和实践不仅属于人文学科，而且属于社会科学。详见 Sheila Hones, "Literary Geography and Spatial Literary Studies", *Literary Geographies*, 4.2 (2018), pp. 1 – 2。（https://www.literarygeographies.net/index.php/LitGeogs/article/view/151）

[7] Robert T. Tally Jr., "Situating Geocriticism", *American Book Review*, 37.6 (2016), p. 3.

分析和阐释。也就是说，作家绘制文学地图，地理批评家阅读地图，并特别关注文学中的空间实践。[①] 其实，与文学绘图一样，地理批评也是对人类存在状况中"处所意识"的回应。塔利所构想的地理批评是一种聚焦于地方、空间关系和文学—地理相互关联的文学和文化文本批评方法，是对文学绘图的"最有效的批评性阅读"[②]。地理批评也是一种看待文学空间的方式，其要求我们将空间和地方看作文本的动态特征，这些特征与其他特征不断互动，并对它们产生影响。[③] 塔利希望给地理批评一个宽泛而灵活的界定："我不想把地理批评作为某种特殊的方法论，而是把它看作一个新的视角，能对各个领域有所启发。"[④] 换句话说，"地理批评"应该具有多元性，采用多种方法和进路，甚至包括对韦斯特法尔和他本人提出怀疑的研究。[⑤]

"制图学"指的是文学活动中的理论领域，是围绕（文学）空间性开展的理论研究，"以寻求处理与文化和社会理论有关的空间关系问题。……空间批评理论可广泛理解为既包括美学又包括政治，是一整套跨学科方法中的元素"[⑥]。在《空间性》中，塔利将"制图学"看作"地理批评"的构成部分；但在2016的一篇文章中，他将制图学界定为一种空间批评理论，该理论可应用于地理批评实践[⑦]；在2019年与笔者的邮件交流中，他再次提出应当区分地理批评和制图学，并希望今后能进一步完善对制图学的讨论。本文认为，塔利在《空间性》中指出的原本属于"地理批评"的"应当考虑空间实践、包括人种学或经济学等知识成果、作为一种社会批评的方法"[⑧]的部

---

① Robert T. Tally Jr., "On Geocriticism", in *Geocritical Explorations：Space, Place, and Mapping in Literary and Cultural Studies*, ed. Robert T. Tally Jr., New York：Palgrave Macmillan, 2011, p.1.
② Tally, *Topophrenia*, p.9.
③ Tally, *Topophrenia*, p.39.
④ 朱立元、陆扬、[美] 罗伯特·塔利：《关于空间理论和地理批评三人谈——朱立元、陆扬与罗伯特·塔利教授的对话》，方英译，刘宸整理，《学术研究》2020年第1期。
⑤ Tally, *Topophrenia*, p.49.
⑥ Tally, *Spatiality*, p.113.
⑦ Tally, "Situating Geocriticism", p.3.
⑧ Tally, *Spatiality*, p.114.

分，都应当重新归入"制图学"范畴。换言之，可以将文学与文化批评领域中各种空间理论研究都归入"制图学"。

正如前文指出的，在这个体系中，"文学绘图"是塔利对文学空间研究的最大贡献，也是联结其他几个概念并贯穿其空间批评的核心：绘图行为产生于人们最根本的绘图焦虑，这种焦虑是"处所意识"的产物；作家的写作创造出文学地图，这样的"文学绘图"绘制出文本中的"文学地理"；读者/批评家的阅读/分析既是对作家"文学绘图"的阅读/分析，又在阐释和批评中创造出新的文学绘图，而这就是塔利的"地理批评"；理论家的研究是关于空间理论的绘图和绘图的理论化，此为"制图学"。

二 理论探索与梳理

理论探索和梳理构成了塔利空间批评的重要内容，主要涉及文学绘图、空间概念、乌托邦与奇幻等。

塔利在许多著作中都讨论或涉及文学绘图问题，主要考察了绘图概念（如前文所述）、文学绘图的特征和方法、绘图过程、不同文学地图、不同文类的绘图等。[1] 首先需要指出的是他对不同文类绘图的考察，包括小说、冒险叙事、海洋叙事、城市叙事、乌托邦与奇幻叙事等。比如，塔利在最近的一篇文章中指出，海洋叙事兼具旅行叙事的新闻报道特点和传奇（romance）的冒险叙事风格，是一种绘制敌托邦和异托邦空间的文类，也是将光滑空间条纹化（striated）的绘图方式，或者说，以笛卡尔网格标记未知海洋空间的叙事模式。[2] 特别值得一提的是，塔利详细探讨了冒险叙事这一文类的文

---

[1] 参见方英《文学绘图：文学空间研究与叙事学的重叠地带》，《外国文学研究》2020 年第 2 期。

[2] 塔利借用了德勒兹的光滑空间—条纹空间概念，详见 Robert T. Tally Jr., "Sea Narratives as Nautical Charts: On the Literary Cartography of Oceanic Spaces",《外国文学研究》2020 年第 2 期。

学绘图问题，涉及其在叙事史上的特殊地位，其固定的情节模式（徒步英雄在他乡遭遇新奇的事情，再成功返回，其经历变成叙述者的故事），概览式地图和行程轨迹的绘制，其认识论价值（关于陌生领土的叙事提供了地理学及其他领域的新知识）以及意识形态性（这类叙事将陌生领土绘制成相对于"中心"的边缘地带，相对于文明世界的"野蛮人土地"，即他者）。[1] 其次，讨论了文学绘图主要采用的两种话语、范畴或模式：抽象或思辨的整体投射（类似于 map），具体或经验性的对特定空间的个人知识（类似于 itinerary）。与之对应的是"看"和"走"这两种基本视角和绘图方式，前者强调共时性和整体性，后者强调动态性和局部性。[2] 这两者互为补充，相辅相成：总体性地图为行程提供必要的框架，行程则将形状、颜色、纹理等特性赋予地图上的地点。[3] 塔利还讨论了两种相关的绘图实践：绘制等高线和结构坐标，前者必然涉及叙述（突出时间性，能绘制人物活动轨迹）和描写（时间的停顿，赋予地方意义，在叙事地图上标注地方）这两种形式，后者依靠"鸟瞰视野"和绘制整体性的努力。[4] 再者，塔利讨论了文学绘图的三个特征。其一，叙述者的表征具有创造世界的效果，探险者的行程变成了被创造世界的地图；其二，文学绘图（如《神曲》中地狱的地形结构）也需要逻辑系统和近乎科学的想象地理秩序；其三，绘图工程的自我指涉性：地图绘制者必然为绘图工作所标记（如《白鲸》中的船长亚哈）。[5]

---

[1] 详见 Robert T. Tally Jr., "Adventures in Literary Cartography: Explorations, Representations, Projections", in *Literature and Geography: The Writing of Space throughout History*, ed. Emmanuelle Peraldo, Newcastle-upon-Tyne: Cambridge Scholars, 2016。

[2] 参见方英《文学绘图：文学空间研究与叙事学的重叠地带》，《外国文学研究》2020 年第 2 期。

[3] Robert T. Tally Jr., "The Novel and the Map: Spatiotemporal Form and Discourse in Literary Cartography", in *Space, Time, and the Limits of Human Understanding*, Shyam Wuppuluri and Giancarlo Ghirardi, eds. London: Springer, 2017, pp. 484 – 485.

[4] Tally, "Adventures in Literary Cartography", pp. 25 – 33.

[5] Robert T. Tally Jr., "Spatiality's Mirrors: Reflections on Literary Cartography", *Journal of English Language and Literature*, 61.4 (2015), pp. 560 – 573.

文学空间批评

　　塔利对各种（文学）空间理论和空间概念的考察，堪称他的"制图学研究"。其代表作《空间性》以其提出的话语体系为主要框架[①]，梳理并评述了西方 20 世纪以来的重要空间理论和批评。塔利在回顾"空间转向"的历史根源、发展过程与内在特征的基础上，主要分三部分展开讨论。其一，文学写作层面对空间性的处理：既有对图尔希《想象的地图》的讨论，也有对各种叙事理论中空间性问题的考察，包括约翰·佛柔对文类的讨论（不同文类就像不同类型的文学地图，具有不同空间组织特征），巴赫金的时空体，奥尔巴赫《模仿论》（*Mimesis*）中关于"西方文学中对现实表征"的讨论（揭示了不同文学表征模式与对其对空间的观察和表征方式密切相关），卢卡奇对史诗与小说形式差异的描绘中所隐含的叙事与绘图的关系，詹姆逊的"认知绘图"理论，以及海德格尔、萨特的理论中所揭示的存在焦虑的空间性。其二，关于文本空间和空间阅读的讨论：包括劳伦斯、伍尔夫关于"地方精神"的论述，威廉斯关于乡村与城市的讨论，萨义德揭示的文学和帝国的"重叠领域"（如帝国主义意识形态中"中心与边缘""我们的土地与他者/野蛮人的土地"这样的空间二元结构），波德莱尔、本雅明等人关于城市空间中"游荡者"（flaneur）的论述，弗朗科·莫瑞迪将文学地理视角纳入文学史的研究（如叙事和"真实"空间的相互作用，不同文学形式如何在文学市场和各种地理领域流通，以绘制图表或地图的方式阅读文本等）。其三，文化批评或人文空间理论研究：讨论了巴什拉的"空间诗学"，列斐伏尔的"空间生产"理论以及索亚的"第三空间"，福柯的权力—空间研究，吉莉恩·罗斯、多琳·马西等人的女性主义地理学研究（性别与空间的关系、空间的性别化等问题），吉尔·德勒兹和瓜塔利的"游牧思想"

---

　　① 在写作《空间性》（*Spatiality*，2013）时，塔利使用了"Literary cartography""Literary geography""Geocriticism"命名这本书的二、三、四章（共四章），第一章为"The spatial turn"。在"Literary cartography"那一章的第四节"Anxiety and a sense of place"关于存在焦虑的讨论已经包含了"topophrenia"的主要含义，基本具备了这个概念的雏形；而"Geocriticism"那一章中已经提出了"cartographic"这一概念。

"地理哲学"等。

此外,塔利对乌托邦和奇幻(fantasy)的研究——无论是作为文类或叙事模式,还是作为政治意识形态和文化批评对象——亦构成其空间性理论探索的重要部分。他在《中立之地,城市乌托邦》中通过分析不同时代的城市空间,专门讨论了城市的乌托邦特性。他指出,城市是一个独特的乌托邦空间:城市中的场所,比如地方叙事(local narrative)中描绘的区域性空间或旅行故事中的异域场所,总是呈现一些古怪、陌生、不寻常的经验,往往与民族叙事(national narrative)中的主流形象不一致,城市也因其超负荷、迷宫般的模糊性和全球意义而无法被民族叙事同化;但乌托邦式的城市,并不是一个理想之地,而是一个具有批判意义的无处(no-place),既非地方性又非民族性,构成了现代性和后现代性的中立地带。[①]《全球化时代的乌托邦》是塔利乌托邦研究的代表作。这本书不仅涉及文学,而且包括当代批评理论、世界体系、金融问题、城市空间等,对马尔库塞、詹姆逊、法兰克福学派等的乌托邦思想展开了讨论、回应和批判,并将乌托邦看作绘制全球化时代的世界体系整体性的文学绘图工程。塔利特别指出,在本质上,乌托邦是将一个意义系统投射到一个复杂而难以辨认的世界之上,这结合了叙事和绘图的特征,是绘制世界体系的理想形式。[②]在结论部分,塔利看到了奇幻这一文类开展乌托邦工程的巨大潜力,并指出"乌托邦工程必然是奇幻性的"。[③]在此后的许多文章中塔利往往将奇幻和乌托邦放在一起讨论,甚至主张所有叙事/文学绘图都具有乌托邦和奇幻性质;并将文学领域的乌托邦归入奇幻这一文类中。塔利在不同著述中详细讨论了乌托邦空间的特点。首先是与现实时空的断裂:要么是一种具有高度同质性的理想国家空间(在现实空间之

---

① Robert T. Tally Jr., "Neutral Grounds, or The Utopia of the City in the Era of Globalization", *Journal of Contemporary Literature*, 2.2 (2010), pp. 135-136.

② Robert T. Tally Jr., *Utopia in the Age of Globalization: Space, Representation, and the World System*, London and New York: Palgrave Macmillan, 2013, p. 75.

③ Robert T. Tally Jr., *Utopia in the Age of Globalization: Space, Representation, and the World System*, London and New York: Palgrave Macmillan, 2013, p. 99.

外),要么是一种理想未来空间(在时间链之外),要么是时空的错置。① 其次这是一种现代性空间:标准化、规则化的城市,福柯式的空间组织和监管,运用笛卡尔网格对社会空间的重组和排序,时间和经验在资本主义生产方式下转变为空间框架。②

塔利的(文学)空间理论研究跨度大,涉及面广,不仅考察了20世纪的重要理论著述,而且讨论了古希腊、中世纪和近现代不同历史时期的文学空间问题,更重要的是,发展出一套详细、深刻而独特的文学绘图理论。

三 学术传承与影响

尽管塔利本人坚持"文学空间研究"首先属于文学学科,是文学研究的一个分支③,但他的空间批评具有明显的跨学科特色,借鉴了许多学者的研究成果,如詹姆逊、福柯、德勒兹、索亚、萨特、萨义德、段义孚、图尔希、韦斯特法尔等,尤其是他们的空间理论、空间思想和相关研究方法。就学术渊源而言,他主要受存在主义、人文地理学和马克思主义的影响。

首先是存在主义哲学的影响。塔利对"处所意识"等概念的构思明显融入了萨特、海德格尔的思想。他曾多次讨论存在焦虑(angst)与地方感(sense of place)的关系。塔利指出,萨特认为海德格尔的此在(Dasein)意味着人在世界中,而人无法逃避的"在世"(being-in-the-world)即人的存在本身;同时,angst 是人的基本存在状态的"必要谓语"(predicate),因此人需要有创造自身存在意义的自由,以

---

① Robert T. Tally Jr., *Utopia in the Age of Globalization*: *Space*, *Representation*, *and the World System*, London and New York: Palgrave Macmillan, 2013, pp. 3 - 4.

② Robert T. Tally Jr., "In the Suburbs of Amaurotum: Fantasy, Utopia, and Literary Cartography", in *Spatial Modernities*: *Geography*, *Narrative*, *Imaginaries*, eds. Johannes Riquet and Elizabeth Kollmann, London: Routledge, 2018, p. 60.

③ Robert T. Tally Jr., "Spatial Literary Studies versus Literary Geography", *English Language and Literature*, 65.3 (2019), pp. 403 - 405.

建立在"世界"中的目的和一种地方感。塔利又援引海德格尔的观点：angst 导致了人的"非家恐惧"[uncanny（unheimlich）]，这也意味着无处（nowhere）和出离家园[not-being-at-home（*das Nicht-zu-hause-sein*）]，并由此指出，人的根本存在状况是一个空间性问题，其存在焦虑与地方感相关，这种地方感即人们对自己"处于某处"（situatedness，或"情境性"）的意识，也是人"在世"和存在的必然。① 按照塔利的解释，人的历史情境性，或者说，个体主体必然存在于某个历史情境（或历史、地理时空），决定了主体的有限视角，并导致主体想要想象/绘制自己所在时空整体的欲望（绘图欲望，由此产生绘图焦虑和绘图紧要性）。② 这种地方感和情境性正是塔利处所意识概念的内核，而"绘图焦虑"则是文学绘图和地理批评实践的内在动力，也是讨论这两个问题的逻辑起点。

其次，人文地理学的影响，尤其是段义孚和爱德华·索亚的影响。人文地理学意义的"地方"是塔利整个文学空间研究的关键词之一。段义孚区分了空间与地方：空间是无限的、开放的、抽象的、流动的、自由的、危险的，而地方则是具体的、稳定的、安全的、静止的，是运动中的暂停③，是目光停留处无差别空间中的一段，是独特的、可识别的，被赋予情感、思想、意义和价值，而这些则凝聚于与该地相关的建筑、地标、艺术作品、历史故事、重要人物、节日庆典、风俗传统等④，即来自人的活动和主体性的介入。塔利认为，人文地理学的"地方"充盈着意义，地方的意义产生于主体的观看，因而地方需要主体的阐释；而对地方的表征往往带有某些文学情感；总之，地方和地方表征对于叙事绘图和空间想象至关重要，属于"文学批评"的对象。⑤ 根据塔利对"地理批评"的解释，人文地理学的"地方"显然特别适

---

① Tally, *Topophrenia*, pp. 23 – 25.
② Tally, *Topophrenia*, pp. 53 – 54.
③ Yi-Fu Tuan, *Space and Place: The Perspective of Experience*, Minneapolis: University of Minnesota Press, 1977, p. 36.
④ Yi-Fu Tuan, *Space and Place*, pp. 161 – 178.
⑤ Tally, *Topophrenia*, p. 8, pp. 17 – 18.

合于地理批评。塔利的研究还受到索亚第三空间（thirdspace）概念的启发。塔利指出，索亚构思的第三空间不仅仅沟通、同时还转化物理空间（第一空间，外部的"真实"地理）和心理空间（第二空间，我们头脑中对空间的表征）之间的断裂，并将之"他者化"；甚至一切看似二元对立的东西都汇集于第三空间。索亚这种关于空间性的整体观，影响了塔利对"处所意识"的感觉，以及他的文学绘图研究和地理批评探索。① 在塔利的理论建构和话语体系中，作家所创造的文学绘图、文本中的文学地理、地理批评所分析的空间、以及整个文学空间研究所考察的对象，既有对"真实"世界的表征，也有完全虚构（想象）的空间，还有这两者的交织、互动、跨越和转化，即"真实并想象的"空间和地方。"真实并想象的空间"（real-and-imagined space）是对"第三空间"特质的生动概括。塔利明确指出，文学、批评、历史和理论中的真实空间、想象空间和真实并想象的空间，以及我们关于生活空间（lived space）的抽象理解构成了文学空间研究的实践领域。② 也就是说，文学空间研究所探索的"空间"很大程度上由索亚的第一、第二和第三空间构成。

最后，也是最重要的，是马克思主义文学批评和研究方法，尤其是新马克思主义者关于历史的空间性思考。塔利的空间批评深深扎根于马克思主义理论和方法，他的批评立场和研究方法具有鲜明的马克思主义特点。可以说，塔利空间批评的内核是马克思主义文学批评，或者说，塔利一直在尝试发展一种马克思主义空间批评。塔利本人曾谈道，他的空间思考源自一种"彻头彻尾的马克思主义传统"，该传统涉及空间的历史性生产与资本主义的不同生产模式的发展之间的关系。③

要深入思考历史，需要将其空间化，将动态的历史想象为静态的、共时的，而非线性的流动。这种观念可在马克思的"历史阶段论"中

---

① Tally, *Topophrenia*, p. 3.
② Tally, *Topophrenia*, p. 176.
③ 这是塔利在给笔者的邮件中谈到的。

寻得理论依据,但对塔利的文学空间研究产生深刻影响的,主要是列斐伏尔、福柯和詹姆逊。列斐伏尔主张,空间是一种社会产品,是由人的活动生产出来的;而不同历史阶段和社会形态会生产出不同的空间组织。"每个社会——因此每种生产方式……——都生产一种空间,它自己的空间。"① 这影响了塔利关于空间的历史性和历史空间化的思考。此外,列斐伏尔的空间三元辩证法(空间实践—空间的表征—表征的空间)影响了索亚的"第三空间"理论,其"抽象空间"(abstract space)概念和关于空间生产的研究分别与詹姆逊的"认知绘图"和福柯对权力和知识的研究形成了共鸣。这三位学者显然对塔利的文学空间研究具有多维度的深刻影响。福柯对塔利的影响始于塔利的大学阶段,那时他开始将一直困惑自己的"空间迷失感"与文学和哲学联系起来思考,并尤其对尼采和福柯、德勒兹等法国后结构主义学者具有浓厚兴趣。② 福柯的许多研究及其方法都对塔利产生了影响:其谱系学研究,围绕空间—知识—权力这个三元联结展开的系列讨论,等等。尤其是,福柯将时间/历史的展开看作非线性过程,或者说,各种非连续的空间形式(spatial formations)。③ 列斐伏尔和福柯以空间性看待并阐释历史,将空间从时间的压迫下解放出来,甚至置于哲学的核心。如此宏观、整体性的关于空间的思考,与塔利一直以来对地理和空间问题的兴趣不谋而合,更是启发了他对文学的空间性思考,以及对整个"空间转向"背后人的存在状况的探究。

对塔利影响最大的是他的老师詹姆逊。一种可以称为詹姆逊主义(Jamesonism)的马克思主义思想体系,构成了塔利文学空间研究的理论基础、思想内核和哲学底色。塔利对詹姆逊的学术传承是多

---

① Henri Lefebvre, *The Production of Space*, trans. Donald Nicholson-Smith, Oxford: Blackwell, 1991, p. 31.

② Katiuscia Darici, "'To Draw a Map Is to Tell a Story': Interview with Dr. Robert T. Tally Jr. on Geocriticism", *Revista Forma*, 11 (2015), p. 28.

③ Amanda Meyer, "A Place You Can Give a Name to: An Interview with Dr. Robert T. Tally Jr", *Newfound: An Inquiry of Place*, 4.1 (2012) 〈https://newfound.org/archives/volume-4/issue-1/interview-robert-tally/〉.

方面的：比如文学观，政治立场，对辩证法的坚持，尤其是马克思主义批评观和研究方法。在詹姆逊的影响下，塔利大学期间开始对马克思主义文学批评产生兴趣，并成为一名马克思主义者[①]。塔利自称是詹姆逊的追随者，并著有关于詹姆逊几乎全部著作的概览性研究《弗雷德里克·詹姆逊：辩证批评工程》(Fredric Jameson: The Project of Dialectical Criticism, 2014)。不仅如此，塔利还在自己的研究中继承并发扬詹姆逊的思想，发展出独具特色的马克思主义文学空间研究。

詹姆逊的"认知绘图"观念帮助塔利将各种空间理论和思想整合在一起，启发了他对"文学绘图""地理批评"等概念的构思，对他的空间研究产生了重大而深远的影响。其一，詹姆逊主张文学艺术形式与资本主义不同发展阶段的社会空间形式具有某种对应关系：市场资本主义的"可测绘"的城市空间对应现实主义，帝国主义的民族主义空间（nationalist space）对应现代主义，晚期资本主义的全球化空间对应后现代主义。受此影响，塔利认为这意味着不同社会空间需要不同表征/绘图方式，并认为所有文学写作都涉及空间表征和绘图问题。[②] 这个观念是塔利开展文学空间研究的基础。其二，詹姆逊结合林奇的"可意象性"（imageability）、"寻路"（wayfinding）和阿尔都塞的"意识形态"提出的"认知绘图"概念，直接启发了塔利对"文学绘图"的思考，决定了此概念的本质，并影响到他对"地理批评"（对作家文学绘图工程的"空间性"阅读与分析）的构思。詹姆逊的"认知绘图"理论认为，在一种被异化的或具有异化力量的城市环境中，个体主体努力想象社会空间并在其中探寻方向，因此需要某种认知绘图。籍此，个体主体可以形成一种关于其自身与"更广阔的、实

[①] Amanda Meyer, "A Place You Can Give a Name to: An Interview with Dr. Robert T. Tally Jr", *Newfound*: *An Inquiry of Place*, 4.1 (2012) 〈https://newfound.org/archives/volume-4/issue-1/interview-robert-tally/〉.

[②] Robert T. Tally Jr., *Fredric Jameson*: *The Project of Dialectical Criticism*, London: Pluto Press, 2014, pp. 104 – 111.

际上不可表征的总体"之关系的"情境表征",该总体是"由作为整体的各种社会结构链接而成的"。① 塔利认为认知绘图是为社会整体性"赋形",是关于社会整体性的"比喻性叙事"。② "赋形"、以"叙事"表征或建构整体性是塔利文学绘图概念的核心。他曾明确指出,他的文学绘图是以比喻的方式表征个体或集体主体与更大的空间、社会、文化整体之间的关系。③ 显然,詹姆逊的认知绘图和塔利的文学绘图都强调对整体性的想象性建构,以及在个体经验与更宏大的时空体系之间建立(绘制)联系。其三,塔利发现,尽管詹姆逊在更晚近的著作中不太使用"认知绘图"这个词,但这个隐在的概念继续影响着他关于晚期资本主义或全球化的批评,甚至认为这是他持续一生的一项理论工程——对文学形式和社会结构之关系的理论化——的核心;并且,认知绘图本身就是文学绘图工程的一种重要模式。④ 可以说,塔利的文学绘图既是对詹姆逊认知绘图的借鉴,更是对后者的发展和创造性误读。

塔利的乌托邦和奇幻研究是与詹姆逊的深入对话。塔利认为乌托邦主义(utopianism)渗透于詹姆逊的所有著作⑤,并称其为这个时代最伟大的乌托邦批评家⑥。塔利不仅与詹姆逊一道维护乌托邦的批判力量,而且发展了詹姆逊的思想。其一,塔利将詹姆逊的乌托邦思想概述为:一方面,乌托邦显示了我们思想的界限,任何乌托邦文学的功能都在于帮助我们思考那个界限,即意识到现实世界的不完美;另一方面,乌托邦既是对现实的批判性否定,也是对不可能世界的想象性探索,而这堪称对当今时空结构理论化的模型。⑦ 其二,塔利发现,

---

① Fredric Jameson, *Postmodernism, or, the Cultural Logic of Late Capitalism*, Durham, NC: Duke University Press, 1991, p. 51.
② Tally, *Fredric Jameson*, pp. 108 – 109.
③ Tally, "Adventures in Literary Cartography", p. 25.
④ Tally, *Spatiality*, p. 67.
⑤ Meyer, "A Place You Can Give a Name to: An Interview with Dr. Robert T. Tally Jr."
⑥ Tally, "Places Where the Stars Are Strange", p. 42.
⑦ Tally, *Utopia in the Age of Globalization*, pp. 29 – 35.

詹姆逊的"乌托邦欲望"也是一种认知绘图，或者说，认知绘图也是一种乌托邦工程，两者都是对当今时代的异化社会空间的绘制，都能投射出一个世界，或想象一个宏大体系，并帮助主体在这个世界/体系中确定方位；塔利由此主张，后现代全球化时代更需要乌托邦的介入。[1] 其三，塔利关于奇幻的立场，是对詹姆逊的批评。詹姆逊在《未来考古学》中将乌托邦看作"科幻小说的社会政治学亚文类"，并在"The Great Schism"一章中提出了著名的区分奇幻与科幻小说（乌托邦）的三个标准（或者说批评奇幻的三个理由）。一，与现实的关系：奇幻世界与现实世界无关，是一种逃避主义，而科幻小说则是对现实世界的符合逻辑的拓展；二，对待科学的态度：奇幻故事中魔法盛行，这与科幻小说中的技术元素迥异；三，伦理体系的差异：奇幻故事中的伦理是静态的善恶二元对立，压制或拒绝政治批判，而科幻小说中的伦理是模糊的，需要政治批判。[2] 但塔利通过对托尔金作品中奇幻世界的讨论，令人信服地指出：其一，奇幻也与现实世界相关，并能投射出或鼓励读者想象替代性世界，这本身就是对现实世界的批评，是乌托邦性质的。[3] 其二，塔利认为托尔金小说中的魔法也具有技术元素，且无论是奇幻中的魔法还是科幻中的技术，本质上都是"增强艺术家审美力的手段"。[4] 其三，托尔金的奇幻世界不是非善即恶的二元对立，而是一种"具有各种细微差异的现实主义的伦理体系"，这个体系与政治（一个充满争论、妥协、反思和再评估的领域）有着诸多"共同的目的"。[5] 由此，塔利质疑了学界对乌托邦和奇幻的割裂与对立，挑战了关于奇幻的各种批评，如消极、怀旧、逃避主义、非理性、非认知、非科学、缺乏政治批判性；指出了奇幻的价值：能帮助我们反思自己的世界，是实现"乌托邦冲动"的

---

[1] Tally, *Utopia in the Age of Globalization*, pp. 37–41.
[2] Fredric Jameson, *Archaeologies of the Future: The Desire Called Utopia and Other Science Fictions*, London: Verso, 2005, pp. 57–71.
[3] Tally, "Places Where the Stars Are Strange", pp. 44–47.
[4] Tally, "Places Where the Stars Are Strange", p. 50.
[5] Tally, "Places Where the Stars Are Strange", p. 53.

场所。① 显然，塔利在批评詹姆逊的同时，也是对詹姆逊乌托邦研究的继承与发展。

　　塔利的空间批评不仅是对前人的继承和可贵的探索，更因其创新精神和前沿性而发挥着引领作用，既引领着文学空间研究的发展，也为整个文学研究提供了新视角、新术语和新启发。对于塔利空间批评的创新，笔者认为可概括为以下几点。其一，他的研究展现了一种新文学观，笔者将其概括为"文学是一种绘图/地图绘制"（mapping/cartography）。其二，开创了文学批评的新范式：塔利提出了一系列空间批评术语并用于相关理论探讨和文本分析，其空间批评始终以"绘图"为核心概念与核心命题，以空间性（spatiality）为切入点（空间性是空间、地方、地理、场所、景观、绘图等相关概念的共性），并整合了各种空间理论用于具体批评实践。其三，塔利的研究似乎始终围绕着"文学、空间与存在的关系"展开，这样一个问题域（problematic）构成了塔利空间批评的思想整体和内在结构，规定了相关问题群落和研究视域，并决定了其继续提出问题和展开研究的角度。② 其四，赋予"绘图"更广阔、更丰富的含义，赋予其本体论地位和存在论意义。塔利不仅从隐喻的角度，强调绘图的表征性和对整体性的建构，从而揭示了绘图的普遍性，而且认为绘图是不可避免，是存在的基本维度。正如他所说的，"我绘图，因而我存在"③。其五，为空间批评找到了丰富而深刻的理论和哲学资源，展示了空间理论的强大阐释力和空间批评的广阔性、包容性与开放性。

---

① Tally, "Places Where the Stars Are Strange", p. 54.
② 此处参考了孙文宪《马克思主义文学批评范式研究》中关于阿尔都塞提出的"问题域"概念的讨论（人民出版社2020年版，第68—69页）。
③ Tally, *Topophrenia*, p. 1.

第二章　空间类型

Other-Space

To follow the lines of flight
And build an Other-Space
Not the medieval garden
Not the carpet of the universe

Not a space for illusion
Or for compensation
Or for anticipation
Not a heter- or utopia

In nomad, in between
In the incomplete
In an openness
In borderlands and crossing

We build a blank space
For us to map our life
To fight firm against
The tyranny of time

第二章　空间类型

>Nothing can corrupt
>The original beauty
>Or erase the vast land
>We are exploring

"空间转向"和空间研究的领军学者列斐伏尔不仅提出了著名的空间三元辩证法，而且提出绝对空间、抽象空间、心理空间、神圣空间、历史空间、社会空间、政治空间、都市空间、女性空间等几十种不同的空间概念。这些细分的概念对于研究当代空间问题很有必要，也非常实用。一部文学作品，尤其是叙事性作品能建构出各种各样的空间，也能对现实世界中的种种空间做出精彩的表征，我们必须对这些空间加以区分，才能开展详细深入的文学空间批评。因此，对空间类型展开研究不仅是必要的，而且是实践文学空间批评的前提和基础。

根据不同标准能区分不同空间类型。列斐伏尔提出了空间实践（spatial practices）—空间的再现（representations of space）—再现的空间（representational spaces）这个三元结构：空间实践指空间性的生产，侧重感性经验和物质性，这是知觉的空间（perceived spaces）；空间的再现是概念化的空间，是侧重观念与构想的精神性空间，是构想的空间（conceived spaces）；再现的空间是实际的空间（lived spaces），既区别于其他两种空间又包含着它们，既是精神的又是物质的。[1]索亚在重构列伏斐尔分类的基础上区分了三类空间：第一空间（firstspace），强调物质维度；第二空间，强调精神维度（secondspace）；第三空间（thirdspace），是对前两种空间的解构与重构并向一切可能性开放。[2]雷尔夫区分了六种空间，这些空间体现了从经

---

[1] Henri Lefebvre, *The Production of Space*, trans. Donald Nicholson-Smith, Oxford: Blackwell, 1991, p. 33.

[2] Edward W. Soja:《第三空间——去往洛杉矶和其他真实和想象地方的旅程》，陆扬等译，上海教育出版社2005年版，第二章。

验到抽象的过渡：原始（primitive）、知觉（perceived）、存在（existential）、建筑（architectural）、认知（cognitive）和抽象（abstract）空间。① 恩特里金提出三类空间：主观或局部（subjective or local）空间，客观或整体（objective or global）空间，以及处于前两者之间的文化或公共（cultural or communal）空间。② 拉伯格则根据空间的规模或尺度区分了三种空间类型：第一种是规模最大的空间，即地理学的宏观层面和地形学的风景；第二种是中观层面的空间，都市环境；第三种是个人居住的微观空间。③

从以上各种分类可以看出：第一，空间存在于物质、精神和社会等不同维度，也具有不同尺度和规模；第二，无论怎样的分类，其边界都无法完全确定，这些空间之间既有差异，又存在交集；第三，不同类别的空间是某个整体空间的不同部分，它们互为补充，但这几类空间并不能囊括一切空间，其中必然存在裂隙。本章将要做出的分类，也具有以上几个特点。

第一节 物理、心理与社会空间

空间具有不同维度：物质的、精神的、身体的、知觉的、文化的、语言的、心理的、社会的，等等。其中三个维度是最主要的，也是最基本的：物质维度、精神维度和社会维度。物质维度是空间的物质基础，是空间的实体存在，能为人的知觉（视觉、听觉、触觉、嗅觉、运动知觉等）所感知。精神维度是空间的精神性存在，与人的思想、意识、情感、心理、意志等相关。空间的精神性往往凝结于物质和人的言行，与文化维度紧密相关。社会维度是空间的社会性存在，主要

---

① Edward Relph, *Place and Placelessness*, London: Pion, 1976, pp. 8–28.

② J. Nicolas Entrikin, *The Betweenness of Place: Towards a Geography of Modernity*, Baltimore: Johns Hopkins U P, 1991, p. 55.

③ Per Raberg, *The Space of Man: New Concepts for Social and Humanistic Planning*, Stockholm: Almquist and Wiksell International, 1987, p. 34.

关于空间中人与人之间的经济、政治、权力关系以及意识形态、社会机构等。社会维度既有物质性，也有精神性。

　　此处主要受列斐伏尔三元辩证法的启发，并试图借鉴人文社会科学的各种空间理论成果，将文学世界中的空间分为物理空间、心理空间和社会空间三大类。这三类空间存在于绝大多数文学文本中，尤其是叙事性作品中，并能涵盖其中的绝大部分空间。

　　物理空间是物质层面的关系建构，是以物质形态呈现的、人的知觉可以感知的空间。这个空间大致相当于索亚的"第一空间"，即空间的物质基础。这个空间包括物体，也包括人本身——作为物质存在的人和人的活动。与人发生联系的风景与场景基本属于这个空间：在《德伯家的苔丝》中，马洛村中与人物相关的物质存在属于物理空间；《还乡》中的艾格敦荒原中的物质存在属于物理空间；《达洛维夫人》中举行宴会的客厅、不同人物形象及其活动构成了物理空间，这个空间是围绕着宴会所建构的关系集合。

　　米克·巴尔指出，空间的填充由那一空间中的物体所决定，物体的形状、大小、颜色、在空间中的排列方式等确定着该空间的效果，也影响着对该空间的感知。[①] 此处巴尔所讨论的空间正是物理空间。因此，物理空间的效果往往由物体的空间形象所决定。鲜明、突出的空间形象——空间中的物体或人物形象是物理空间建构的关键。空间形象能赋予空间以特点，是某个空间的标志，如苔丝被捕时躺在其上的那块巨石，林黛玉潇湘馆中的竹子，《红高粱家族》中如火如血般高高挺立的高粱，等等。空间形象不仅是具体的物或人的形象，而且具有某种抽象性和综合性，是某个地方或范围的整体形象，以及这个整体所传达的意义。比如，家、花园、监狱、森林、大海的意象，这些地点的名称本身就设定了其空间边界（如家），规定了其空间功能（如监狱、花园），标明了一定的空间特征（如大海标明了其颜色和体

[①] ［荷兰］米克·巴尔：《叙述学：叙事理论导论》，谭君强译，中国社会科学出版社1995年版，第107页。

积的特征,森林标明了其广袤、易迷失方向、能隐藏秘密的特征),蕴含了丰富的符号意义,对空间建构具有很大影响。因此,许多作品赋予空间形象丰富的象征意义,以其空间特征表达复杂的意识形态内涵。比如,欧洲的一些文学作品将炮塔等同于君主制,等同于一种广大的、束缚性的、严格的力量;或者将迷宫空间与推翻王朝前的混乱、矛盾、迷惑等相关联。[1]

米切尔借用弗莱《批评的剖析》中的四个层次,分析了"空间形式"的不同类型,其中提到了描写层。他认为,作品中的不同描写性空间可以是:1) 风景;2) 宇宙的整体形象,如弥尔顿作品中的描写;3) 英国乡村的一部分,如奥斯丁作品中的描写。米切尔指出,描写建构了关系,创造了共存信息之间的秩序,这些信息可以是人物、物体、形象、感觉或情绪等。[2] 由此可见,描写可以建构空间,而且是建构物理空间的主要方式。其实,热奈特早就指出了描写的空间性。他在《修辞(二)》当中区分了"叙述"(narration)和"描写"(description):叙述关注行动和事件——这些是纯过程——因而叙述将重点放在叙事(récit)的时间性和戏剧性方面;相反,因为描写流连于被视为共时性的物体和事物,并且由于描写将过程本身想象成场景(spectacle),似乎悬置了时间过程,因而有助于在空间中展开叙事。[3]当然,建构空间不仅仅依靠对物体的描写,而且还包括对行动的描写。查特曼在《小说与电影的叙事修辞》中指出,描写的对象可以是物体与人物,还可以是行动,但这个行动必须是所描写场景的一部分,而不是行动链上的连续部分。[4] 佐伦在《朝向空间的叙事理论》一文中也指出,空间中不仅包含静态的事物和关系,而且应该包含运动,运

---

[1] Ricardo Gullon, "On Space in the Novel", *Critical Inquiry*, 2.1 (Autumn, 1975), p.15.

[2] William J. T. Mitchell, "Spatial Form in Literature: Toward a General Theory", *Critical Inquiry*, 6.3 (Spring, 1980), p.551.

[3] Genette, *Figures II* (Paris, 1969), p.59, 转引自 Joseph Frank, "Spatial Form: Some Further Reflections", *Critical Inquiry*, 5.2 (Winter, 1978), pp.285–286。

[4] Seymour Chatman, *Coming to Terms*, Ithaca and London: Cornell University Press, 1990, p.37.

动可以是物体的真实路线，或目光的转变，或从一个物体想到另一个物体。① 因此，在他的空间结构模型中，他在垂直方向设置的时空层（the chronotopic level）是通过事件和运动作用于空间的；他在水平方向区分了地点（places）、行动域（a zone of action）和视阈（field of vision），其中行动域是由发生的事件来决定的，而视阈既可以指向一个作为整体的地方，也可以指向一个分裂的事件（如一次电话交谈）。由此可见，对人、物和活动的描述都是建构物理空间的重要途径——当然，这些对于心理空间的建构也十分重要。

心理空间是一个内部的、主观的空间，是人的知觉、情感和意识②对外部世界染色、过滤、变形、编辑后所建构的空间，也是人的内心对外部世界的投射。心理空间属于索亚的"第二空间"，即空间的精神层面，是外部空间在人的内心的表征。但第二空间比心理空间所涵盖的范围要广泛得多。在索亚那里，第二空间是由人构想的空间，包括以文字、图表、线条、色彩等各种符号所建构的空间，文学家虚构世界中的空间、建筑师绘图中的空间、城市规划师头脑中的空间等等，都属于这个空间。③ 而在文学叙事中，特别值得关注的是人物的心理空间。

这里的心理空间与语言学的心理空间既相关，又不同。语言学的心理空间是话语展开过程中所建构的信息集合，这个信息集合由语言元素之间的关系构成，是一个可以不断增长的动态的集合。④ 本书的心理空间在本质上与语言学的心理空间是一致的，都是一个动态的信息集合，即由不断变化的粒子构成的场，是粒子之间关系的动态建构。不过，与语言学的心理空间不同的是，本书的心理空间强调的不是语

---

① Gabriel Zoran, "Towards a Theory of Space in Narrative", *Poetics Today*, 5.2 (1984), p.314.
② 这里没有提及潜意识，是因为一般认为潜意识无法为语言所表达，因而不可能进入文学叙事的空间。
③ Edward W. Soja：《第三空间——去往洛杉矶和其他真实和想象地方的旅程》，陆扬等译，上海教育出版社2005年版，第100—102页。
④ Gilles Fauconnier, *Mental Spaces—Aspects of Meaning Construction in Natural Language*，世界图书出版社2008年版，第16页。

言成分之间的关系,而是空间意象、空间知觉、各种时间碎片在人内心中的关系。也就是说,文学世界中的心理空间关注的不是纯粹语言的逻辑,而是叙事的逻辑、文学的逻辑和美学的逻辑。

心理空间是人的内心对物理空间的映射和编辑。如,在《墙上的斑点》中,在一个有着炉火、烟雾、菊花和书的房间里,白墙上的一个黑色斑点引发了"我"缤纷绚丽的心理空间。在我的知觉、情感和意识的编辑之下,斑点变成了不同的空间意象:黑色崖壁上的城堡、老房子中的老挂像、关于来世的空间想象、坟墓、营地、一枚巨大的旧钉子……

心理空间也是人的各种瞬间感觉,即时间的碎片。弗兰克在《现代小说中的空间形式》一文中指出,普鲁斯特在《追忆逝水年华》中,在作品的不同部分为读者提供了各种各样的"在视觉瞬间静止"的人物快照,这些实际上是一种"纯粹时间"的"客观对应物",是"瞬间的感觉",是空间。[1] 为何小说中的某个瞬间能成为空间?这是因为这个瞬间所凝结的人物的外貌、性格、内心、经历、时代等元素被并置起来,被建构成相互关联的整体,建构成一个充满粒子的场。这些元素(粒子)之间的关系得到了建构,这就是空间。因此,小说中人物的瞬间感觉乃时间的碎片,也就是人物的心理空间。在《达洛维夫人》《墙上的斑点》《喧哗与骚动》《弗兰德公路》《窥视者》《情人》等小说中,有着大量由人物瞬间感觉所形成的心理空间。

人的梦境也能建构心理空间。乔治·奥威尔的《一九八四》中第三章的梦境便是典型的心理空间的建构。[2] 这个空间主要由空间意象、瞬间感觉、位置关系和人物关系所建构。梦境中的主要意象是:母亲抱着妹妹坐着、黑暗的海水、不断下沉的船、夕阳中金色的草地和一位洁白可爱的黑发女郎。瞬间感觉有:对往事的恐惧、憎恨、痛苦,

---

[1] Joseph Frank, "Spatial Form in Modern Literature", in *The Idea of Spatial Form*, New Brunswick: Rutgers University Press, 1991, pp. 25 - 28.

[2] [英]乔治·奥威尔:《一九八四》,刘绍铭译,北京出版集团公司、北京十月文艺出版社2010年版,第29—31页。

第二章　空间类型

草地的柔软、温暖和自由,温斯顿对黑发女郎的向往。位置关系有:母亲与妹妹在下面,他在草地上,女郎越过牧场向他走来。人物关系是:温斯顿、母亲、妹妹、陌生女郎。这个梦境建构了温斯顿的主要心理空间,为他在小说中的心理状态奠定了基调:对往事的困惑、恐惧与痛苦,极度的压抑,对自由和人性的渴望。

心理空间是如何建构的?阿兰·德波顿的《旅行的艺术》中有个片段,描述了作者一边欣赏梵高画中的柏树,一边观赏窗外的柏树时的所思所想。①这个片段涉及了两重心理空间的建构。作者对梵高的画的欣赏与感悟、作者与画之间的互相观照与互动构成了作者的心理空间,这是第一重心理空间的建构。更有趣的是,作者望着窗外的柏树,欣赏着画中的树,在物质的树(窗外的树)、精神的树(作者心中的树)和文化的树(画中的树)之间徘徊徜徉,进入了另一重心理空间。这个空间是作者对三种树,对现实、梵高和自身之间关系的一种建构。这两重心理空间都是作者对外在意象的内心编辑,是作者的瞬间感觉,是重叠着多种意象和感觉的时间的碎片。

社会空间是人际空间,是人与人之间关系的建构。这个空间主要强调政治、经济、权力、种族、阶层、文化等因素,强调人的实践及其影响。因此,社会空间包括政治空间、权力空间、民族空间、文化空间、性别空间、工作空间、生活空间等,而且这些空间往往在都市中。城市地理研究中的"都市空间"或"城市空间"虽然也包含对城市的物理空间和居民心理空间的研究,但更重要的是关于其中的经济、政治、权力、文化关系的研究。因此,本书将都市空间主要纳入社会空间的范畴。社会空间既是物质的,也是精神的,是这两个维度的交集与互动;既是一种产品,又是一种作用力,②是人类实践活动的因和果;既是

---

① [英]阿兰·德波顿:《旅行的艺术》,南治国等译,上海译文出版社2009年版,第188—189页。
② [美]菲利浦·E. 魏格纳:《空间批评:地理、空间、地点和文本性批评》,收入[英]朱利安·沃尔弗雷斯编著《21世纪批评述介》,张琼、张冲译,南京大学出版社2009年版,第244页。

框架与中介，也是其中各种力量与元素的杂糅、交错、变化、冲突和互动。总而言之，社会空间是社会性元素的关系建构。

在社会空间中，人与人之间的政治、经济、权力、阶级关系是核心。列斐伏尔在讨论社会空间时，尤其强调生产关系、社会结构等政治、经济因素。他认为社会空间应当包含：1）人类自身再生产的社会关系，如不同性别、年龄群体之间的生理—心理关系；2）生产关系，如劳动分工及其组织。① 不仅如此，社会空间还包含着对社会关系的生产和再生产的具体表征。② 社会空间具有强烈的政治性、战略性和意识形态性，它一直是各种力量的武器库，是施展策略的场所。③ 韦斯利·科特在区分三种空间（第二节将详细讨论）时也指出，社会空间主要强调其中的政治和经济因素。④ 因此，他分析了康拉德小说中社会空间的物质维度——劳动，以及戈尔丁小说中社会空间的精神维度——社会革新、社会运动、思想家的预言等问题。戴维·哈维在《后现代的状况》的第三部分对社会空间展开了讨论，他的分析主要包括生产关系、资本运作、阶级关系和各种斗争。⑤ 从他的分析可以看出，这些因素所构成的社会关系的结构形塑了社会空间。

建筑（以及居住地）对于社会空间的建构具有重要意义。建筑与存在有着密切的关系。建筑是圈定范围的边界，是某个场所的标志，是理解现实的关键，能给人空间感，能界定人的身份、角色、社会关系，能建构一定的社会秩序。比如，一个地方的标志性建筑，是关于存在的问题，看见它，你就知道自己身在哪里。⑥ 建筑（以及居住地）

---

① Henri Lefebvre, "Space Is a Social Product", in *Urban Theory—Classic and Contemporary Readings*, ed. Yu Hai, 复旦大学出版社 2006 年版，第 116 页。

② Henri Lefebvre, "Space Is a Social Product", in *Urban Theory—Classic and Contemporary Readings*, ed. Yu Hai, 复旦大学出版社 2006 年版，第 117 页。

③ Lefebvre, *The Production of Space*, p. 410.

④ Wesley A. Kort, *Place and Space in Modern Fiction*, Gainesville: University Press of Florida, 2004, p. 157.

⑤ ［美］戴维·哈维：《后现代的状况——对文化变迁之缘起的探究》，阎嘉译，商务印书馆 2003 年版，第 14 章。

⑥ Yi-Fu Tuan, *Space and Place: The Perspective of Experience*, Minneapolis: U of Minnesota P, 1977, pp. 102–110.

作为人造的环境，能延续传统，表达对现实的观点；能体现社会秩序，能象征人在社会中、在宇宙中的位置。① 福克纳的著名短篇小说《献给艾米丽的玫瑰》中艾米丽的房子就是南方传统的象征，是对一段必将逝去的历史的缅怀和固执坚守，是艾米丽作为一种历史存在、政治存在的立场表达，也象征着她在这个社会乃至宇宙中的位置———一种与当时的社会经济政治关系格格不入的存在，一种绝然孤立与最后的坚守。

其实，无论怎样的分类，都不可能做到界限绝然分明，也不可能囊括所有空间类别。因此，必然存在不同空间之间的互补、边界与交集，而这样一些空间状态，往往是小说家表现和探究的重点。

空间中的对立互补关系十分普遍，如差别—同质（均等），分裂—整体（维护），零碎—连贯，核心—边缘，封闭—开放，远—近，里—外，上—下等。上文谈到的空间的物质、精神和社会维度，这三者之间就是互补的关系。罗依在《小说中的空间》一文中分析了不同框架，并提出公共空间—私密空间、封闭空间—开放空间、个人空间—非个人空间和传统情境—独特情境这几种互补的空间类型。②《劳特里奇叙事理论百科全书》中也指出，一些符号学家试图探讨一些空间对立关系：城市—乡村、文明—自然、公共空间—私人空间、房子—花园，等等。③ 艾特林在《美学与自我空间感》一文中分析了人的"存在空间"。他指出，存在空间至少涉及三组成对的因素：第一，人对周围环境的空间感知—植根于自我内部的轴线，前者往往取决于后者，换句话说，我们往往以自我身体的空间轴来感知我们置身于内的空间；第二，物质的庇护（shelter）—精神的超越（transcendence），前者是一个圈定的封闭的范围（enclosure），后者无限开放，而这两极构成了

---

① Yi-Fu Tuan, *Space and Place: The Perspective of Experience*, Minneapolis: U of Minnesota P, 1977, p. 112.

② Ruth Ronen, "Space in Fiction", *Poetics Today*, 7.3 (1986), p. 431.

③ David Herman (ed.), *Routledge Encyclopedia of Narrative Theory*, London and New York: Routledge, 2005, p. 554.

存在空间的框架；第三，自我—世界的区分，这是通过自我（self）—非我（nonself）或已知自我—神秘自我的二分法体验到的，是一种近和远的空间关系，体现了杰·艾坡顿所界定的"此处与彼处"（here-and-there theme）。[1] 显然，这三组成对因素揭示了空间中的对立与互补，体现了一种辩证的统一。空间对立与互补在小说叙事中往往具有深意。比如，空间差异和空间对比能够建构权力关系和空间区隔，因此对于社会空间的建构和文学主旨的表达往往极其重要。如《变形记》中格里高尔的卧室与客厅的对比，卧室与窗外空间之间的对比。这些空间对比形成了内—外、封闭—开放、圈禁—自由、允许—排斥等对立互补关系，建构了小说中的权力关系和伦理秩序，表达了身份焦虑和身份危机，以及人与环境、人与人之间的关系异化等主题。

不同空间之间常常存在交集。比如，民族空间与政治空间之间，政治空间与权力空间之间，生活空间与私密空间、娱乐空间之间都存在交集。本书提出的物理空间—心理空间—社会空间的三分法，并无法完全确定三者之间的界线，因此，这三者之间既存在裂隙，也存在交集。在文学作品中，物理空间必须是被知觉到的空间，会引发人的知觉、情感和心理活动，能触发人物心理空间的建构。心理空间不可能脱离物理空间而存在，心理空间既以身体感知为基础，又要借助作为物质的大脑，还是人物心理对物质世界的编辑、投射与反映。其实，物理空间与心理空间往往无法截然分割，在许多作品中，某段空间描绘，既参与了物理空间的建构，也可能卷入了人物心理空间的建构，这在内聚焦叙事和意识流小说中十分常见。社会空间既应该被理解成具体的物理地点，又是希望与欲望的投射，且会影响人的精神层面。[2] 因此，社会空间既是物质的，又是精神的，既与物理空间相关，又与心理空间相关。在某种程度上，社会空间可以理解为经济、政治、权力等社会关系在物理空间和心理空间的投射、实现、结构化与再生产。

---

[1] Richard A. Etlin, "Aesthetics and the Spatial Sense of Self", *The Journal of Aesthetics and Art Criticism*, 56.1 (Winter 1998), pp. 7–13.

[2] Kort, *Place and Space in Modern Fiction*, p. 165.

第二章 空间类型

因此，这三个空间存在交集，又互为补充。

人的身体是联系这三种空间的核心因素。人的身体使得空间知觉成为可能，而人物的空间知觉可用于描写物理空间。米克·巴尔指出，在文学叙事中，空间知觉特别指三种感觉：视觉、听觉和触觉："所有这三者都可以导致故事中空间的描述"；"通常，形状、颜色、大小总是通过特殊的视角由视觉接受"；声音可以用于描述距离；触摸能显示邻接状态。[①] 这三种知觉也可以建构心理空间。人物的空间知觉往往能引发丰富的心理活动，人所知觉到的空间意象往往是心理空间建构的重要来源。比如，《达洛维夫人》中的许多心理空间的片段都是周围环境在人物眼中和心中的映射，是人物的感觉所引发的丰富联想。这些感觉既包括室外的开阔感，晴天的明亮感，对各种声音和远近距离的知觉，由汽车、飞机喷气、一把小折刀等物件所引发的联想，以及不同人物在不同地点所产生的不同空间感。由此可见，身体通过知觉联系着物理空间与心理空间。社会空间最终也要落脚于人的身体：一方面，社会空间中的经济、政治关系归根结底由人的劳动实践所创造——劳动首先与身体相关，因此，在一定程度上，社会空间是身体的产物；另一方面，各种权力关系也往往作用于人的身体，如，刑罚、性权力、空间的圈禁、允许、排斥、监控等，而福柯的研究则精彩地指出了权力如何通过空间技术作用于身体。伊丽莎白·格罗斯在《空间、时间与曲解》一书中通过对身体与主体性、身体与城市、身体与性别、身体与建筑等的讨论，揭示了身体与物理空间、心理空间和社会空间的复杂关系。[②] 她指出，身体作为一个具体的、物质的、整体性的肉体组织，是通过对其表面的心理书写和社会书写逐渐形成"人的身体"（human body）；也就是说，生物性的身体是未完成的，未确定的，要形成真正的"人的身体"，一方面需要与其外形和心理空间协调一致，需要家庭所规范的性欲对身体的书写和编码——这是母亲

---

① ［荷兰］米克·巴尔：《叙述学：叙事理论导论》，第106页。
② Elizabeth A. Grosz, *Space, Time and Perversion: Essays on the Politics of Bodies*, New York: Routledge, 1995, pp. 84–136.

(the mother)的干预,是婴儿的心理空间和主体性逐渐形成的基础,另一方面需要社会的触发、规范和长期管理,将一系列社会编码的意义刻写在身体上,使身体成为有意义的、可读的、有深度的实体,使身体不仅能承担一般的社会功能,而且成为社会网络的一部分,与其他身体和物体相联系——这是他者(the Other)的干预,是由语言和规则所统治的社会秩序。[①] 伊丽莎白的研究指出了身体的物质维度、心理维度和社会维度,也揭示了人的身体同时连接着物理空间、心理空间和社会空间,暗示了这三种空间存在交集与重叠。

空间形象在空间建构中的作用也很好地解释了三种空间互相交集与补充。鲜明、突出的空间形象——空间中的物体或人物形象是物理空间建构的关键,这在前文已经分析。同时,空间形象也是建构心理空间的关键,如西蒙的《弗兰德公路》中建构了不同人物在不同时间中的心理空间,这些心理空间往往由瑰丽多姿的空间形象构成,如赛马场上绚丽的服饰、雨水滴落的样子、窗帘上繁复的图案、关于性爱的各种缤纷想象。而福克纳的《喧哗与骚动》中杰生自杀前的心理空间则与地狱、火焰、水、忍冬的香气等意象紧密相连。空间意象也是凝结文化与权力关系的物质表现,如《献给艾米丽的玫瑰》中艾米丽的房子,是南方文化传统与社会结构的象征,《红高粱家族》中的红高粱是高密东北乡人的文化、精神与灵魂的凝结,《一九八四》中的"真理大楼"则是高度集权的社会空间的象征。而有些空间形象,如墙、门、窗等,发挥着空间分界、空间区隔的作用,因此也就在社会空间建构中具有重要功能,这在前文对《变形记》的分析中已有讨论。

在物理—心理—社会空间的基本分类之外,还可以根据不同标准区分不同空间类型,后面三节将简要讨论宇宙—社会—个人空间、乡村与城市空间和另类空间(包括乌异托邦、非托邦、阈限空间等)。

[①] Elizabeth A. Grosz, *Space, Time and Perversion: Essays on the Politics of Bodies*, New York: Routledge, 1995, p. 104.

第二节 总体、政治与亲密空间

韦斯利·科特在《现代小说中的地方和空间》中提出了三种空间类型：宇宙空间或总体空间（cosmic or comprehensive space），主要指自然与风景，类似宇宙的背景或语境；社会空间或政治空间（social or political space），主要侧重经济与政治因素；个人空间或亲密空间（personal or intimate space），是培养个人身份与亲密关系的空间。[1] 科特的研究基于对托马斯·哈代、约瑟夫·康拉德、E. M. 福斯特、格雷厄姆·格林、威廉·戈尔丁、缪丽尔·斯帕克这六位作家作品的分析。科特指出，对这三种空间的界定取决于空间中十分突出、甚至占统治地位的因素：[2] 自然地理景观往往界定了宇宙空间，如《还乡》中的荒原，或《一个自行发完病毒的病例》中的森林；经济政治关系是社会空间的主要特征，如康拉德《台风》中的劳动生产关系，或者《教堂尖塔》中作为社会缩影的教堂；亲密空间中的决定性因素为异于社会主流的价值观，如《霍华德庄园》中庄园所呈现的精神传承和人文价值，或者《烦恼》中家宅所蕴含的不受社会范畴和身份构建影响的特质。作者建构这一空间理论框架的前提假设是：第一，三类空间，或称地方关系（place-relation），应受到同等重视；第二，一种地方关系的价值来源于其与其他一种或两种地方关系的差异；第三，人类空间性的充分发展在于三种地方关系的存在和健全。[3]

一 宇宙或总体空间

科特首先讨论了宇宙/总体空间。作者从两个方面对这个空间展开

---

[1] Wesley A. Kort, *Place and Space in Modern Fiction*, Gainesville: University Press of Florida, 2004, pp. 19 – 20, pp. 149 – 172.

[2] Wesley A. Kort, *Place and Space in Modern Fiction*, Gainesville: University Press of Florida, 2004, pp. 19 – 20.

[3] Wesley A. Kort, *Place and Space in Modern Fiction*, Gainesville: University Press of Florida, 2004, pp. 150 – 151.

文学空间批评

论述：一是除人类构造之外的自然和风景（landscape），二是边缘、裂缝和过渡空间，但作者认为这些空间类型只有在少数状态下才能进入总体空间。科特认为总体空间是最宽泛的、最具涵盖力的空间，（对人类的存在而言）是类似宇宙的背景和语境。总体空间具有首要性和神圣性，是属于前都市的和前基督文明的。科特将此空间定义为外在于、先于并超越于人类所建构和控制的空间，是具有优先地位的、原初性的（primary）空间，其他空间都服从其与总体空间的关系，并因这种关系而不断自我纠正。[1] 总体空间不同于人类建构的空间，因而缺乏具体性和可预测性，对人类而言，可能是一种威胁，也可能是一份礼物。但科特似乎颇为偏爱总体空间，他认为，总体空间常常让人们感到人与人之间、人与万物之间的亲密关系。[2]

就边缘、裂缝和过渡空间而言，科特以哈代和格林的作品为例，讨论了现代社会空间如何倾向于排除或取代总体空间。在两位作家的作品中，社会空间变得十分强大，并且具有极强的涵盖力（inlusive），这使得通往总体空间的入口只能位于社会或政治空间的边缘，在未纳入社会、政治结构的空隙处，或处于过渡地带。比如，在哈代的《卡斯特桥市长》中，卡斯特桥市与乡村之间的边界具有渗透性，此处总体空间的物质性让不同阶层的人相互联系。[3] 科特认为，乡村比城市更处于过渡状态，更居于中间，也更"暧昧"[4]，哈代和格林小说中描写了这样的通往总体空间的边缘和空隙，这些空间可被比喻成建筑师和设计师所称的"规划中的剩余空间"（space left over in planning，简称 SLOIP）[5]。SLOIP 位于建筑的边缘或不同规划空间之间。科特认为

---

[1] Wesley A. Kort, *Place and Space in Modern Fiction*, Gainesville: University Press of Florida, 2004, p. 151.

[2] Wesley A. Kort, *Place and Space in Modern Fiction*, Gainesville: University Press of Florida, 2004, pp. 151 – 152.

[3] Wesley A. Kort, *Place and Space in Modern Fiction*, Gainesville: University Press of Florida, 2004, p. 39.

[4] Wesley A. Kort, *Place and Space in Modern Fiction*, Gainesville: University Press of Florida, 2004, p. 44.

[5] Edward Relph, *Place and Placelessness*, London: Pion, 1976, p. 23.

社会空间或政治空间不属于总体空间,因为它们是由特定的连贯性利益结构构成的,SLOIP 就位于这些结构之外或之间。SLOIP 有时候是显而易见的:比如过渡时期,结构之间的缝隙,机构的边界,特别是在格林的小说中,在不同机构的相互对立之间。当某些东西出乎预料之外,当某个人的机会或利益被排除在外,或者当不同机构通过它们相互依存的相反关系颠覆了它们对整体性的要求时,进入总体空间的机会就出现了。[①]

科特专门讨论了自然与总体空间的关系。他首先指出,自然并不等同于总体空间,因为如今的自然已不再是未加工的,而是受到了人类文化的建构。自然并不是简单地在那儿,未被人类文明侵蚀的自然正在逐渐消失和死亡。那么,自然中是否包含总体空间呢?自然与总体空间是怎样的关系呢?笔者认为,只有当自然空间中的人类建构(建构于自然中的文化、经济、政治等因素)被括除(bracketed)后,总体空间才开始显现。在现代社会,自然处于文明的边缘。虽然自然本身不等于总体空间,但能为人们提供进入总体空间的入口。不仅如此,自然还是一种比喻,将我们与总体空间联系起来。自然在我们的文化中是一种空间定位的比喻,让我们注意到有这样一个空间,它先于、包含并支持着人类建构并控制的空间。自然为人类提供了舞台,这意味着人类的空间性需要这样一种元素,能将人类的建构与一种他们自己无法提供的空间联系起来。作者认为,总体空间并非与人类毫无关系地孤立存在。相反,总体性的宇宙空间也是一种我们实际上或潜在地与之有联系的地方。[②]

科特指出,总体空间虽然发挥着类似背景的作用,但与人类也是有关联的,且我们必须通过语言和文化与之关联;比如,通过西方文化历史中的诸多隐喻将总体空间与人类文化联系起来。[③] 其实,许多作品中描写了科特所定义的总体空间,比如哈代小说中(尤其是《荒

---

① Kort, *Place and Space in Modern Fiction*, p. 152.
② Kort, *Place and Space in Modern Fiction*, pp. 152-154.
③ Kort, *Place and Space in Modern Fiction*, p. 154.

原》的开篇）所建构的未被资本主义生产方式入侵之前的"爱敦荒原"，给人一种史前文明的苍凉和宇宙般的辽阔，而艾米莉·勃朗特《呼啸山庄》中的呼啸山庄所在的旷野也如同总体空间般给读者关于人与宇宙关系的种种启示。当然，与整个现代文明空间相比，这荒原和旷野都是边缘，是强大的社会空间（下文详述）的边缘。因此，可以说，有时候总体空间既具有"自然性"，或者说，非人为建构性，又具有边缘性。

二 社会或政治空间

谈到社会/政治空间，科特认为，与总体空间相比，这是一个可预测、限制性、控制性、强制性、主导性的空间，同时，又是一个具有高度囊括性（inclusive）和吸附力（abosorbing）的空间。科特一针见血地指出了现代社会空间的问题：这个主要由经济、政治因素构成的空间正在掩盖、湮没并决定着总体空间和个人空间，正在取代总体空间，并操控着个人空间的状态。[①] 面对社会空间，纯粹的自然逐渐消失，逐渐远去，变成记忆；总体空间也越来越难以寻觅，甚至连个人空间都被社会空间裹挟和控制。

科特分析了康拉德和戈尔丁小说中的社会空间，因为在他们的小说中，社会空间处于主要地位。科特认为，康拉德和戈尔丁的小说挑战了现代社会空间，暗示或投射了其他的选择。康拉德将现代社会空间的规模和能力与其对抽象的形式关系的依赖联系起来，从而挑战着现代社会空间。科特指出，抽象化的倾向不仅使社会空间日益自我封闭并脱离其物理环境，并且对此反应迟钝，而且也使社会空间变得非人格化和死气沉沉。的确，抽象化是社会空间的特质，也是其问题。抽象化的社会空间脱离了空间的具体物质性，远离了人的知觉和人与人之间的亲密关系，以抽象的框架、结构、网络和层级抽空了"人的

[①] Kort, *Place and Space in Modern Fiction*, p. 157.

空间"应有的情感和目的性。康拉德小说中隐含的纠正方法是将社会空间与物质条件，特别是与体力劳动更充分地联系起来，使它们对不断变化的环境更具反应力。与康拉德相似，戈尔丁也揭露了社会空间的抽象性和主导性，但戈尔丁在批判西方文化中的社会空间时强调了社会空间中创新和运动的重要性，以及远见者（主要是艺术家）在提供变革的动力和方向方面的作用。此外，他的小说所倡导的那种社会空间中，差异不会被某种杂乱无章的整体吸收，相反，这是一个由某种社会目标统一起来并朝着这个目标发展的空间。两位作家对现代文化中社会空间的处理揭示了当社会空间是吸纳一切的、抽象的、僵化的，社会空间是如何被扭曲的。而当我们从康拉德这样的早期现代主义作家转向戈尔丁这样的晚期现代主义作家时，我们发现，现代社会空间中的扭曲似乎变得更加严重。康拉德的描述采用了早期发现、诊断和警告的形式，但在戈尔丁的作品中，情况更为严峻。他用解体和毁灭的意象来表明目前的情况是无可救药的。科特还指出，康拉德和戈尔丁所展示的现代社会空间的一个特征就是受到理性的支配。社会空间与理性范畴的结合产生了列斐伏尔所说的精神空间（mental space）。结果，人类关系服从于形式的、理性的关系，正如康拉德的《秘使》所展现的那样。[①]

科特认为官僚主义乃现代社会空间的主要形式，并认为官僚主义和官僚机构难以改变。由于它按照理性原则建构，并且效率高，对它的批评将显得不理性，而任何变化都可能威胁到效率。官僚机构也不容易受到最高层官员的干预。那些在金字塔顶端的人拥有和行使他们的权力，但并非通过他们对其他人的影响——这个结构是一个由相互关联的办公室组成的系统，这个系统控制着它的组成部分——而是通过他们所做的更一般、更抽象的工作。官僚系统实际上是自动运行的。此外，一个充分发展的官僚机构的复杂性超过了任何一个人甚至任何一个群体理解它的能力。官僚主义虽然是由人类理性设计的，但它已

[①] Kort, *Place and Space in Modern Fiction*, pp. 158–159.

成为一种决定性的、囊括性的、非个人的社会环境，超过了人类限制、改变或控制它的潜力。它集中体现了一种强有力的、自我延续和扩散的社会环境；作为一种理性文化的表达，它培育了一种组织和配置人类能量和利益的权威方式。官僚主义所决定的社会空间不是由物理位置的特殊性，或构成社会空间的差异性人群、或他们的目标所定义的，而是由同质性、扩展的倾向和吸收的能力来定义的。于是，社会空间逐渐失去了特定位置、组织形式和领导力所能提供给它的特殊性。[①]

科特特别讨论了社会空间中的排斥性和涵盖性。他认为，社会空间主要是由看不见的同时具有排斥性和涵盖性的界限构成的。笔者的理解是，社会空间中有无数看不见的界限（或标准），这些界限将一部分人排斥在外，却又将另一部分人包括在内。人们不断被这些界限衡量，是否属于这些界限之内，是否属于某个群体。科特指出，在积极的社会空间中，这些界限更多时候发挥着促进而非限制的作用。它们以人们无法单独发明的方式将人们凝聚在一起，而这些被创造出来的联系对各居其位的人们以及整个社会的活力和复杂性而言都有潜在的丰富作用。问题是，在现代社会空间中，这些排斥和涵盖的界限往往限制并决定着人们的生活，而非促进人们生活目标的实现。他们通过阶级、种族、性别、民族或宗教认同等类别将人与人区分开来，这些区别带有强烈的价值和权力内涵。面对这些问题，科特认为有两项任务迫在眉睫：首先，将社会空间看作三种同等重要、同样强大的地方关系（即宇宙空间、社会空间和亲密空间）中的一种，并以此来遏制社会空间的主导地位；其次，揭示这样一个事实，即所有的社会空间都是特定的，相对的，动态的。[②]

列斐伏尔提出的纪念碑空间（monumental space）是社会空间中的一种重要类型。科特认为，纪念碑空间是由特定建筑物所标记的空间，这些建筑代表着社会空间中不可见的"区别与排斥"界限的合法性和

[①] Kort, *Place and Space in Modern Fiction*, p. 160.
[②] Kort, *Place and Space in Modern Fiction*, p. 161.

权力。如前文所述，正是这些界限赋予社会空间以结构。纪念碑空间传达的信息是，与官方建筑和纪念性展示场所代表的涵盖性力量和意义相比，社会结构造成的区别和分离是次要的。纪念碑空间为传统的、易变的安排提供了具体性、持久性和合法性的光环。纪念碑空间曾经被宗教结构所主导，在现代社会则主要是献给政治权力和政治信仰的建筑。20世纪以后，纪念碑建筑越来越多地由政治功能转向经济功能，在社会空间的结构化过程中，这些建筑凝结并主张着经济的权威性。①

关于如何建构一个良好的、积极的社会空间，科特认为关键是要坚信人们的活动和互动是社会结构的基础，而不是为社会结构所决定，因为积极的社会空间中首要的是人的潜能、活动和关系，而不是将秩序的结构加诸其上。② 在此基础上，科特进一步讨论了积极的社会空间与叙事话语的关系。他认为这样的社会空间的特性——社会空间对人类活动和利益的响应性，其动态性和特殊性——都可以在叙事话语中识别并得到清晰的表达。这些叙事话语能将社会空间与人类潜能的复杂性联系起来，与其他空间类型和空间关系联系起来，并与关于社会空间中什么对人类关系有害、什么对人类合作活动有助的规范联系起来。叙事可以关注社会场所的特殊性。由尚未完全融入更大社会的人所形成的社会空间的叙事化——例如，通过种族行为和价值观，或通过反对或不一致，或者通过节日和游戏形成的社会空间——可能会颠覆目前将现代社会空间解释为统一、整体化和不可改变的习惯。科特认为，社会空间既应该被理解成具体的物质或物理地点，又是希望与欲望的投射，且会影响人的精神层面。当人们认识到社会空间的复杂性和特殊性，叙事可以开始对社会空间采取更积极、更模仿的立场。目前，叙事话语必须在很大程度上继续揭露现代社会空间对人类福祉构成的威胁，并回忆或投射可能的对立场所。科特进一步指出，叙事

---

① Kort, *Place and Space in Modern Fiction*, pp. 162–163.
② Kort, *Place and Space in Modern Fiction*, p. 163.

对于我们理解和描绘社会空间应该具有地图那样的重要意义:"我们需要用故事来丰富地图。"叙事空间和叙事时间具有强大的力量和丰富的意义,与钟表和地图所创造的抽象效果恰恰相反。①

三 个人或亲密空间

科特的个人/亲密空间是"培养个人身份与亲密关系"的空间。他的定义建立于对福斯特和斯帕克小说的分析之上。他认为两位作家的叙事中所揭示的个人空间能实现人的潜能和统一,是一种非常具体的空间。同时,这种空间往往是隐秘的,需要通过比较才能辨认。但现代社会的问题是,亲密空间正在逐渐被社会空间吸入和取代。②

科特首先讨论了福斯特和斯帕克笔下个人空间的特点:第一,不以所有权、拥有关系或隐私性来界定个人空间。"人们虽然确以财产建立身份,但这样的身份缺乏完整性。"③ 第二,不能仅仅将个人空间界定为社会空间的对立面。个人空间的意义和力量与其说是消极的,不如说是积极的、有特色的。它们是增强人的潜能的地方,也是增强有自己内容的人际关系潜能的地方。的确,如果个人空间没有自己的特点,它就不可能在适当的空间理论中占据一席之地。但这带来了新的困难,因为个人或亲密场所必须在很大程度上避免归类。当人们笼统地描述个人品格和人际关系时,它们的特殊性就会受到威胁。第三,个人空间也有其潜在的消极性。科特认为三种空间都有消极性,比如总体空间过于庞大,易使人迷失方向,社会空间的结构往往给人一种强烈的排除感而非包容感,但个人空间的消极面特别复杂,它与性别政治直接关联。自19世纪以来,个人空间和亲密空间是越来越以男性为主导的社会空间分配给女性的地方。因此,这些空间成为限制和圈禁的场所,是一种隐喻的监狱。也正因为此,个人空间被低估了,忽

---

① Kort, *Place and Space in Modern Fiction*, pp. 164 – 165.
② Kort, *Place and Space in Modern Fiction*, p. 165.
③ Kort, *Place and Space in Modern Fiction*, pp. 165 – 166.

略了。第四，个人空间的问题因现代文化中个性的地位而加剧。虽然个性是文化的主要部分，但在很大程度上是虚幻的或意识形态性的。个人空间理论必须区分个人（the person）和个体（the individual），实现这种区分的路径在于澄清个人身份（personhood）不是给定的，而是关系的结果，包括与地方的关系。个人化既通过与他人的关系实现，也通过与地方的关系实现。①

科特讨论了巴什拉、伍尔夫等人关于空间、地点或场所的论述，其中不少能启发人们关于个人空间的思考。比如，巴什拉的《空间诗学》可谓关于个人空间的详细讨论，尽管他本人没有使用这个概念。巴什拉认为记忆——在个人生活中具有连续性、确认感和价值感——往往更具有空间性而非时间性，不同记忆片段往往通过空间相互关联，相互区别。而人们的许多记忆都与个人空间相关，比如家宅、卧室、角落。②巴什拉还将个人空间与未来相勾连，认为未来是梦想的屋子。科特总结了巴什拉空间理论的价值：他的理论认为我们的原初经验更与空间而非时间相关，对于我们的早期经验而言，空间具有积极意义；③他认为一种积极的地点关系是原初的（priordial）、个人的。④巴什拉的理论不仅赋予空间以原初意义，而且尤其强调了个人空间的价值与意义。科特还指出了巴什拉理论的问题：他对于儿童成长的空间中的社会、经济差异和不公平采取了一种漫不经心的态度，因为事实上只有少数儿童的家里有阁楼和地窖，因而巴什拉著述中详细分析的阁楼和地窖以及这两种空间对于个人记忆的意义对很多人而言难以唤起共鸣。科特在此指出了经济因素对儿童拥有个人空间状况的影响。另外，科特还认为巴什拉没有考察亲密空间的可能的消极作用，尤其是其限制性，未将这个空间与其他空间作比较。⑤

---

① Kort, *Place and Space in Modern Fiction*, pp. 166–167.
② Kort, *Place and Space in Modern Fiction*, p. 167.
③ Kort, *Place and Space in Modern Fiction*, p. 168.
④ Kort, *Place and Space in Modern Fiction*, p. 169.
⑤ Kort, *Place and Space in Modern Fiction*, p. 169.

就弗吉尼亚·伍尔夫的空间论述而言,科特认为她的著作《一间自己的房间》讨论了女性在拥有私人空间方面遇到的困难和问题,以及造成这些问题的深层次原因。科特认为,伍尔夫的著述揭示出经济因素阻碍女性拥有自己的房间,即个人空间。个人空间虽然不等同于所有权,但往往依赖于所有权。个人空间和经济依赖在很大程度上是相反的。但伍尔夫指出,女性没有享受到个人空间的益处,也是因为她们的工作被认为是微不足道的、可以被打扰的。相比之下,男人拥有更多个人空间,在那里他们的工作被认为足够重要因而不会被打扰。由此,伍尔夫不仅将个人空间与经济因素联系在一起,还将个人空间与对个人及其特殊利益的文化评价联系在一起。科特认为,伍尔夫不仅将个人空间与自我价值和人际关系联系在一起,还与创造力联系在一起。考虑到女性往往缺失个人空间,她感到惊讶的是,世上竟然还有女作家。我们应该将伍尔夫关于个人空间与个人价值之间关系的讨论看作根本性的论证。她明确表示,女性没有享受到个人空间的益处,是因为她们被低估了,而被剥夺了个人空间的女性将很难发展或保持个人价值感。科特认为,伍尔夫这段话的含义是:女性被剥夺了个人空间,因此她们无法发展出个人价值感。[1]

科特还进一步讨论了个人空间与道德层面、精神维度的关系。他指出,个人空间不仅与个人身份和价值相关,而且与道德和精神性相关。福斯特和斯帕克小说中的宗教语言表明,个人空间是社会道德批判形成之所,是道德身份、人际关系的新形式产生的地方。科特还进一步引用蓓尔·瑚克斯(Bell Hooks)的自传性散文《家庭:反抗之地》中的观点:个人空间不仅是逃避社会空间的避难所,而且是道德和精神的反抗之地与解放之地。她描述说,当她还是个小女孩的时候,她穿过白人社区到达祖母的家。对她而言,"到达祖母的家"就是一次返乡之旅,是价值感和安全感的恢复。科特引用瑚克斯的话:对于一个生活在"种族隔离和统治的残酷现实中的人来说,他/她的家宅

---

[1] Kort, *Place and Space in Modern Fiction*, p. 169.

第二章 空间类型

空间是一个可以自由面对人性化问题的地方,一个可以抵抗的地方",一个让人成为主体而非客体的地方。① 这样的空间让黑人能够相互肯定,并由此治愈种族主义造成的许多创伤。科特指出,虽然瑚克斯写的是种族主义社会中黑人的经历,但如果她的观点得到延伸,她作品的完整性并不会减少。对于道德和精神敏感的人和具有个人完整性的人而言,在社会空间与家宅的个人空间之间必须有一些张力。科特认为,为了培养"主体"取代"客体"身份,总是需要特定的空间,有时是抵抗和颠覆的空间。身份、完整性、自我价值和个人潜力的实现都是关系性的,这些不仅是与其他人的关系,也是与提供、维持和保护他们的地方的关系。②

在第七章的结尾,科特对个人空间作出了总结。他认为个人空间是身份的场所、追求道德完整的场所和神秘的场所。在不从属于社会空间的情况下,个人空间显露出自身的现实价值和潜在价值。培养与个人空间的关系需要道德敏感性,而道德敏感性与社会接受度和个人抵抗是相分离的。正如斯帕克所说,这种个人抵抗不仅允许人们接受例外,而且允许他们自己成为例外。与此同时,我们还需要记住,在支持更充分地实现人类与个人场所之间关系的潜力的同时,我们必须比这些作家和理论家更多地关注它们的负面的可能性。比如,家宅空间也为暴力、虐待、抑郁症和其他心理疾病提供了环境。③

科特认为,现代小说的叙事话语可以充分表征以上三种空间。叙事及其空间语言的关键作用不仅在于揭示这三种空间各自存在的问题和潜力,还在于揭示人类地方关系的全部序列以及在它们之间移动的可能性。这并不意味着这三种空间对任何人而言都是同等重要的,也

---

① Bell Hooks, *Yearning: Race, Gender, and Cultural Politics*, Boston: South End Press, 1990, p. 42. 转引自 Kort, *Place and Space in Modern Fiction*, p. 170。
② Bell Hooks, *Yearning: Race, Gender, and Cultural Politics*, Boston: South End Press, 1990, p. 42. 转引自 Kort, *Place and Space in Modern Fiction*, p. 170。
③ Bell Hooks, *Yearning: Race, Gender, and Cultural Politics*, Boston: South End Press, 1990, p. 42. 转引自 Kort, *Place and Space in Modern Fiction*, p. 172。

不是说它们在任何时候都是同等重要的。这只意味着（某时对某人而言）最优的那种地方关系总是既是一种特殊的关系，又包含了另外两种关系的相反诉求和可能性。[①] 此外，科特还讨论了这三种空间的物质与精神维度的不同表现和不同特点，以及理想的地方关系应该是怎样的。科特还特别呼吁大家要尽力恢复总体空间并建构个人空间，以对抗不断吞噬这两种空间的社会空间。此处不再赘述。

第三节 乡村空间与城市空间

乡村与城市容纳了地球上绝大部分人口，覆盖了人类生活与生产的大部分活动轨迹，也是文学与艺术表征、文学与文化讨论的重要对象。[②] 乡村与城市是陆地上人类社会的两种主要空间——实际上是占绝对主导地位的两种经济、政治和文化空间类型，尽管在一些发达国家，乡村越来越受到城市的辐射性影响，并且在许多方面城乡差异日益缩小。

"乡村与城市"往往被看作一组二元对立的概念。虽然这种区分有着绝对化和抽象化的嫌疑，而且是一种文化建构和意识形态产物（恰如雷蒙·威廉斯的研究所揭示的），但乡村与城市的确具有明显差异，而且是值得比较和讨论的空间。这两者不仅有着截然不同的景观与物质构造，而且其社会关系、空间结构、空间生产的方式、人们的空间经验与空间实践等都迥然相异。比如，乡村空间多田园风景，多自然景象，常与牧歌、乡愁与怀旧相关，而城市空间则呈现为网格结构，冷冰冰的理性，高度的规划、管理和监控，多为流浪、犯罪、侦探故事发生的场所；乡村故事中常见有着固定路线的"乡村漫步"，

---

① Bell Hooks, *Yearning*: *Race*, *Gender*, *and Cultural Politics*, Boston: South End Press, 1990, p. 42. 转引自 Kort, *Place and Space in Modern Fiction*, p. 172。
② 海洋、沙漠与地下空间也是不可忽视的生活、生产场所，但一方面比不上这两种空间（而非简单的"意象"）在文学表征中的地位和篇幅，另一方面可归入第四节"另类空间"中的"非托邦"，因此本节只讨论乡村空间和城市空间。

人们的漫步路线图往往呈现出同心圆模式，揭示出乡村生活的循环式地理特征，[1] 而游荡者（flaneur）则一向被认为是城市空间所特有的人群，漫无目的的城市行走也被德塞托看作一种带有解构和反抗意味的空间实践。[2]

"乡村与城市"的二元区分并非雷蒙·威廉斯（Raymond Williams）第一个提出，也不是他第一个就这个话题展开讨论，但他的《乡村与城市》（*The Country and the City*，1973）无疑令文学和文化研究领域更为关注乡村与城市的多维动态关系，并且更重要的是，他将这个领域的考察建立成一种体系性的理论探讨，为我们理解真实与想象的乡村和城市空间带来了巨大启发。尽管威廉斯揭露了乡村与城市二元区分的武断性，这背后的阶级剥削和政治、经济因素，以及长期以来文学书写中的乡村和城市形象所遮蔽的真实的经济关系，但这一空间区分早已被普遍当作不言自明的客观事实。"在西方文明中，乡村和城市一直构成一种动态的二分法，一种构建社会科学、影响个人经验、思维方式和艺术表征的二分法。人们确实会忍不住从伊甸园/地狱、美德/邪恶、清白/腐败、受害者/侵略者等对立的角度来思考乡村和城市。"[3] 大卫·黑格隆也曾指出，尽管最近出现的现象［城乡连续体（rural-urban continuum）、周边城市化（periurbanisation）、城镇化（rurbanisation）、远郊化（exurbanisation）、反城市化（counterurbanisation）、郊区化（suburbanisation）等］模糊了传统的乡村与城市的边界，"乡村"和"城市"之间的辩证二分法仍然深深地植根于英国的民族精神之中。黑格隆引用保罗·克洛克的一段话支持自己的观点：

---

[1] 详见 Robert T. Tally Jr., *Spatiality*, London and New York: Routledge, 2013, pp. 109 – 110; 具体可见 Franco Moretti, *Graphs*, *Maps*, *Trees: Abstracts Models for a Literary History*, London: Verso, 2005, pp. 36 – 64。

[2] Michel de Certeau, *The Practice of Everyday Life*, trans. Steven Randall, Berkeley, CA: University of California Press, 1984, pp. 93 – 103.

[3] Thierry Goater, "Myths of 'Old England' Revisited: Thomas Hardy's Dissonant Representations of Rural Spaces in *Under the Greenwood Tree*, *Far from the Madding Crowd*, and *The Woodlanders*", in *The English Countryside*, ed. Haigron, p. 157.

文学空间批评

"乡村既是一个重要的想象空间……也是一些人渴望的生活方式的物质对象——一个想要搬去定居、在那里耕种、旅游度假、接触不同形式的自然的地方,总体而言,一个可以尝试城市以外的其他选择的地方。"① 黑格隆展开对乡村的一系列讨论,分析了乡村往往被认为是"与政治无关的宁静空间",是保留传统和社会稳定性的"无时间的"地方,并指出,乡村尤其被看作与城市相反,而后者被认为是政治骚动的摇篮和中心。② 黑格隆的研究既是基于根深蒂固的乡村—城市二元结构,也是对这一结构的反思和批判。

一 乡村空间

尽管乡村是非常重要的政治、经济和文化空间,甚至人类历史上很长一段时间内,乡村占据了人类聚集(居住、生活、生产、消费等)地的大部分面积,但学术文献中对乡村空间、乡村文学和乡村文化的讨论并不多,至少远不能与城市研究相提并论。

伊丽莎白·赫尔辛格在《乡村风光与民族表征》的前言《土地与民族》中讨论了文学表征中乡村风光/场景(rural scenes)与英国民族身份的关系。文章以霍普金斯(Hopkins)的诗句"乡村风光,乡村风光,/甜蜜特别的乡村风光"开篇,提出了乡村空间的脆弱性,以及历史上对乡村风光的暴力破坏。作者建议,"为了理解对这类场景展开怀旧式阅读的吸引力,并找回怀旧中逝去的其他意义,我们可以效仿霍普金斯的做法,将注意力转向乡村表征中的观察者"③。赫尔辛格指出,如果没有了类似霍普金斯笔下的白杨树林那样的乡村风光,观察者也将消失在虚无之中,因为构成白杨林"自我"的不仅仅是某个

---

① Paul Cloke, "Conceptualizing rurality", in *The Handbook of Rural Studies*, eds. Paul Cloke et al., op. cit., p. 18. 转引自 David Haigron (ed.), *The English Countryside: Representations, Identities, Mutations*, New York: Palgrave Macmillan, 2017, p. 4。

② Haigron (ed.), *The English Countryside*, p. 8.

③ Elizabeth K. Helsinger, *Rural Scenes and National Representation: Britain, 1815 – 1850*, Princeton: Princeton U P, 1997, p. 3.

乡村空间，而且包括在那里生活、工作、观看它的人，他们通过这个特殊的脆弱的乡村场景来构成自己的身份认同：这是一个如此脆弱、纤细的国家。① 由此，作者点明了文章的观点：英国的乡村被认同为英国的民族/国家，而文学家往往将乡村的变迁和特性（如脆弱性）表征为英国的民族性，并以此唤起怀旧的感伤和对乡村的情感。

一片小树林的消失，以及其他乡村风光的消失，带来的是地方感（the sense of place）及其所支撑的个人身份、社会身份的丧失或改变。但关于这种丧失与变化的表征（如霍普金斯的诗歌）催生了一个新的群体，这些人承担着乡村风光/场景被破坏的损失，又为此负有责任。作者认为，这个群体是一种潜在的国家层面的社会建构："乡村（country），经过改造和表征，可以成为我们的国家（country），成为一个民族集体文化的焦点。"② 在赫尔辛格看来，乡村与民族的认同经历了乡村风光/场景的变化（甚至是破坏），以及关于这些风光（包括变化）的怀旧式表征，并且在很大程度上，是这些变化和表征的结果。

赫尔辛格特别区分了乡村空间中的"自然""风景"（landscape）和"乡村风光/场景"。她认为乡村风光/场景往往意味着既有人居住又有人耕种的乡村土地。这里主要由田野、人行道、村庄和小树林（这些往往是地图上模糊而遥远的空间）构成，其焦点既包括土地，又包括在以农业为主的景观中发生的一般性活动的"场景"（scenes）。此外，与英国古典田园传统的意象不同，这些场景需要以现实主义的模式来理解。也就是说，"乡村场景"的概念位于空间和时间之中：它代表了一种地形和历史的特殊性，代表着一种此时与此地，即英格兰现在或最近的过去的某个地方，有着真正的乡村居民，而不是装扮之后的宫廷游客或城市游客。③ 由此可见，作为乡村身份代表的乡村

---

① Elizabeth K. Helsinger, *Rural Scenes and National Representation: Britain, 1815 - 1850*, Princeton: Princeton U P, 1997, p. 3.
② Elizabeth K. Helsinger, *Rural Scenes and National Representation: Britain, 1815 - 1850*, Princeton: Princeton U P, 1997, p. 5.
③ Elizabeth K. Helsinger, *Rural Scenes and National Representation: Britain, 1815 - 1850*, Princeton: Princeton U P, 1997, pp. 5 - 6.

风光/场景，其重要构成是：土地、乡村活动场所、乡村居民、劳动工人，以及乡村中的自然景观。

赫尔辛格简述了乡村风光/场景的历史变迁。作者认为1870年是个重要转折点：此后，非常明显的是，英格兰不仅在经济或人口结构上早已不再是一个乡村大国或农业大国，而且英格兰农村将不再发挥养活英格兰或大不列颠居民的核心作用。[1] 1870年之后，被投入新用途的乡村空间（rural scenes）迅速激增，新用途几乎完全是象征性和补偿性的：当人们明白作为表征的乡村已经耗尽了旧用途的寿命，便产生了这种新生命和新功能。这一变化不仅体现在大量重复的关于"一种"英格兰乡村的各种意象上，还体现在相互竞争的各种乡村风光/场景逐渐消失，以及它们作为一种原初的、重要的国家认同的隐喻所面临的严峻挑战的消失。[2]

从乡村风光/场景的历史变化，赫尔辛格自然而然地过渡到英国乡村风光/场景与民族性的关系。作者认为，乡村风光/场景越来越多地被那些背井离乡的人（具有真实或想象的农村血统的城市居民，南非或印度的殖民者和大英帝国管理者，第一次世界大战战壕中的士兵）用作便携式英格兰图标；或者，被用作展示民族遗产的被建造或修复的背景，这些民族遗产的统一性主题就是乡村。[3] 这样一种联系在19世纪就已经形成，那时的英国，乡村土地和乡村生活的意象被看作英国的象征，这既是描述性的，又是象征性的：英国地域内的乡村生活被认为就是（或者曾经是或者应该是）如此，而英格兰乡村可以代表英国。也就是说，乡村是英格兰的重要组成部分，它代表着整个国家。作者特别指出，这种关系是隐喻性的：乡村风光/场景代表着某种特质，这是一个整体（即整个英国）的所有地理、社会构成部分的特

---

[1] Elizabeth K. Helsinger, *Rural Scenes and National Representation: Britain, 1815–1850*, Princeton: Princeton U P, 1997, p. 6.

[2] Elizabeth K. Helsinger, *Rural Scenes and National Representation: Britain, 1815–1850*, Princeton: Princeton U P, 1997, p. 7.

[3] Elizabeth K. Helsinger, *Rural Scenes and National Representation: Britain, 1815–1850*, Princeton: Princeton U P, 1997, p. 7.

质，这是一些本质上具有英格兰特性的品质，并由此被认为，其本质上是英国的（essentially British）品质。当然，乡村作为国家的隐喻不仅仅是19世纪的事情，而且延续至今，并将乡村生活所携带的意义带入新的国家语境。而实际上，这种乡村生活与今天英国人或英格兰人的日常经历离得越来越远。① 赫尔辛格分析了关于土地的表征对于民族建构的意义，并指出这对于英国的民族性建设具有特别重要的意义，并指出，一个国家的领土既是被定位的，也具有定位性，也是一个民族和文化的再生产场所；被比作民族的"乡村"是指由其居民标记并塑造的耕种土地。赫尔辛格考察了土地、乡村和民族/国家之间的联系，认为词源学暗示了想象一个民族时对土地的特殊代表性要求：在英语中，"country"继续承载着乡村和国家实体的双重含义。作者由此认为，将乡村风光/场景当作重新想象民族共同体的场所之一，并不像看起来那么武断。② 不仅如此，作者还讨论了乡村如何实现家和民族之间的缝合："当乡村风光/场景象征着民族时，它就构建了一个家园。"③ 因此，乡村场景作为民族/国家符号，唤醒了文化和社会，并将农业与民族文化联系起来，或将家庭、社区和日常生活的社会情感附加到外来的民族概念上。④ 赫尔辛格还讨论了一些文学作品对乡村风光/场所的表征，其中涉及的乡村的特质、乡村空间的变迁，及其与民族认同、民族文化的象征性联系。比如，作者分析了乔治·艾略特的第一部小说《亚当·比德》（Adam Bede）如何在一个关于英国乡村生活的故事中将国家历史呈现为有机构思的社会历史。

大卫·黑格隆主编的《英国乡村：表征、身份与变异》收入了十

---

① Elizabeth K. Helsinger, *Rural Scenes and National Representation: Britain, 1815–1850*, Princeton: Princeton U P, 1997, p. 13.

② Elizabeth K. Helsinger, *Rural Scenes and National Representation: Britain, 1815–1850*, Princeton: Princeton U P, 1997, p. 15.

③ Elizabeth K. Helsinger, *Rural Scenes and National Representation: Britain, 1815–1850*, Princeton: Princeton U P, 1997, p. 16.

④ Elizabeth K. Helsinger, *Rural Scenes and National Representation: Britain, 1815–1850*, Princeton: Princeton U P, 1997, p. 17.

文学空间批评

一篇文章，讨论了现实与想象中的英国乡村，包括文学、影视作品和游客眼中的英国乡村，涉及乡村的现代性问题、乡村的风景、乡村的神秘性、乡村的变化、乡村与外界的矛盾冲突、作为阈限空间的乡村，等等。其中黑格隆的前言考察了英国乡村的定义、意义变化、相关理论论述和文学艺术表征，是关于文学与文化意义上的乡村空间的不可多得的好文章。文章一开篇就下了个定义："英国乡村既是一个物理的、空间的实体，与城市地区的定义相反，也是一个想象中的、统一的领土，它仍然能召唤人们联想到永恒的田园美景和宁静。"[1] 接着，作者引用英国环境、食品和农村事务部（Department for Environment, Food and Rural Affairs）的统计数据，继续定义何为乡村：从严格的行政角度来看，如果一个地理区域"不属于常住人口超过10,000人的居民点"，就被归类为"乡村"；并指出有三种类型的农村聚落："乡村小镇（rural town）和边缘地带""乡村村庄（rural village）""小村庄（rural hamlet）和孤立的住宅（也称为分散的）"。[2] 黑格隆认为，乡村是联系紧密的社区，最重要的是，往往与美丽的景观联系在一起。[3]

与赫尔辛格相似的是，黑格隆也认为乡村是英国民族认同的核心特征。他指出，尽管当今的英国主要是城市性的（超过75%的人口居住在城镇），但是对乡村的阿卡迪亚式（Arcadian）描绘和人们对这种"乡村田园诗"的假定喜爱仍然被认为是英国性（Britishness/Englishness）的构成性特征。[4] 黑格隆特别强调了"英格兰乡村"（the "Eng-

---

[1] Haigron (ed.), *The English Countryside*, p. 1.
[2] House of Commons—Environment, Food and Rural Affairs Committee, Rural Communities: Sixth Report of Session 2013—2014, London: HMSO, 24 July 2013, "Annex: Defning rural areas", pp. 101 – 102（http://www.publications.parliament.uk/pa/cm201314/cmselect/cmenvfru/602/602.pdf）; Department for Environment, Food and Rural Affairs (Defra), Statistical Digest of Rural England, London: HMSO, May 2016, pp. 6 – 8.（https://www.gov.uk/government/uploads/system/uploads/attachment_data/file/521214/Statistical_Digest_of_Rural_England_2016_May_edition.pdf）.
[3] Haigron (ed.), *The English Countryside*, p. 1.
[4] Haigron (ed.), *The English Countryside*, p. 2.

lish countryside")——以区别于苏格兰、威尔士、北爱尔兰的乡村风景——在英国民族认同中的核心地位。他指出,尽管在讨论"民族"认同的概念时,人们常常就英国性(Britishness)和英格兰性(Englishness)持不同意见——比如,前者是否能包含或取代后者,或者英国(Britain)是否可以被认为是一个"民族"(nation),或者英格兰之外的其他地区的"荒野"亦有其自然魅力和历史价值——但"英格兰乡村"始终被视为英国身份表征的范式,该身份同样在苏格兰、威尔士和北爱尔兰广为传播。[1]

黑格隆分析了过去三个世纪里英国乡村发生的变化,并指出,虽然乡村常常被描述为传统价值观的大本营,但乡村的经济、政治、文化等方面都经历了重大改变,从18世纪末的大量圈地所产生的由田地、树篱和零星农场构成的景观,发展到战后的机械化和化工技术驱动的农业生产主义。在此期间,无论是关于乡村的表征,还是其物质性本身,都反映了当时的思想和政治背景。当时的英国逐渐从一个贵族、封建和重商主义的社会演变为一个工业资本主义社会,并且自由贸易资本主义随后在新自由主义全球化逐步实施之前让位于战后的国家福利主义。作者尤其讨论了资本主义生产方式的发展对英国乡村空间的改造——在资本主义自由市场环境中,乡村不仅是生产的空间,而且变成了消费的空间,其美景、田园风情、中世纪村庄、手工艺品、新鲜空气、宁静、怀旧感或民俗文化都可以作为物质或非物质的商品来消费。黑格隆还指出了这些变化与城市发展的关系:权力、人口和财富向城市中心转移,而这又进而深刻影响了社会结构和人们的生活方式。因此,这些转变对各种身份产生了巨大的影响,不仅包括乡村社区和组成这些社区的个人的身份,也包括乡村本身和民族/国家的身份(什么代表着当代英格兰或英国的形象?)。[2] 由此可见,在过去三个世纪里,英国乡村的景观、生产方式、生产结构、政治力量、社会

---

[1] Haigron (ed.), *The English Countryside*, p. 2.
[2] Haigron (ed.), *The English Countryside*, p. 4.

结构、生活方式等都经历了重大改变，而这些又以直接或间接的方式，在各个层面影响着英国人的（个体和集体、部分与整体、微观与宏观）身份认同。

黑格隆认为，英国乡村实质上是被想象出来的空间，是一种话语和文化建构。"它是一个'想象的地方'，因为它的附加特征和意义主要是"信息媒体、事实和虚构的叙述、电影制作和文学作品共同建构的结果。① 黑格隆进一步指出英国乡村主要被想象或建构成两种空间：非政治空间，田园牧歌式空间。前者认为英国乡村是一个基于社区的、没有冲突的环境，其社会秩序基本稳定。但作者认为这是一种有问题的陈词滥调，因为乡村显然是一个政治性空间：村民们会讨论政治，乡村受到政策和制度的影响（比如，有些政策和制度能决定如何以及由谁占领和使用乡村），乡村空间中发生的活动也具有政治性。"在更广泛的意义上，乡村性（rurality）可以被理解为一种社会地形要素（a socio-topographical element），对乡村空间的研究可以将其看作建立社会体系（各种新、旧社区）的'地方'或'场所'，人类互动发生的地方（不同类别人口、社会/空间关系等的共存），以及可以'举行'乡村活动的地方。"② 后一种关于英国乡村的想象认为真正的英格兰从来不是由城镇而是由村庄代表的；在普通英国人心目中，英国乡村已经变成广阔的乡村田园诗。作者指出，在19世纪末和20世纪初，自然资源保护者、社会主义思想家、浪漫主义和现代主义作家都以怀旧的方式利用田园主题。作者认为这些关于英国乡村空间的田园牧歌想象实则是对英国工业化和城市化的反应：人们认为其不仅破坏了自然资源和人际关系，更重要的是，这是对国家真实身份的威胁；由于人们关于乡村的联想不仅是更幸福的过去，而且还有纯真这一观念，因此，人们哀叹工业化和城市化令乡村不复为乐园。③ 由此，黑格隆分析了关于英国乡村的"非政治性"和"田园牧歌性"想象，剖析了

---

① Haigron (ed.), *The English Countryside*, p. 5.
② Haigron (ed.), *The English Countryside*, p. 5.
③ Haigron (ed.), *The English Countryside*, p. 6.

其中的问题和历史文化原因，也揭示了这些想象的虚假性。

笔者（和卢艺萱）① 曾借鉴相关乡村研究的成果，尤其是威廉斯在《乡村与城市》中的观点，分析了托马斯·哈代"性格与环境小说"中的乡村书写，并揭示了哈代在看似描写田园风光、承袭英国田园书写传统的同时，解构了长期以来由想象和书写建构而成的"田园幻象"。我们认为，哈代的乡村书写对英国田园幻象实现了三重解构：乡村"天堂"的颠覆，"阿卡迪亚"的幻灭，理想乡村住宅的"坍塌"。其一，在旧时的田园理想中，所有的东西都由自然赋予，人们可以毫不费力地使用和享受，就像伊甸园一样。② 乡村就像天堂一般，自给自足，一切由自然赠与，拥有永恒的秩序。然而，在哈代的小说中，乡村虽然拥有地理维度的田园风光，却根本不是"天堂"，反而更像亚当、夏娃被逐出伊甸园之后的世界，反复出现严冬、灾害天气和辛苦劳作，甚至这些构成了哈代乡村空间的底色和主要场景（尤其是辛苦劳作）。其二，长久以来，英国文化将乡村想象成城市的对立面，在与城市的对比中赞颂乡村"阿卡迪亚"式的美好与宁静。在对乡村的众多田园想象中，"阿卡迪亚"一直是自由与欢乐的象征，同时具有遥远而神秘的特征，常常被当作城市喧嚣的避难所。哈代的乡村书写既具有田园特色，又解构了英国文学中长期以来关于乡村的"阿卡迪亚"式想象。传统田园诗通常以城市视角对乡村进行"自然"设计，这种"自然性"由乡村特有的风光呈现。乡村风光/场景（rural scenes）是哈代乡村书写的一大特色，但哈代突出了资本对乡村的入侵和改变，实际上颠覆了所谓的乡村"自然性"和"与世隔绝"。哈代将威塞克斯乡村塑造成"被投资的空间"（invested space）③ 和"被剥削的空间"，展示了城市资本如何不断注入并控制乡村经济结

---

① 参见方英、卢艺萱《田园幻象的解构：托马斯·哈代的乡村书写》，《河北师范大学学报》（哲学社会科学版）2023 年第 2 期。

② Raymond Williams, *The Country and the City*, New York: Oxford, 1973, p. 31.

③ 此处借用了 Haigron 的概念，具体见 David Haigron, "Introduction", in *The English Countryside: Representations, Identities, Mutations*, p. 8.

构，乡村如何消耗自身的资源供养城市，并逐渐在被剥削中成为城市的延伸和附属，而这些都重塑了乡村空间的"景观"——自然的、地理的、经济的、住房的、人口分布，等等。由此，哈代解构了快乐乡村的阿卡迪亚幻象。其三，在传统田园诗中"乡绅的生活被作为宫廷和城市生活的明显对比而受到赞美"[1]，这往往体现在对理想乡村住宅的描写与想象：田园诗会赞美一座宅邸或其主人"来表达某些社会和道德价值"[2]。对乡村住宅的歌颂是英国传统田园诗的特征之一，但哈代的乡村书写则构成了对这一传统的嘲讽和颠覆。哈代笔下的乡村住宅既象征着贵族精神的衰败（如《苔丝》中苔丝的贵族祖先遗留下来的破败宅邸和假贵族亚雷家的象征着寻欢作乐的住宅），也揭示了19世纪英国中间阶层（the intermediate rural classes）的每况愈下（如《苔丝》中关于中间阶层失去住宅的描写与暗示）。无论是牧歌中作为乡村安宁、俭朴生活的象征，还是作为文化符号寄托着英国人的怀旧之情，传统的乡村宅邸形象凝结着历代文学家的想象和美化。在这样的书写传统中，通过描绘地主乡绅家宅的朴素来隐喻其美德，并与王室宫殿的奢华构成对比。但哈代笔下对乡村宅邸的现实主义描写则令这一被建构的理想形象轰然坍塌。笔者通过对哈代乡村书写的分析，期望引起读者对乡村空间的更大兴趣，并试图揭示乡村空间的复杂性和流动性。

二 城市空间

在讨论城市空间之前需要指出一点，城市总是作为乡村的对立面存在的。也就是说，对城市的考察总是隐含着乡村空间这个参照系，对城市的书写往往以对乡村的想象为基础。无论赞同与否，城市—乡村的二元对立结构渗透于各个时代的话语和文化之中。

---

[1] Williams, *The Country and the City*, p. 28.
[2] Williams, *The Country and the City*, p. 27.

（一）城市概念略谈

城市虽然是个空间概念，却有其鲜明的历史维度，城市有着悠久的历史和传承。"当人类有了剩余食物，人类活动得以多样化，城市就产生了。多样化是城市产生和存续的关键……"[1] 关于城市的历史，戈特迪纳和巴德明确指出，"被称为'城市'的聚落空间形式约有一万年的历史。传统而言，它由人口密度相对较高的中心区域构成，周围环绕着作为支持性空间的农业生产区。这种有分界的城市形式一直没有多少改变，直至19世纪资本主义工业化期间依然如故"[2]。虽然城市的基本形式承袭了数千年，但不同时期、不同地区的城市呈现出鲜明的差异。罗伯特·塔利在《中立之地，城市乌托邦》中讨论了17世纪、19世纪和21世纪的西方城市，分别论及欧洲、美国和加拿大的不同城市及其空间特征。[3] 根据塔利的分析，17世纪的城市发展与现代民族国家的崛起有关，体现了社会空间的根本转变和国家权力的集中；同时，城市发展不仅体现了在国家边界内的跨领土权力分配，也倾向于更广泛的世界体系。19世纪城市生活已占主导地位，城市空间变得密集而复杂，而且是在与非城市甚至反城市的荒野、田园诗般的乡村景观的对比中受到文学艺术的关注；与17世纪欧洲都市不同的是，19世纪的美国大都市占据着文化、商业或经济的中心地位，它们所集中的不一定是国家权力，更重要的是资本。塔利将21世纪的温哥华看作时代精神和全球化的代表："东方和西方在这里，在太平洋的边缘和阈限（liminal）空间相遇"，虽然任何一个港口城市都会汇聚来自世界各地的人口，"但温哥华的多元文化（multiculturalism）超越了多样性，成为一个全方位的混合体（hybridity）"；塔利甚至断言"它是完全世界性/世俗性的（worldly），代表着整个世界"。塔利的分析

---

[1] Richard Lehan, *The City in Literature: An Intellectual and Cultural History*, Berkeley/Los Angeles/London: University of California Press, 1998, p. 8.

[2] Mark Gottdiener and Leslie Budd, *Key Concepts in Urban Studies*, London: Sage, 2005, p. 87.

[3] Robert T. Tally Jr., "Neutral Grounds, or the Utopia of the City in the Era of Globalization", *Journal of Contemporary Literature*, 2.2 (2010), pp. 134–148.

表明，影响城市空间的不仅仅是时间因素或时代的发展，还有地理位置、地域特点、政治体制、文化传统、经济发展等因素。具体而言，不同城市之间的差异涉及城市的形态、面积、结构、管理方式、文化多元性、人口数量、密度与构成等。就城市的规模和（经济、政治）影响力而言，可分为小城镇、中等城市、大都市（metropolitan）、都城（capital city）、首位城市（primate city）[①]、全球城市（global city）[②]、巨型都市（megacity）、大都市圈（mega-region）、大都会统计区（metropolitan statistical area）、大都会区（urban agglomeration）、多中心大都会区域（Multi-centered Metropolitan region）等。考察不同历史阶段和不同区域的城市之间具体而繁复的差异远远超出了本书的篇幅和笔者目前的能力，因此，下文将重点讨论现代意义上的城市空间，并聚焦于城市空间的共性。

关于城市的研究可谓汗牛充栋，包括社会学、政治学、经济学、地理学、历史学、心理学等领域。耳熟能详的作者和著作有阿尔甘（Giulio Carlos Argan）的《十七世纪的欧洲都城》（*The Europe of the Capitals: 1600–1700*, 1964）、瓦尔特·本雅明的《拱廊计划》（*The Arcades Project*, 1999）、雷蒙·威廉斯的《乡村与城市》、戴维·哈维的《社会正义与城市》（*Social Justice and the City*, 1973）和《巴黎城记》（*Paris, the Capital of Modernity*, 2003）、曼纽尔·卡斯特尔（Mauel Castells）的《城市、阶级与权力》（*City, Class and Power*, 1978）、Edward W. Soja 的《第三空间：去往洛杉矶和其他真实与想象地方的旅程》（*Thirdspace: Journeys to Los Angeles and Other Real-and-Imagined Places*, 1996）、凯文·林奇的《城市意象》（*The Image of the City*, 1960）等。我相信，如果要列一份关于城市研究的书单，列出几百条并不困难。

---

① 首位城市是过度城市化（overurbanization）的结果，出现在某些发展中国家中，在这些国家中，有大规模的农村，却只有一两个巨大的城市，而中小规模的城市则完全缺失。比如，泰国只有一个像曼谷这样的首位城市。详见 Gottdiener and Budd, *Key Concepts in Urban Studies*, p. 105。

② 全球城市指那些能充当全球经济的指挥和控制中心的城市。详见 Gottdiener and Budd, *Key Concepts in Urban Studies*, p. 39。

第二章 空间类型

然而，海量的资料反而令笔者难以落笔。经过反复思考，笔者决定仅聚焦于城市空间的特点（尤其是一些值得关注的空间类型），城市与身体的关系，以及文学作品中的城市。

关于城市空间特点的考察可以从城市的定义入手。马克·戈特迪纳和莱斯利·巴德在《城市研究核心概念》中对城市（city）下了一个简洁的定义："城市是个有边界的空间，居住密度高，拥有相对较多的、不同文化背景的人口。"[①] 这个定义虽然颇有极简主义的意味，却道出了城市空间的主要特点：人口多，密集居住，文化异质性。戈特迪纳和巴德紧接下来的解释则阐明了美国对于城市的松散界定：根据美国人口普查的说法，任何超过 2500 人、合并为一个自治市（municipality）的城镇（urban place）都可以是一座城市。[②] 一座城市的人口应该达到多少？是否应该根据人口数量界定城市？尽管大家对此会有不同意见，但大家都会赞同此处所隐含的意思：城市是一个与乡村相比人口较多的行政概念，拥有更多行政功能和权力。

马克斯·韦伯对城市做出了社会学描述：城市是住所空间封闭的聚落，居民主要依赖工业及商业——而非农业——为生；"在聚落内有一常规性的——非临时性的——财货交易的情况存在，此种交易构成当地居民生计（营利与满足需求）中不可或缺的一个要素。换言之，即一个市场的存在。"[③] 韦伯的定义指明了城市空间中的居住形式和经济形式（尤其是市场的重要性），并暗示了城市空间具有相对明确的边界，人口相对集中，居民之间比较疏离，商业活动带来了流动性和聚集性。

刘易斯·芒福德在《城市是什么》中讨论了城市的物质、经济、政治、社会、文化等多种维度，给出了一段非常精彩的描述："城市存在的基本物质手段是用于聚集、交流和储存的固定场地、耐用住所

[①] Gottdiener and Budd, *Key Concepts in Urban Studies*, p. 4.
[②] Gottdiener and Budd, *Key Concepts in Urban Studies*, p. 4.
[③] ［德］马克斯·韦伯：《非正当性的支配——城市的类型学》，康乐、简惠美译，广西师范大学出版社 2005 年版，第 2 页。

和永久性设施；基本社会手段是劳动力的社会分工，其不仅服务于经济生活，也服务于文化进程……因此，完全意义上的城市是一种地理神经系统（a geographic plexus），一种经济组织，一种制度性进程，一座社会行动的剧场，以及一种集体统一性（collective unity）的美学象征。"① 芒福德强调了城市中有边界的固定空间和封闭空间的重要性，社会分工的根本性，城市的多维性；城市空间具有地理与行政的网络结构，具有高度的统一性、制度性和规划性，具有组织功能与服务功能；城市中会有密集的社会互动，是经济、政治、文化活动的中心。总之，城市是文明之地，是各种创造性活动的舞台。②

就现代城市而言，不同地区的城市空间具有一些共同特点。其一，城市具有举足轻重的地位，其重要性首先来自其作为行政权力中心的政治影响力，其次由于其作为经济活动的主要场所，再者是其作为多元文化汇聚和新型文化产生的地方。其二，不同城市的空间结构具有某种同质性，呈现出数学逻辑、标准化管理、严密的层级性、权力的规划与贯彻、对部分的细致划分、对土地的分区（如分为商业区、工业区、居住区、公共开放空间等），可抽象成多重、复杂、各节点紧密相连的立体网络，似乎是笛卡尔网格对社会空间的重组（借用塔利对乌托邦空间的论断③）；与此相关的是与阶层、种族、性别相关的空间不平衡分布，甚至是空间区隔（如种族隔离，贫民窟和棚户区）。其三，有两类最具视觉性的物理空间，从垂直和水平两个维度构成了城市最重要的景观，甚至可以说，基本构成了城市的整体性"外貌"或轮廓：密集的建筑（尤其是高层建筑）和复杂的街道网络。这两者既决定了城市的整体风格，也是城市人口绝大部分活动的场所（与此相关的是，城市空间的绿地面积较少，基础设施较多）。根据不同功

---

① Lewis Mumford, "What is a City?" in *The City Reader*, *3rd Edition*, eds. Richard T. LeGates and Frederic Stout, London: Routledge, 2003, p. 94.

② Gottdiener and Budd, *Key Concepts in Urban Studies*, p. 8.

③ Robert T. Tally Jr., "In the Suburbs of Amaurotum, Fantasy, Utopia, and Literary Cartography", in *Spatial Modernities: Geography, Narrative, Imaginaries*, eds. Johannes Riquet and Elizabeth Kollmann, London: Routledge, 2018, p. 60.

能（工作、生产、消费、娱乐、居住，政府大楼或购物中心），尤其是根据不同分区，建筑往往被设计成不同特点，具有不同外观和布局。有些高层建筑具有地标作用，甚至是一座城市的标志（如上海的"东方明珠"，广州的"小蛮腰"）。街道的重要性在于其独特功能（当然，街道的风格、质量和规划的合理性也很重要）：连接着城市的不同区域和不同建筑，供车辆行驶，供行人步行和观光，供街头活动的开展（如环保宣传等公益活动、志愿服务、公众人物演讲，小摊贩、夜市等商业活动，夜晚的街头娱乐或表演，这些都构成了城市生活的丰富性）。街道的步行功能（在"流动性"部分还会讨论）和作为社会舞台的功能尤其受到学者们的关注。简·雅各布斯的研究发现，充满行人的街道是健康城市的标志，因为这不仅意味着活跃的商业贸易，而且能降低犯罪率。[1] 威廉·怀特认为，城市街道是一种典型的都市空间，且自成一种独特而重要的公共空间，不仅是城市人口短距离办事的必经空间乃至首选途径，而且熟人（因偶遇或相约）的街头闲聊也成为强化友情、交流信息、扩大关系圈的重要形式，并成为都市文化的一部分。[2]

其四，城市中人口数量较多，密度较大，因而城市中有着密集（大部分是浅层次）的社会互动；此外，作为经济中心的城市吸引着各种族裔和宗教、文化背景的人口，因而城市空间呈现出文化、信仰和价值观的多样性、异质性与杂糅性。其五，流动性也是城市空间的重要特点。由于房价、政府规划、生活理念等原因，许多人的住处与工作地离得较远，因而人口具有很大流动性，通勤（此外是购物和娱乐）是城市人口流动的一大景观。流动性的重要载体是交通工具，尤其是公共交通设施，私家车、公交车和地铁是城市空间不可或缺的组成部分。当然，城市行走也是城市流动性的重要内容。瓦尔特·本雅明对巴黎的研究，尤其是对拱廊街中"游荡者"的精彩讨论，揭示了

---

[1] Jane Jacobs, *The Death and Life of Great American Cities*, New York: Random House, 1961.
[2] William H. Whyte, *City: Rediscovering the Center*, New York: Anchor Books, 1988.

巴黎这座"19世纪都城"中的城市漫步和人群的流动；温·凯利将纽约称为"步行之城"(a Walking City)，认为行人能"在一天的步行中了解其城市环境"[1]；德·塞托更是将行走看作阅读、经验和书写城市的基本形式，以及反抗全景敞视、逃离想象的整体性的微观空间实践。[2] 其六，与人口密度和流动性相关的是，城市空间是一个陌生人社会。居住在高层建筑中的邻居近在咫尺却形同陌路；同处消费、娱乐或文化场所内、或在室外公共空间相遇的人们，基本上都是短暂相逢，擦肩而过，缺乏深入互动和紧密的情感纽带。这尤其体现在公交车或地铁中：一大群陌生人近距离聚集在有限空间中，个人空间受到局限，频繁发生身体接触和碰撞，但大部分人能相安无事，遵守礼仪。身处此类空间的秘诀是，避免与附近的人眼神接触，对周围毫不在意，"这种无动于衷的态度是城市生活的显著特征"。[3]

（二）城市与身体

城市与身体的关系是考察城市空间的一个独特而有趣的角度。伊丽莎白·格罗斯在《空间、时间与曲解》一书中辟专章讨论了身体与城市之间的互动性和相互定义的关系。她认为城市是生产社会性身体现实的关键因素之一：建成的环境为当代形式的身体提供了背景和坐标。城市提供了一种秩序和组织，自动地将原本不相关的身体联系在一起：它是肉体以社会方式、性的方式和话语方式生产出来的条件和环境。但是，如果城市是身体的重要背景和框架，那么身体和城市之间的关系比人们所认识到的要复杂得多。[4]

格罗斯提出了自己对城市的界定：一个复杂而互动的网络，它通常以一种不完整的、临时的方式连接在一起；一些互不相关的社会活

---

[1] Wyn Kelley, *Melville's City: Literary and Urban Form in Nineteenth-Century New York*, Cambridge: Cambridge University Press, 1996, pp. 68 – 69.

[2] Michel de Certeau, *The Practice of Everyday Life*, trans. Steven Randall, Berkeley, CA: University of California Press, 1984, pp. 93 – 96.

[3] Gottdiener and Budd, *Key Concepts in Urban Studies*, pp. 109 – 110.

[4] Elizabeth A. Grosz, *Space, Time and Perversion: Essays on the Politics of Bodies*, New York: Routledge, 1995, p. 104.

动、过程和关系，以及一些建筑的、地理的、公民的和公共的关系。城市将经济流动和权力网络，管理形式和政治组织，人际的、家庭的和家庭外的社会关系，以及空间和地方的审美/经济组织结合在一起，创造出一个半永久但不断变化的建筑环境或背景。[1]

格罗斯考察并批判了两种常见的身体和城市相互关系的模型。第一种模型是，身体和城市之间存在事实上的或外部的关系。城市是身体的反映、投射或产物。身体是以自然主义的方式构思的，存在于城市、城市设计和建造的原因和动机之前。人类主体被认为是一个主权的、自我赋权的代理人，以个人或集体方式对所有社会和历史生产负责。这种模型认为人类创造了城市。城市是人类努力的反映、投射或表现。身体通常从属于并仅仅被视为主体性的"工具"。城市不仅仅是身体的肌肉和能量的产物，也是意识本身的概念性和反思性可能性的产物。格罗斯指出了这种模型的主要问题。其一，它使身体从属于精神，同时保留了它们的二元对立结构。其二，这种观点充其量只能假设身体或主体与城市之间的单向关系，在因果关系中，身体或主体被认为是原因，而城市则是结果。在这一观点的更复杂版本中，城市可能与产生它的身体存在负反馈关系，从而疏远他们。[2]

第二种模型是，身体与城市或身体与国家之间存在平行或同构关系（isomorphism）。两者被理解为相似的、一致的对应物，一方的特征、组织和特点也反映在另一方当中。格罗斯对这种模型也提出了批评。其一，这涉及身体政治的暗含的男性编码，即虽然声称其模仿的是人体，但却使用男性来代表人类，换句话说，这是对男性中心主义的深层次的、未被认识到的投资。其二，这一身体政治概念依赖于自然和文化之间的根本对立，在这种对立中，自然决定了文化的理想形

---

[1] Elizabeth A. Grosz, *Space, Time and Perversion: Essays on the Politics of Bodies*, New York: Routledge, 1995, p. 105.
[2] Elizabeth A. Grosz, *Space, Time and Perversion: Essays on the Politics of Bodies*, New York: Routledge, 1995, p. 105.

式。其三，它通过一个"自然化"的过程为各种形式的"理想"政府和社会组织提供理由。人体是一种自然的组织形式，它的功能不仅是为了每个器官的利益，而且主要是为了整体的利益。身体被赋予自然的功能性"完美"。作为一种政治关系，因此也是一种社会关系，身体政治，无论它采取何种形式，都会参照某种形式的等级组织来证明自己的合理性并使自己自然化，这种等级组织是按照（假定的和投射而出的）身体结构的模型建构而成的。[1]

格罗斯提出了自己所理解的城市与身体的关系：这两者应该是互动的、互相界定的关系。一方面，城市乃身体的社会性建构的重要因素。首先，城市对主体有很多影响，如影响主体如何看待他者、如何理解空间、如何与空间结合；其次，城市是身体被改变、被刻写、被表征、被文化塑造和影响的空间。另一方面，身体也会以其变化改变并重新刻写城市景观。城市既是管理与控制身体主体的一种模式，也是被居民重新刻写的空间。[2]

格罗斯进一步总结道：第一，没有所谓理想或完美的城市，只有在变化中城市与身体互相影响，以及城市如何生产身体。第二，城市景观能对身体产生各种影响，比如，影响人们的空间知觉；城市能将文化身体区分为公共的和私人的，并能组织和影响家庭关系、两性关系和社会关系；城市结构与布局是组织商品与服务的通道结构；城市的形式和结构为社会规则内化和习惯化提供了语境。第三，城市乃建构身体的积极因素，城市的巨变必然影响对身体的刻写。[3] 的确，城市和身体之间存在着复杂的关系。这两者之间的相互映射、相互隐喻、相互影响和各种互动，在文学作品中得到了丰富的表征和探究，这些都值得关注和深入研究。

---

[1] Elizabeth A. Grosz, *Space, Time and Perversion: Essays on the Politics of Bodies*, New York: Routledge, 1995, pp. 105–106.

[2] Elizabeth A. Grosz, *Space, Time and Perversion: Essays on the Politics of Bodies*, New York: Routledge, 1995, pp. 108–109.

[3] Elizabeth A. Grosz, *Space, Time and Perversion: Essays on the Politics of Bodies*, New York: Routledge, 1995, pp. 109–110.

（三）文学与城市

文学作品对空间的表征主要聚焦于城市所特有的空间类型与场所（比如高层建筑，工作场所，酒吧、咖啡厅等消费空间，贫民窟，街道景观，汽车、电车等交通工具），空间体验（如城市景观带来的"惊颤"，城市工作空间和生活空间的逼仄感，城市人口与文化的异质性，公共交通工具中的拥挤感），生存体验（比如城市生活节奏的快速性和城市时间的碎片化，街头活动、尤其是城市行走，人群中的疏离感和迷失感；塔利指出，令人眼花缭乱的城市体验往往是乌托邦写作中的重要内容[①]）。主题涉及城市中的阶级矛盾、种族矛盾、身份、性别、犯罪等话题，尤其是这些问题的空间表征。比如与阶级和种族相关的空间隔离，如拉尔夫·艾里森的《看不见的人》、纳丁·戈迪默的《偶遇者》；空间建构与身份认同，如安吉拉·卡特的《魔幻玩具铺》；性别问题的空间映射，如弗吉尼亚·伍尔夫的《达洛维夫人》《到灯塔去》；贫民窟空间书写所揭露的贫困与犯罪，如狄更斯的《雾都孤儿》；消费主义的空间意象，如菲兹杰拉德的《了不起的盖茨比》；人口问题，如弗雷德里克·詹姆逊指出，许多科幻小说甚至乌托邦文学所描绘的反城市图景，凸显了城市人口过于集中（urban concentration）带来的危机，《超世纪谍杀案》（*Soylent Green*）正是关于此类危机的巅峰之作。[②] 本书的第三四章会深入讨论其中的一些话题，此处不再详细展开。

不同时代的城市空间与文学形式具有某种"同步性"。或者说，城市与文学比较一致地折射出所在时代的特征与问题。正如笔者在第一章第四节中指出的，弗雷德里克·詹姆逊曾将不同时代的主导性社会空间与文艺创作形式相对应，即市场资本主义的城市空间对应现实主义，帝国主义的民族空间对应现代主义，晚期资本主义的全球化空间对应后现代主义。詹姆逊的讨论虽然侧重于资本主义不同发展阶段

---

① Tally, "Neutral Grounds, or the Utopia of the City in the Era of Globalization", p. 136.

② Fredric Jameson, "Of Islands and Trenches", *The Ideologies of Theory*, London New York: Verso, 2008, pp. 386–414.

与文学艺术形式之间的对应关系,但其中关于空间形式的分析却很大程度上揭示了不同时代的城市空间特点与文艺创作形式之间具有某种对应性。理查德·利罕也曾讨论类似的对应关系。他在《文学中的城市》的结语中指出,如果从功能方面来定义城市,可将不同时期的城市看作"商业、工业和后工业的实体";而文学形式的发展与城市的发展有着"密不可分的历史",且两者都受到知识史与文化史的影响,因此,两者呈现出某种对应关系:喜剧与浪漫现实主义(Comic and romantic realism)提供了对商业城市的洞见,自然主义和现代主义提供了对工业城市的洞见,后现代主义提供了对后工业城市的洞见。[1]

城市空间与小说的兴起和发展有着尤为密切的关系。城市已成为各类小说中最常见的故事背景、描写对象、象征意象、审美空间、展现人物命运的场所。城市空间的独特性、复杂性和不断发展催生了小说文类和叙事模式的发展和创新:如(城市)哥特小说、乌托邦小说、侦探小说、科幻小说、西部冒险小说、科幻小说等。不仅小说对城市情有独钟,小说家亦如此,甚至形成了作家与城市之间引人注目的独特联结,比如查尔斯·狄更斯与伦敦,弗吉尼亚·伍尔夫与伦敦,詹姆斯·乔伊斯与都柏林,奥诺雷·德·巴尔扎克与巴黎,弗朗西斯·菲兹杰拉德与纽约,更不必说中国海派文学对上海、京派文学对北京的复杂情感、丰富表征与空间重塑。

文学作品常常能重塑城市空间,绘制出与现实世界既相似又相异的城市图景。从亨利·列斐伏尔的"空间生产"、罗伯特·塔利的"文学绘图"和爱德华·索亚的"第三空间"的角度看,文学具有空间生产的功能,能借助语言符号生产出"真实并想象的"空间,绘制出一座座城市的文学地图。文学文本所生产的城市空间往往更精彩,更能折射人的内心与生存状况,展现一幅人类心灵的地图。本书第四章将专门讨论乔伊斯《尤利西斯》所生产的都柏林,重点考察作为都

---

[1] Richard Lehan, *The City in Literature: An Intellectual and Cultural History*, Berkeley/Los Angeles/London: University of California Press, 1998, p. 289.

柏林人和爱尔兰民族生存状况的都市现代性和殖民现代性在城市空间中的表征，并将其看作对空间与存在关系的书写。接下来，笔者将简要讨论宁波当代城市诗歌[①]对人们生存状况的表征，对城市空间的重构与生产。

（四）城市诗歌

城市空间在带给人们文明、理性和秩序的同时，也带来了生存的焦虑、内心的震荡和各种应对的方式。城市诗歌就是这一系列影响在文学创作领域的体现。宁波当代诗人创作的城市诗歌不仅描绘了城市景观，而且书写了城市居民的生存体验，尤其是空间焦虑和"逃逸"冲动（借用法国哲学家德勒兹的术语），揭示了诗人们对城市的复杂情感，并体现了诗歌对城市空间的重构和生产。

首先，这些城市诗歌以高度的敏感性感知并表达出对城市空间和城市生活的理解，折射出诗人们作为城市居民的生存焦虑。如程文的《北纬三十度》写出了现代城市带来的压抑和怅惘："生活在北纬三十度/就不要问为什么/冰冷的雨/从灰蒙蒙的天空落下/……/在灰色的城市上空/甚至看不到灰色的鸽群在盘旋/不要问/有哪些风景已经消失/化作内心莫名的伤感。"宁波位于北纬三十度，这个纬度是地球上最宜居的也是城市特别密集的，但作者感受到的却是灰色和冰冷，是风景的消失和"人们在北纬三十度漂泊/在灰色的浪潮中上下颠簸"。感官的不快指向的是城市生活的焦虑感，是对空气污染、快节奏生活、人与人的疏离感的厌倦和批评。楚风在《讲和》中描写了城市带给个体的逼仄感："夜色将城市一点点黑屏/鱼贯而行的车灯眨着怪异的眼睛/刹车与油门的本能交替/我如晕船一般止不住的恶心。"燕燕飞的《十二月》描写了十二月"期待已久的雪/不曾降落"，但却有雾霾，

---

① 本书引用的宁波当代城市诗歌均发表于微信公众号"湿人聚乐部"，该公众号由几位宁波诗人自发组建，定期（不定期）发表当代原创诗歌，并得到来自全国的朗诵家（或爱好者）的支持，面向全球征稿。此处专门讨论宁波当代城市诗歌既是笔者对自己工作并生活了二十多年的宁波表达爱意和眷恋，也是对几位宁波诗友的致敬。这部分内容已发表于《宁波日报》2019年5月14日B2阅读版，原文题为《城市空间鲜活的灵魂脉动——宁波"湿人俱乐部"诗歌创作论》。

有"整条街的工地/喧闹得像战场",直至夜半。她的另一首诗《碎墓碑》则将笔触指向城市化进程对记忆和文化的改变:"……沉寂的工地……我记得/这里的村庄/那边/曾有水井……感慨而已/总得有什么/为其他的什么/腾出空间/比如/这块墓碑/已碎在今天/无人过问/它的昨天/明天/机械又会将它/倒腾到地下/上面矗立着/华丽的喷泉。"拆迁是城市发展中不可避免的部分,也是绘制城市蓝图的必要步骤,但对于曾经居住在那里的人们而言,这意味着失去了记忆和情感所依托的重要物质空间,甚至是"失根"的伤痛。

城市空间固然带来焦虑和忧伤,但诗人是天生的游牧者和流浪者,必然将目光和情怀投向远方。因此,城市诗人付诸大量笔墨书写故乡、田园和乡村,甚至营造出想象的宁静与空灵,以对抗城市的喧嚣、冷漠和商业化。许多宁波当代诗歌体现了诗人们的田园情怀,表现了人们渴望在城市中亲近自然、安放心灵、栖息灵魂的愿望。有些诗直接描写记忆中或想象中的故乡/乡村。如黄志强的《乡春》《归来》《又回故乡》等,满怀深情地书写了故乡的田野、牛绳、竹林、鸟鸣、灶膛、蒸笼、炊烟、慈母般的肉香、村口的古樟……又如,周密在《故乡,鸟鸣》中写道:"想起/老家屋后的斑鸠曾鸣叫/咕——咕咕……家乡的男女老少/大概都会/戴个斗笠/挽起裤腿/躬身,倒行/播插着——/在陌陌的田野上,开成绚烂……"有些诗以城市附近的山野湖泊抒发胸怀,如对四明山、五龙潭、象山、石浦、滕头、走马塘等风景区的描写。有些诗则直接描写城市空间中的自然景观,如周明祥的《月湖晨曲》,楚风、赵映瑾、焦孟云等人对日湖公园的书写,周惠定、孙云仓、郭黎祥等人的东钱湖诗歌。这些诗,不论是歌唱乡村或城郊的景色,还是城市中"人造的自然",实则是对城市喧嚣的逃避,是诗人们心中想象的"田园"和乌托邦。这些诗人,身处城市,眼望乡村,说到底,是对精神家园的追寻,是一种深刻的存在主义意义上的空间焦虑。存在,必须有所立足,最好能"诗意地栖居"。在城市化进程中,若田园不可得,不妨以诗歌重构之。

的确,诗人以诗歌重构他们所感知的空间。他们不仅以城市人的眼光想象并绘制出一种"城市化"的田园、乡村和自然风光,他们还描写城市所特有的景观。如,杨文君、湿人甲等对宁波的桥的歌咏,周明祥、谢光领、苑鲁明等对甬江的书写,盛醉墨、柯本华等人对老外滩的描写,黄岚、傅中兴等对天一阁的描绘,甚至还有张剑英的《和义大道》和李龙江的《东鼓道》。然而,这些城市地标的描写并非写实,而是写意,是抒怀,是思绪的徜徉,是将近处景观"远方化":奢侈品汇聚的和义大道被描绘成"远近琼楼灿,高低光影摇";连接天一广场和鼓楼的地下东鼓道变成了"色彩斑斓的底下/时光仿佛在走廊中流动",诗人"感觉空间的风/清新而遒劲";老外滩的"江风、阳光和笑容恰好……时光和树影缓缓漫过……在手风琴的余音里,慢慢地等你"。而湿人甲的《老街》,看似描写南塘老街的商业繁荣和地方特色,却以老城门、马头墙、南塘河、甬水桥、河埠头和石板路等意象赋予老街以历史的厚重,更以孤雁、当年、伊人、远去的时光等营造出时空的久远,也是情绪和意境的遥远。写的是城市,抒发的却是田园的情怀和逃逸的冲动,也是想象对现实的重构。

不仅仅是重构,也是生产(作为创造意义的生产 produce)。这些诗歌,在对城市或乡村的描写、表征或虚构的同时,本身也以文字符号的形式,生产出列斐伏尔所说的"构想的空间"(conceived spaces),并成为城市精神空间和文化空间的一部分。具有辩证意味的是,诗人们对乡村的城市化追忆和想象性重构,以及对城市的田园式书写,实际上都不断参与到城市空间的建构与改变中,不断融入无法阻挡的城市化进程。

第四节 另类空间:他性、边缘与过渡

近年来"另类空间"(other spaces)概念受到文学研究者越来越多的关注。《另类空间》是米歇尔·福柯 1967 年给一群建筑专业学生做的讲座,1984 年手稿向柏林的一个展览公开(以"Des espaces autres"为题),1986 年以"Of Other Spaces"为题正式发表(由 Jay Miskowiec

整理翻译)。虽然该文主要讨论了乌托邦(utopia)和异托邦(heterotopia)这两类空间,而且尤其以后者为主,但其关于这两类空间的精彩分析、深刻洞见以及他对"另类空间"的提法能给人无尽的启发。

　　福柯认为,当代的空间是分散的地点,我们的时代是共时性的时代。在这个时代,空间的同质性,至少是空间的对立关系——开放与封闭,私人与公共,神圣与世俗——已经受到侵蚀,取而代之的是一个创造异质性风景的地方。其中特别值得关注的是两类特定的场所(sites),乌托邦和异托邦,这两者与所有其他空间相关联,又与他们相矛盾。乌托邦是"无地点的地点",是非真实的,与社会中的真实空间有着直接的或倒转的类比关系;异托邦是一种真实的空间,是对立场所(counter-sites),在所有地点之外,又能在现实中找到它们的位置,既绝对不同于它们所反映的其他空间,又不同于虚构的地点。[①]这两者都是外部地点,都与其他所有地点相关,其关联在于怀疑、中性化或倒转他们所显示的或反映的一组关系。福柯显然是将乌托邦和异托邦看作日常空间的对立面,强调这两种空间在与日常空间的对比中揭露了这些空间的种种问题。可以说,福柯的"另类空间"的核心是差异性和"他性"(otherness)。沿着这个思路出发,我们能不断发现各种可被归为"另类空间"的空间,比如沙漠、海洋、南北极、外太空、洞穴、森林、孤岛、公路、飞机空间、火车空间、某些极端情境下的空间,等等。

　　自托马斯·莫尔(Thomas More)的《乌托邦》(*Utopia*, 1516)出版以来,乌托邦已成为一种文类和政治意识形态,赫伯特·马尔库塞、弗雷德里克·詹姆逊、法兰克福学派、罗伯特·塔利等人对其都做过深入研究。该词(utopia)的希腊词源具有"不存在的地方"("ou-topos"指"no place")和"好地方"("eu-topos"指"good place")这两重意思,这是莫尔最初的文字游戏。由此可见,乌托邦被想象成一个完美

[①] Michel Foucault and Jay Miskowiec, "Of Other Spaces", *Diacritics*, 16.1 (Spring), 1986, p.24.

的、值得欲求的，但在现实中不存在的地方，即某种美好理想的空间投射。而根据各种乌托邦叙事作品的描述（从莫尔的《乌托邦》到后来的科幻小说），不管处于哪个时代，乌托邦作为一种空间类型都具有某些统一的特点。对此，塔利曾在《全球化时代的乌托邦》和多篇文章中做出详细而精彩的论述。比如，正如本书第一章第一节指出的，塔利认为莫尔的乌托邦实则是布局完美的社会空间和标准化城市，运用了精确的数学手段或笛卡尔网格对社会空间进行巴洛克式的重组，根据福柯所说的规训社会的需要对空间进行排序，时间和经验在资本主义生产方式下转变为空间框架……① 换句话说，乌托邦是现代性在城市布局想象中的体现。根据塔利的论述，乌托邦是一种非常独特的空间类型，要么是一种具有高度同质性和整体性的理想国家空间，要么是关于理想未来的想象，要么在现实空间或时间链条之外，要么是时间或空间的错置。② 总之，乌托邦空间是对他性的追求和对不可能性的深思。由于乌托邦是个非常复杂而宏大的话题（需要至少一整本书的篇幅），而且更多时候被看作文类、叙事模式和社会意识形态，因此，本书不打算详细讨论乌托邦。本节将主要讨论异托邦、非托邦和阈限空间。这三类空间都具有他性、边缘性和过渡性（居间性）的特点。

　　异托邦与乌托邦都是日常空间之外的空间，但与乌托邦不同的是，异托邦是现实中存在的空间，如镜像般反映出（当然，这种反映也可能是扭曲与变形）现实社会的种种问题。镜像本身是虚幻的，但镜像揭示了镜前的"我"和"我"周围空间的真实存在，而镜子本身也是真实存在的。西沃恩·卡罗尔提出的非托邦（atopia）（可居住空间的对立面）③ 有点像

---

① Robert T. Tally Jr., "In the Suburbs of Amaurotum, Fantasy, Utopia, and Literary Cartography", in *Spatial Modernities: Geography, Narrative, Imaginaries*, eds. Johannes Riquet and Elizabeth Kollmann, London: Routledge, 2018, p. 60.

② Robert T. Tally Jr., *Utopia in the Age of Globalization: Space, Representation, and the World System*, London and New York: Palgrave Macmillan, 2013, pp. 3–4.

③ Siobhan Carroll, "Atopia/Non-Place", in *The Routledge Handbook of Literature and Space*, ed. Robert T. Tally Jr., London: Routledge, 2017, p. 159.

异托邦，既是"非日常"空间，又是现实中存在的空间，可包括"人造非托邦"[马克·奥吉提出的"非地方"（nonplace），如超市、旅馆、公路、机场、火车站等中转、过渡性场所①]和"自然非托邦"（沙漠、海洋、南北极、外太空等）。阈限（liminality）是"过渡仪式"（rites of passage）的中间阶段，具有过渡性、不稳定性、反常规性和他性，阈限空间（liminal spaces）也具有类似的特点。

一 异托邦

"异托邦"这个词来自医学，表示将器官或身体的一部分从原来的位置摘除。异托邦是福柯在《另类空间》中重点讨论的内容，他总结了异托邦的几项原则：第一，没有一种文化不参与建构异托邦。福柯提到异托邦的两个主要范畴，"危机异托邦"（heterotopias of crisis）和"偏离异托邦"（heterotopias of deviation）：前者多见于原始社会，如特权的、神圣的、禁限的地点，保留给相对于他们社会和环境而言处于危机状态的个体，如青春期男女、怀孕期妇女、月经期妇女、老人等；当今常见的是偏离异托邦，如疗养院、精神病院、监狱等，用以安置那些偏离了强制规范的人。②危机异托邦意在保护，偏离异托邦意在圈禁（他者）。养老院处于危机异托邦和偏离异托邦之间。第二，不同异托邦在不同时期以不同方式运作，有其精确而特定的功能；而且，相同的差异地点（即异托邦），会根据它所在的文化的共时性，而发生这种或那种作用。比如墓园，直到18世纪末都在城市中心，紧挨着教堂，但此后逐渐不再是"城市神圣和不朽的中心"，而是"变成了'另一种城市'"，在城市的边界之外，是关于死亡和病魔的主题，也是每个家庭的"晦暗的长眠处所"。③第三，可在某一个单独的

---

① 详见 Marc Augé, *Non-Place: Introduction to an Anthropology of Supermodernity*, trans. John Howe, London: Verso, 1995。
② Michel Foucault and Jay Miskowiec, "Of Other Spaces", p. 23.
③ Michel Foucault and Jay Miskowiec, "Of Other Spaces", pp. 23 – 25.

地点中并列数个彼此矛盾的空间。比如剧院的舞台接连引入一系列彼此无关的地点。又如波斯的传统花园具有多重叠合的意义，这里表征着世界四大区的四个长方形空间汇聚起来，而世界的肚脐就是花园中的喷泉。花园是世界的最小包裹，是整体性的，从古代开始，花园就是一种"快乐的、普适化的差异地点"。① 第四，与时间的片段性相关，对所谓的差异时间（heterochronies）开放。差异地点与差异时间的结构和分配方式是复杂多样的：首先，"存在一个无限累积时间的差异地点，如博物馆，图书馆"，把所有的时光、时代、形式、品位都封闭在一个地点，这样的差异地点指向永恒；其次，"与其最瞬间的、转换的、不定的时间对应，以一种节庆方式与时间关联的差异地点"，指向瞬时，如游乐场和度假村。② 第五，经常预设一个开关系统，同时用于隔离和允许进入。一般来说，异托邦不是自由进入的，如军营和监狱；或是完全用于宗教、卫生的净化活动，如斯堪的纳维亚的桑拿浴，或是隐匿某种被禁止行为的场所，如美国的汽车旅馆，总之往往具有某种奇怪的排他性。③ 开关系统使得异托邦既是孤立的，又是可穿越的，既是森严的边界，又允许被跨越。第六，异托邦对其他所有空间都具有一种功能，即对比之下揭示这些空间的问题。此功能的一个极端是幻想异托邦（heterotopia of illusion），创造出一个幻想空间，以揭露所有真实空间更具幻觉性，如妓院；另一个极端是补偿异托邦（heterotopia of compensation），创造另一个完美的真实空间，如殖民地，以显示我们的空间是污秽的、病态的、混乱的。④ 船是异托邦的极致范例（par excellence），是一个浮游的空间片段，是"没有地点的地点"，它从一个港口到另一个港口，从一处妓院到另一处妓院，开往东方的花园和各处殖民地，它自我封闭，同时又被赋予大海

---

① Michel Foucault and Jay Miskowiec, "Of Other Spaces", p. 25.
② Michel Foucault and Jay Miskowiec, "Of Other Spaces", p. 26.
③ Michel Foucault and Jay Miskowiec, "Of Other Spaces", pp. 26 – 27.
④ Michel Foucault and Jay Miskowiec, "Of Other Spaces", p. 27.

的无限性。① 异托邦是不同空间（和时间）的并置、交集和重叠，如剧院舞台可以连接一系列彼此无关的场所，电影院的二维银幕上可看见三维空间的投影，东方花园和古代的地毯代表宇宙的整体性，这些都并置着彼此矛盾的不同时空。正如苏德拉贾特所言，"异托邦呈现了一个并置的、关系性空间，一个再现着若干不相容场所、揭示了悖论的地点"②。

哈维指出，福柯的异托邦提供了多种可能性，在这些可能性中，空间化的"他性"（otherness）可以蓬勃发展。③ 苏德拉贾特认为，异托邦向他性开放，他性是通往多样化和异质化、逃离权威与压迫的途径；异托邦毫无疑问地存在于社会中，"向他性屈服，他性又向多元和异质敞开"；苏德拉贾特由此呼唤一个有着更多异托邦的城市。④ 谢恩认为异托邦是城市中的特定空间，是变化与混杂加速的地方。他区分出三种城市中的异托邦，认为这些是城市中发生变化的主要空间，也是当代城市环境中容纳异常行为的空间。第一种为危机异托邦，将变化主体隐藏在城市的普通建筑类型中，掩盖他们的催化行为（catalytic activity）。第二种为偏离异托邦，包括在高度控制环境中孕育变化的机构，如大学、诊所、医院、法院、监狱、军营、寄宿学校、殖民地、工厂。在这些具有高度纪律和秩序的小区域中，社会成员之间的关系被有组织地再结构化，因而加速了新秩序的出现。第三种为幻想异托邦，此处有着明显的混乱和创造性、想象性自由。在此，变化加速并集中化。例如，各种市场、购物中心、百货大楼、股票交易中心、赌场、旅馆、汽车旅馆、电影院、剧院、博物馆、露天马戏场、展览、主题公园、运动馆、妓院。在幻想异托邦，主要的价值观是快乐和休闲，消费和展览，而不是工作。⑤ 谢恩认为异托邦的形式是极其多样

---

① Michel Foucault and Jay Miskowiec, "Of Other Spaces", p. 27.
② Iwan Sudradjat, "Foucault, the Other Spaces, and Human Behaviour", *Procedia-Social and Behavioral Sciences*, 36 (2012), p. 29.
③ David Harvey, *The Condition of Postmodernity*, Oxford: Blackwell, 1989, p. 273.
④ Sudradjat, "Foucault, the Other Spaces, and Human Behaviour", p. 32.
⑤ David Grahame Shane, *Recombinant Urbanism: Conceptual Modeling in Architecture, Urban Design, and City Theory*, London and Chichester: John Wiley & Sons, 2005, p. 9, pp. 14–15.

化的，并且一直在变化；异托邦在执行其复杂的功能时并无单一、稳定的外表或伪装。①

显然，福柯的异托邦概念是面向现代社会尤其是城市空间中的诸多问题提出的，并因此启发了许多关于城市研究的构想。一方面，异托邦能揭示其他空间（尤其是日常空间）存在的种种问题，因而具有批判的潜能。另一方面，异托邦的异质性、差异性和偏离常规性，及其向他性的无限开放，撬动了现代都市空间的同质性，为现有秩序带来不断的变化和无穷的可能。而因其真实存在，比乌托邦更具现实性，因而，可以被看作能够改变现实的诱人空间。

二 非托邦

马克·欧杰在其著作《非地方：超现代性人类学导论》② 中分析了"非地方"（non-place）这一令人产生联想的概念。书中，奥热将目光聚焦于机场、酒店、公路和超市等临时场所，这些场所在某种意义上与其说是地方，不如说是非地方。根据人文地理学对空间和地方的区分（笔者认为，在区分这两者的同时，应当承认，空间包含了地方这一概念），地方往往充盈着内涵，拥有丰富的历史和社会意蕴，是人类创造性劳动的成果；非地方则是具有统一性和同质性的过境区，或者说过渡空间和居间空间（in-between），但如今人类在此空间活动的时间越来越长。西沃恩·卡罗尔将这类场所称为非托邦，即"对立于居住场所"的空间。她将欧杰提到的那些非地方称为"人造非托邦"（manmade atopias），认为这是全球化所产生的类属空间，被欧杰批评为干扰了人与地方的基本关系，从而干扰了个人和集体的身份认同。在此基础上，卡罗尔增添了一些"自然非托邦"（natural atopias），

---

① David Grahame Shane, *Recombinant Urbanism: Conceptual Modeling in Architecture, Urban Design, and City Theory*, London and Chichester: John Wiley & Sons, 2005, p. 231.
② Marc Augé, *Non-Places: Introduction to the Anthropology of Supermodernity*, trans. John Howe, London: Verso, 1995.

比如北极、海洋中心、沙漠或外太空。她认为这类非托邦的环境特征不仅使其难以在此建造房屋（这是居住的前提条件），而且使其对人类生活构成天然的危险。她进一步指出，如果被困在自然非托邦中，通常会面临死亡，在死亡之前，身体和精神都会瓦解，这会摧毁人类的自我。虽然自然非托邦和人造非托邦看似有着迥异的差别，比如，人造非托邦通常不会给人们带来什么危险，但这两者有着本质上的共性：都是"对立于居住场所"的空间；都是在讨论超国家空间形式（如地球空间）时被援引的参照点。[1]

卡罗尔首先详细讨论了自然非托邦，指出其不同寻常之处：由于它们的物理特征或环境条件，它们不会被转化为我们称为"地方"的情感栖息地。但它们又不同于抽象的"空间"，因为它们具有物质上的真实性和边界，并且除了不具备可居住性，它们拥有"地方"的许多特征。[2] 卡罗尔接着强调了界定自然非托邦的一个重要元素：人类的造访，或人类认知能力的充足性。"自然非托邦是在一种空间落入人类活动范围的那一刻产生的。"[3] 她以北极为例，谈到北极曾经远离人类探索和经验的范围，因此是奇幻故事和乌托邦小说的理想背景。然而，一旦欧洲人开始不断深入并经验性地记录这些空间，极地空间的奇妙可能性就消失了，作家们不得不寻找其他地方来构建他们的乌托邦。后来，类似的情况也发生在月球和火星上，这两个星球从乌托邦或奇幻空间变成了自然非托邦。

卡罗尔还讨论了不同非托邦的不同历史和文化内涵：在文学中，极地经常被用来表示个人和国家的不自量力；大气层被看作这样一个区域，从中可以看到地球的未来，可以想象一个后国家的未来；沙漠似乎是精神启示和自我蜕变的地方；地下空间是未被承认的历史和秘密抵

---

[1] Siobhan Carroll, "Atopia/Non-Place", in *The Routledge Handbook of Literature and Space*, ed. Robert T. Tally Jr., London: Routledge, 2017, p. 159.
[2] Siobhan Carroll, "Atopia/Non-Place", in *The Routledge Handbook of Literature and Space*, ed. Robert T. Tally Jr., London: Routledge, 2017, pp. 159 - 160.
[3] Siobhan Carroll, "Atopia/Non-Place", in *The Routledge Handbook of Literature and Space*, ed. Robert T. Tally Jr., London: Routledge, 2017, p. 160.

抗统治权的地点；海洋则常常在艺术中充当"想象的终极毁灭代理"。①

卡罗尔还讨论了自然非托邦的积极因素。她指出，虽然自然非托邦的敌对因素很容易导致负面表征，但其也可以得到积极表征，可触发崇高审美体验，亦可成为被排除在国家等社会结构之外的人的临时避难所。在文学作品中，流亡者、罪犯、社会弃儿、难民、叛乱者和怪物常常与自然非托邦相认同。无数哥特式小说中的地下洞穴是土匪、流亡者和难民的庇护所；在玛丽·雪莱的《弗兰肯斯坦》中，北极是人造生物的最后避难所；在《无政府主义者哈特曼》(*Hartmann the Anarchist*)和凡尔纳的《海底两万里》(*Twenty Thousand Leagues Under the Sea*)等小说中，大气层和海底是无政府主义者和反殖民者的庇护所。"作为挑战、逃避或破坏社会结构的空间，自然非托邦可能会为在其他形式的空间中处于边缘地位的人提供潜在的自由。"② 的确，尽管自然非托邦不适合居住，不是海德格尔意义上的供人们的肉体和精神栖居的"地方"，却可为社会结构之外或边缘处的人们提供庇护和某种自由，并可触发崇高的审美体验，因而具有潜在的积极意义。

特别值得指出的是，卡罗尔将海洋看作典型的自然非托邦：它继续影响着我们对陌生空间的概念化。它扮演这个角色的部分原因是它在法律和政治史上的重要作用。一方面，海洋对于旅行、全球贸易和帝国征服一直是必不可少的。另一方面，它的流动性给寻求将基于陆地的权力向其对岸延伸的国家带来了实质性的挑战。她还援引了克里斯托弗·康纳利（Christopher L. Connery）的"自由海洋"的概念，认为这是一个持久的概念，为建设"世界上第一个完全全球化的空间"提供了法律框架，并成为后来国际社会和全球化流动性概念的重要试金石。③ 的确，海洋的广阔性和流动性，海洋对各大洲的连接作用，

---

① Siobhan Carroll, "Atopia/Non-Place", in *The Routledge Handbook of Literature and Space*, ed. Robert T. Tally Jr., London: Routledge, 2017, p. 160.
② Siobhan Carroll, "Atopia/Non-Place", in *The Routledge Handbook of Literature and Space*, ed. Robert T. Tally Jr., London: Routledge, 2017, p. 161.
③ Siobhan Carroll, "Atopia/Non-Place", in *The Routledge Handbook of Literature and Space*, ed. Robert T. Tally Jr., London: Routledge, 2017, pp. 160–161.

海洋同时具备国际属性和国家属性，海洋既不可居住又与人类历史、文化、政治、经济、贸易有着深刻复杂的联系，这些都决定了海洋是自然非托邦中的典范类型。此外，卡罗尔还讨论了与海洋相关的空间："海洋带来的挑战也给其他类型的空间带来了新的意义，最引人注目的是岛屿和船只。这两种空间……在保护海上人类生命方面发挥了至关重要的作用，从而允许主权扩展到海浪之上。如果说海洋是一个典型的非托邦，那么船只就是保障人们在非托邦中生存的人类结构典范。"①

海洋具有非常复杂的特点。一方面像科特的理论框架中的"宇宙空间"或"整体空间"，是一种依然保留着"自然"特色和"整体"特性的空间，尽管这两种特性正日益受到人类活动的侵蚀和破坏；或者说是德勒兹心目中"光滑空间"（smooth space）的"极致，却也首当其冲遭遇到越来越严格的条纹化（striated）"②。另一方面，海洋既具有广阔性，又具有多元性和异质性。"海洋几乎是它自己的无限宇宙，但它也是文化和文明产生、接触和相互转化的关键空间"，如果借用玛丽·路易丝·普拉特（Mary Louise Pratt）提出的概念，海洋可谓终极的"接触区"（contact zone）。③ 海洋"从根本上说是一个由分散、连接、分布、偶然性、异质性以及交叉和分层的线条和图像组成的空间——简而言之，这是一个具有各种战略可能性的领域"④。这种复杂性和无限可能性使得海洋当之无愧地成为自然非托邦（以及异托邦）乃至更广泛的另类空间的典型类型。

卡罗尔对自然非托邦做了个小结。她指出，"非托邦"一词既表

---

① Siobhan Carroll, "Atopia/Non-Place", in *The Routledge Handbook of Literature and Space*, ed. Robert T. Tally Jr., London: Routledge, 2017, p. 161.

② Gilles Deleuze and Félix Guattari, *A Thousand Plateaus*, trans. Brian Massumi, Minneapolis, MN: University of Minnesota Press, 1987, p. 479.

③ Robert T. Tally Jr., "Sea Narratives as Nautical Charts: On the Literary Cartography of Oceanic Spaces",《外国文学研究》2020 年第 2 期。

④ William Boelhower, "The Rise of the New Atlantic Studies Matrix", *American Literary History*, 20.1-2 (2008), pp. 92-93.

示一个空间的某些物质特征，但同时它也是一种社会建构和文化建构。给一个自然地点贴上"非托邦"的标签，或者将其描述为"非托邦的"，就意味着这个地点在特定的文化想象中扮演着一定的角色。这是将其描绘成一个极端的空间，这个空间正在侵蚀伸展到这个环境中的法律和社会结构。这表明它可以作为逃犯、怪物、流亡者、土著人民和被排除在国家法律和结构之外的他者的（临时）避难所。这是在暗示，这个空间不仅抵制，而且反对构成地方的各种活动。[1] 也就是说，自然非托邦是"非"地方性的，是抵制社会结构和秩序的。

卡罗尔接着深入讨论了人造非托邦。她首先指出，在大多数建筑学和人类学的讨论中，非托邦是全球化产生的空间，这样的空间反映了曼纽尔·卡斯特尔（Manuell Castells）所说的信息、资本和资源在世界各地的国际性"流动"，并被认为促成了德国社会学家赫尔穆特·威尔克（Helmut Wilke）所说的"全球无根"（global rootlessness）状态。卡罗尔认为"非托邦"或"非地方"（non place）有时被用来强调全球系统对领土性权力中心的超越；具体而言，指那些有边界的场所，这些场所本来似乎具有许多真实可感的"地方"特征。[2] 卡罗尔所指的人造非托邦包括超市、（星巴克、麦当劳等）全球连锁商店、停车场、高速公路服务区、机场、银行、宾馆、网络空间等具有全球化、同质性、反地方特质、非地方感的场所，且多为消费性场所。卡罗尔还梳理、对比并评析了不同学者关于非托邦的研究和观点，并提供了自己对非托邦场所的观察和分析。

卡罗尔分析了星巴克如何使人们（尤其是消费者）脱离"地方"。她特别以北京故宫中的星巴克为例，分析了星巴克在空间设计方面的全球化和同质性，并指出星巴克这一非托邦空间与故宫这一地方的格格不入。作者指出，为了建造这家星巴克，故宫的九秦坊建筑的一部分被改造了，它的历史联想被咖啡馆取代。此外，故宫星巴克的装潢

---

[1] Carroll, "Atopia/Non-Place", p. 162.
[2] Carroll, "Atopia/Non-Place", p. 162.

和广告都和美国的星巴克一样,广告上都有相同的甜甜圈、肉桂环和香蕉核桃松饼。因此,星巴克不仅在物理上破坏了"地方",而且还会损害顾客的地方感,因为顾客被置身于一个与世界各地的星巴克几乎一样的消费空间中。星巴克将个人分配给预定的消费者角色,这阻碍了个人与当地的互动,并排除了这种互动可能产生的变化。[1]

此外,卡罗尔认为网络空间也是一种人造非托邦,而且认为这个空间常被想象成一个略为积极的非托邦。卡罗尔指出,社交媒体和万维网为自我创造和艺术表达提供了平台。此外,网络空间是一种由全球联网产生的"人造"(尽管是虚拟的)空间,对我们中的许多人来说,它执行的是与地方相关的那种社区连接活动。到目前为止,几乎没有学者研究物理非托邦和虚拟非托邦之间的关系,但已经可见的是,在环绕"黑暗网络"(the Dark Web)的"无法律区"(lawlessness)的比喻与海洋等环绕性空间之间可能会建立起多么富有启发性的联系。同样,尽管网络空间仍然是乌托邦想象的目标,我们应该关注到这个真实可感的全球化空间从未向所有人开放:无论你是用信用卡支付互联网服务,还是在公共场所访问互联网,你访问网络空间的能力都取决于你拥有一种特殊的大写身份,这种身份是系统可以验证和记录的。[2] 卡罗尔既指出了网络空间为创新活动、艺术表达和地方联系提供了种种可能(由此暗示了这个空间能赋予个体某种自由和地方感),也指出了网络空间的未知性、盲区和非公平性,以及网络空间的浩瀚无边和难以把握。就此而言,网络空间与海洋空间十分相似。

卡罗尔分析了几位学者关于人造非托邦的不同观点。她首先讨论了马克·欧杰的"非地方"。她指出,欧杰所理解的地方是"关系的、历史的、与身份有关的",而超市等非地方则不能为所在社区提供能锚定身份的东西。更糟糕的是,非地方重新协商了个人与社会的关系,用"孤立契约性"(solitary contractuality)取代了"有机社会性"(the

---

[1] Carroll,"Atopia/Non-Place", p. 162.
[2] Carroll,"Atopia/Non-Place", pp. 164 – 165.

organically social)。卡罗尔认为他所使用的"非地方"(non-place, non-lieu)一词强调了安全系统在他的无地方(placelessness)视域中所起的作用:根据奥杰的说法,个体在非地方被原子化,几乎没有机会开展有意义的互动;虽然他/她的身份可能会被安全系统记录下来,但其本人基本上是匿名的。奥杰曾经想象"非地方"的原型:一位法国商人从自动取款机取钱,走收费公路去机场,通过安检进入拥挤的国际旅行空间。在整个旅途中,这位商人不仅由于高速公路和机场这样的类属空间而与当地环境脱离,而且也与当地人脱离。他不会与具体的个人谈判,以确定他能否旅行;相反,他不得不进入一种非人性化交流,在这种交流中,他的护照和信用卡被检查——有时只由计算机系统检查——看看全球银行和交通系统是否允许他继续前进。卡罗尔认为奥杰所分析的机场是"非地方"的典范:不仅世界各地的机场结构都相似,而且机场接二连三的广告及其物理结构和安全架构,都不断将人们定位在全球化网络中。卡罗尔还指出了奥杰非地方研究中的消极立场。比如,奥杰将非地方描绘成"乌托邦的对立面",这令人联想到《一九八四》等反乌托邦小说中令人压抑的故事背景。"在奥杰那里,非地方等同于安全制度、记忆破坏和身份控制,而这些可以解读为对反乌托邦社会崛起的警示。"[1]

卡罗尔还讨论了其他学者的观点,这些观点与奥杰形成了对话、互动、呼应或争论。比如,在《阅读日常》(Reading the Everyday)一书中,乔·莫兰(Joe Moran)质疑了奥杰关于非地方的非历史性和"空洞同质性"的假设。莫兰的研究表明,对于那些知道如何阅读物质史、法律史和文化史的人来说,许多被奥杰贴上非地方标签的空间可能看起来更像是历史性场所。[2] 又如,曼纽尔·卡斯特尔等理论家对人造非地方的讨论较少末日意味。卡斯特尔将他所谓的"流动空间"的兴起与全球精英阶层的崛起联系在一起,而后者的典型空间就

---

[1] Carroll, "Atopia/Non-Place", p. 163.
[2] Joe Moran, *Reading the Everyday*, London and New York: Routledge, 2005, p. 94.

是国际酒店。卡斯特尔认为国际酒店的运营方式类似于奥杰的机场：其"装修，从房间的设计到毛巾的颜色，在世界各地都是相似的，以营造一种对内心世界的熟悉感，同时引发对周围世界的抽象化。"[①] 卡罗尔指出，奥杰强调的是非地方强加给旅行者的种种脱离地方的感受，而卡斯特尔的论点则侧重于酒店如何服务于大都市精英的利益。卡罗尔还发现有些学者和艺术家认为"非托邦"可以将人们从地方和国家中解放出来。比如，克里斯蒂安·特里贝尔（Christian Triebel）在谈到外籍儿童时指出，非地方给了"第三文化孩子"（third culture kids）一个不受当地争议纠缠的外部视角；伊夫·米莱（Yves Millet）认为非托邦概念吸引了那些想要抵制与地方相关的"寻找同质身份"的艺术家；林宏璋（Hongjohn Lin）声称，全球化的非托邦通过自我赋权的身份再创造和改写，使真正的个人主义成为可能。但格雷戈蒂（Gregotti）则认为，与全球化相关的国家权力的丧失超过了非托邦提供的任何补偿性自由。[②]

最后卡罗尔总结道，这些非托邦被视为空间时，无论是解放了还是威胁到个体主体，在"将我们定位到崇高的地球空间和遍布其表面的人类网络时，它们的作用已日益凸显"。[③] 看来，卡罗尔持一种比较乐观的态度，更看重非托邦的积极意义，以及这些空间能带来的种种可能。

三 阈限空间

阈限空间（liminal spaces）也属于另类空间。范·吉内普（Van Gennep）和维克多·特纳提出的阈限（liminality）在日常空间之外，处于不同时间和空间之间（居间性），既是一种（空间、文化和社会

[①] Manuell Castells, *The Rise of the Network Society* (2nd edition), Malden: Blackwell, 1996, p. 447.

[②] Carroll, "Atopia/Non-Place", p. 164.

[③] Carroll, "Atopia/Non-Place", p. 165.

性）边缘和隐形而抽象的边界，同时也是一种过渡和跨越，隐含着必然的越界性。

特纳通过对过渡/转变仪式（rites of passage）的讨论展开对阈限的分析。特纳引用了范·吉内普对"Rites de Passage"的界定：带来并伴随着地点、状态、社会地位、年龄等变化的仪式，又称为过渡（transition）。特纳分析了过渡仪式的三个阶段：分离（separation），即个人或群体脱离原来的社会结构，或原来的一整套文化状态，或两者；阈限期（liminal period），又称为边缘（margin，limen，threshold），在这个阶段参加仪式的主体（即过渡者）具有模棱两可的（ambiguity）特点，他/她所经过的过渡性文化空间与过去的或未来的状态几乎没有共同点；聚合（aggregation），过渡圆满完成。[1] 特纳接着详细讨论了阈限性（liminality），认为阈限性以及处于阈限状态的人必定是难以界定、充满歧义、含糊而模棱两可的，因其将逃离或穿过通常在文化空间中确定状态或位置的分类网络；阈限实体既不在这儿，也不在那儿，而是处于"非此非彼"的状态。[2] 特纳分析了各种各样的阈限状态和过渡礼仪，所有例子都具有以下共同特点：在社会结构的裂缝中，在社会结构的边缘，占据结构的最底层。[3] 裂缝或边缘都是某种程度的边界。阈限既是过渡仪式中的一个阶段，也是不同文化状态的一种边界；过渡仪式的完成是对边界的跨越。科特曾指出，阈限是礼仪过程中的中间地带（in-between places），既不在礼仪前、亦不在礼仪后的结构（空间）里，这是参与者进入圣地的入口。[4] 这个地方可以被理解为通往神圣空间的边缘与过渡，也就是区分世俗空间与神圣空间的边界。而由此可以引申出阈限空间（liminal spaces），即某种过渡性空

---

[1] Victor Turner, "Liminality and Communitas", in *The Ritual Process: Structure and Anti-Structure*, Chicago: Aldine Publishing, 1969, p. 359.

[2] Victor Turner, "Liminality and Communitas", in *The Ritual Process: Structure and Anti-Structure*, Chicago: Aldine Publishing, 1969, p. 359.

[3] Victor Turner, "Liminality and Communitas", in *The Ritual Process: Structure and Anti-Structure*, Chicago: Aldine Publishing, 1969, p. 371.

[4] Kort, *Place and Space in Modern Fiction*, p. 155.

间，也是连接两种截然不同的空间的边界。

阈限作为一种特殊的边界，其中的权力关系也非常特殊。特纳指出，过渡仪式的参加者往往装扮成怪兽，一布遮体或裸体，这象征着阈限中的人们无地位，无财产，无代表阶层和地位的服装或身份标志，他们的行为被动，谦卑，遵守教导，毫无怨言地接受任何惩罚，他们处于一种统一的状态，因此被赋予额外的力量，可以应对新的生活状态。经过阈限阶段之后，新成员之间发展出极其强烈的同伴情谊，并且世俗的阶层或地位的差别消失了，或者同质化了。特纳认为这是阈限现象的有趣之处：卑微与神圣、同质状态与同伴情谊的混合。在这一仪式中，阈限主体面对着"既在时间内又在时间外的时刻"，既在世俗的社会结构之内，又在其外。①"世俗的阶层或地位的差别消失"是一种权力关系的巨大变化。由此可见，阈限这类边界分隔开的/连接着的不仅是迥然不同的文化状态，而且是差异极大的权力关系和权力结构。阈限既是边界，也意味着跨越（阈限结束即完成越界）。

克莱尔·德鲁里在其博士论文中讨论了凯瑟琳·曼斯菲尔德、多萝西·理查森、梅·辛克莱和弗吉尼亚·伍尔夫短篇小说中的阈限空间（liminal entities）。德鲁里将阈限空间看作一种处于中间状态的过渡性空间，正如阿诺德·根内普所描述的"居间过渡"（transition between），或者说，是"一种难以描述的、摸不着的现象，却同时也是一种可意识的地方或存在状态"。②德鲁里指出，阈限空间是模棱两可、自相矛盾的：对维克多·特纳来说，阈限（liminality）是一种社会性"林波"（limbo）③，没有该状态之前或之后的社会或文化状态的任何属性；对安吉拉·史密斯而言，"liminal"的词根在单词"limbo"中反复出现，在拉丁语中是"limbus"，意思是边缘或边界；德鲁里认

---

① Turner, "Liminality and Communitas", pp. 359 – 360.
② Claire Louisa Drewery, "Liminal Entities: Transition and the 'Space Between' in the Short Fiction of Katherine Mansfield, Dorothy Richardson, May Sinclair, and Virginia Woolf", a thesis of Ph. D, The University of Hull, 2006, p. 3.
③ "limbo"在宗教语境中指地狱的外缘，在社会学和文化语境中往往指中间状态或不稳定状态。

为，虽然阈限（limen）和边缘（margin）这两个术语在许多方面有微妙的重叠，但它们不能互换。也就是说，"阈限空间"作为一种中间的过渡状态，并不完全等同于边缘。德鲁里还谈到了阈限空间中的越界问题及其积极性：跨越边界使得面对他者成为可能，并使得挑战关于政治、文化和个人身份的传统假设成为可能。不过德鲁里也指出了这种"居间空间"的消极面：阈限与死亡、非连贯、沉默、疯狂和疏远联系在一起，它带来了处于"局外人"地位不可避免的负面后果。[①]德鲁里认为，阈限空间所固有的既具限制性又具解放性的悖论是文学现代主义、尤其是短篇小说的一个普遍特征。现代主义出现于20世纪之交，体现了庞德格言中力求"创新"的美学特征，在内容和语境上都是过渡性的。德鲁里认为，这些短篇小说中的门槛状态可能是字面意义的，也可能是物质层面的，但也常常是心理层面的，甚至是混乱的、不稳定的状态。德鲁里的"阈限空间"是难以描述却又适宜居住的，并且"同时包含了包容和排斥这两种状态。阈限无处不在，又无处可寻。它是颠覆性的，但也有潜在的限制性"。[②]德鲁里的讨论揭示出，"阈限空间"作为一种中间的过渡状态，并不完全等同于边缘，却又具有边界和越界的特点；"阈限空间"是矛盾的、悖论性的，也是模糊的、短暂的，既是解放又是限制，既向种种可能敞开，又有其局限性，既难以捉摸，又真实存在，既联系着"此前"和"此后"，连接起"门外"与"门内"，又非此非彼，具有其自身独特的特性。总之，阈限空间是过渡空间，也是产生变化的空间。

达拉·唐尼等人编撰的《阈限性风景：空间与地方之间》收入了十篇与阈限性相关的论文，其中多为文学领域的空间研究。在绪论《定位阈限性：空间、地方和居间》中，作者讨论了她们对阈限性的理解。她们认为阈限性具有开放性和易穿透性（porosity）这两个特

---

① Drewery, "Liminal Entities", pp. 3-4.
② Drewery, "Liminal Entities", p. 4.

点；阈限空间具有段义孚所特意区分出的两个空间概念——空间和地方——的特点，又处于两者之间。也就是说，阈限空间既是地方，又是空间，并且在空间与地方之间。它们是人们熟悉的，但又不为人所知；它们是安全的，但又令人畏惧。接着，唐尼等人讨论了"阈限性"这个概念的模糊性、矛盾性和悖论性：在学术语境中，"阈限的"（liminal）这个词经常被用作一个笼统的术语，学者们往往不太考虑阿诺德·范·根内普和后来的维克多·特纳提出这个词时的具体批评语境。与之相关的是，阈限性被当作一个包罗万象的表达方式，用于指代一种模棱两可的、过渡性的或间隙性的时空维度；某些学术著作往往忽视了阈限性的复杂定义与修辞，在许多当代批评和文化评论中，这个术语的确切含义被回避了。由于这种模糊性，作为一种分析工具，阈限性是完全开放的；由于它具有广泛的适用性，它继续被分配到一系列看似不同的批评和文化学科中。确实，阈限性的魅力恰恰在于它的易变性，在于它能够以多种方式乃至相互矛盾的方式来表达意义。作者还特别提到她们编撰这本论文集所不得不面对的困难和悖论，而这些很大程度上都是由于阈限性含义的模糊性、宽泛性和矛盾性：她们试图以一种更连贯的方式来处理阈限性的话语修辞，但阈限性本身就是一种缺乏连贯性的状态。[1] 唐尼等人的讨论揭示了定义"阈限性"的困难，以及这个概念的广泛适用性和被泛化的危险。与阈限性相似的是，阈限空间也是动态的、过渡性的、居间的，也是充满矛盾、悖论和非连贯性的。所不同的是，如果将阈限概念限制在空间类型的范围内，其矛盾性和模糊性降低了，作为一种空间类型的特征变得更明晰了。作为一种具有转变可能性的空间，阈限空间不仅存在于过渡仪式中，而且存在于某些奇幻故事和科幻小说中（比如魔法门、虫洞、时间机器等）。

另类空间在主流空间、日常空间或生活空间之外，或者在这些空

---

[1] Dara Downey, Ian Kinane, and Elizabeth Parker, "Locating Liminality: Space, Place, and the In-Between", in *Landscapes of Liminality: Between Space and Place*, eds. Dara Downey, Ian Kinane, and Elizabeth Parker, London and New York: Rowman & Littlefield International, 2016, pp. 3–4.

间的边缘与缝隙,甚至是对立面。但这并不意味着这些空间不重要。相反,另类空间不仅十分重要,而且常常是空间表征和空间想象的对象与载体。与本章前三节讨论的空间类型一样,另类空间是文学阅读和批评应当更为关注的处所,并且还有许多值得探索和需要探索的空间。

第三章 空间与权力

位置
位置
是个有趣的话题
定位
需要参照系

逃逸
解辖域
哲学家的描绘
想象很美

地球的圆
边界迁移
事物之间的流动性
朝向"去中心"?

突围?
需要碰撞
与结构对抗
个体的自由震荡

熵

有序？
结构化
固若金汤！

权力关系天然地与空间相关，因为权力涉及层级、秩序与控制，这些都需要通过空间来体现和实现。本章的"权力"主要采用福柯的概念，即权力是毛细血管般的、无处不在的、生产性的、去中心的，是"众多的力的关系，这些关系存在于它们发生作用的那个领域……是人们赋予某一个社会中的复杂的战略形势的名称"。[①] 同时也包括传统意义上作为中心的、具有强制性与禁止性的国家权力，宏观的政治权力，以及其他公权力和强权。因此，广义而言的权力关系可包括不同阶层、性别、族裔、年龄、地位、群体的人之间的关系，主要指控制、反控制、服从、妥协等关系（权力的施加与反作用所产生的关系），以及围绕这些关系所引发的矛盾和冲突。人与人的关系在空间中得到反映，受到空间的影响，也能借助空间得以固化和强化，权力关系尤其如此；而社会空间本来就充斥着各种经济、政治关系，各种利益与冲突，或者说，社会空间中无处不是权力关系。权力是空间性的，（社会）空间也是权力性的。

第一节 空间与权力理论概说

关于空间与权力的关系，首先必须论及的便是亨利·列斐伏尔，他对此作出了广泛而深入的讨论。他曾明确指出，"权力遍布于空间"[②]，

[①] ［法］米歇尔·福柯：《求知之志（〈性意识史〉第一卷）》，载杜小真选编《福柯集》，上海远东出版社1998年版，第345—346页。

[②] ［法］亨利·列斐伏尔：《资本主义的残存》，F. 布莱恩特译，载 Edward W. Soja《第三空间：去往洛杉矶和其他真实与想象地方的旅程》，陆扬等译，上海教育出版社2005年版，第39页。

文学空间批评

空间是各种斗争和权力逐能的场所，是政治性的、意识形态性的。作为一种新型匮乏资源，空间已成为被抢夺的对象，被卷入阶级与阶层的斗争之中①，对空间的分配、规划和生产也都与各种权利关系相勾连。列斐伏尔发现空间已成为一种重要的政治工具，国家利用空间来确保"对地方的控制、严格的层级……各部分的区隔"，而在地方行政层面，则由警察对空间划片管制②。在列斐伏尔的研究中，空间的政治性和意识形态性尤其体现在"空间的生产"（production of space）之中。③

列斐伏尔空间研究的一个重大贡献是提出了——或者说，发现了——"空间的生产"。虽然这个概念看似对经济领域中空间问题的研究，但却讨论了并进一步指向了空间与权力的多维复杂关系。列斐伏尔将马克思的社会历史辩证法改造成"时间—空间—社会"三重辩证法，提出了空间生产理论，指出空间生产不是指空间中物的生产，而是指空间本身的生产。在《空间：社会产物与使用价值》一文中，列斐伏尔指出，任何产品都占据一定的空间，对产品的生产是"空间中物的生产"。然而，进入现代社会以来，城市的急速发展则是对空间本身的生产，因为人们需要生产出更多的空间以满足急剧膨胀的城市的需要。④ 这里的空间生产意味着，空间自身直接与生产相关，直接作为生产和消费的对象。简言之，空间的生产主要指"具有一定历史性的城市的急速扩张、社会的普遍都市化，以及空间性组织的问题"。⑤ 在列斐伏尔看来，资本主义的空间生产必然会走向全球化发展的道路。"资本积累无休止的空间实践，如今已渐渐成为世界的发展框架。"⑥ 列斐伏尔的论述揭示了现代空间生产与全球化相互交集、互

---

① ［法］亨利·列斐伏尔：《空间政治学的反思》，载包亚明主编《现代性与空间的生产》，上海教育出版社2003年版，第66—67页。
② ［法］亨利·列斐伏尔：《空间：社会产物与使用价值》，载包亚明主编《现代性与空间的生产》，第50页。
③ 本文关于"空间生产"的讨论主要来自方英《论新马克思主义者列菲伏尔关于空间生产的批判》，《中共宁波市委党校学报》2011年第5期。
④ ［法］亨利·列斐伏尔：《空间：社会产物与使用价值》，第47页。
⑤ ［法］亨利·列斐伏尔：《空间：社会产物与使用价值》，第47页。
⑥ 吴宁：《列斐伏尔对空间的政治学反思》，《理论学刊》2008年第5期。

为促进的关系。他还指出，空间生产的全球化趋势是资本运作的结果，是转移和化解资本主义内在矛盾的必经之路；是资本在全球的空间重组，是全球范围内空间生产、城市样态、地理面貌的不断重构。从本质上说，仍然是服务于资本的增值和利润最大化，服务于资本主义的发展。由于空间生产服务于资本主义这一本质特性，空间生产的全球化过程必然存在许多问题。最突出的一个问题是全球等级结构的形成。同属新马克思主义阵营的沃勒斯坦曾就资本的全球空间扩张展开分析，认为资本全球化过程建构了动态化的世界空间体系，并提出了著名的"中心—半边陲—边陲结构理论"，论述了空间生产全球化过程中的等级结构问题。[①] 这一等级性的空间网络体系，保证了资本在全球的流通、增值及不平等分配，加剧了全球性的经济、政治和文化的不平等，也塑造了国家之间、地区之间的新型权力关系，这些关系既是宏观的，也是触及每个个体的。此外，空间生产的全球化过程伴随着全球空间形态的商品化，同质化，去差异化。而由于资本对全球化空间生产的驱动和掌控，全球各区域之间已经出现了空间生产的趋同，形成了无地方特色的、无差异的城市空间发展模式。空间生产的同质化特征也重塑了城市中权力关系的空间分布（下文）。

　　列斐伏尔的"空间的生产"既是对生产关系的再生产，也是对权力关系的再生产：不同阶层和种族的权力关系在空间的生产中不断再生产；同时，空间的生产也会改变权力（关系）的空间分布。比如，欧美许多城市在空间生产（城市急剧发展膨胀）的过程中，不同阶层、不同种族的居民的空间分布发生了戏剧性的变化。富人搬至城郊，穷人聚集在城中心的贫民窟；不同种族人群居住在各自的社区，社区之间形成了无形的边界与隔离。又如，城市的发展带来了工作场所和工作人群分布的变化，也带来了消费场所和消费人群的分布变化。居民、工作人群和消费人群的分布变化意味着权力（关系）分布的变化。列斐伏尔所批判的空间生产带来的生产关系、资本分布、城市发

[①] 孙江：《"空间生产"——从马克思到当代》，人民出版社2008年版，第122—126页。

展的全球同质化，同样会带来城市空间中权力关系的某种程度的同质化和结构化。列斐伏尔的空间生产研究揭露了城市空间作为资本积累和阶级冲突聚集地的特性；揭露了空间生产如何为权力绑架、为意识形态所包裹；揭露了空间生产全球化过程中的等级化、同质化等问题。比如，城市规划总是带有意识形态性的，体现了不同政党、利益集团乃至城市规划者之间复杂的权力关系和微妙的意识形态。当一个均质的空间被分解、分割和美化，也就形成了中心与边缘，"边缘地区和郊区的空间是未定型的，同时也是受到严格约束的"[1]，而都市的中心则是商业、信息和决策中心，树立了自己的权威[2]。与城市的扩张相伴随的，是平民被分散、被疏离都市中心，被分配和隔离在不同空间中。[3] 在空间生产中，国家权力渗入到人们的日常生活，阶级斗争与阶层对立不可避免，等级、压迫、隔离、控制、对抗等权力关系在空间中被结构化、被再生产。可以说，在列斐伏尔看来，权力是通过空间生产得以存在、表现和发挥作用的。

　　西方"空间转向"的另一位先锋人物福柯也对空间与权力的关系做出了重要研究。福柯发现传统的（宏观）权力（国家权力、君主的权力等）都是否定性的，是对对象的禁止、排斥和拒绝，这些权力只存在于国家机构中。福柯质疑这种权力模式，提出并建构了自己的"微观权力"说。福柯认为权力是微观的、积极的、生产性的（也是被生产出来的），如毛细血管般遍布社会。塔利指出，这种"生产性"权力在生产出许多令我们厌恶的事物的同时，也生产了我们自己、我们的知识、经验和社会关系，并进一步指出，就此意义而言，处于权力的流动之中，也就是置身于一种空间阵列，其中的远近、高低、中心—边缘等空间关系，构成了我们社会意义上的"在世"（being-in-the-world）。[4] 塔利由福柯对权力的界定读出了权力关系的空间性本质

---

[1] ［法］亨利·勒菲弗：《空间与政治》（第二版），李春译，上海人民出版社2008年版，第34页。
[2] ［法］亨利·勒菲弗：《空间与政治》（第二版），第69页。
[3] ［法］亨利·勒菲弗：《空间与政治》（第二版），第129—310页。
[4] Robert T. Tally Jr., *Spatiality*, London and New York: Routledge, 2013, p.139.

第三章 空间与权力

（以及权力与存在的联系），并暗示了福柯的权力研究必然要纳入空间这个维度。确实如此。正如索亚所言，福柯在其历史研究中增添了一个关键的联结——"空间、知识和权力之间的联系"，此连结贯穿于他的所有作品。[①] 在福柯看来，"一种完整的历史需要描述诸种空间，因为各种空间同时又是各种权力的历史"。[②] 不仅如此，空间还是权力、知识等话语"转换成实际权力关系的关键"，其中最主要的知识是美学、建筑、规划科学的知识。[③] 如何转换呢？关键是权力与空间的结盟，或者说，权力的空间化。福柯认为，权力的空间化是城市运行的特征，其保证了权力的运作和扩张。他指出，自18世纪起，建筑变成了政治性的，政治学、政治统治被纳入了对城市和城市秩序的规划。[④] 城市在统治理性方面可以作为国家的模型，警察则"变成了统治整个疆土的理性典型"[⑤]，因此，在国家政治层面，空间与权力紧密勾连。在交通方面，铁路是"空间与权力关系的新面貌"，因其刺激了人口的流动和人口结构的变化，提高了不同地方人们的熟悉度；在空间技术层面，铁路、电气等新技术在政治权力与领土空间的连结方面发挥着新的作用[⑥]；在建筑与阶级权力方面，福柯直接断言"建筑工具可以复制社会等级"[⑦]。不仅如此，不同场所体现着不同的权力和秩序，如浴场、妓院，有关忏悔的宗教建筑等，由此可见，"空间是

[①] [美] 爱德华·W. 苏贾：《后现代地理学——重申批判社会理论中的空间》，王文斌译，商务印书馆2004年版，第32页。

[②] Michel Foucault, "The Eye of Power", in *Power/Knowledge: Selected Interviews and Other Writings, 1972–1977*, ed. Colin Gordon, trans. Colin Gordon et al., New York: Pantheon, 1980, p. 149.

[③] [美] 戈温德林·莱特、[美] 保罗·雷比诺：《权力的空间化》，载包亚明主编《后现代性与地理学的政治》，上海教育出版社2001年版，第29页。

[④] [法] 米歇尔·福柯、[美] 保罗·雷比诺：《空间、知识、权力——福柯访谈录》，载包亚明主编《后现代性与地理学的政治》，第1—2页。

[⑤] [法] 米歇尔·福柯、[美] 保罗·雷比诺：《空间、知识、权力——福柯访谈录》，第3页。

[⑥] [法] 米歇尔·福柯、[美] 保罗·雷比诺：《空间、知识、权力——福柯访谈录》，第5页。

[⑦] [法] 米歇尔·福柯、[美] 保罗·雷比诺：《空间、知识、权力——福柯访谈录》，第16页。

任何公共生活形式的基础",也是"任何权力运作的基础"①。空间不仅体现着不同权力关系,而且还是权力操控得以展开的场所:如,监狱、医院、学校、工作场所、街道规划等。那么,空间如何支持权力的运作,权力又如何空间化?福柯的答案是知识的空间化,即空间技术的运用。空间技术可以用于学校的分级与分区,工厂中的层级监视,医院中对病人的分类和管理,军营中的等级区分,监狱中的圈禁、监控和规训。福柯还指出了支配性政治结构的主要人物:医生、囚犯、牢头、教士、法官、精神病医师,权力经由他们得以传递,他们是"在权力关系领域中重要的人"②。福柯的讨论可谓触及现代社会中权力空间化技术的各个领域:对社会层级的维持、对社会秩序的控制、对疾病的隔离、对不同群体的区隔、对被统治者的监控、对身体的规训等等。

在《疯癫史》《性史》《临床医学的诞生:医学知觉考古学》《规训与惩罚:监狱的诞生》等谱系学著作中,福柯以微观分析的方式,揭示了现代资本主义隐秘而强大的权力模式,以及权力、知识和空间的紧密勾连和复杂互动。其中《规训与惩罚》是揭示权力与空间关系的经典著作。该书详细讨论了权力如何作用于身体的历史演变——由君主制时代的否定性的权力发展到现代社会的生产性权力,由对身体的惩罚演变成对身体的规训——在此历史中,空间无时无刻不发挥着重要且不可或缺的作用。福柯指出,从17世纪开始,权力(与知识一道)开始作用于人的身体,对人体实施规训,目的是协调单个力量、使单个肉体与其他肉体结合,从而生产出更高效更有用的身体,产生更高的生产力。福柯的分析显示,这样的规训始终是空间性的:规训的过程要借助层级监视、检查等手段和纪律的实施,以及对空间和时间的利用和组织,这些都是空间性安排,需要凭借特定场域、空间设施、空间结构和空间性设计。在对

---

① [法]米歇尔·福柯、[美]保罗·雷比诺:《空间、知识、权力——福柯访谈录》,第13—14页。
② [法]米歇尔·福柯、[美]保罗·雷比诺:《空间、知识、权力——福柯访谈录》,第9页。

第三章　空间与权力

权力与身体的讨论中，福柯详细分析了许多设计精巧的建筑、层级严密的空间组织和灵活多变的空间安排，讨论了兵营、学校、工厂、监狱等社会组织的空间特征和功能，并反复论及权力实施过程中必然会涉及的空间性活动：对身体（和相关信息）的定位、安置、集中、分类、监督、观察、隔离、管理和组织。其中最著名的是关于圆形监狱（Panopticon）的讨论。杰里米·边沁（Jeremy Bentham）提出的圆形监狱是一种高度空间化的社会权力组织，也是借助空间设计高效实施监管和规训的典范。圆形监狱"的应用是多方面的；不仅用于改造囚犯，而且还用于治疗病人、指导学龄儿童、圈禁精神失常者、监督工人、让乞丐和游手好闲者投入工作。它是身体在空间中的定位，是个体分布之间的相互关系，是等级性组织，是权力中心和权力渠道的配置，是对权力工具和权力干预方式的定义……"[1]正因为如此，圆形监狱（或全景敞视模式）已经演变成一种空间象征，象征着权力的凝视无处不在、规训无孔不入，且从不中断。权力之眼的凝视（观察，以及对观察对象的相关信息的收集和汇编）不仅作用于人的身体，而且形成了关于个体的权力/知识结构，由此，权力、知识与空间形成了紧密的三元联结。可以说，《规训与惩罚》绘制了一幅由权力、身体和空间这三个主要元素构成的动态地图，或者说，历史性画卷。在这幅画卷中，空间不仅仅是场所或场域，而且是结构、手段、动因、作用力和结果。空间和权力一样，具有生产性；空间与权力合谋，作用于身体，生产了身体。塔利指出，在对个体的规训形式和性史的谱系研究中，福柯"把权力关系的流动线路绘制成一个明显的空间矩阵"，同时其历史性论述又"将这些空间缠绕在一起"。[2] 在塔利看来，福柯关于权力和身体的考察不仅离不开空间这个场域和因素，而且本身就是空间性的（尽管也是时间性或历史性的），这种空间性不仅仅在于福柯的讨论借用了空间性话语（discourse of

---

[1] Michel Foucault, *Discipline and Punish*: *The Birth of the Prison*, trans. Alan Sheridan, New York: Vintage, 1977, p. 205.

[2] Tally, *Spatiality*, p. 120.

· 177 ·

spatiality），而且在于福柯的研究本质上是"确定事物顺序的空间意义"① 和事物之间的空间关系，是在绘制图表和地图。塔利由此断言，福柯对权力和知识的空间分析构成了一个更大的"制图学"（cartographics）工程的一部分。②

福柯的研究可谓揭开了权力与空间关系的神秘面纱，开启了相关探索的巨大空间。福柯让我们看到，权力不仅仅"在空间中"运作，而且"借助"空间、空间结构、空间技术等得以施展和逞能。甚至能改写真相。比如，某些特定空间/场合，如公开的神圣化或仪式化空间，能将不合法、不合理的权力（和身份）合法化，合理化。在这些场合中，喧闹与激动（狂欢的氛围）令人忽略了这种不合法与不合理。公开的仪式使得这种合法化、合理化的权力变成了传统，并进一步使真相被遮蔽甚至遗忘，并完成了对法和理的践踏乃至颠覆。这是权力与空间的合谋。空间参与并见证了自身神圣性被玷污，并以其强大的容纳力和裹挟力将猥琐和虚假神圣化。乔治·奥威尔的《一九八四》中的"仇恨两分钟"活动和阿道司·赫胥黎的《美丽新世界》中描绘的"团结仪式"都是极好的诠释。

彼埃尔·布尔迪厄在其社会空间研究中，有不少关于权力问题的论述。比如，他的《区分：趣味判断的社会批判》（*Distinction: A Social Critique of the Judgment of Taste*）既是关于社会空间的研究，也讨论了个体和群体在社会空间中的位置、阶层问题、个体和群体的权力的空间性及其与空间的关系。他的研究纳入了经济、政治、文化、情感、习性、性情、身体、语言等因素，其主要研究特性是"建构主义的结构主义（constructivist structuralism）或是结构主义的建构主义（structuralist constructivism）"，而且是一种包含着关于社会世界之感知的社会现象学研究。根据布尔迪厄本人的解释，这里的结构主义是指"社会世界本身，也有各种客观结构，它们独立于行动者（agent）的

---

① Tally, *Spatiality*, p. 120.
② Tally, *Spatiality*, p. 120.

第三章　空间与权力

意识与意志之外,而且可以引导与限制行为者的实践或表征(representation)";而建构主义则是指"有双重的社会源头(genesis),其一是组成我称为习性(habitus)的那些感知、思想与行动的架构(schemes)的起源,另一则是社会结构的起源,特别是我称为场域(fields)的那种,以及群体(groups)的起源,特别是我们通常称为社会阶级的群体"①。布尔迪厄想要探索的是社会空间的结构问题,以及社会结构的空间性问题和阶级问题,这其中包含了权力问题。《区分》一书中社会空间是一个关系的体系,其中论及这个关系体系中支配阶级(dominant class)的各个不同部分,这是关于"权力位置之空间(我称为权力之场域)中的区位分析"。②此处布尔迪厄特意改变用词,以"支配阶级"取代"统治阶级"(ruling class),以表明他的分析涉及更为复杂、多样而细微的权力关系,以及权力与空间的关系。可见布尔迪厄所论及的权力是类似福柯提出的无处不在的、毛细血管般的权力。布尔迪厄认为社会空间的构造方式是空间距离与社会的距离相符:"位居此空间的行为者、群体或制度之间越接近,它们的共同性质便越多,反之,距离越远共同性质越少。"但他也指出,以上只是理论上的或者说"纸面上"的;实际情况是,即使社会空间中距离遥远的人,"在真实空间中也可能相遇并互动"。但总体而言,"几乎任何地方都有空间区隔的倾向"。③ 或者说,在社会空间中,权力关系无处不在。在讨论社会空间建构和空间区隔问题时,布尔迪厄举了一个有趣的例子,其中包含着一种非常有意思的权力关系、权力立场和权力策略:屈尊策略(strategies of condescension)。这是在客观空间层级上占据较高位置的人所使用的策略。他们象征性地否认自己与其他人的社会距离(但这段距离并不会因此消失),从而从别人对这种"否认"

---

① [法]皮埃尔·布尔迪厄:《社会空间与象征权力》,载包亚明主编《后现代性与地理学的政治》,第292—293页。
② [法]皮埃尔·布尔迪厄:《社会空间与象征权力》,载包亚明主编《后现代性与地理学的政治》,第296页。
③ [法]皮埃尔·布尔迪厄:《社会空间与象征权力》,载包亚明主编《后现代性与地理学的政治》,第296—297页。

的欣赏中获利，但这种否认其实暗示了对距离的认知和确认，因而否认者能得到双重的利益。简言之，"利用客观距离来累积临近性（propinquity）与距离的好处，亦即累积距离，以及因象征性否认而得以确保的对距离之认知的好处"①。布尔迪厄还指出了行为者的基本权力（在资源分布中所占领的位置之间的关系）主要与各种资本（经济、政治、文化、象征资本）相关，甚至就是这些资本。因此，行为者被分配到社会空间中的法则为两个基本向度：其一，根据其拥有的资本总量，其二，根据他们的资本结构——各种资本在他们的总资本中的相对比重。② 布尔迪厄显然是对马克思主义阶级理论的发展，在马克思主义最重要的经济向度之外添加了政治、文化等其他维度，以此讨论社会空间中比阶级关系更微妙更复杂的权力关系，而且他还在更抽象的层面讨论象征资本（"各种资本被感知且认知为正当的时候所展现出来的样子"③，如头衔、荣誉等）和象征权力的问题。

　　布尔迪厄关于权力关系（尤其是象征性权力）的研究既是符号学的，也是地理学和拓扑学的，或者说，布尔迪厄非常重视权力关系的空间特性，并且总是以空间性思维考察权力问题。比如，布尔迪厄考察了行为者的习性与社会空间中的距离、位置的关系，以及习性在群体形成、社会实践、社会结构中的作用。这些讨论可谓习性、空间、权力的三元辩证法。布尔迪厄在陈述作为事实的社会空间构造方式（占有相似或邻近位置的行为者会被放置在相似的状况与限制条件下，并因此很可能有相似的性情与利益，从而产生相似的实践）之后，进一步指出："占有一位置所需的习性，暗示了对于这个位置的适应"，这是戈夫曼（Goffman）所说的"位置感"（sense of one's palce），而正是

---

　　① ［法］皮埃尔·布尔迪厄：《社会空间与象征权力》，载包亚明主编《后现代性与地理学的政治》，第297页。
　　② ［法］皮埃尔·布尔迪厄：《社会空间与象征权力》，载包亚明主编《后现代性与地理学的政治》，第297—298页。
　　③ ［法］皮埃尔·布尔迪厄：《社会空间与象征权力》，载包亚明主编《后现代性与地理学的政治》，第298页。

这种对自己位置的感觉，使得习性相近的人"留在共同的地方"，成为社会空间中的相近者，并与其他人保持距离。① 也就是说，习性导致群体的划分以及群体在空间中的不同分布，而群体之间的差异产生权力关系。布尔迪厄又进一步分析了习性的空间性和权力性：其一，趣味或习性"作为一个分类架构的体系"必然指涉一种社会状况，即行为者根据自己的品位，选择与自己位置相配的各种属性（服饰、朋友、食物、运动等），并因此区分了自身；其二，习性作为"一个分类性的判断"预设了我们能感知实践或表征与社会空间里位置的关系，如根据某人的口音猜测其社会位置。② 当论及象征性权力在何种情况下能成为构造之权力（power of constitution），布尔迪厄再次谈到空间性因素："必须加以聚合的行为者之间的客观亲近性越高，越容易成功。"③ 这里的客观亲近性包括两个方面，一是指物理空间层面的亲近性，二是指社会位置上相近。总之，布尔迪厄深入探讨了社会空间与权力的关系，向我们展示了权力的空间性、结构性以及权力与空间之间复杂、多维而变得不居的关系。

社会学领域的安东尼·吉登斯在对社会理论的重构过程中，极为重视空间中的权力问题。他在对一系列空间术语（结点、场所、区域化，等等）的讨论中，将各种权力关系包孕其中。如他指出了"中心—边缘"的区分中的权力运作；"结点性"的产生是对凝聚的各种便利条件的控制；"区域化"（如监狱、工厂、学校中）以多种方式有利于分离、分隔等互动。④ 比如，监狱中的"区域化"既体现在对犯人和外部世界的强制隔离，又体现在许多犯人必须在局限的单一场所内

---

① ［法］皮埃尔·布尔迪厄：《社会空间与象征权力》，载包亚明主编《后现代性与地理学的政治》，第 298 页。
② ［法］皮埃尔·布尔迪厄：《社会空间与象征权力》，载包亚明主编《后现代性与地理学的政治》，第 302 页。
③ ［法］皮埃尔·布尔迪厄：《社会空间与象征权力》，载包亚明主编《后现代性与地理学的政治》，第 309 页。
④ ［美］爱德华·W. 苏贾：《后现代地理学——重申批判社会理论中的空间》，王文斌译，商务印书馆 2004 年版，第 222—230 页。

处于"强制的持续共同在场",而这两者都是"集权机构"的特征,体现了鲜明的权力关系。又如,"工作场所环境"可分为工人工作的"前区"和茶房、洗手间等"后区"。在前区,工人处于被监控和管理的状态,而在后区,工人则可取得与监管者的联系。因而,不同分区中呈现出不同的权力关系模式。[①] 在对城市的讨论中,吉登斯指出,城市是特殊的"结点性凝聚",是控制中心,其建设围绕"社会权力的工具性",目的是用于保护和统治,其途径是通过设界、分隔、监督、空间区分等空间策略来达到维持权力与控制的目的。[②] 正如索亚指出的,在《社会的建构》中,吉登斯的成就在于,"将权力注入到社会的一种明显空间化了的本体论","注入到对地理学的创造的阐释之中"。[③]

深受列斐伏尔影响的哈维,将列斐伏尔提出的"空间生产"作为理论核心,对马克思主义理论进行了空间化重构,其中不乏关于阶级斗争及相关权力关系的论述。比如,他在《社会正义和城市》(1973)一书中将社会正义作为地理学研究的重心,从不同层面触及了城市研究中的权力关系问题;在1985年出版的《资本的城市化》和《意识与城市经验》二书中讨论了生产的空间组织与空间关系、以领土为基础的阶级联盟之间的地理冲突等问题[④],揭示了城市空间中资本、生产、阶级关系与空间的关联。他在《希望的空间》中将空间维度引入《共产党宣言》,对其作出了地理学的重构。在这一重构中,哈维分析了"资本积累和阶级斗争的地理维度如何在维护资产阶级权力的永久性和对工人权利及欲望的抑制方面已经发挥并将继续发挥的"根本性作用[⑤],强调了地理维度对于剖析并批判资本主义生产关系和权力关系的核心意义。比如,哈维肯定了《宣言》中的这一观点:"工业化

---

① [英]安东尼·吉登斯:《时间、空间与区域化》,载《社会关系与空间结构》,德雷克·格利高里、约翰·厄里编,谢礼圣、吕增奎等译,北京师范大学出版社2011年版,第270—279页。
② [美]爱德华·W. 苏贾:《后现代地理学——重申批判社会理论中的空间》,王文斌译,商务印书馆2004年版,第234页。
③ [美]爱德华·W. 苏贾:《后现代地理学——重申批判社会理论中的空间》,王文斌译,商务印书馆2004年版,第237页。
④ 孙江:《"空间生产"——从马克思到当代》,人民出版社2008年版,第127页。
⑤ [美]大卫·哈维:《希望的空间》,南京大学出版社2006年版,第31页。

和快速城市化的过程为更加统一的工人阶级的政治奠定了基础",以及这一主张所强调的"对阶级斗争来说,空间组织的生产不是中立的"。① 这也就意味着,当明显威胁其存在的阶级力量兴起时,资产阶级会发展出自己的空间策略,对该阶级力量分散之,瓦解之,在地理维度上尽量降低其威胁。此外,哈维还指出,在阶级斗争中,工人运动擅长指挥场所和领土,而资产阶级则擅长控制空间,通过其"空间花招的优势力量"打败"以地方为限的"无产阶级革命。这一点在"全球化"对工人阶级的力量形式"在地理上和意识形态上形成威胁"也得到了印证。②

爱德华·索亚在列斐伏尔空间哲学的基础上,建构出一个具有解构与重构力量的"第三空间",其中充满了各种权力斗争与权力关系。在建构第三空间的过程中,索亚涉及了空间中的多种权力关系。比如,他通过对瑚克斯的介绍,讨论了边缘的激进反抗性:作为一名非裔美籍女性作家,她主动选择了地理与政治的边缘位置,因为她认为,边缘同时也是中心,能颠覆压迫者的中心地位,边缘"既是镇压之地,也是反抗之所",可以生产反霸权话语,拒绝被摆布成他者。③ 在瑚克斯看来,家庭空间既是私人空间,也是社会空间的一部分,家园已成为反抗之所,成为颠覆性力量的来源,"成为组织和促进政治团结的关键"。④

理查德·沃克也讨论了空间中的阶级关系。⑤ 沃克指出,在形而上的层面,"阶级是人群中的一种权力关系"。他在《空间中的阶级、分工和雇佣》中从空间的维度,从阶级的结构化、阶级权力和生产、阶级与分工等方面,讨论了作为地理过程的阶级形成和其中复杂的权力关系变化。比如,沃克通过对雇佣关系中的空间分工的分析,指出了不同阶级的空间区隔问题:不同阶级的人们"并不是任意地跨越空

---

① [美] 大卫·哈维:《希望的空间》,第 36 页。
② [美] 大卫·哈维:《希望的空间》,第 37 页。
③ Edward W. Soja:《第三空间:去往洛杉矶和其他真实与想象地方的旅程》,第 122—127 页。
④ Edward W. Soja:《第三空间:去往洛杉矶和其他真实与想象地方的旅程》,第 130—131 页。
⑤ [英] 理查德·沃克:《空间中的阶级、分工和雇佣》,载《社会关系与空间结构》,第 159—186 页。

间混杂在一起",而是受生产资料、固定资本等的空间分布的影响。关于阶级关系的形成和建构,沃克指出,空间至关重要。一方面,阶级关系必然在空间中建构:首先,资本和劳动力必然要寻找合适的地点汇合;其次,工作场所与社群中的空间邻近对于某些"受地点约束的群体"(如煤矿工人)而言,具有强化阶级意识的功能。另一方面,阶级关系通过使用空间被建构:雇主需要"不断占有工作场所来重新创造阶级关系",在维持雇佣关系的区位选择过程中,"空间操纵"成为基本战术,即对工作场所、相关社群、劳动关系的空间分工。因此,通过"在空间中"和"使用空间",阶级关系被积极地建构,与之相关的各种权力关系和权力斗争也与空间紧密地纠缠在一起。

此外,西方社会学研究、城市研究、马克思主义研究的许多学者都探讨了空间与权力的关系,涉及从政治权力到家庭内部权力、从民族国家空间到身体的各个层面。比如,约翰·厄里对市民社会的空间结构化的讨论,卡斯特尔对"集体消费"中的城市居民抗议、社会运动、阶级革命等潜在力量的分析,等等。此处不再赘述。

最后需要特别指出的是,性别关系也是一种权力关系,因此空间与性别这个问题也可纳入空间与权力的讨论(当然,也可作为一个单独的话题专辟一章详细讨论,甚至值得写一本专著)。本章的第四节就是围绕空间与性别(权力关系)开展的文本批评。由于第四节和《结语》中都会讨论空间与性别,下文将就这个话题略说一二。

女性主义地理学(Feminist Geography)[①] 是空间与性别研究的主要阵地。此类研究主要受到空间转向、女权运动和后现代主义等思潮的影响。传统西方哲学体系和男/女二元对立的等级制度把女性当作空洞的能指、被压抑的客体、权力场的他者、权力关系中被操控的对象。后现代主义解构了二元对立、中心话语和权威叙事,撬动了压抑、束缚女性的话语体系,并进一步推动了女性主义的发展。西方人文社科领域

---

① 本书的"女性主义地理学"采用一种较为宽泛的概念,可涵盖各种持女性主义观点的空间研究,而并不局限于地理学研究,因此本书所讨论的学者也并不局限于地理学家。

的"空间转向"引起了女性主义的关注,促使她们将空间和地理维度纳入自己的思考和研究,并聚焦于性别与空间、地方、绘图之间的关系。

英国地理学家多琳·马西讨论了空间性别化这个问题:"空间和地方,不同空间和不同地方,以及我们对它们的感觉(以及我们的移动程度等)都贯穿着性别化。此外,它们以无数种不同方式被性别化,这些方式因文化和时代的不同而不同。这种空间和地方的性别化,既反映了性别在我们所生活的社会中被建构和理解的方式,也对这些方式产生了影响。"[1] 马西的研究揭示了:其一,性别化不仅贯穿于所有空间,而且渗透在人们的空间知觉、空间观念和空间实践中,而这些又会作用于空间的性别化;其二,空间性别化长期存在却长期被忽视,这既反映了性别不平等问题依然没有得到足够重视,甚至被当成理所当然的,也说明性别关系镌刻在空间中的方式更为复杂和隐蔽;其三,空间性别化的方式极其多样,需要仔细考察和甄别,不能一概而论;其四,空间性别化不仅折射出、而且参与了人们的性别观念和社会对性别身份的建构。因此,需要更多的努力去揭露、分析、批判空间性别化现象和建构方式,并致力于改变性别权力,重构空间布局,更加关注女性如何运用空间重新建构自己的身份和话语体系。

另一位女性学者吉莉安·罗斯提出了一种作为空间可能性的"悖论空间"(paradoxical space),以反抗男性对空间的主宰和地理学中对女性气质和所有他者的压制。"这种空间不会复制对同者(the Same)和他者(the Other)的排斥"[2],并"拒绝宣称领地权,从而允许根本性差异的存在"[3]。"悖论空间"能同时占据中心和边缘,并对同者和他者同时开放,因而也能允许差异的存在。罗斯所构想的"悖论空间"是一个无偏见、非二元对立、未被结构化的空间,也是一个包容

---

[1] Doreen Massey, *Space, Place, and Gender*, Minneapolis: University of Minnesota Press, 1994, pp. 185-186.

[2] Gillian Rose, *Feminism and Geography: The Limits of Geographical Knowledge*, Minneapolis, MN: University of Minnesota Press, 1993, p. 137.

[3] Gillian Rose, *Feminism and Geography: The Limits of Geographical Knowledge*, Minneapolis, MN: University of Minnesota Press, 1993, p. 150.

差异和他者的空间。其实这个空间与索亚的"第三空间"颇为相似，但缺乏第三空间的无限开放性和无限可能性，也缺乏索亚所想象的能不断生成新的反抗、解构和解放的力量。

此外，女性主义地理学家还研究了作为空间的身体与权力的关系。女性主义地理学认为身体是个空间，是性别建构和表征的重要场所，充满了权力的争夺。在男权社会中，女性的身体空间也是被男性主宰、控制和争夺的。身体空间的问题实质上是两性之间的权力关系。比如，罗斯借用哈拉韦（D. Haraway）的观点，将身体比喻为表征权力和身份之间关系的地图。[①] 此处的"地图"之喻不仅表明女性的身体是权力施展的对象和运作的空间，而且揭示了女性的身体不断被权力所投射、涂抹和改写的动态过程——犹如绘制地图的过程。又如，莱斯利·科恩认为，城市将女性身体和性欲商品化，通过城市的商业广告，再经由男性凝视，女性身体被表征为城市的自由和欢愉。[②] 男性对女性身体的凝视无疑是一种性别权力，而商业广告将这种凝视变成公共空间的合理行为、被鼓励的行为和男性的集体行为（一场无声的非聚集性狂欢），则是城市空间对性别权力关系、对女性客体化的推波助澜。

女性主义地理学的研究深刻揭示了空间如何与性别权力紧密相关，女性如何在空间中并经由空间被压制、被控制、被他者化，同时也积极探寻女性反抗的地理学，并致力于改写传统地理学。当然，不仅仅是地理学家的研究，还有女性主义哲学家、批评家和其他领域学者的共同努力，包括那些不能或不愿被冠以"女性主义"标签的学者。在英美一些国家的城市研究和城市规划中，也颇为关注城市中的性别空间，尤其是空间化的性别不平等。

马克·戈特迪纳和莱斯利·巴德在他们合著的城市研究著作中专

[①] Gillian Rose, *Feminism and Geography: The Limits of Geographical Knowledge*, Minneapolis, MN: University of Minnesota Press, 1993, p. 32.

[②] Leslie Kern, "Selling the 'Scary City': Gendering Freedom, Fear and Condominium Development in the Neoliberal City", *Social and Cultural Geography*, 3 (2010), pp. 209–230.

第三章 空间与权力

门讨论了"女性空间"和"男性空间"这两个概念①。他们认为，空间的性别化是男性的支配地位所构成的结构体系在空间中的体现。"性别化空间由社会的物质和非物质方面所生产，展现了对一种或另一种性别的偏见。"② 通常来说，无论是对男性还是女性的偏见，最终都体现为对女性的结构性压制和不公。女性社会权力的劣势决定了她们对空间的使用状况，导致了某些空间的女性化，以及女性空间处于资源分配的劣势。比如，美国的大型超市、购物中心、郊区独栋住宅（尤其是其中的厨房）往往被看作典型的女性空间，与这些空间对应的是家庭主妇的地位和劳动力再生产的角色。酒吧、体育馆、白领的办公室是明显的男性空间，因为男性的数量占明显优势，而这些空间则象征着男性力量及其决定性作用。即便是餐馆也呈现出男性空间的特征，因为其中男女之间的主导与服从关系。一个更隐秘却更普遍的例子是，几乎所有公共大型设施（如商场、剧院、机场）中男女卫生间的数量都是一样的（作者没有提到的是，许多国家的男卫生间另有小便池，因此人均可用数量比女性多），而女性如厕所需时间更长，因此当女性处于人群中，女卫生间外往往排着长长的队伍。这是女性在（公共）空间使用中身处劣势的典型例证，显而易见却被长期忽视。这些都是城市发展和城市规划中应当积极面对的问题。戈特迪纳和巴德还指出，基于性别的空间差异会作用于年轻人，在将年轻人变成独立的性别角色这一社会化过程中发挥着重要作用，而这些性别角色是对社会性别偏见的再生产。③ 这必然继续加深空间性别化和性别的二元对立。

肖恩·埃文在《什么是城市史》第二章以丰富的史料和案例分析，讨论了城市空间与身份的复杂关系，其中包括城市中的不同空间

---

① 详见 Mark Gottdiener and Leslie Budd, *Key Concepts in Urban Studies*, London：Sage, 2005, pp. 27–28, 81–82。
② Mark Gottdiener and Leslie Budd, *Key Concepts in Urban Studies*, London：Sage, 2005, p. 81。
③ 详见 Mark Gottdiener and Leslie Budd, *Key Concepts in Urban Studies*, London：Sage, 2005, p. 28。

类型、空间规划与政策、各种空间因素与不同（阶层、种族、种姓、性取向人群）的性别身份建构、表征等之间的互动。埃文的讨论主要涉及郊区和贫民窟的性别问题和性别身份建构。比如，美国郊区生活理想涉及中产阶级的家庭意识、意识形态和受基督教影响的男性气质，在空间维度则表现为划分公共空间（男性为主导）和家庭空间（男、女共同参与）的性别—空间秩序，甚至影响到郊区建筑的建造——男人负责设计和建造房屋，维护家用设施，女人则围着厨房和孩子转。城市（男性）规划者和郊区的建造者们也赞成甚至强化这种"女主内"的家庭生活理想和相应的空间秩序，即家庭和工作场所分离，"使女性首先能在一个与男性世界分离的世界中履行妻子和母亲的角色"。[1] 显然，不仅是男女的二元对立权力关系映射在空间划分和空间秩序中，而且城市规划与家宅建造也塑造并强化了男女的性别身份差异。类似的观点在 Edward W. Soja 的《第三空间：去往洛杉矶和其他真实与想象地方的旅程》中得到了回响。索亚指出，父权力量的空间化在都市中无处不在，具体可表现为：都市的建筑设计（如房舍、办公室、工厂、公共纪念碑等）、都市主义自身的结构和城市日常生活；比如，妇女蜷缩于小家庭，成为都市的边缘，远离了工作地点和公共生活。[2] 性别秩序和性别压迫往往与阶级压迫和文化歧视相伴而行，并因贫困和（种族、阶级等）隔离而得到强化、固化与恶化。城市贫民窟便是这一现象的典型空间。在对贫民窟的讨论中，埃文特别分析了女性处于更大的困境、危险和不公平之中。比如，在英国维多利亚晚期，治安法庭的报告常常将"邋遢的贫民窟妇女"（slovenly slum-woman）与中产阶级"贤良的家庭妇女"做对比，前者是对贫民窟本身及其居民生活处境的讽喻，后者则是对资产阶级美好生活方式的形象化表达。[3] 此处以女性形象代表某种空间类型，以贫穷女性隐喻整个贫民窟空间，而将中产阶级女性仅仅与这个阶级的家庭空间相联系，

---

[1] Shane Ewen, *What is Urban History?*, Malden, MA: Polity Press, 2016, p. 42.
[2] Edward W. Soja:《第三空间：去往洛杉矶和其他真实与想象地方的旅程》，第 140 页。
[3] Ewen, *What is Urban History?*, p. 53.

第三章　空间与权力

这本身就是性别空间结构在话语中的固化。如果说上文的例子只处于抽象的话语层面，那么下文则关于具体、真实而凄惨的生活。一个例子是20世纪30—60年代里约热内卢的"法维拉"（Favelas）贫民窟。这里的女性为了操持家务而"与不完善的公共设施做斗争"，比如走泥泞的山路去洗衣、取水，从犯罪团伙手中购买公共服务；为了阻止拆迁而与孩子们一起挡在推土机前面，以肉体形成第一道防线。① 另一个例子则更为悲惨，令人震惊。埃文引述了一项发表于2014年的研究②，其中提到印度约有1500万城市家庭因缺乏基本卫生设施而不得不在户外方便。女性处于更糟糕的处境：有些女性要等到夜间才能去附近的野外方便，并因此陷入人身危险；有些要走很远的距离去公共厕所，有些幼童在路上被强奸；有些女性为了避免白天去露天场所方便而尽量不在白天饮水或进食，由此导致各种健康问题。③ 埃文的分析让我们看到，被困在贫民窟的女性，在阶层、种姓、经济、文化等劣势之外，还承受着性别的劣势带来的种种问题。贫民窟的女性处于劣势中的劣势，权力链条的底端，承受着经济、政治、文化和性别的多重压迫。对贫民窟的改造，尤其是对水、电、厕所等基础生活设施和医疗、教育设施的改善，是改善贫穷女性处境的根本性措施。贫民窟等特定空间中的贫穷女性应当成为城市研究与规划、女性主义研究与运动、性别与空间研究等理论和实践领域不可或缺的方面，并应得到更多关注。

罗伯特·塔利曾指出的，"女性主义地理学，以及其他一些学科中的女性主义干预，都致力于揭露长期被遮蔽的空间性别化现象，同时也建立起对男性主导的社会形态的权力/知识关系的修正性批判"④。塔利和笔者都认为，性别研究、性别与空间的关系是文学空间研究的重要组成部分，也是这个领域的新发展趋势和学术增长点。

---

① Ewen, *What is Urban History*? pp. 53–54.
② Biswas, S. (30 May 2014) "Why India's Sanitation Crisis Kills Women", BBC News Online, at: ⟨http://www.bbc.co.uk/news/world-asia-india-27635363⟩. 转引自 *What is Urban History*? p. 138, note 42。
③ Ewen, *What is Urban History*? pp. 52–53.
④ Tally, *Sptiality*, p. 132.

第二节　边界叙事：权力与空间的交缠[①]

边界是权力场，是权力的彰显，亦是权力与空间的交缠。边界空间充斥着各种复杂的权力关系：控制、反抗、禁止、跨越、设立、拆毁，以及各种策略和妥协。设界和越界是关于权力关系的空间实践：设界是权力关系的建构，是权力的运作和实施；越界是权力主、客体的互动和权力关系的改变，每一次越界成功都能建立新的权力关系。有边界就有越界；设界既创造了边界，也创造了越界的可能；设界与越界的辩证法是边界最具诱惑力之处。而围绕边界展开的"边界叙事"则是对边界空间最迷人的叙述，亦是对边界与权力关系的深入探索。

一　边界

边界是空间研究中的重要问题，也是空间与权力话题的重要维度。"界限因异而生，并对不同状态进行分隔。"[②] 不同空间之间必然有边界，比如河流、山脉、沟渠、界碑、公路、街道、围墙、铁丝网、篱笆、走廊、隔板、布帘以及公共空间中的标识（比如医院中区分不同病区和科室的标识）。边界既分隔空间，又连接不同空间，同时又是空间的边缘。边界意味着对"内"和"外"、"此"与"彼"或不同空间功能的区分、确认和分隔，意味着限制、控制和禁止，也意味着连接以及（一定条件下的）允许和跨越。边界也是各种观念、文化、和权力关系的交汇与冲突，是力量发生变化、转移和反转之处。边界

[①] 这一节已经发表，文献来源：方英：《边界、权力与叙事》，载《美学与艺术评论》（2023 年第 1 期总第二十六辑），朱立元主编，山西教育出版社 2023 年版。此外，关于边界的思考曾受到宁波大学冯革群老师启发。其实，我在撰写博士论文《小说空间叙事论》期间，地理学专业的冯老师就给我推荐了许多人文地理学书籍，此后，我们也时常展开关于空间、地理、文学、哲学等领域的讨论和对话。特致谢。

[②] 高方、路斯琪：《从文本到世界：一种方法论的探索——贝尔唐·韦斯特法尔〈地理批评：真实、虚构、空间〉评介》，《文艺理论研究》2020 年第 4 期。

第三章 空间与权力

以异质性为特征，是差异的聚合，同时也以动态性为特征，意味着不断的流动和变化。德·塞托以"空间叙述"为喻，指出边界/疆界（frontiers）担任着居间调解的角色：其作为空间限制的代言人，在制造分离的同时，也创造了同样多的交流；边界是叙述中的第三者，是一个供穿越的通道，是"介于两者之间的空间"，是一个由"互动和会晤构成的中间地带……交流与相遇的叙述象征"。[1] 的确，边界意味着汇聚、流动、变化、交流乃至冲突，是权力运作和聚集权力关系的场所。

有些边界是自然形成的（如河流和山脉），但更多时候，边界（界限）是人为的设定或建构。建立事实上或法律上的边界是权力及其运作的一个基本方面。这些边界往往是不可见的，就像地球上的经纬线那样，但它们的影响却真实而深刻。划定边界标志着对空间所有权的声明，或对空间差异的明示，而对边界的尊重、维护、修改（扩展或缩减）或跨越是空间建构中时常发生的事情，关系到秩序的建构、维持与破坏，也是权力关系的重要标志。设置边界与尺度/规模（scale）相关。史密斯指出，"通过设置边界，尺度可以被制定成一种用来限制和排斥的工具，一种施加身份的工具，但是规模政治也能成为一种扩张和包含的武器，一种扩展身份的途径"[2]。简言之，设置边界构成空间的规模，这是一种权力实施行为，规模能成为施加权力关系的武器。

在所有边界中，国界是最突出、最彰显权力的，这一事实是在各种集体想象的漫长历史中形成的。如果按本尼迪克特·安德森所言，民族/国家是一个"想象共同体"（imagined community）[3]，那么它的边界必然是抽象的、人为的、偶然的。但同时，国界是一种强大的权力象征，并具有着极其真实的影响。国界的划分既是历史变迁的结果，也是国家之间权力关系的反映。国界是法定的、权威性的、由相邻国

---

[1] Michel de Certeau, *The Practice of Everyday Life*, trans. Steven Randall, Berkeley: University of California Press, 1984, p. 127.

[2] Neil Smith, "Homeless/Global: Scaling Places", in *Mapping the Futures: Local Cultures, Global Change*, eds. Jon Bird et al., New York: Routledge, 1993, p. 114.

[3] Benedict Anderson, *Imagined Communities: Reflections on the Origin and Spread of Nationalism*, London: Verso, 1983.

家约定的、神圣不容侵犯的。有"自然性"的国界（边境），如河流、沼泽、山脉、沙漠、海岸等，也有"人工性"的国界，如防护网、防护墙、界碑等。还有一种类似缓冲地带的国界/边境区，海关。无论是哪种形式，在国界这样的边界空间，权力关系得到清晰的展示，个体对此会有强烈的感知。在这个空间，边界设立者制定规则，跨越者则被要求遵守这些规则，执法者捍卫这些规则。在边境地区，试图越境者会受到监视、检查、调查、询问甚至怀疑。违反法规者可能会被羁押、遣返或受到其他惩罚。在这个空间，权力是强大的、刚性的、密集的，是国家权力的体现，也是由暴力执法手段和各种空间监控、空间管理技术与设备加以支持的。

但不是所有边界都如国界这样严肃而刚性，由法律和国家暴力手段维持。Edward W. Soja 在《第三空间：去往洛杉矶和其他真实与想象地方的旅程》中通过讨论女性主义、后殖民主义、后现代主义、混血身份、混血艺术、对领土的穿越与分裂、对族裔的跨越等问题，将边界空间视为第三空间的一种：既是边缘，又是重叠与混合，既是裂缝，又是中间，是结合部，作为第三化的他者而永远开放，永远具有颠覆力量。[①] 索亚认为边界具有边缘性，是一个彻底开放的反抗空间，具有一种挑战性政治姿态。他通过对蓓尔·瑚克斯的讨论（涉及生存、反抗、居住、种族隔离等问题），梳理了瑚克斯关于边界的观点：具有边缘性的边界是一种政治空间，一种激进的差异空间，这既是镇压又是反抗的地方（如反抗霸权话语），是对中心—边缘这个二元等级的对抗与颠覆，因为边缘拒绝被摆布成"他者"；选择边缘性是一种身份与主体性的选择，在反霸权的边缘空间，可以展现激进的（黑人）主体性。[②] 由此可见，边缘意味着不断的反抗和变化，充斥着持续的斗争和复杂的权力关系。索亚讨论了墨西哥作家和行为艺术家纪勒莫·格梅兹帕那的表演《外国佬武士》中对边界的探索，揭示了边

---

① Edward W. Soja：《第三空间——去往洛杉矶和其他真实和想象地方的旅程》，陆扬等译，上海教育出版社 2005 年版，第 162—173 页。
② Edward W. Soja：《第三空间：去往洛杉矶和其他真实与想象地方的旅程》，第 122—134 页。

界空间的流动性和权力关系："他在解领土化和再领土化的动力内部探讨了边界问题，将它视为一个穿越、变数、对立、共生、分裂的地带，缝合着永远的流亡，视为……一种政治美学……一个抵制的社群"①。索亚还通过对霍米·巴巴的"混杂性"的讨论，指出了作为边缘的边界空间具有超越性和解方向性，并将"超越"总结为"住进一个去干预的空间……也是住进一个修正过的时间……"② 从索亚的分析可以看出，作为第三空间的边界是捏合、联合、结合，同时也是颠覆、修正和超越，是各种力量（即权力）的冲突与变化，也是通向无限可能的空间。

韦斯特法尔在其代表作《地理批评》一书中讨论了索亚的"第三空间"。他认为第三空间的重要形式是边界空间，是一种会产生新空间性的交汇或交集（intersection）：这是一个积极的空间，具有（解构之后的）建构力量；这是边缘的中心，是"接触区"（contact zone），在（逐渐消散的）中心与（申明自己立场的）边缘之间；这或许是未曾勘探的空间，是地图上的空白之处；能悬置所有决定和身份，也是可能性的栖身之地。③ 韦斯特法尔进一步通过对安扎拉杜瓦（Anzaladúa）《边境线》（*Borderlands/La Frontera*）的讨论，分析了边界的特征：表面上是自我与他者（安全与不安全）之间的界限，但实际上是模糊、不确定的地带；深层次而言，边界是移动的，是对立双方之间的第三方，是第三个国度；边界不断打破统一性，向各种边缘扩散；是混合的空间，反同质化的空间，亦是抵抗的空间。④ 韦斯特法尔的分析揭示了边界乃权力关系和权力冲突的场所，也是不断变化（包括权力关系的变化）的空间，同时也天然地含有移动和跨越的逻辑与实践。

如果从词源学的角度考察与边界相关的几个单词，会发现边界概念的复杂内涵，边界空间的固有流动性，以及边界与越界的辩证关系。

---

① Edward W. Soja:《第三空间：去往洛杉矶和其他真实与想象地方的旅程》，第169页。
② Edward W. Soja:《第三空间：去往洛杉矶和其他真实与想象地方的旅程》，第186页。
③ Bertrand Westphal, *Geocriticism: Real and Fictional Spaces*, trans. Robert T. Tally Jr., New York: Palgrave Macmillan, 2011, p. 69.
④ Bertrand Westphal, *Geocriticism: Real and Fictional Spaces*, trans. Robert T. Tally Jr., New York: Palgrave Macmillan, 2011, p. 70.

在拉丁语中，边界这个概念由"limes"（复数形式为 limites）表示。"limes"意为末端、外部边界或圈地的界限。由于词源相同，音、形相似，人们往往在"limes"与"limen"（门槛）之间产生联想。当然，当边界被跨越，边界就变成了门槛，这时，"limes"意味着进入另一空间的入口，实施越界行为的场所，以及构成阈限空间（the liminal space）的一部分。"与封闭空间——由其被感知到的边界（limites）赋予形式——不同，阈限空间或者说门槛之处（the cite of the limen）是开放的、展开的或正在形成的。"① 这是通往新空间之所，也是对越界的邀请。因此，当我们想到边界所施加的限制性权力，我们同时也可以想象并呼唤跨越边界、对抗权力的空间实践。

二 越界

边界既用于分隔，也用于连接。边界是区分和禁止，也是敞开和邀请，是向越界敞开，向跨越行为发出邀请，或者说，激发越界的欲望。边界的存在为越界行为提供了具体而实在的目标和行动的动力，甚至赋予越界以意义和价值。越界是边界的内涵和逻辑的必然构成部分。越界行为使界线内外、中心与边缘"在互相干扰下生成恒定的越界状态，系统便在此种状态下由单一的同质性走向多元的异质性"。②越界带来空间的流动性和不稳定性，带来变化和新的可能。越界是对边界的某种拆解和解构。越界也是反抗，是对边界空间中权力关系和权力结构的反抗和一定程度的改变。当越界成功，边界变成了越界行为的纪念碑，变成了敞开的通道，变成了新的权力关系。

福柯提出的"异托邦"（heterotopias），既处于日常空间的边缘，又是跨越边界的空间。福柯所列举的典型例子显示了异托邦既是边界，

---

① Robert T. Tally Jr., *Topophrenia: Place, Narrative, and the Spatial Imagination*, Bloomington: Indiana University Press, 2019, p. 55.
② 高方、路斯琪:《从文本到世界：一种方法论的探索——贝尔唐·韦斯特法尔〈地理批评：真实、虚构、空间〉评介》,《文艺理论研究》2020 年第 4 期。

又是越界。如，处于城市中心地带的（教堂旁的）墓地，是生与死的边界，神圣空间与世俗空间的边界；而剧院、电影院则是边界模糊的空间，各种互相矛盾或互不相关的空间在此并置或连接，不同空间的边界被瞬间跨越。但剧院和电影院本身有明确的边界，有专人看守的开关系统。一般来说，异托邦本身边界森严，不能自由进入（如养老院和电影院），或是强令进入（如监狱），往往具有某种排他性（如精神病院和妓院）。但异托邦在设界的同时，又允许越界的行为，其开关系统在分隔的同时令进入成为可能。而作为异托邦极致范例的船，则是对各种边界的探索和跨越：船是一个浮游的空间片段，从一个港口到另一个港口。[1] 随着船的航行，边界被不断跨越和拓展。伊万·苏德拉贾特指出，异托邦向他性（otherness）开放，他性则打开了通往多样化和异质化的大门……异托邦……是逃离权威与压迫的途径。[2] 的确，异托邦既是边界明确的独特空间，又是不断向他者跨越的空间，有形的边界与无形的越界始终处于互动之中。

瓦尔特·本雅明提出的"游荡者"（flaneur）是一个不断越界的特殊人群。这群人喜欢逗留于"拱廊街"（百货商场的前身），包括在街上捕捉灵感的作家、文人和各种游手好闲之人；他们在商品的迷宫中穿行，人群是他们的隐身之处，也是他们观察的对象。[3] 根据本雅明的描述，游荡者是城市空间必不可少的一部分，凝视、移动、跨越是其重要特征。他们不同于"人群中的人"（the man of the crowd），也不同于"任由自己被人群推搡"的行人，他们需要保持一种休闲感，"才会纵情于游荡者的漫步"。[4] 的确，游荡者并非在人群中随波

---

[1] Michel Foucault and Jay Miskowiec, "Of Other Spaces", *Diacritics*, 16.1 (Spring, 1986), p. 27.

[2] Iwan Sudradjat, "Foucault, the Other Spaces, and Human Behaviour", *Procedia-Social and Behavioral Sciences*, 36 (2012), p. 32.

[3] ［德］瓦尔特·本雅明：《发达资本主义时代的抒情诗人》，张旭东、魏文生译，生活·读书·新知三联书店2007年版，第74—79页。

[4] Walter Benjamin, "On Some Motifs in Baudelaire", in *Illuminations: Essays and Reflections*, trans. Harry Zohn, New York: Schocken Books, 1968, p. 172.

逐流，而是会刻意保持自己与他人的距离，保持"自己"的不断移动，同时保持对他人的观察和凝视。在不断移动和凝视中，游荡者的脚步和目光既实现了对城市空间的改写，也实践着对各种边界——物理的、心理的、文化的、权力的，有形或无形的——的跨越。在对夏尔·波德莱尔（Charles Baudelaire）城市诗歌的思考和评价中，本雅明将游荡者比喻成"站在门槛上"的一群人："在波德莱尔那里，巴黎第一次成为抒情诗的主题……这位寓言诗人的凝视……是游荡者的凝视……游荡者依然站在门槛上"。① "站在门槛上"更为形象地暗示了游荡者固有的越界性，但本雅明关于"门槛"的讨论并不局限于拱廊街的游荡者，而是扩展到其他许多领域。塔利指出，"站在门槛上"是本雅明许多著作中反复出现的意象，他经常使用门槛、边缘、前厅、边境或边界这样的比喻。② 实际上，本雅明的这些讨论本质上都是关于边界和越界的思考——既是地理空间的，也是社会空间的。在《柏林纪事》中，他提到了城市漫步在社区之间和社会阶层之间的越界："就整个街道网络的开放性而言，这不仅是社会边界的跨越，也是地形学边界的跨越……"③ 的确，由游荡者形象引申出的"城市漫步"行为是一种不断越界的空间实践，有着地理学、社会学和文学研究价值。

游荡者和城市漫步在德·塞托那里得到了更深更广的讨论。他将城市漫步视为对城市故事的书写和改写，同时也是具有反抗意义的微观空间实践，因为这种（大量增加的）实践"远未受到全景敞视（panoptic）管理的管制或排斥，相反却在不断增长的非法性中增强了自身的实力"④。塔利在对德·塞托的讨论中指出，城市漫步是对自上而下的总体化权力凝视的反抗⑤。的确如此。城市漫步不断探索城市

---

① Walter Benjamin, *The Arcades Project*, trans. Howard Eiland and Kevin McLaughlin, Cambridge, MA: Harvard U P, 1999, p. 10.
② Robert T. Tally Jr., *Spatiality*, London and New York: Routledge, 2013, p. 131.
③ Walter Benjamin, "A Berlin Chronicle", in *Reflections: Essays, Aphorisms, Autobiographical Writings*, trans. Edmund Jephcott, New York: Harcourt, Brace, Jovanovich, 1978, p. 11.
④ de Certeau, *The Practice of Everyday Life*, p. 96.
⑤ Tally, *Spatiality*, p. 131.

空间的各个角落，创造出新的行走路线，"发现"地图上未曾标识的地点，绘制出有别于整体规划性地图（map）的行程（itinerary），从而在一定程度上改写了统治阶层的整体性绘图（mapping）和规划。这个过程是对各种边界的不断跨越，比如，从主干道拐入偏僻小巷，从富人区跨进贫民窟，从行政中心走进商业区，"闯入"某些禁入或隐性禁入的空间，偶遇或加入某个人群（跨越身份边界）。在此过程中，城市行走这一空间实践亦不断改变街道上乃至整个城市空间的权力关系，更不必说是对遍布于现代都市的权力监视的反抗和突破，或者说，是对权力网络边界的跨越。

　　吉尔·德勒兹与费利克斯·瓜塔利提出的"解辖域化"（deterritorialisation）、"游牧者"（nomad）、"逃逸线"（line of escape/ flight）等概念包含着关于越界的深刻讨论。要理解"解辖域化"先要了解两位学者关于欲望和"辖域化"（territorialisation）的解释。此处的欲望被看作社会的根本，是肯定性、生产性、革命性的。被管制住的（即辖域化的）"欲望生产便成为了社会生产"。[1] 欲望的"唯一客观性是流动"[2]，这意味着欲望具有固有的越界的可能，甚至是越界的冲动，而欲望的"越界"则构成解辖域化。辖域化源自拉康对母亲照顾婴儿过程的分析，指母亲的哺乳等行为赋予特定器官（如嘴唇和乳房）性爱能量和价值，从而形成婴儿身体的性敏感区。[3] 德勒兹和瓜塔利将辖域化（以及解辖域化）拓展到经济、政治、文学、音乐、哲学等众多领域，赋予其极为丰富的内涵。解辖域化是一个对抗辖域化的动态过程，可简单界定为"离开辖域（territory）的运动"[4]，在此运动过程中欲望之流——以及广义而言，资本、劳动力、生产资料、意义等各

---

[1] 周雪松：《西方文论关键词　解辖域化》，《外国文学》2018年第6期。
[2] Gilles Deleuze and Claire Parnet, *Dialogues II*, trans. Hugh Tomlinson and Barbara Habberjam, New York: Columbia U P, 2007, p. 78.
[3] Eugene W. Holland, *Deleuze and Guattari's Anti-Oedipus: Introduction to Schizoanalysis*, London: Routledge, 1999, p. 19.
[4] Gilles Deleuze and Félix Guattari, *A Thousand Plateaus: Capitalism and Schizophrenia*, trans. Brian Massumi, Minneapolis, MN: University of Minnesota Press, 1987, p. 508.

种"流"——逃离社会机器（social machine）的编码、铭写、记录、引导、管制和调控①，跨越权力的边界，从原来的辖域中解放出来。换句话说，这是一个突破限制、不断越界的过程。解辖域化离不开逃逸线的运作。"逃逸"意味着不断地把现实中的欲望从对其辖域化的外部力量（政治、家庭、生物、文化等）的引导或束缚中解放出来。②逃逸线为解辖域提供了可能的路径，甚至构成解辖域过程本身，不同逃逸线（创造性或破坏性的）会带来解辖域化的不同后果。③"解辖域化"构成了德勒兹游牧政治学的核心概念。游牧政治学基于其肯定性差异哲学，是一种积极实验性政治学，涉及从微观到宏观的各种解码、解辖域和越界，是对权力、中心、编码、规范、结构、组织、捕获装置（apparatus of capture）、官僚体制的偏离、逃遁和反抗。游牧政治的主体包括"精神分裂者"和"游牧者"④，后者是"最卓越的被解域者"（the Deterritorialized）⑤，始终处于流动的越界状态。此处的游牧并不等同于四处漂泊，游牧者也不是草原上不断迁徙的牧民。游牧指的是解辖域的过程，游牧与游牧者的内核是精神层面的，即拥有游牧思想（nomad thought），在思想上不断逃脱编码和辖域。正如塔利指出的，德勒兹对游牧者的界定在于他们不断跨越边界，且在观念上拆毁边界本身。⑥游牧者在不断越界甚至拆毁边界的行动中，也不断改变空间秩序和空间组织，以及交缠于空间中的权力关系。只要具有游牧思想，

---

① 德勒兹和瓜塔利在《反俄狄浦斯》中指出，社会机器的首要职责是"对欲望之流加以编码、铭写和记录，确保其得到适当的封锁、引导和调节"。但资本主义机器（capitalist machine）则面临着对这些"流"的解码和解辖域化的任务。（详见 Gilles Deleuze and Félix Guattari, *Anti-Oedipus: Capitalism and Schizophrenia*, trans. Robert Hurley et al., Minneapolis, MN: University of Minnesota Press, 1983, p. 33.）德勒兹和瓜塔利将"解辖域化"置于多重语境，其共同的内核是：对抗编码，溢出辖域，对"流"的解放。

② Eugene B. Young, Gary Genosko, and Janell Watson, *The Deleuze and Guattari Dictionary*, London: Bloomsbury, 2013, p. 183.

③ Eugene B. Young, Gary Genosko, and Janell Watson, *The Deleuze and Guattari Dictionary*, London: Bloomsbury, 2013, pp. 183–185.

④ 程党根：《游牧》，《外国文学》2005 年第 3 期。

⑤ Deleuze and Guattari, *A Thousand Plateaus*, p. 381.

⑥ Tally, *Spatiality*, p. 136.

以游牧的方式居住，游牧者无论身居何处都能造就游牧空间（nomad space）。德勒兹的"游牧空间"与"定居空间"（sedentary space）相对。定居空间被围墙、道路、圈占地等边界"纹理化"（striated），由此构成相对稳定的秩序；游牧空间则拒绝被局限，只标有一些特性（traits），"这些特性会被游牧的轨迹擦除或取代"[1]。可以说，定居空间是个边界化的、权力关系稳定化的空间，而游牧空间则是一个不断越界、不断修改权力关系的空间。

韦斯特法尔的代表作《地理批评》中辟专章（第二章）讨论了"越界性"（transgressivity）。在这一章，韦氏首先提出了地理批评的两个前提：一是时间、空间都服从于"震荡逻辑"，即片段不再被导向一个连贯的整体；二是空间表征与真实空间的关系是不确定的。因此，空间只能被理解为异质性的。[2] 在韦氏那里，空间的异质性与越界性互为因果，异质的空间必然不断发生越界的行为。这在后现代空间中尤为突出。韦氏将后现代个体称为"具有滑稽精神的流浪者"，他们具有两大特点，"异质性是其宣言"（即信仰的宣言），"越界是其命运"。[3] 韦氏还专门讨论了越界行为和越界性状态。他考察了越界的词源和意义变化，认为越界不仅仅是越过边界线。在他看来，越界行为的发生有两个前提：封闭的空间，穿过/跨越边界的意志。[4] 他认为越界是不可避免的，越界的本质特征是异类性（disparate）和互动性，并宣扬其异质性（heterogeneity）、多时性（polychrony）和多空性（polytopy）。[5] 他还讨论了越界与流动性（mobility）的关系，他认为这两者具有同延（coextensive）关系。也就是说，越界由移动产生。他甚至认为，任何空间都不是静止的，而是变动不居的，不断"流动的"，正因为空间的永恒运动，越界性是一切空间性和所有空间知觉

---

[1] Deleuze and Guattari, *A Thousand Plateaus*, p. 381.
[2] Westphal, *Geocriticism: Real and Fictional Spaces*, p. 37.
[3] Westphal, *Geocriticism: Real and Fictional Spaces*, p. 41.
[4] Westphal, *Geocriticism: Real and Fictional Spaces*, p. 42.
[5] Westphal, *Geocriticism: Real and Fictional Spaces*, p. 43.

所固有的特性。① 他还从空间本身过渡到对空间表征的讨论,认为越界性原则是任何动态空间表征所固有的特性,因而居于大多数文学理论的中心,也是符号学、哲学领域的空间思考的核心。他甚至得出了"越界性恒在"的论断,因为在一个跨越、分叉、增殖、播撒、异质的环境中,越界性是唯一的常量。② 韦氏的越界性既是对相关理论和概念(如城市漫游、后现代主义、德勒兹的游牧思想、索亚的第三空间)的梳理和再阐释,也是对越界的哲学探讨与总结,具有极大启发性。

德·塞托曾论及边界与叙事(以及文学)的关系:叙事始终关注划定界限(boundaries);故事不知疲倦地划出边界(frontiers),使边界成倍增加;但同时,故事又由边界和桥梁之间的矛盾关系驱动。③ 实际上,桥梁是通往外部之处,是对边界的跨越;作为"差异性网络"的叙事必然包含着越界的不断发生。由此可见,德·塞托将叙事看作由边界与越界构成的"空间组合系统",以及不断划界和越界的空间实践。苏珊·弗里德曼则在对德·塞托等人的讨论中进一步指出:所有故事都需要边界和越界,即某种形式的跨文化接触区,以理解最广泛意义上的"文化";各种各样的边界永远都在被跨越,但越界的经历首先取决于边界的存在。在弗里德曼看来,边界无处不在,是文学叙事和文学研究的重要元素:边界是思考身份的必要因素,就连身体都是区分自我与他者的边界,而族裔、民族、种姓、阶级、宗教等则是由边界构成的等级体系;总之,边界(以及越界)与时间一同生成并塑造叙事。④ 弗里德曼的论述指出了边界和越界对于叙事的重要意义和不可或缺性。因此,当我们考察文学世界中的边界、设界、越界等现象,会有许多有趣的发现。

---

① Westphal, *Geocriticism: Real and Fictional Spaces*, p. 45.
② Westphal, *Geocriticism: Real and Fictional Spaces*, p. 46.
③ de Certeau, *The Practice of Everyday Life*, pp. 125 – 126.
④ Susan Stanford Friedman, "Spatial Poetics and Arundhati Roy's *The God of Small Things*", in *A Companion to Narrative Theory*, eds. James Phelan and Peter J. Rabinowitz, Malden, MA: Blackwell Publishing, 2005, pp. 196 – 197.

三 边界叙事

在文学所表征、建构的空间中,边界无处不在,既有看得见的物理边界,也有看不见的政治、文化、性别、种族、阶级的界限。这些边界分隔并连接着不同物理空间、心理空间和文化空间,维持着不同社会群体之间的秩序、等级和权力关系,并暗示着越界的可能,积蓄着越界的力量。边界是文学世界中的常见空间,越界是文学叙事中司空见惯的空间活动,因此,在空间叙事研究颇受关注的当下,本章提出"边界叙事"这一概念,作为空间叙事的一个维度,以强调边界研究的重要性。与边界/越界相关的研究可以涉及很多命题,如身份、性别、族裔、阶级、宗教、民族、后殖民、后人类。本章将聚焦于作为权力场的边界和作为权力关系的越界,以郝景芳和卡夫卡的作品为例,简要讨论叙事作品中的"圈层"固化和存在困境这两个话题。

1. "圈层"固化[①]

郝景芳《北京折叠》这部科幻小说虚构了一个可翻转折叠的北京,描述了北京城三个界限分明的空间(第一、第二、第三空间),其中关于边界和越界的叙述可谓浓墨重彩,跌宕起伏。小说篇幅不长,一共五章,叙述了第三空间一名垃圾工不断越界的"历险"故事:主人公老刀为了送养女糖糖"去一个能教音乐和跳舞的幼儿园"[②],急需筹集一大笔钱购买上幼儿园的名额,但这是他低廉的工资不可能负担的。老刀一个月只有一万块标准工资,为了糖糖读幼儿园,他每天不吃清晨那顿饭(即下班后的饭),一年省下的钱只够糖糖两个月的幼儿园开销。老刀无意中在垃圾堆里捡到来自第二空间的字条瓶,得知只要帮字条的主人往第一空间送信并带来回信,就能赚得20万元。老刀接受了任务。故事主要围绕老刀在不同空间的见闻和遭遇展开——

[①] 根据出版社建议,这部分有一些词句的改动或删减。
[②] 郝景芳:《北京折叠》,载郝景芳《孤独深处》,江苏凤凰文艺出版社2016年版,第5页。

在第二空间与字条主人秦天及其室友相见，去第一空间给依言送信，在第一空间误入一个"园子"并被拘捕，遇到老葛并与其一同出席"折叠城市五十年"庆典，最后回到第三空间。

在三个空间之间（尤其是第一空间与另两个空间之间）边界明确而森严，不仅有难以逾越的物理边界（空间翻转和折叠之处），而且由时间将空间分隔——第一空间享有48小时中的24小时，第二空间享有其中的16小时（从次日清晨六点到夜晚十点），第三空间只拥有十点到清晨六点的8小时。从第三空间去往第二空间的边界是连接两个空间的垃圾通道，分隔第一空间（独享大地的一面）和二、三空间（共有大地的一面，一个空间折叠并没入地下，另一个空间则升起并展开）的边界是北京城的边缘，只有整座城市翻转之时才会显露，但按规定大地翻转之时所有人都处于睡眠状态，没有人被允许看见这些边界。虽然禁止被看见，但这些边界毕竟是可见的。小说中还有许多不可见的边界，区隔着不同圈层的市民，比如家庭背景，受教育程度，特殊技能。不同空间之间的边界禁止跨越，违反者会受到罚款和刑拘等法律惩处。除了法律，技术是维持空间分隔的强大保障。比如，空间的翻转（包括建筑的升降和伸缩）由技术支撑，边界的位置和运作原理在大众的认知领域之外，越界的行为由监控探头监视。知识和技术建构了三个空间的边界，保证了权力的实施和圈层的稳定。

有边界就会有越界。有合法的越界，也有非法的，目的各不相同。对于处于权力制高点的人而言，跨越边界易如反掌，因为他们有官方通道。但自下而上的越界，即便是合法的，也很艰难。比如，老葛从第三空间越升到第一空间靠的是考军校、掌握高级技术（雷达）和多年的奋斗。然而，他只是留在第一空间工作，而且无法将父母带到这里定居。为了去第三空间看望父母，他也要不断越界，但每次都要打报告申请，因此不能常回去。读研一的秦天曾经有过一次短期的越界之旅：在第一空间的联合国经济司实习一个月。他计划"毕业就去申请联合国新青年项目，如果能入选，就也能去第一空间工作"。① 他希望靠自己的学历和能力完成长期的空间跃升。又如彰显对空间跃迁（越界）的规划：通过去第三空间积累管理经验，然后争取去第一空间工作。彰显为自己设计了先下后上的越界之路，但他的谈话透露出空间升迁的艰难。彭蠡和老刀的越界经历都是违法的、充满风险的。彭蠡年轻时"为了几笔风险钱，曾经偷偷进入第一空间好几次，贩卖私酒和烟"。② 是他摸索出通往第一空间的边界所在和越界的方法，并告诉了老刀。老刀的越界之旅是小说的主要内容，他分别去过第二空间和第一空间。老刀通过躲藏于垃圾通道并等待24小时的方式混入了第二空间，但他跨越分隔第一空间和二、三空间的边界却充满风险和不适：老刀沿着"缝隙的升起不断向上爬。他手脚并用，从大理石铺就的地面边缘起始，沿着泥土的截面，抓住土里埋藏的金属断茬……随着整块土地的翻转，他被带到空中"③。成功越界后，"他被整个攀爬弄得头晕脑涨，胃口也不舒服"④。来到第一空间，老刀也遇到了不少麻烦。比如，他没有访问第一空间网络动态地图的权限，这导致他后来误入一个重要人物活动的园子；因为没有代表"可进入"的身份纽扣，立即被机器人识别其外来者的身份并被拘捕和羁押。从第一空间返回第二空间时他又遇险受伤，小腿被空间边缘的两块土地夹在中间。老刀的经历显然象征着边界跨越的危险和阶层跃迁的艰难。

　　第二、第三空间的人们都有越界之梦，都希望进入第一空间工作和生活，而教育则是大多数人实现空间和圈层跨越的希望，尽管这个通道极其拥挤。许多人就像老刀那样，将希望寄托在下一代身上，越界乃几代人共同努力的目标。但越界成功往往以代际之间的空间阻隔为代价，后代的空间跃升背后是上一代人晚年的留守与孤独，就像老葛的父母那样。技术的进步推动了空间的彻底分区和圈层结构的凝固，

---

① 郝景芳：《北京折叠》，第13页。
② 郝景芳：《北京折叠》，第6页。
③ 郝景芳：《北京折叠》，第7—8页。
④ 郝景芳：《北京折叠》，第16页。

也换来了第一空间的蓝天白云和宽阔大道，以及各种漂亮的数据（GDP、环保、再循环，等等），可人心中的温暖与真情却成了很遥远很稀薄的东西。小说中的边界叙事（以及更宏大的空间叙事）所展现的种种社会问题，在城市化快速发展的今天，具有深刻的警示意义。这或许是小说斩获大奖的重要原因吧？

2. 存在困境

卡夫卡的许多小说都是边界叙事的经典，其中的边界和越界不仅显示了复杂的权力关系，而且上演着更具普遍意义的存在困境，而这些权力关系正是构成存在困境的重要基础。此处仅以两部作品为例。

《在法的门前》[①]是一个荒诞而简单的故事：一个乡下人，想要进入法的大门，却慑于门警的强大，不敢前行，他在门前等了一辈子，用尽请求与贿赂的办法，却终究没能进去。这个故事如卡夫卡的其他许多小说一样，建构了一个具有象征性的空间——法的空间，在这个空间中，最关键的是一道道大门。在这个故事中，法的空间具有绝对禁止性，维持这种禁止性的，是一道道大门和"一个比一个强大"的门警。门即边界，可以区隔、也能连接不同空间；可以阻止外人进入，也可以成为出入的通道；既能将空间封闭，也能令空间敞开。而此处的门，对于乡下人而言，只有区隔、阻拦与封闭作用。这一道道的门，以及那些门警，严守权力空间的等级关系，阻隔在人与法之间，令法的空间成为永远无法进入的空间，成为一种无形的、未知的、异己的力量。一重重大门是权力空间中不容跨越与觊觎的界线，门这一边界负载着不容违抗的、已然被乡下人内化的权力秩序。

《城堡》的人物关系和情节都比《在法的门前》复杂得多，但两者的相似之处在于，都是关于无法完成的越界的故事。所不同的是，《城堡》中的边界是看不见的，永远无法抵达的；《城堡》的主人公K并不只是消极等待，而是尝试了各种办法。K想要进入城堡山，但始

---

① ［奥］弗兰茨·卡夫卡：《变形记：卡夫卡短篇小说集》，叶廷芳等译，云南人民出版社2010年版，第83—84页。

终找不到入口,甚至不知城堡的具体位置。在小说中,城堡始终若隐若现,高高在上,模糊不清,只能远远看见,却永远无法接近。村民们不仅不肯带路,并且构成了阻碍和误导他的力量。但边界确实存在,而且如壁垒般无法逾越。这无形的边界,在村民的心中,也在城堡与村子的权力关系中,根深蒂固,牢不可破。因此无论 K 如何努力,都无法完成对边界的跨越,无法进入城堡。城堡显然具有多维度的象征意义。表层而言,喻指着权力空间和官僚政治;深层次而言,象征着一个不可企及的目标,一种无法接近又无法摆脱的力量,某种荒诞而悖谬的秩序。如果联系卡夫卡"流亡犹太人"的民族身份,我们不难发现,城堡这个空间还折射出流亡者的空间焦虑和身份危机。如果从人的存在来看,城堡这个无法抵达的空间正体现出一种深刻的存在困境:自由与监禁之间的矛盾,个体有限性与空间无限性之间的悖论。正如张德明指出的,"以渺小的个人、有限的个体去体验无限的空间……只能永远在途中,满怀希望而又绝望地生存着"①。村子和城堡之间的隐形边界和 K 无法完成的越界之旅也具有深刻的寓意,不仅象征着无法改变的权力关系和某种无法突破的禁锢,而且指向人的普遍存在困境:一种找不到边界(入口)的迷失感,被"抛入"某种情境想要突围却发现包围圈层层叠叠不断变化,或者说,这就是人之"在世"(being in the world)无法突破的困境。以边界叙事揭示荒诞的权力关系,并最终指向人的存在困境,这或许体现了卡夫卡作为"流浪者""外来者"和"无家可归的异乡人"②的危机意识,更是他留给世人的空间哲思和关于荒诞世界的空间书写。

行文至此,笔者突然想到 2017 年去美国访学在旧金山入境时的经历。当时非美国公民入境区的队伍很长,行进的速度也很慢,导致我误了原定的飞往奥斯汀的航班,不得不在旧金山机场多等了四个多小时。更令我终生难忘的是海关工作人员询问我的问题:"你是大学老

---

① 张德明:《卡夫卡的空间意识》,《浙江大学学报》(人文社会科学版)2004 年第 4 期。
② 此处借鉴了 Max Brod 论文的标题 "The Homeless Stranger" (in *The Kafka Problem*, ed. Angel Flores, New York: Gordian Press, 1946, pp. 189 – 190)。

师？研究文学的？你喜欢艾米丽·狄金森（美国诗人）的小说吗？"乘了18小时飞机、担心赶不上转机的我想当然地认为他问的是艾米丽·勃朗特（英国小说家），于是急忙回答"是的，我很喜欢她的小说"。他意味深长地盯着我看了好几秒，而我直到抵达目的地才回过神来。我至今不明白他为何要问这样的问题，但突然觉得这个故事可以用作这一节的结语。一个发生在海关的故事，一位中国学者在美国边境的遭遇（伴随着紧张、焦虑和极度疲倦），一段为了越界而不得不承受权力压力的经历（包括各种检查、盘问和质疑），多年后对这段经历的叙述，这些都构成了对边界、权力和叙事关系的极好诠释。边界是权力运作的场所，越界是对权力关系的经历和改写，叙事则是重新经历和改写的机会。

第三节 权力的空间性：空间想象与空间表征

权力天然地具有空间性，必然借助空间、空间结构、空间策略和空间技术得以施展、运作和实现。这里的权力不仅仅指政治权力，而且包括各种复杂的人与人之间的相互作用力，是各种形式、各个层面的权力，从国家权力到个体之间的权力关系，处于社会的各个层面。因而，这里的权力关系可包括不同阶层、群体、性别、族裔、年龄、地位的人之间的关系，主要指控制、反控制、规训、服从、妥协、反抗等关系，以及围绕这些关系所引发的矛盾和冲突。权力的空间性不仅仅是一种客观现实，而且是主观想象、文学表征的重要内容。在许多作品中，权力与空间的纠缠得到了非常精彩的表征。这一节将主要分析以下几个方面：权力关系与空间结构，空间窥视与监控，空间区隔与监禁，空间争夺与入侵。

一 权力关系与空间结构

权力关系往往体现在社会阶层、不同人群、工作场所乃至家庭成

第三章　空间与权力

员之间，这些关系往往与空间相关，甚至呈现为权力关系的结构化，并被刻写在具体的空间布局与组织中。

不同阶层之间必然存在权力关系，阶层在空间中的分布揭示了权力关系的空间化和结构化。在卡夫卡的《城堡》中，阶层——或者说权力链条上的不同层级——在空间中得到了直接体现。小说中的城堡山是权力的中心，也是权力链条的顶层——"老爷们"——居住的地方。这个地方神秘莫测，其他人不仅不可进入，而且根本就无法接近。直到整部小说结束，也没有关于城堡山内部空间的详细描写。也就是说，这是一个无法被普通人认知的空间，这是极少数人的空间。城堡山所雇佣的信使巴纳巴斯也没有在城堡过夜的资格，他每次只能进入公事房，但那未必就是城堡的公事房，而且他进入的也只是"公事房的一部分，那里有一道道挡板，挡板后面还另有工事房"①。每块挡板后面有级别不同的勤务员、文书和领导。老爷们偶尔来到村子里，只住在贵宾酒家，这是专供他们居住的，其他人不得居住，也不得进入。老爷们在村里处理公务时，待在酒店的酒吧或卧室，上访的村民们则只能在走廊、楼梯或酒店门外排队等候。在酒店里，楼上几层只住较高级的官员，秘书们则住在过道的边上。K想通过克拉姆先生进入城堡，却发现自己只能通过酒吧门上的小孔看到他睡觉的样子，此外无论如何都见不到他，更不必说接近他。从这些例子可以看出，阶层的区分和权力的分级在空间中得到了反映，而阶层在空间中的分布彰显了权力的空间性和结构化。

在伍尔夫《达洛维夫人》中，阶层与权力的空间布局得到了更为细致的描写。比如，正如魏小梅文章中的分析，从城市的规划来看，伦敦西区是繁华商业区，有着皇家园林、摄政公园等休闲绿地，聚集着贵族阶层和中产阶级，在下议院工作的达洛卫家、出身名门的布鲁顿家和娶了贵族小姐的休家都住在这片区域，而处于下风区、易受工业污染的东区则主要居住着工人阶级和穷人。从住宅空间来看，阶层

---

① ［奥］弗兰兹·卡夫卡：《城堡》，张荣昌译，云南人民出版社2010年版，第135页。

的差别也十分明显：贵族阶层的住宅不仅宽敞阔绰，而且职能划分细致，一般都拥有足够开晚会的客厅，而平民阶层的住宅则简陋得多，有可能一开门就是卧室、客厅或储藏室。①如果为小说绘制一份阶层分布地图，其中的权力关系结构会变得更为直观。

郝景芳的短篇小说《北京折叠》书写了权力关系的结构性分布。小说中三个空间的结构化和制度化代表着小说中权力关系的结构化。本章第二节概述了这个故事的主要情节，此处只分析小说中的三个空间。这里的结构性设计包括人口密度、人均时间和土地分配、家庭空间面积和公共空间资源的差异，等等。

"折叠城市分三层空间。大地的一面是第一空间，五百万人口，生存时间是从清晨六点到第二天清晨六点。空间休眠，大地翻转。翻转后的另一面是第二空间和第三空间。第二空间生活着两千五百万人口，从次日清晨六点到夜晚十点，第三空间生活着五千万人，从十点到清晨六点，然后回到第一空间。时间经过了精心规划和最优分配，小心翼翼隔离，五百万人享用二十四小时，七千五百万人享用另外二十四小时。

大地的两侧重量并不均衡，为了平衡这种不均，第一空间的土地更厚，土壤里埋藏配重物质。人口和建筑的失衡用土地来换。"②

这个"精心规划"的城市折叠设计中，其中最触目惊心的是不同空间居民分得的时间、空间资源有着巨大而固化的结构性差异。在四十八小时的周期中，第一空间居民享用二十四小时，第二空间十八小时，第三空间只能拥有深夜的六小时，其他四十二小时都在昏睡中度过。第一空间可以经历完整的二十四小时，第三空间从来不见白昼，第二空间则从来没见过深夜的人间。在整个折叠城市中，第一空间的五百万人享有整个大地的一面，第二空间和第三空间共享同一面，但人均空间资源差异显著——在同一面大地上，第三空间的人口是第二

---

① 魏小梅：《都市、心灵、阶层：〈达洛维夫人〉中的伦敦》，《国外文学》2012 年第 1 期。
② 郝景芳：《北京折叠》，第 9—10 页。

第三章 空间与权力

空间的两倍，因而人均土地面积只有第二空间的一半。第一空间的人均土地面积是第三空间的十倍。需要特别指出的是，折叠城市中空间分割和结构化的实现，最重要的支持是空间技术，或者说建筑技术的发达。比如，大地翻转，第三空间的高楼拦腰折断、合拢成立方体并隐入大地，第二空间的建筑从地底下升起都需要极其发达的技术。小说似乎在警示人们，技术的进步在带来生活便利的同时也可能带来阶层分化的加剧和固化，以及不同阶层生存资源分配的更大不平等。

在对三个空间的对比中，作者花费了大量笔墨对三个空间中的空间特征展开细节性描写，可谓浓墨重彩。描写涉及天空、白云、空气、植物、街道、房屋密度和高度、交通工具、空间拥挤程度、空间设施、工作场所、消费空间、居住空间、空间技术、人的空间体验，等等。作者笔下的第三空间有着拥挤喧闹的街道、耀眼的霓虹灯、浑浊的空气和气味、聚集着脏兮兮的餐桌和被争吵萦绕的货摊、逼仄的居住空间、"高耸入云的公租房，影院和舞厅的娱乐"[1]，主要交通工具是磁悬浮。彭蠡的公租屋代表着这里大多数人的居住状况："六平米房间，一个厕所，一个能做菜的角落，一张桌子一把椅子，胶囊床铺，胶囊下是抽拉式箱柜，可以放衣服物品。墙面上有水渍和鞋印，没做任何修饰，只是歪斜着贴了几个挂钩，挂着夹克和裤子。"[2] 第三空间撤退时，清理队会到街上赶大家回家，小摊子都要收进屋内，连墙上的衣服毛巾都要塞到抽屉里，因为"转换的时候，什么都不能挂出来"[3]。第二空间的街道宽一倍，路上有很多汽车，这与第三空间很不一样；楼房的密度更小，"楼并不高，比第三空间矮很多"[4]。人们的居住空间显然更大，设施也更好。小说描写了秦天所在的研究生公寓："一个公寓四个房间，四个人一人一间，一个厨房两个厕所。老刀从来没在这

---

[1] 郝景芳：《北京折叠》，第29页。
[2] 郝景芳：《北京折叠》，第4页。
[3] 郝景芳：《北京折叠》，第4页。
[4] 郝景芳：《北京折叠》，第15页。

么大的厕所洗过澡……墙上喷出泡沫的时候他吓了一跳,热蒸气烘干也让他不适应。"① 公寓走廊有专门的垃圾传送带"将各屋门口的垃圾袋推入尽头的垃圾道"②(垃圾道通往第三空间)。第二空间隐入地面的过程都比第三空间显得优雅,"一切都带着令人羡慕的秩序感"③。

第一空间的景象是老刀从来没有见过的。首先是太阳升起的样子,他从未见过如此动人的日出:"太阳缓缓升起,天边是深远而纯净的蓝,蓝色下沿是橙黄色,有斜向上的条状薄云。太阳被一处屋檐遮住,屋檐显得异常黑,屋檐背后明亮夺目。太阳升起时,天的蓝色变浅了,但是更宁静透彻。"④ 这里的空间充裕而美丽。这里有蓝天和清冽干净的空气,这里的街道极其宽阔,"路的两旁是高大树木和大片草坪"⑤,有垂柳、梧桐、银杏、灌木等各种植物,路上只有零星的车辆。老刀进入第一空间时所到的园子中还有一片湖水。小说还描写了依言的办公地,"在西单某处。这里完全没有高楼,只是围绕着一座花园有零星分布的小楼,楼与楼之间的联系气若游丝,几乎看不出它们是一体。走到地下,才看到相连的通道"⑥。作者详细描写了一间旅馆房间:"非常大,比秦天的公寓客厅还大,似乎有自己租的房子两倍大……一张极宽大的双人床摆在中央……窗前是一个小圆桌和两张沙发。"⑦这里的夜晚静美:灯光很少,空中的星星倒映在湖面,建筑散发着沉睡的呼吸。在这个空间,大转换时不需要整理室内的物件,人们也不必钻进胶囊床铺,"书桌和茶几表面伸出透明的塑料盖子,将一切物品罩住并固定。小床散发出催眠气体,四周立起围栏,然后从地面脱离,地面翻转,床像一只篮子始终保持水平"⑧。三个空间的区隔由高

---

① 郝景芳:《北京折叠》,第 12 页。
② 郝景芳:《北京折叠》,第 15 页。
③ 郝景芳:《北京折叠》,第 16 页。
④ 郝景芳:《北京折叠》,第 17 页。
⑤ 郝景芳:《北京折叠》,第 17 页。
⑥ 郝景芳:《北京折叠》,第 19 页。
⑦ 郝景芳:《北京折叠》,第 26 页。
⑧ 郝景芳:《北京折叠》,第 38 页。

科技的建筑与机械设计、精密而完备的监控体系、严密的法律体系提供支持和保障，尤其保障了边界的森严和越界的艰难（详见本章第二节）。

乔治·奥威尔《一九八四》中的"真理大楼"虽是一个工作场所，却是一个极端的权力空间，彰显着权力的层级与结构。在这座大楼中，每间办公室的气孔随时传达命令，布置工作，形成连结无数党员的无形网络，网络的中心却神秘莫测，亦高高在上。这样的网状结构只要求服从，不允许任何质疑。办公室的"思旧穴"——任何文件扔进去，顷刻化为灰烬——时刻毁灭历史证据，保证了思想控制。真理部大厅里有两列小隔间，工作人员在隔间里单独工作，同事间没有交流，甚至连名字也不知道。每个个体都被隔离在各自的封闭空间中，杜绝一切空间跨越，从而保证纪律得到更好的贯彻。不同部门之间的互相封闭阻断了任何私下交流，造成了个体之间的相互隔离，保证了党员的绝对无理由服从，也保证了最高领袖的绝对权威。在这个空间中，人与人之间的关系极其简单，几乎只有政治关系和权力关系——人与人之间只有敌人与同志的区别，内党与外党的区别，党员和无产者的区别，思想警察与普通人的区别。整个国家也呈现出类似的权力分布：以"老大哥"、内党、外党和无产者构成的金字塔结构。小说中明确区分了群众和党员的住所，党员统一住在装有电梯的高层公寓里，而群众则都住在贫民窟低矮的楼房中。在党员内部，权力的分级也体现在居住空间上：与外党党员温斯顿住的老旧的胜利公寓不同，内党党员奥布兰的住宅区华美宽敞。小说中的空间想象与空间表征让读者看到，阶层关系和权力关系是空间性的，空间中镌刻着权力关系的本质。

二 空间窥视与监控

空间窥视、监听与监控都体现着一种控制力和控制欲，都是人的知觉对公共空间的控制或对私人空间的入侵，也是权力作用于客体

（尤其是身体）的过程。福柯在《规训与惩罚》中关于圆形监狱的讨论①是权力、空间与知识交织的经典例证，也是高效的空间监控与空间规训的极致设计。在圆形监狱中，位于中央高塔内的监视台、环绕四周的许多单间狱室、大块的透视窗令被禁闭者全部在单独状态下处于监视之中，他们之间无法交流，也不知自己是否正被监视，甚至不知监视者是否在塔楼里。因此，即便监控者不在场，狱室中的犯人也会认为自己处于监控之中，因而会自觉遵守监狱的规则，将被监控内化成自我规训。当然，圆形监狱既是一种极致范例，更是一种关于监控的象征。

诚如阿兰·罗布—格里耶《窥视者》这部小说的名字所提示的，小说中叙述了各种各样的窥视：当主人公在船上捡起一段绳子时，一位小女孩正盯着他看；主人公在岛上兜售手表时，不断向门内、窗子里、院子里、厨房里偷窥；他在糖果店二楼的走廊里窥视到一男一女的亲热；在让·罗宾家的窗外窥见一男一女的争吵；在咖啡馆偷窥女招待裸露的后脖；他杀人时被于连窥见；去海边毁灭证据时被于连跟踪窥视；去杀人现场查看时被一女子偷窥。窥视似乎无处不在，权力的眼睛与控制的欲望也无处不在。这眼睛由于空间的遮挡——门、窗、墙、岩石、昏暗的光线——而隐藏起来，却拥有了更大的自由；这欲望又由于空间遮挡而更为强烈，而四处蔓延。通过空间窥视，我们不仅看到了人与人之间的权力关系，而且看到了现代人内心的孤独、隔阂、压抑与扭曲。这些都被反映在空间之中。

如果说窥视是一种视觉上的空间入侵，那么监听/偷听则是一种听觉上的空间入侵。卡夫卡的《邻居》中叙述了一种想象中的监听。主人公"我"发现办公室隔壁的房间被人租下，邻居在此开了一家与我公司类似的公司。于是，我开始想象自己每天都在被监听，因为隔开

---

① [法]米歇尔·福柯：《规训与惩罚》，刘北成、杨远婴译，生活·读书·新知三联书店2003年版，第219—254页。

第三章 空间与权力

我们办公室的极薄的墙壁"既能出卖诚实肯干的人,但也能掩护善于欺诈的人"①。"我"对他一无所知,因为他每天躲在他的办公室里,而同样躲在办公室里的"我"却被他"偷听"了无数秘密。在"我"的想象中,两间办公室之间的墙壁将他的办公室掩护成封闭空间,而我的办公室则完全向他敞开,他的听觉入侵到我的办公室,可以在我还未结束通话前,就"开始策划反对我的阴谋"②。此处想象中的监听颇有一种"他人即地狱"(萨特语)的意味,而这意味中却又包含着"我"想要入侵邻居空间、打探他的秘密的欲望。监听与反监听,控制与反控制,现代人之间微妙的权力关系就这样发生于无声无息的想象之中。

奥威尔的《一九八四》中建构了一个高度集权的社会空间,这里的监控无处不在,宛如福柯所说的圆形监狱。不仅是监视,惩罚与规训也无孔不入,并且十分突出地通过空间技术加以实现。小说中的"电幕"——一种可以同时播送和收听的机器——无时无刻、无处不在地监视着人们的行为、表情乃至思想,而其中的节目和集体运动又成功完成了对老百姓的身体、行为与思想的规训。在工作场所,在真理大楼,在每家每户的室内,甚至在男女主人公秘密租住的房间里,都有电幕。甚至连户外的街道上,连城郊的草丛中,都有监控设备。还有无处不在的思想警察和神秘莫测的监视人员。人们的任何一句话,任何一个细微的举动,都在监视之下。甚至是人们的思想!任何不忠诚的想法都会被发现。更具讽刺意味的是,主人公最后的思想转变——从对老大哥的怀疑和不忠变成绝对的忠诚和发自内心的忏悔——都被一一捕捉到,并因此,主人公遭到枪决。更具象征意味的是,"老大哥"的形象(海报、宣传画、电幕中的影像)无处不在,甚至从任何角度看,他的眼睛都盯着你。"老大哥"随时随地都在"看着你",甚至看着你的思想。这是最极端最恐怖的监控。在这个世界里,权力与控制散布

---

① [奥]弗兰茨·卡夫卡:《变形记——短篇小说集》,叶廷芳译,云南出版集团2010年版,第161页。
② [奥]弗兰茨·卡夫卡:《变形记——短篇小说集》,第161页。

于任何空间，任何空间也都为此服务。人的心理空间都难以幸免，任何正常的人类情感与理性都被这个权力空间彻底规训，被此空间结构化，去历史化，去理性化。奥威尔的空间想象与空间表征令人拍案叫绝，这本小说也因此成为 20 世纪的反乌托邦经典。

三　空间区隔与监禁

区隔和监禁在本质上是一样的，都是强者对弱者的排除和禁止，一个是不准进，一个是不准出。这两者都是权力，而且都是与空间相关、靠空间（设施）实现的权力。

布尔迪厄曾指出，"几乎任何地方都有空间区隔的倾向"。[①] 的确，空间区隔是社会空间的必然特征，也是社会空间的常态。西方国家的某些俱乐部只允许极少数会员进入，这是以特殊身份为标准的区隔。高尔夫球场因其高昂的收费而将大多数人排除在外。美国的富人区、贫民窟、黑人区、其他少数族裔居住区也各自形成无形的空间区隔。美国的有些富人区，几乎都是富裕白人，少数族裔即便有钱也无法获得购买该区房屋的资格。而贫民窟和黑人区则往往是外人不敢踏足之地，也是稍有经济能力的居民设法搬离之处，这些地方也因此（比如缺乏足够的税收，相对落后的医疗和教育条件，警察配备不足等）变得更加萧条，破败和混乱。这些是宏观或中观层面的空间区隔。还有微观层面的，比如机场的 VIP 候机室，单位的领导办公区。也有出于科学标准的分区（别忘了福柯的观点：科学也施行权力，真理也是一种权力），比如医院的重症监护室、住院部、急诊室、注射室，疫情大流行期间的隔离区、检测区、疫苗接种区。还有以暴力维持的强制性区隔，比如监狱、拘留所和精神病院，这些区隔/隔离往往具有监禁的性质。在宗法制社会，或美国私刑盛行时期，或某些极端情况下，

---

① ［法］彼埃尔·布尔迪厄：《社会空间与象征权力》，载包亚民主编《后现代性与地理学的政治》，上海教育出版社 2001 年版，第 296—297 页。

非官方法律允许的监禁时有发生。福柯曾谈到空间隔离（包括监禁）与自我的关系：空间隔离是个人的自我无法实现，"每一方只有透过他者才能被了解"。① 实际上，空间隔离不仅仅阻止自我的实现，而且是通过剥夺（出去或进入的自由）实施的权力压迫，只有自愿的自我隔离例外。关于空间区隔与监禁，文学作品中有不少精彩的书写。

卡夫卡的《变形记》不仅将权力关系在物理空间中展开，而且描述了空间区隔与监控。小说将格里高尔的卧室建构成一个"异托邦"。他先被视为生病了，后来被看作怪物，最后被当成罪人，被关闭在一个类似于疗养院、精神病院和监狱的空间里。这个空间不能自由出入，门是开关系统。由于没有手，又难以直立，他自己难以打开门，因此，门的开关是由家人控制的。对格里高尔而言，门与围墙一样都是绝对的区隔与禁止，跨越界限、自由出入都是不允许的。而对家人而言，门发挥着监视与控制的作用。家人乃至佣人都可通过门观察并监视他，也可通过关门禁止他外出。监禁是一种权力压迫，也是一种空间压迫，是人之空间存在的困境与痛楚。

约翰·福尔斯的小说《收藏家》叙述了一种变态的空间监禁："收藏"美女。小说男主主人公弗雷德里克·克莱格有病态心理和性功能障碍，在足球彩票中获得73万英镑奖金后在萨塞克斯乡村购买了一幢别墅，将自己一直喜欢的米兰达·格雷绑架并囚禁于别墅地下室，用他自己的话说，让她"成为我的客人"。这也是一种变态的权力关系：通过精心策划并小心实施的监禁，将一个活生生的、近乎完美的女性置于自己的控制之下，剥夺她的自由（甚至最后导致了她的死亡），幻想着通过共同的生活让她了解自己、爱上自己并与自己组成家庭，以满足自己永远"拥有"她的幻觉。米兰达死后，他又开始物色下一个目标。在本质上，克莱格是将人当作蝴蝶那样的物来"收藏"，将美女当作标本。如此反人性的罪行之所以能够成功实施，除

---

① ［法］米歇尔·福柯、［美］保罗·雷比诺：《空间、知识、权力——福柯访谈录》，载包亚明主编《后现代性与地理学的政治》，上海教育出版社2001年版，第8页。

了意外之财、精心策划、体力优势，还有一点很重要的是对空间和空间设施的利用：别墅位于乡间，与外界隔绝，但生活便利，"离伦敦乘汽车只有一小时的路程，离最近的村庄两英里"[①]；别墅周围只有田野和森林，别墅自带的花园"两边是围墙，一边是栅栏，从外面看应当说够完美的了"[②]；地下室被他加固得像地牢一样，不仅安装了一扇两英寸厚的从里侧加钉铁皮的门，而且安装了额外的门闩、锁和警报器；将米兰达关在地下室，切断了她与外界的任何可能联系。克拉格与米兰达本处于不同的社会位置，他们之间有着社会级差和难以弥合的社会距离，这种级差和距离既是经济因素导致的，更是由习性、品位、精神追求和意识形态的差异造成的。克莱格中奖前生活贫困，从小缺乏父爱母爱，由姑姑和姑父养大，自卑偏执，精神空虚。他对自己低下的社会地位感到厌倦，却又难以融入上流社会和米兰达所代表的艺术世界，即使有了巨额奖金也是如此。面对米兰达，克莱格只有自卑和对自己自卑、无能的愤怒。但劫持之后，他俩之间的权力关系发生了极大逆转：米兰达的身体自由和生存机会都掌握在克莱格手中。而这一切主要是由他俩所处的空间决定的，或者说，由谁掌握着空间控制权决定的。他们的权力关系在作者对这个空间的书写中得到表征，也因作者的空间想象（比如，关于别墅、花园和地下室以及他们各自的空间体验的详细描写）而更为引人入胜，发人深思。

比《收藏家》更令人毛骨悚然的监禁是埃德加·爱伦·坡的《一桶白葡萄酒》。小说以第一人称叙述者的口吻，讲述了发生于50年前的一桩复仇：主人公"我"（蒙特里梭）因福吐纳托的傲慢无礼和所谓的对"我"的"侮辱"，在狂欢节之夜，以鉴别一桶阿蒙提拉多白葡萄酒的真伪为诱饵，将福吐纳托骗至家中地窖，并把他封死在地窖最深处的壁室内。这是一次永久的囚禁，也是一场精心设计的谋杀，其中非常重要的因素是对空间（以及时间和借口）的选择和利用。故

---

① [英]约翰·福尔斯：《收藏家》，李尧译，南海出版公司2014年版，第14页。
② [英]约翰·福尔斯：《收藏家》，第19页。

事的地点是福吐纳托家宅的地窖（也是存放他们家族死者尸骨的墓室），非常幽深，在河床下面，这里潮湿，缺氧，空气浑浊，并且有高浓度的硝。这个地下空间由许多墓穴构成，大墓穴尽头连着更狭窄的墓穴，里面有成堆的尸骨。最后囚禁福吐纳托的空间是地窖尽头的一处壁龛："深约四英尺，宽达三英尺，高六七英尺。看上去当初造了并没打算派什么特别用处，不过是墓窖顶下两根大柱间的空隙罢了，后面却靠着一堵坚固的花岗石垣墙。"① 这个空间形成了一个天然的小囚室。不仅如此，壁龛尽头的墙上还"装着两个铁环，横里相距两英尺左右。一个环上挂着根短铁链，另一个挂着把大锁"②。虽然小说并未交代，但这应该是"我"事先安装的。显然，"我"极好地利用了此处的空间特点，为囚禁福吐纳托做了最充分的准备：将他囚禁于此，并防止他逃脱的任何可能（我用铁链将他拦腰锁在壁龛的石墙上，上锁并拔掉钥匙）。"我"还用事先准备好的石块和灰泥将这个壁龛唯一的入口（也是出口）砌起一堵墙，将这个地窖尽头的角落变成完全封闭的囚室，一个真正的墓穴。于是，"我"利用空间的优势，完全逆转了"我"和福吐纳托之间的权力关系，将这个"我"深深嫉恨的、财富和地位都优于"我"的人，变成了"我"永远的囚徒，而"我"也成了绝对的胜利者。

四　空间争夺与入侵

空间争夺和空间入侵既可能是宏观层面的权力之争，是国家主权之间的关系，也可能是微观层面的权力关系，比如空间入侵之后当地居民与入侵者的矛盾冲突，或者是工作场所、家庭内部的空间争夺与入侵——物理的或心理的，实际的或象征的，甚至是臆想的。

卡夫卡的《地洞》书写了"我"所臆想的空间争夺与入侵，以及

---

① ［美］爱伦·坡：《爱伦·坡短篇小说集》，陈良廷等译，人民文学出版社2008年版，第417页。

② ［美］爱伦·坡：《爱伦·坡短篇小说集》，第417页。

由此导致的空间防御。在这篇只有一个角色"我"的短篇小说中，作者以精彩的细节描写了"我"与自己臆想的敌人之间紧张的权力关系和由此产生的空间实践。这部小说建构了一个独特的空间："我"所居住的地洞。作者用了不少笔墨描述这个地洞：有伪装的入口、盖着苔藓的真入口、各式各样的通道、许多用以迷惑敌人的迷津暗道、五十多处圆形广场、中央广场、城郭和腔室、防御设备、食物储备站……对地洞的详细描写不仅显示了这个空间对"我"而言具有至关重要的意义，而且预设了"我"对于失去这个空间的恐惧，以及"我"对于外来敌人的危机感。小说中的空间描写展现了哺乳动物对于领地的执着，弱小动物对于洞穴的依恋，以及与（可能的）入侵者之间的紧张关系，更喻指着人类社会空间中根深蒂固的空间之争和权力关系。小说的第一段是关于洞口的设计，其实是在叙述"我"惧怕敌人发现洞口，考虑在敌人靠近时如何快速脱险。第二段谈到"我"在地洞中和平宁静的生活，其实也围绕危机感展开。一方面，"我"建造地洞是出于对露天生活中各种灾难的恐惧，另一方面，我始终担心这宁静的生活"说不定什么时候中断"[1]。第三段叙述"我"如何建造城郭，储备食物，实则是对我充满恐惧的心理空间的建构：我"常常觉得以城郭为防御基地是危险的"，觉得目前的粮食储存方法也是危险的[2]。接下来小说叙述了"我"到洞外巡视观察、修缮地洞、"听见"并寻找敌人、思考对策等事件。"我"的地洞无法给我安全感，我时时担心敌人的入侵。我蜷缩在地洞中，时时躲避和防御敌人，与外部世界隔离。敌人是臆想的，连朋友也是如此。"我"曾经想象如果有一位朋友为我做观察哨，"我"就可以安心地独享洞穴。然而，"我"并不信赖这位朋友，因为"我"担心他想进入地洞。"我"担心并防范一切可能的空间入侵与争夺。此外，小说建构了一系列二元对立的空间关系，如里面—外面、上面—下面、封闭—敞开、逃跑的通道—进攻的

---

[1] ［奥］弗兰茨·卡夫卡：《变形记——短篇小说集》，第180页。
[2] ［奥］弗兰茨·卡夫卡：《变形记——短篇小说集》，第182页。

第三章 空间与权力

通道、敌人的洞穴—"我"的地洞,这些空间对立关系令小说中臆想的空间入侵与争夺具有形而上学的意味,揭示出一种深刻的悖谬与无奈。比如,为了安全感,"我"不断扩建地洞,但地洞越大,通道越多,敌人进攻的入口和通道也就越多,要堵住所有入口的难度也就越大,而且地洞越大,被敌人无意中发现的概率就越大。此处大与小、简单与复杂、安全与危险之间的对立已成为一种可以互相转化的无解的悖论。由于"我"心中从未停歇的危机感,"我"始终处于一种空间对立的悖谬之中:宏大的也是脆弱的,安全的也是危险的,逃跑的通道也是进攻的通道,堵住进攻的通道也是堵住逃跑的通道,防御也是禁闭和坐以待毙。其中,地洞的内与外的对立关系,意义尤为深刻。在地洞内,意味着安全:"当我设想我是处于危险之中时",这是我救命的窟窿①。在地洞内,也意味着安宁与休憩:"我的地洞的最大优点是宁静"②,因此"我"在地洞里想睡就睡。在地洞内,还意味着占有和归属,因为"我"为之付出了巨大的劳动,我对之如此了解和熟悉,"这里是我的城堡"③。然而,这代表安全、宁静、休憩和归属的城堡,却常常让我感到危机与恐惧,又是不安全、不安宁的。与之对照的是,当"我"在洞外巡查,却并不担心外面的危险,而只是在意洞口是否会被发现。在"我"的执念中,地洞"无论如何也不能归任何人所有"④,"我"必须竭尽所能守卫这个空间。因此,"我"(及地洞)之外的一切都在"我"的想象中变成了他者与敌人,而"我"的一生都生活在对入侵者的恐惧中,在臆想的空间入侵与争夺中,在一场与臆想的他者/敌人之间的权力关系中。"地洞"这一空间意象可谓对人类社会空间的深刻隐喻,令人深思。

卡夫卡的《变形记》不仅书写了边界问题、监控和监禁,而且揭示了人与人之间——包括家人之间——的空间争夺。当格里高尔听见

---

① [奥] 弗兰茨·卡夫卡:《变形记——短篇小说集》,第190页。
② [奥] 弗兰茨·卡夫卡:《变形记——短篇小说集》,第180页。
③ [奥] 弗兰茨·卡夫卡:《变形记——短篇小说集》,第190页。
④ [奥] 弗兰茨·卡夫卡:《变形记——短篇小说集》,第190页。

妹妹的琴声而爬出卧室，吓跑了租客，断了家庭的经济来源，家人开始将他视为想要迫害自己、"占据整套住宅"[1]的空间抢夺者，视为全家的敌人。因此，妹妹坚决地提出，这个房间不能再留给他了，"他必须消失"[2]。为了争夺生存的空间，最富同情心的妹妹做出了最残忍的决定。妹妹的这句话也确实促成了格里高尔最终的死亡，全家人则为此倍感轻松愉快。在这个看似非现实主义的故事中，卡夫卡揭露了一种真实得令人悲哀的家庭内部的权力关系：空间争夺。这里争夺的不仅仅是居住的空间，而且是生存的空间。关于空间入侵，《变形记》中也有所叙述。卧室本是个人的私密空间，是提供安全、保护隐私的场所，也是不容随便闯入的地方。但格里高尔变形后，全家人都可以随便进入他的卧室，随意观察、打扫、搬走家具，这些都是对他私密空间的入侵。

卡夫卡的另一篇短篇小说《往事一页》中也涉及空间入侵的问题，不过这是对国家领土的入侵：北方的一个游牧民族占领了首都，在皇宫前的广场上安营扎寨，而皇帝和他的卫队全都躲在皇宫里，看着游牧民族的野蛮与骚乱，将拯救祖国的重担托付给工匠和商人。如果说格里高尔对于家人的入侵无力反抗，那么《往事一页》中的不反抗则蕴含着深刻的荒诞。故事以一系列空间对比揭示着这一荒诞性：首都—边疆、广场—皇宫、平时敞开的皇宫大门—此时紧闭的装着铁栅的窗户、平时皇帝所处的花园—此时他所处的窗户后面。首都与边疆本来是中心与边缘的关系。首都是政治、经济与文化的中心，边疆是一个国家的边界，是确定民族/国家空间的界线。游牧部落的军事力量从边疆推进到首都，突破了界限，入侵到中心。这种入侵不仅在于军事占领，还在于对原有文化空间的瓦解：露天扎营，生吞牛肉，说着完全无法沟通的语言，将原本的宁静与秩序完全颠覆。广场周围的商人和工匠以完全敞开的形式暴露于敌人的野蛮和武力，而皇帝和卫

---

[1] ［奥］弗兰茨·卡夫卡：《变形记——短篇小说集》，第35页。
[2] ［奥］弗兰茨·卡夫卡：《变形记——短篇小说集》，第36页。

队却躲在大门紧闭的宫殿里，躲在装着栅栏的窗户后面，躲在重重的保护之中。广场与皇宫的对比还在于，两者已成为两种政治空间与文化空间的对比：被占领的广场成为游牧部落的政治（文化）空间，而皇宫则代表着原有的政治（文化）空间。两种空间对立又对峙，既无法沟通，又不相往来，而且似乎互不侵犯。处于中心的宫殿招引来这些来自边缘的游牧人，却无力将他们赶走，最终形成两种空间的对立与僵持，而民众却不得不在两种空间的缝隙中挣扎。任何一次空间入侵都会带来一系列权力关系的变化，更不必说给卡夫卡带来一生创伤的民族战争。

  刘慈欣的《吞食者》叙述了另一个层面的空间入侵，星际入侵。这是一种非常特殊的入侵：不是某个星球的生物入侵并占领（或殖民）另一个星球，而是"吞食者"这个形状如轮胎的巨大飞船将其要入侵的行星套入"口"中，当吞食者"套到行星的赤道时，吞食者便停止了推进，以后，其相对于恒星的轨道运动始终与行星保持同步，一直把这颗行星含在口中"，然后开始对行星的掠夺，"无数条上万公里长的缆索从壁筒伸到行星表面……巨大的运载舱……运走行星的海水和空气……狂采吞食者需要的矿藏"[①]，经过一个世纪左右，吞食者再"吐"出资源被掠夺一空的星球。这是一场极其宏观的空间入侵，也是一次关于宇宙空间的壮观而绚丽的科幻想象。虽然小说的重心不是入侵本身，而是人类如何为了保卫地球（家园）而做出的充满智慧的反击，以及如何为了地球生命的延续而努力并自我牺牲，但这个故事却向读者揭示，任何入侵，其终极目的都是生存资源的掠夺（在日常生活中，空间也是生存资源），面对入侵，除了反抗的决心，还需要智慧和策略。这部作品也集中体现了刘慈欣小说的魅力：除了硬核科幻特质，还有关于宇宙、人性、存在、艺术和人类文明的终极思考。以及宇宙中的、星际之间、不同文明之间的权力关系。在刘慈欣的小说中，低等文明面对高等文明的空间入侵和资源掠夺时，几乎是无能为力的（尽

[①] 刘慈欣：《时间移民：刘慈欣作品》，江苏凤凰文艺出版社2014年版，第204页。

管小说着力描写了反抗、尊严和智慧);在不同文明之间,始终存在着剥削、奴役、殖民甚至饲养的等级权力链。在思考诸多终极话题的同时,刘慈欣以极其宏阔的视野向读者展示了宇宙中也无法幸免的等级制和权力关系。而这些,又何尝不是对人类世界的(反)乌托邦表征?

第四节 对立、跨越与重构:《到灯塔去》的性别与空间[①]

从20世纪70年代"空间转向"以来,"空间"不仅摆脱了时间的"压制",甚至成功实现了空间对时间、地理对历史的"反击"[②],空间、地方、绘图等话题逐渐成为人文社科领域的热点与前沿[③]。与此同时,西方女权运动进入全新发展阶段,亦开始关注性别与空间的关系;后现代主义对传统二元对立思维范式的质疑和解构,为女性主义地理学的产生和发展提供了契机。长久以来,空间被分为属于男性的公共政治空间和女性的私人活动空间,而这构成了性别与空间关系最根本的二元对立状态。女性主义地理学者注意到了这种长期被遮蔽的性别空间化,开始对此反思和批判,并试图重构地理学。

弗吉尼亚·伍尔夫是女性主义理论家和女性主义文学批评的先驱。她成长于英国由盛转衰之际,维多利亚式的男权社会对女性的种种偏见和压制以及她年少时受到的各种男女不平等遭遇(尤其是接受教育方面)一直影响着她之后的创作。她关注到男性通过限定女性的生存空间来强化自己在空间中的主体地位。在《一间自己的房间》中,她

---

① 这一节已经发表,文献来源:方英《对立、越界与重构:〈到灯塔去〉中的性别与空间》,《山东外语教学》2021年第3期。此外,该文的写作得益于宁波大学外国语学院2017级研究生林艳同学的帮助:查找并整理资料、课堂与课后讨论,等等。特此感谢,并为有如此勤奋而优秀的学生感到自豪。

② Bertrand Westphal, *Geocriticism: Real and Fictional Spaces*, trans. Robert T. Tally Jr., New York: Palgrave Macmillan, 2011, p. 23.

③ Robert T. Tally Jr., "Introduction: The Reassertion of Space in Literary Studies", in *The Routledge Handbook of Literature and Space*, ed. Robert T. Tally Jr., London and New York: Routledge, 2017, p. 1.

直截了当地表达了女性对于获得独立空间的诉求。在很大程度上可以说,"伍尔夫作品中的性别问题实质上是空间问题"①。国内外已有不少著述对伍尔夫作品中空间与性别问题展开了讨论。其中,家庭空间与公共空间成为相关研究的焦点。例如,安娜·斯奈思从经济角度探讨了这两者的关系②;荣州顺指出伍尔夫在作品中否定了家庭空间只是纯粹作为私人的、女性的与历史无关的存在③;梅里·帕夫洛夫斯基在考察伍尔夫作品中住宅空间与公共空间之间联系的同时,着重讨论了小说中女性在社会空间中的作用④。此外,其他学者也从不同视角对伍尔夫作品中的性别与空间展开研究,其中包括男性漫游者的空间移动和男性凝视⑤、单身女性的生活空间⑥以及城市中的交通工具与性别⑦。《到灯塔去》作为伍尔夫的代表作之一,相关研究与伍尔夫其他作品的研究脉络和趋势大致相似。从空间角度切入的著述也有不少,如莎伦·斯托克顿利用爱因斯坦的空间理论解读《到灯塔去》,并提出了"公共空间"与"私人时间"两个概念⑧;杰克·斯图尔特从空间与颜色切入,分析了小说中通过绘画所展现出来的人与自然对立的空间关系⑨。然而,鲜有文献将性别与空间结合起来分析这部作品。

---

① 牛宏宇:《空间理论视域下的弗吉尼亚·伍尔夫研究》,博士学位论文,天津师范大学,2014 年,第 84 页。

② Anna Snaith, *Virginia Woolf: Public and Private Negotiations*, New York: Palgrave Macmillan, 2000.

③ Youngjoo Son, *Here and Now: The Politics of Social Space in D. H. Lawrence and Virginia Woolf*, New York and London: Routledge, 2006, p. 205.

④ Merry. M. Pawlowski, "Virginia Woolf's Veil: The Feminist Intellectual and the Organization of Public Space", *MFS Modern Fiction Studies*, 53.4 (2007): 722 – 751.

⑤ Caleb Sivyer, *The Politics of Gender and the Visual in Virginia Woolf and Angela Carter*, Cardiff University, 2015.

⑥ R. E. Burton, *Single Women, Space, and Narrative in Interwar Fiction by Women*, University of Leeds, 2015.

⑦ Gillian Beer, "The Island and the Aeroplane: The Case of Virginia Woolf", in *Nation and Narration*, ed. Homi Bhabha, London: Routledge, 1990, pp. 265 – 290.

⑧ Sharon Stockton, "Public Space and Private Time: Perspective in *To the Lighthouse* and in Einstein's Special Theory", *Essays in Arts and Sciences*, 27 (1998): 95 – 115.

⑨ Jack A. Stewart, "'Need of Distance and Blue': Space, Color, and Creativity in *To the Lighthouse*," *Twentieth Century Literature*, 46.1 (2000): 78 – 99.

文学空间批评

《到灯塔去》是伍尔夫对自己脑海中父母形象的表征，包含了她关于两性关系的理解与思考，其中的空间建构、空间表征和空间实践融入了伍尔夫的女性主义观点。本章将在相关空间理论的烛照下，分析小说中男女两性对立的空间分隔，女性对旧有空间边界的跨越和对两性空间的重构。

一 空间与性别的二元对立

艾莉森·海福德在《女性地理》一文中指出，女性同男性一样，存在于空间中的每个角落，他们对空间的占有似乎是差不多的；但她们同地球的关系、与地球上的资源及生产系统的关系是不同于男性的。[①] 换句话说，她们与空间（地理空间和社会空间）之间的关系与男性相比有着本质的差别。男性处于空间的中心，被视为空间的开拓者，拥有对空间和资源的支配权，而女性则处于空间的边缘，她们的生存空间受到男性的控制和挤压。自19世纪中后期以来，随着经济生产场所与家庭空间的进一步分离，空间的性别分化愈演愈烈，并呈现出二元对立的特征。正如列斐伏尔在讨论"表征的空间"时指出的：一方面是男性原则，是军事的、司法的、专制的原则，也是主导性原则；另一方面，女性则被投入生育和死亡的深渊[②]，被排斥并限定在社会空间的边缘。在父权制为主导的社会空间中，男性将工作空间、政治空间与被他们描述为私密的"女性的"家庭空间相分离[③]，形成了空间的性别化二元对立，从而达到规训和控制女性的目的。《到灯塔去》中深刻而细致地表征了这一空间性别化的二分法。比如，拉姆

[①] Alison M. Hayford, "The Geography of Women: An Historical Introduction", *Antipode*, 6.2 (1974), p.1.

[②] Henri Lefebvre, *The Production of Space*, trans. Donald Nicholson-Smith, Oxford: Blackwell, 1991, p.245. 原文的字面意思是：被抛入地球的"深渊"，这个播种和埋葬死者的地方，这个"世界"。

[③] Gillian Rose, *Feminism and Geography: The Limits of Geographical Knowledge*, Minneapolis, MN: University of Minnesota Press, 1993, p.18.

齐夫人和拉姆齐先生在海滨度假期间虽然处于同一地理空间中，但各自的性别化空间却泾渭分明：拉姆齐夫人没有工作，属于家庭空间；而拉姆齐先生沉浸于他的学术事业，连接着广阔的社会空间。就整部小说而言，其中空间的性别分化和性别的空间分布呈现出二元对立的特征，即男性占据生产性、支配性和文化性空间，而女性的空间则呈现出再生产、依附性与自然性的特征。

（一）生产与再生产

"女性主义地理学家认为，在现代欧洲和北美，工作场所的生产性劳动被视为男性的领地，而女性的工作则被看作再生产性的。"[1] 伴随着经济性的生产活动从家宅空间的逐步退场，家庭不再是维系经济生产和政治关系的重要场所。"生产规模的增长……留给女性和家庭的仅有的职能是劳动力的再生产（但不一定是社会化），照顾劳动力的一些个人需求，以及为家宅提供安全保障。"[2] 也就是说，女性通过在（劳动力）再生产空间的劳动，为男权社会和生产性的工作空间提供支持和服务。由此可见，对空间的性别化区分带有"生产—再生产""工作空间—家庭空间"的二元对立特点。

在《到灯塔去》中，以拉姆齐为代表的男性人物为了获得更多生活资本、荣誉和地位，全身心投入社会空间，从事教育和科研活动。无论是哲学家拉姆齐经常出入的大学校园、图书馆、讲堂，抑或是植物学家班克斯埋头苦干的实验室，都是男性的生产性工作空间。虽然他们并不生产可见的物质，却能给家庭带来经济收入、荣誉和地位。此外，男性的空间生产还表现为对自然空间的占有和改造。[3] 男性通过空间实践，将无序的、感性的自然空间有序化。在与拉姆齐夫人散步时，拉姆齐先生将她对花的称赞和对子女婚姻的评判转移到论文、学习等与知识相关的话题上。他抓住夫人对他学识的崇拜，将"花

---

[1] Gillian Rose, *Feminism and Geography: The Limits of Geographical Knowledge*, Minneapolis, MN: University of Minnesota Press, 1993, p.120.
[2] Hayford, "The Geography of Women", p.13.
[3] 林密：《马克思资本主义生产方式批判的空间视域》，《天津社会科学》2011年第1期。

园"这一女性空间强行变换为严肃的男性空间。

育儿室是女性再生产的劳动空间之一。比如，在小说第二部分"岁月流逝"中，晚宴结束后，拉姆齐夫人来不及片刻休息，就去育儿室察看孩子们的入睡情况。她取下身上的围巾为凯姆遮挡可怕的野猪头颅，使她可以安心入睡。段义孚认为，"母亲被自己的孩子视为基本的保护者，以及可靠的物质安慰与心理安慰的提供者"①。母亲与家宅空间联系在一起，是稳定和永久的象征。但在男性看来，像育儿室这样的场所，是女性承担养育孩子职责的场所，是女性化的空间，因此很少涉足。需要注意的是，男性在儿童卧室的缺席并非善意的空间让渡，而是对女性的束缚和羁绊，并以此服务于男性的生产空间。资本主义体系在某种程度上有效利用了家庭空间作为"此处"与安全场所的价值，为人们提供抚慰，以缓解资本主义生产关系带来的压力。②此外，家宅与奴役联系在一起。在资产阶级家庭空间中，女仆作为再生产的劳动力之一承担着繁重的体力劳动，她们的生存状况体现了男性主导的资本主义社会对女性的剥削与压迫。小说中年久失修、布满灰尘的别墅中只有年迈体弱的管家婆麦克奈布太太、贝茨太太等在辛勤工作。在这些处于边缘的、远离社会空间的再生产场所，男性极少踏足。

（二）支配与依附

海福德认为，血缘决定了人与人之间的亲疏——是自己人、合作伙伴，还是敌人；而女性在建立血缘关系方面发挥着重要作用，因此，对她们的群体性控制于男权社会而言显得尤为重要。③ 男权社会对女性的控制主要表现为对经济话语的掌握。"女性通常首先被视为'家庭劳动力'，其次才是'带薪的雇员'。"④ 这就意味着女性需要花费大量时间料理家务却无法获得相应的酬劳。而且，市场给予女性的工作

---

① Yi-Fu Tuan, *Space and Place: The Perspective of Experience*, Minneapolis, MN: University of Minneapolis Press, 1977, p. 29.
② Hayford, "The Geography of Women", p. 15.
③ Hayford, "The Geography of Women", p. 8.
④ Women and Geography Study Group of the IBG, *Geography and Gender: An Introduction to Feminist Geography*, London: Hutchinson, 1984, p. 68.

岗位和薪资远不及男性，性别差异导致的种种不公平待遇令女性在经济上陷入困境，不得不依赖父亲、兄弟、丈夫等男性群体。经济上的依赖性迫使女性放弃自己的空间支配权和话语权。《到灯塔去》中的女性也是如此。像拉姆齐夫人这样的中产阶级女性，虽身处上流社会，却主要被当作显示资产阶级男性身份与地位的附属品。小说中的男性和女性在社会与家庭空间中的处境呈现出支配与依附的对立关系。

首先，关于房屋维修的细节体现了两性在家宅空间中支配—依附的权力关系。尽管拉姆齐夫人把家管理得井井有条，却一直没能向丈夫提及五十镑的修理费，这个细节颇有深意。这破旧的屋宅既是女性的劳动场所，也象征着女性空间本身——处于弱势，需要男性的保护，恰如房屋修缮事宜，决定权属于男性。由此可见，女性在家庭中缺乏话语权和对自己的决定权，女性的空间呈现出依附性特征。

其次，虽然女性拥有诸如卧室等独处空间，但这些私人空间受制于外部社会空间的影响，女性在其中的一系列活动服务并依附于男权社会。比如，拉姆齐夫人与孩子在卧室里挑选参加晚宴的首饰，这些女性物品的柔美与精致本质上是男性身份的象征和修饰品。此外，女性在这些私密空间中无法自由地表达自己的情感。正如罗斯指出的，女性可以在厨房自由地发火，挑战她的丈夫并被倾听，但在卧室里，她没有独立说话的权利。[①] 小说中就有类似的情节。当拉姆齐先生和夫人共处卧室时，男性的支配权弥漫于整个空间：他在卧室里看书，思考，不允许夫人打扰。在这个原本属于亲密空间的卧室之中，男性看书的权利（这象征着知识、权威、权力和社会地位，连接着外部社会空间）处于支配地位。

最后，正如郭彩霞指出的，"住宅规划也大多体现了男性的意志，并以男性的需要和需求为中心，从而忽略了女性的权利"[②]。比如，塔斯莱看书的卧室位于整座住宅的最高层，居高临下，象征着绝对的支

---

① Rose, *Feminism and Geography*, p. 142.
② 郭彩霞：《从日常生活走向公共生活——列斐伏尔女性观对当代妇女解放的启示》，《马克思主义与现实》2016 年第 5 期。

配权;而女佣的住处则位于阁楼等狭小的角落,是依附性的边缘空间。又如,网球场的草地是男性休闲的场所,也是男性身份的象征,因而不欢迎女性进入。卡迈克尔常常在那享受日光浴,但莉丽每次都只能在草地边缘作画。身为女性,即使是从事绘画这样高雅的艺术活动也只能在男性空间的边缘进行。与此同时,她们还要受到男性势力无处不在的压制:"让他站在五十英尺之外,即使他没对你说话,甚至没看见你,但他的影响渗透弥漫,压倒一切,他把他的影响强加于你,叫你无从回避。"[①] 对于男性的空间支配,女性往往只能处于无声状态。伍尔夫通过细致的空间布局和描写,揭示了男性位于家宅空间的中心,处于支配地位,而女性则只能屈居边缘和依附性空间,处于被支配的地位。

(三) 文化与自然

束永珍在解读《到灯塔去》时指出,"男性处于文化的核心,是文化的创造者、延续者;而女性则处于文化的边缘,甚至被排除在文化之外,她们是未开化的自然"[②]。女性主义地理学者认为文化—自然的二元对立是极其性别化的,其中充斥着权力。[③] 为何会如此?因为男性掌握着知识与空间的控制权,并利用知识在社会空间的各个领域设立标准,从而树立其自身的话语权,将男、女两性的生理差异建构为文化—自然的二元对立。小说中的空间表征揭示了男性对艺术话语权的掌控。比如,画家庞思福特树立了绘画的标准:"一片暗绿色的海水,点缀着几艘柠檬黄的帆船,而在海滩上是穿着粉红色衣裙的妇女。"[④] 而莉丽的绘画由于偏离这个标准,难以被同为画家的班克斯理解。莉丽将母与子的形象以一个三角形阴影替代,因为在莉丽看来,三角形代表着稳重、尖锐与灵敏,象征着完美,这与她眼中拉姆齐夫

---

① [英] 弗吉尼亚·伍尔夫:《到灯塔去》,瞿世镜译,上海译文出版社 2011 年版,第 144 页。
② 束永珍:《区别与整合:〈到灯塔去〉的女性主义解读》,《外国文学研究》2001 年第 1 期。
③ Rose, *Feminism and Geography*, p. 68.
④ [英] 弗吉尼亚·伍尔夫:《到灯塔去》,第 11 页。

人的形象十分契合。但在以男性主导的主流社会空间中，三角形是一种几何图形，不被赋予感性因素，因而莉丽对三角形的使用是不恰当的。福柯认为知识与权力紧密勾连，并与空间相关。显然，男性通过知识掌握了对空间的占有权和支配权。在伍尔夫的年代，女性无法自由出入图书馆、博物馆等代表知识的空间。"女性只有在大学董事的陪同下，或是有推荐信才可以进入图书馆。"[1] 男性通过增加女性进入这些场所的难度，限制女性接受教育的机会，从而限制她们对知识的掌握和对话语权的获得。莉丽作为一名女性画家，没有机会进入诸如大教堂、艺术馆等艺术圣地获得作画灵感，亦无法进入学校学习绘画技巧，这使得像莉丽这样对绘画充满热忱的女性难以取得成功。

男性对知识的掌控还蔓延到家宅空间。在小说中，卧室兼具书房的功能，是拉姆齐先生阅读的场所。与伍尔夫自己的亲身经历（她可以进入父亲的书房自由阅读）不同的是，在小说中，在卧室内阅读是拉姆齐先生的特权，拉姆齐夫人的每一次阅读行为（以及她对阅读的享受）都会招致丈夫的嘲讽。此外，晚宴上，男人们谈论有关汛期、工资和失业等话题，形成了一种排斥性空间，将女性隔离在外。试图越界的行为会招致"打击"：拉姆齐夫人因为发表了关于英国乳酪业弊病的观点，成为了知识男性奚落的对象。

在以男性主导的地理空间话语中，女性同地理景观一道，成为男性凝视和欣赏的对象。在维多利亚时代，决定女性、尤其是中产阶级女性社会地位的，往往是其外表而非智慧和学识。小说中，拉姆齐夫人凭借美丽的容颜，在宴会上吸引了精英男士们的目光。莉丽虽为知识女性，却和她的绘画作品一样，备受冷落。在男权社会的空间构建规则中，女性以身体的自然美出场；而男性则以其知识和文化属性在空间中占据"位置"。拉姆齐先生将所有精力用于攻克哲学问题亦是为了建立学术地位，从而在社会空间中获得稳定的位置。

男性—女性（空间）和文化—自然（空间）的二元对立还体现为

---

[1] Virginia Woolf, *A Room of One's Own*, London: Grafton, 1977, p.12.

殖民空间—被殖民空间的性别化。长久以来，代表文化优越感的殖民者空间是男性化的空间表征，而被殖民统治的空间往往被赋予女性化色彩。贯穿于小说始末的印度殖民意象显示了男性对于空间占有和扩张的认同。他们在"签订了条约、统治了印度、控制了金融"[1]的同时，挑起了战争。与之相反，在男性建构的知识—话语体系中，女性（以及自然、动物、殖民地），"是客体化的、被捕猎的、被入侵的、被殖民的、被拥有的、被消费的，被迫屈从并从事（或被禁止）生产"[2]。女性的空间也被建构出类似的特征。

二　空间跨越与女性反抗

男权社会通过一系列技术手段使女性处于边缘化的他者地位，例如通过"凝视"将女性客体化和物质化，通过制定法律和社会制度限制女性身体的自由移动。女性主义地理学在"边界"和"边缘"中找到了撬动两性空间分割的突破口，试图借助性别模糊地带反抗男性中心主义对空间的控制。索亚将边界（边缘）空间视为第三空间的一种，认为边界既是边缘，又是重叠与混合；既是裂缝，又是中间和接合部；是穿越、变数、对立与共生，是超越与解方向性；边界作为第三化的他者而永远开放，永远具有无限可能。[3] 身处边缘使得拉姆齐夫人、莉丽等女性无法参与到公共政治生活中去；但同时，她们又可以借助边缘实现"反凝视"，借助"身体移动"来打破男性对女性的空间限制。

瑚克斯（Bell Hooks）将边缘视为女性反抗的重要战场，也是女性对抗男性凝视并实践反凝视的场所。"凝视"是与身体规训联系在一起的，是一种"携带着权力运作和欲望纠结以及身份意识的观看方

---

[1]　[英]弗吉尼亚·伍尔夫：《到灯塔去》，第4页。
[2]　Rose, *Feminism and Geography*, p. 70.
[3]　Edward W. Soja, *Thirdspace: Journeys to Los Angeles and Other Real-and-Imagined Places*, Oxford: Blackwell, 1996, pp. 125 – 144.

法……看与被看的行为构建了主体与对象，主体与他者"。① 朱晓兰认为女性可以通过反凝视、对抗凝视和颠覆凝视来消解凝视的权力性。② 因此，女性可以利用"凝视"，从边缘观察和审视中心。比如，拉姆齐夫人总是热衷于关上门，把窗户开着。"门"可以保护女性的私人空间不受外界侵扰与破坏，可以阻隔男性凝视的目光，是一种保护机制，而"窗"则是女性了解外界的媒介。尽管在男权社会，窗往往被当作区分男女两性空间的标志性边界，通过它将女性限制在家庭空间内——"窗外是男性主宰的世界，窗内是女性留守的家园"③，但窗（作为边界，也是两种空间的边缘）也能成为女性实践反凝视和某种反抗的通道。拉姆齐先生总是在窗外的平台上开展学术活动；对于拉姆齐夫人而言，"窗外的谈话声占有特殊的地位"④，因此，虽然身处窗内，她时刻关注窗外的一举一动。透过窗子，她"凝视"着窗外男性的学术谈话，将他们作为观察的对象，并将从窗外获得的知识内化为自己参与公共交流（进入公共空间，实现空间跨越）的学识。

如果说女性通过凝视打破空间界限是一种静态反抗的话，那么身体的移动无疑是女性摆脱空间限制的动态抗争。多琳·马西指出，限制女性在空间中的移动是使其屈从的一种关键手段。⑤ 在小说中，拉姆齐夫人的活动范围多被局限于家中，其身份也被基本限定为妻子和母亲。与她形成对照的是一位从传统家庭出走的女性——敏泰。得知保罗在外有情妇，敏泰没有固守维多利亚时代贤妻良母的传统，而是离开家庭，寻找属于女性的狂欢。敏泰的这一举动打破了男外女内空间观对女性的限制。"维多利亚式的家庭组合并未成为敏泰、莉莉等

---

① 朱晓兰：《"凝视"理论研究》，博士学位论文，南京大学，2011年，第6页。
② 朱晓兰：《"凝视"理论研究》，第100页。
③ 王文、郭张娜：《理性与情感相融合的女性表达——弗吉尼亚·伍尔夫意识流小说〈到灯塔去〉的女性主义解读》，《国外文学》2005年第2期。
④ [英] 弗吉尼亚·伍尔夫：《到灯塔去》，第13页。
⑤ Doreen Massey, *Space, Place, and Gender*, Minneapolis, MN: University of Minnesota Press, 1994, p. 179.

现代女性的必需，她们更多地追求了作为人的自由。"① 女性通过身体的"越界"实现了走出男性束缚下的家庭空间的第一步。伍尔夫在结尾处将婚姻破碎后的两性关系呈现为和谐的状态，并未以"家中天使"的规范来评判敏泰，而是寄希望于敏泰的"出走"反抗传统观念对女性的空间束缚和身份限制。

　　女性通过身体移动，在试图打破公、私对立的空间分割的同时，对原有的男性构建的社会空间形成了挑战。很多研究者发现，男权社会对女性活动范围的保护实则是一种隐性的空间限制。在传统的男权社会中，漫游是属于男性的特权，波德莱尔、本雅明笔下"游荡者"（flaneur）形象皆为男性。女性只能在家庭空间内活动，即使偶尔进入家庭以外的空间，也只能是海边、公园等自然空间；诸如贫民窟等"危险"地带是一种隐性禁止空间，女性需要在男性陪同下才能进入。在男权社会中，"当女性跨越了空间边界，她们的身体移动就被视为对男权和社会秩序的威胁"。② 女性主义地理学者认为身体是男性使女性屈从于他们所划定的空间范围的关键，同时，也是女性逃离这一不平等的二元对立樊笼的钥匙。身体实践"是建构特定社会空间……的核心要素"③，也是解构特定空间的途径：女性通过身体的空间实践（如越界行为）可以解构男性规制下的某些社会空间。在小说中，拉姆齐夫人并不甘于局限于家庭这一私人而女性化的空间中，而是深入伦敦贫民窟开展调研工作，试图"闯入"以社会和政治因素为标志的男性空间之中。在都市中，"不同区域的功能差异……与居民的阶级身份和经济地位相对应，成为空间政治和地缘文化的集中代表"④。伦敦贫民窟所代表的阶级身份和经济地位与拉姆齐夫人并不相符，因而，

---

① 吕洪灵：《〈到灯塔去〉：回忆的再现与认知》，《外国文学研究》2013 年第 4 期。
② 刘英、孙鲁瑶：《女性与汽车：美国女性旅行叙事中的性别空间与流动性》，《妇女研究论丛》2016 年第 2 期。
③ 陶伟、王绍续、朱竑：《身体、身体观以及人文地理学对身体的研究》，《地理研究》2015 年第 6 期。
④ 李保杰：《城市历史与空间政治——〈天使之河〉中的洛杉矶》，《山东外语教学》2017 年第 5 期。

她涉足这个在阶层政治中处于边缘的空间，恰恰是抓住了边缘作为战场的有利地势，重新构建女性在社会空间中的行走路线，打破了男性为女性设定的空间界限，以及这些界限所代表的社会秩序，从而在一定程度上反抗了男性主导的社会公共空间。

三　空间重构与两性和谐

空间的性别化区隔要求女性（以及男性）只能按照社会赋予的性别角色规范行事。但女性在不平等的空间格局中的反抗并不是伍尔夫的终极目标。在小说中，她通过对家庭空间和精神空间的重构，试图打破区分两性空间的一道道藩篱，使两性既能实现和谐共处，又能各自探寻独立的自我意识。

首先是通过"第三空间"的"流动性"重构家庭空间。刘英、孙鲁瑶在对美国女性旅行叙事的研究中指出，"汽车创造了'流动的私人空间'，为颠覆传统性别空间划分、创造'第三空间'提供了可能。"[1] 同样，在《到灯塔去》中，船也是一个公共空间和私人空间交叠的"第三空间"，是男女两性空间交会融合的"流动"场所。如果说刘英关注的是女性对男性开放空间的重构，那么，伍尔夫则通过船这一媒介，让男性回归到家庭空间之中。家宅是属于女性的，是母亲与孩子情感交流的亲密空间，在这一私人空间中，男性往往处于缺场的状态。小说中的詹姆斯长期生活在父亲缺位的家庭空间，这造成了父与子的隔阂。小说中空间的转换和流动性创造了改变的可能。作者将这一改变的契机设置在漂泊于无边大海上的一艘小船上。大海是一个相对开放、充满冒险的公共空间，兼具自然空间与社会空间的属性；而小船则是一个相对封闭的呵护性的私人化空间。这一私密空间使得拉姆齐与儿女的交流成为可能。在小船行进过程中，拉姆齐描述渔夫与海浪搏斗的情景，称赞詹姆斯掌舵能力强，帮助詹姆斯树立男子汉

---

[1] 刘英、孙鲁瑶：《女性与汽车：美国女性旅行叙事中的性别空间与流动性》，《妇女研究论丛》2016年第2期。

的自信与勇气。他还试图用一条小狗拉近与凯姆的心理距离,展现了父亲温柔的一面。最终父子三人冰释前嫌,拉姆齐重新融入家庭空间。小船模糊了男性空间与女性空间的边界,而灯塔之行中,象征拉姆齐夫人的爱与呵护的长长的灯光与波涛汹涌的大海融为一体,这也指向了重构性别化空间的可能,以及两性和谐共处的前景。

其次是精神空间的重构。繁重的家务以及男性无处不在的控制和压迫使得女性难以拥有独立思考的空间。她们不仅在物质上受制于男性,在精神上亦是如此。袁素华认为,伍尔夫在《一间自己的房间》中呼吁杀死"房间里的天使",所传达的即是女性迫切需要一个可以让她们得以"自由思想的空间"。[①] 伍尔夫将这一观点融入《到灯塔去》的创作。

小说中的"花园"和"客厅"是唤起女性自我意识、满足精神需求和展开思索的场所。拉姆齐夫人热衷于照料她的花园。从战后莉丽的描述中可以发现,没有了拉姆齐夫人的精心打理,花园呈现一片荒草丛生的景致。由此可见,拉姆齐夫人在此投入了许多精力。在"花园"这一被篱笆包围的天地中,拉姆齐夫人得以构筑自己不受打扰的精神空间,并获得了少有的空间控制权。花园里的一切都在拉姆齐夫人的掌控之下,例如,她可以随意在花园中种植玫瑰花、大利花、水仙花、紫罗兰等符合女性气质的植物。她在园子里种下这些寓意着美好与爱情的花木的同时,也将爱与希望装进了自己的精神空间,让它们生根发芽。与此同时,花园与人类对生命的思考相联系。精心打理花园的过程引发了拉姆齐夫人对自身命运和人生的思考,这些思考令她的精神空间变得更丰富,更独立。

"客厅"是另一个展现女性丰富内心思想的场所。在维多利亚时代,中产阶级妇女被视为"客厅里的装饰品"[②],在此她们受制于男性的一言一行。客厅是男性政治空间在家宅的延伸,拉姆齐先生等男性

[①] 袁素华:《试论伍尔夫的"雌雄同体"观》,《外国文学评论》2007年第1期。
[②] 陆伟芳:《对19世纪英国妇女运动的理论考察》,《妇女研究论丛》2003年第2期。

精英在此发表观点，畅谈学术。但在伍尔夫笔下，"客厅"在充当男性议事场所的同时，也引发了拉姆齐夫人对生命真谛的思考。比如，她会在夜晚独自坐在客厅继续编织未完成的袜子。此时的客厅已不再是男性交际的场所，而是充当了女性灵魂的避难所。拉姆齐夫人蜷缩在这个稳定的角落空间之中，抛开平日里光鲜亮丽的外表，返回内心深处去寻找那个自由自在的自我。她甚至还对"是否存在上帝"这个严肃的哲学命题展开思考。这些对生命本真的探索抚慰了她被生活琐事侵占的心灵，并帮助她点燃了女性的理性之光。

唤起女性理性思考仅仅是伍尔夫重构精神空间的一部分。通过莉丽的作画过程，伍尔夫展现了女性从封闭到开放的思想转变过程。面对男权社会对女性的思想束缚，莉丽一开始试图以自己的画作反抗。她曾一度尝试将象征"女性主义"的线条挪到她的画布中心，但内心却无法摆脱来自男性权威的声音——"女人不能写作，女人不能绘画"①，因而迟迟不敢落笔。最终，莉丽通过回想拉姆齐夫人的点滴，丰富了自己对于女性的理解。她开始改变对塔斯莱的偏见，并开始喜欢他深深陷入脸颊的湛蓝的眼睛。她准许了卡麦尔克在她作画时踏足她的私密空间；并且终于如愿在画布中央抹上了第一道色彩。②她开始爱慕班克斯，和他谈论绘画，一同游览艺术圣地。与此同时，班克斯也走出实验室，学会欣赏莉丽别样的美。比起独自思考，两性之间的交流能够拓展思维的界限。重构女性的精神空间，是伍尔夫打破空间性别化二元对立的又一次尝试，这模糊了两性空间的边界，使得两性从对立走向和谐成为可能。

《到灯塔去》通过展现不平等的性别化空间分割，传达了伍尔夫作为现代女性主义运动者的观点，即女性需要通过反抗来改变这种受制于男权社会传统的性别空间划分，以消解男权社会对空间的掌控。这一生产—再生产、支配—依附以及文化—自然的二元对立的空间划

---

① ［英］弗吉尼亚·伍尔夫：《到灯塔去》，第83页。
② ［英］弗吉尼亚·伍尔夫：《到灯塔去》，第152页。

分将女性限制在家庭的私人空间内，切断了她们接触社会空间和获取知识的机会。但伍尔夫笔下的女性主人公并非母亲"家中天使"形象的复刻，她也在作品中塑造了像拉姆齐夫人和莉丽那样具有空间反叛精神的人物，她们借助"（反）凝视"和"身体实践"，以自己的视角审视空间，从而打破男性社会主导的空间划分规范。同时，女性对空间的诉求是基于女性对自我意识和自身独特价值的追求，并非与男性之间你死我活的空间争夺；女性在打破空间对立和空间区隔的同时需要向男性开放自己的空间，从而形成两性平等的对话空间，以及两性和谐共处的社会空间和私密空间。

第四章　空间与存在

时空

时间
饶过了谁呢
这是一个太宏大的问题
绝对，又抽象
看着白发和睡眠
反比例生长
依然觉得谈论死亡
有点矫情

那就谈一谈空间吧
如果我们被时间玩弄于股掌
却无可奈何
那我们又何曾跳脱
空间

那些跨不过的距离
撬不动的壁垒
必定存在的边界
永不消失的缝隙

文学空间批评

（哪怕是原子、质子）

因为触碰而害怕失去
因为远离而想要靠近
在此处，就不在彼处
无法同时踏入两条河流
可以流浪也可以横躺
但必须在一个地方

是坐标中的点
宇宙的尘埃
我们被抛入，被放在
被安排，被驱赶，被转移
被困在
某个位置，角落，范围
有时，却甘之若饴

我们丈量探索感知或占有空间
我们与空间互相占有并延展
我们与空间妥协，相守

可时间呢
我们在时间中漂浮
却不由自主
时间令我们绽放
也令我们陨落

那
就留下点什么吧

足以延续传递增殖播散
并想象
时空之外的
存在

爱德华·索亚对"第三空间"理论的建构既是地理学探索,也基于一种存在论的重构和前提:"世界中的存在、海德格尔的此在、萨特的存在,在存在论上都可以界定为同时是历史的、社会的和空间的。"[1] 的确,存在既是在时空中的存在,同时又具有社会性。存在具有空间性,存在与空间相互关联、相互影响,存在与空间交织交缠,这些似乎都是不言而喻的,却又是十分复杂的,甚至是深奥晦涩的。空间与存在这个话题,既是哲学的,也是文学的,既是理论的,也是实践的,因而是文学空间批评不可或缺、极其重要的领域。甚至可以说,文学空间研究的终极旨归是关于存在空间性(或存在与空间关系)的思考。

第一节 空间与存在理论概说[2]

关于空间与存在关系的论述,至少可以追溯到勒内·笛卡尔的哲学。而20世纪以来,西方哲学、社会学、地理学、心理学等领域敏锐地感受到人的存在越来越与空间相关,越来越受到空间的影响,因而越来越多的理论家开始从不同角度探讨空间与存在的关系。存在与空间日益成为西方学术界尤其是空间问题讨论中的焦点。

由于存在与空间之间有着紧密而复杂的关系,本节将先从理论上讨论这两者的关系。讨论将主要涉及空间与身体、人的空间经验、人

---

[1] Edward W. Soja:《第三空间:去往洛杉矶和其他真实与想象地方的旅程》,陆扬等译,上海教育出版社2005年版,第93页。

[2] 这一节的主要内容来自方英、王春晖《空间与存在:20世纪西方文学理论的空间转向》,《江西社会科学》2016年第12期。

对空间的建构，并简要讨论空间与存在焦虑/困境这个话题。

一　空间与身体

人的身体需要占据一定空间，身体本身也是一种空间。人以身体为出发点和参照系来感知空间，人通过身体的知觉和活动在空间中存在，人与空间的关系以作为有机体的身体为基础和纽带。

早在笛卡尔将空间界定为广延（extension）时，就已蕴含了空间与身体的内在关联。笛卡尔指出，物质是在长、宽、高延展的实体，物质占据空间则为广延；每个物体的广延与这个物体所占据的空间是一样的，广延构成了空间的本质。① 笛卡尔的定义在"质"的层面界定了空间的特征。他所提出的"长""宽""高"，以及由此可联想到的某个具体空间的其他特征（如颜色、质感等），都可通过身体在"质"的层面体验并认知。②

伊曼努尔·康德虽将空间视为先验地存在于人心中的"外在直观"③，却发现作为有机体的身体与身体所占据的空间具有内在联系。爱德华·凯西指出，康德在阿基塔斯原理（Archytian axiom）中发现，阿基塔斯（Archytas）错误地认为"可理解（intelligible）的世界"和"可感觉（sensible）的世界"是同处一个空间的。康德认为，阿基塔斯原理——"不管是什么，都在一定空间和时间内"（Whatever is, is somewhere and somewhen）——不能涵盖上帝和天使，因为上帝和天使不处于任何具体的地方。因此，只有物质性存在，只有可感觉的身体，才能处于某个地方。由此，凯西认为，康德实际上为阿基塔斯原理加上了重要的一条：存在，有感知力，即在合适的处所（To be, to be

---

① 参见陈嘉映等译《西方大观念》，华夏出版社2008年版，第1481—1482页。
② Edward S. Casey, *The Fate of Place*: *A Philosophical History*, Berkeley: University of California Press, 1997, pp. 203-204.
③ [德]伊曼努尔·康德：《纯粹理性批判》（第2版），邓晓芒译，中国人民大学出版社2004年版，第27—29页。

sensible, is to be in place.）。也就是说，只有具有感知能力的存在，才存在于具体空间中。如果往前一步，便可推断出：作为一个具有感知力的身体的存在，即占据某个处所。① 康德在阿基塔斯的基础上，引出了空间与存在的重要纽带——身体。康德的研究显示，身体具有将物质实体定位于具体区域的功能，此功能在于，身体能赋予物体以方向性（directionality）。如果没有身体为之定位，物体将缺乏"左右""上下""前后"等明确的方向性。正是因为身体被知觉为成对的部分（如左右手、前胸与后背），我们才能将物体感知为具有方位的实体，这些方位反映了我们身体的"成对区分"。也就是说，是我们的身体，而不是心灵，为物体确定了方向。此外，康德在对"不完全一致的成对物"（incongruent counterparts）（如左右手、实物与镜像）的讨论中，也揭示了为物体"定向"（orientation）的人是一种身体主体，因为，对左右前后和镜像的区分，是以人的身体为参照的。②

在埃德蒙德·胡塞尔的现象学研究中，"原初世界"既是时间的也是空间的。他对身体与空间关系的论述最早见于《事物与空间》（*Ding und Raum*, 1907）。在他对空间性的探索中，他发现人的身体具有"优先地位"：身体是"我"的承载者，是这个"我"能感知的各种知觉的所在地，无论我何时去往何地，身体都是我所经验到的"此处"（here）。③ 为了解释身体的这一优先地位，胡塞尔提出了"零点之身"（null-body）这一概念。"零点之身"即"身体是知觉经验得以发出的方向原点。它是一个场所……所有的位置，进而所有与位置有关的外形都必须通过它才能得到规定。"④ 对胡塞尔而言，身体是整个知觉世界的恒定不变的中心："我"所遇见的任何东西都属于身体的范围；无论身体走到哪里，身体都不会离开"我"；身体自我（a bod-

---

① Casey, *The Fate of Place*, 1997, p. 204.
② Casey, *The Fate of Place*, 1997, pp. 205–207.
③ Casey, *The Fate of Place*, 1997, p. 217.
④ 臧佩洪：《肉身的现象学呈现之途》，《南京社会科学》2005 年第 12 期。

ily self）使"我"成为周围事物和所有经验的中心。① 此外，胡塞尔还通过对肌肉运动知觉的探讨，揭示了身体在空间经验中的核心地位。此处的"肌肉运动知觉"指的是在某一特定时刻，运动中或静止时的身体关于运动或静止的内在体验。胡塞尔认为，肌肉运动知觉促发了一种独特的体验：当身体以某种方式运动，身体所在的空间以及身体周围的事物都会变得不一样。也就是说，我们如何感知身体的运动，将大大影响我们如何经验身体所处的空间。② 感知身体，意味着感知身体如何占据某空间，也意味着感知身体对空间的体验。在胡塞尔那里，肌肉运动知觉成为理解身体与空间经验的重要概念，也是联系身体与空间经验的重要纽带。

一向重视时间的马丁·海德格尔，后期也开始关注空间问题。海德格尔早期重点研究存在的时间性，晚期则转而强调"时—空"一体性，强调存在的空间性，主张回到空间本身来思考空间。即便在《存在与时间》中，海德格尔也通过对用具的分析向我们揭示：此在（Dasein）对空间的感知、此在具有空间性的方式，都离不开身体的参与。首先，此在通过对用具的使用，赋予用具以空间性。由于此在的使用，用具便具有了"上手状态"（Zuhandenheit），具有一种"切近性"。这种切近性不仅指"在近处"，更是"由寻视'有所计较的'操作与使用得到调节"的，"操劳活动的巡视"为用具定出方向，使其具有位置，使其本质上是"配置的、安置的、建立起来的、调整好的"。③ 由于此在的使用，用具被给予位置和方向性。不仅如此，"周围世界上到手头的工具联络使各个位置互为方向"，并互相规定位置，从而构成用具联络的位置整体，形成用具所在的"场所"（Gegend）。此处，海德格尔强调，此在通过其活动（操作、使用、配置等）赋予用具以空间性。并且，这一空间性"是由日常交往的步伐和途径来揭

---

① Casey, *The Fate of Place*, p. 218.
② Casey, *The Fate of Place*, p. 219.
③ ［德］马丁·海德格尔：《存在与时间》，陈嘉映、王庆节合译，生活·读书·新知三联书店2006年版，第119页。

第四章 空间与存在

示的，由寻视来解释的"①，即离不开身体的参与和日常的活动。其次，海德格尔指出，此在的空间性在于"在世界中存在"（In-der-Welt-sein），而"在之中"则显示为"去远"（Ent-fernung）和"定向"的性质。"去远"即通过对用具的使用，将其带到近处来照面，去除其"远"使之"近"。去除"相去之远"不仅涉及距离的测量，而且需要此在寻视首先上手事物的环境，将首先上手之物带入"由寻视先行揭示的场所"。由此，"此在以寻视着揭示空间的方式具有空间性"。② 此外，此在同时具有定向的性质。此在在世界中的存在，此在的去远活动，都离不开寻视操劳活动。而"寻视操劳活动就是制定着方向的去远活动"，是一种定向活动。"左和右这些固定的方向都源自这种定向活动，此在始终随身携带这些方向，一如其随身带着它的去远"。③ 也就是说，此在为用具去远并定向的同时，自己也具有并显现出空间性。从海德格尔的论述我们可以推断，此在与存在的空间性离不开身体和身体的活动，我们通过身体和身体的活动经验空间，并由此赋予此在、存在者和存在以空间性。

尽管胡塞尔和海德格尔的研究向我们揭示了身体对于空间感知和存在空间性的重要意义，但到了梅洛－庞蒂那里，身体才真正得到解放，并被赋予建构空间性的原初性意义。在海德格尔那里，身体对揭示空间性的作用是间接的，是附属于"在世界中存在"这个结构的；而在梅洛－庞蒂那里，"身体—主体"（subject-body）在空间性的本质构建中具有奠基性地位。在胡塞尔那里，身体这个概念没有得到太多讨论，而且主要是在"作为生命的肉体"（Leibkörper）这个意义上被使用④；在梅洛－庞蒂那里，身体不仅是肉体的，而是融合了身心的双重性，是"物性和灵性的统一"⑤。更重要的是，身体得到了前所未

---

① ［德］马丁·海德格尔：《存在与时间》，第120页。
② ［德］马丁·海德格尔：《存在与时间》，第124—126页。
③ ［德］马丁·海德格尔：《存在与时间》，第126页。
④ 臧佩洪：《肉身的现象学呈现之途》，第6页。
⑤ 杨大春：《杨大春讲梅洛－庞蒂》，北京大学出版社2005年版，第83页。

有的强调，这种强调甚至可以说是本体论层面的，是与"知觉的首要性"联系在一起的。杨大春指出，"梅洛－庞蒂最终把一切建立在身体行为、身体经验或知觉经验之上，用身体意向性取代了自笛卡儿以来一直受到强调的意识意向性，用身体主体取代了意识主体。"① 梅洛－庞蒂通过对空间性、运动机能等问题的讨论，揭示了身体与空间，与存在的关系。他赋予身体以空间中的优越性，将其视为空间的起点。他认为，"在我看来，我的身体不但不只是空间的一部分，而且如果我没有身体的话，也就没有空间"②。在梅洛－庞蒂那里，空间的问题首先是与人的身体、人的知觉和经验相关的问题。他在对空间性的讨论中，始终立足于身体和知觉，他所探讨的空间也有别于传统的"客观空间"，而是身体的空间，知觉的空间。通过这些讨论，他最终想告诉我们的是，我们通过我们的身体感知空间，经验空间，在世界中存在。

艾特林在《美学与自我空间感》一文中也坚持，人以自己的身体为核心和出发点来感知周围的空间。文章指出，无论是醒着还是梦中，我们都会将身体的形式投射到周围的物体上；大脑对线条、块状等空间形状的美学反应，对建筑及其他视觉艺术中空间的体验，都与我们的自我空间感（spatial sense of self）密切相关，都是通过身体所感觉到的。③ 萨克在《社会思想中的空间观》中也探究了空间特性与情感、身体的联系，表明身体的不对称性、伴生感觉、外貌感知等因素促成了这种联系，并指出这种联系的非稳定性和非普遍性。④ 皮亚杰研究了儿童如何通过身体的感觉运动，领会客体空间的基本结构和特征，如何逐步形成完整的"身体图示"，如何在感觉经

---

① 杨大春：《杨大春讲梅洛－庞蒂》，第83—84页。
② Walter W. Powell and Paul J. DiMaggio, *The New Institutionalism in Organization Analysis*, Chicago: The University of Chicago Press, 1991, p. 140.
③ Richard A. Etlin, "Aesthetics and the Spatial Sense of Self", *The Journal of Aesthetics and Art Criticism*, 1 (1998), pp. 6 – 7.
④ ［美］罗伯特·戴维·萨克:《社会思想中的空间观：一种地理学的视角》，黄春芳译，北京师范大学出版社2010年版，第133—145页。

验的基础上借助符号最终获得完整而成熟的空间观。①

正如列斐伏尔在《空间的生产》中指出的,"整个(社会)空间都从身体开始,不管它是如何将身体变形以至于彻底忘记了身体,也不管它是如何与身体彻底决裂以至于要消灭身体……身体内部……所构造的一个又一个层次预示了社会空间的层次和相互关系。被动的身体(感觉)和主动的身体(劳动)在空间交汇"②。的确,人的社会性存在都是从身体开始的,而身体与社会空间的层次、结构相互联系。无论是被动的身体感觉,还是身体的主动劳动,都是人的存在空间性的起点,都在空间中展开并相遇。

二 人的空间经验

空间是存在的基本维度,人是在空间中存在的。存在与空间互相联系,互相定义。一方面,空间的意义通过人(尤其是人的身体)对空间的经验来界定;另一方面,人的身体需要占据一定的空间,人需要在空间中活动,人的空间知觉与空间经验影响着人的存在。

胡塞尔、梅洛－庞蒂、海德格尔等哲学家的深刻思考向我们揭示,经验空间是人存在的重要方式,人的空间经验是存在的重要维度。这里的空间经验代表一种广义的空间感、空间体验和空间活动,是人与空间的交互作用,体现了人与空间的关系。通过空间经验,空间与存在互相定义,互相影响。一方面,人在空间中的体验和活动建构并改造空间,空间的意义通过人对空间的经验和人的存在来界定;另一方面,人需要在空间中存在,空间的状态和人的空间经验影响着人的存在。

晚期的海德格尔通过对建筑、空间、世界等问题的讨论,在形而上的层面讨论了"筑造"这一空间经验,将空间看作思考栖居和存在

---

① [美]罗伯特·戴维·萨克:《社会思想中的空间观》,第128—131页。
② Henri Lefebvre, *The Production of Space*, trans. Donald Nicholson-Smith, Oxford: Blackwell, 1991, p. 405.

的本源性问题。他在《筑·居·思》("Building Dwelling Thinking")一文中指出,"'空间'一词所命名的东西由此词的古老意义道出。空间(Raum),即Rum,意味着为定居和宿营而空出场地。"① 也就是说,空间天然地与栖居联系在一起,人与空间的关系,也必然与栖居相连。"人与位置的关联,以及通过位置而达到的人与诸空间的关联,乃基于栖居之中。人和空间的关系无非是从根本上得到思考的栖居。"② 在对筑造的讨论中,海德格尔深刻揭示了建筑与栖居的本质性联系。"安居与建筑③相互并存于目的与手段的关系之中……建筑不仅仅是获取安居的手段和途径,建筑本身就已经是一种安居。"④ 而"安居",即"栖居",是"我们人据以在大地上存在的方式",或者说,"终有一死者在大地上存在的方式"。⑤ 可见,"建筑"的本质意义就在于"栖居"和"存在"。在海德格尔的哲学体系中,尤其是后期研究中,空间与时间具有同等重要的地位,是理解存在的原初性维度。

在《空间的诗学》中,巴什拉在现象学的层面,讨论了各种空间原型带给人的空间经验。如家宅具有原初的丰富性,"是我们在世界的中的一角",是"我们最初的宇宙"⑥。因此,家宅是庇护所、藏身处、休憩地,带给我们安定感、幸福感,排除偶然性,增加连续性,保存着儿时的梦想与记忆。家宅中的"柜子",是存储记忆与历史的空间,是隐秘的心理生命的存在。⑦ 家宅中的"箱子"是隐私的需求和藏物的理智,箱子上的锁既是召唤又是迷惑。⑧ 又如,"角落"带给

---

① [德]马丁·海德格尔:《海德格尔选集》下卷,孙周兴选编,上海三联书店1996年版,第1197页。
② [德]马丁·海德格尔:《海德格尔选集》下卷,第1200页。
③ 即筑造,下同。笔者注。
④ Heidegger, Vorträge und Aufsätze, S140. 参阅中译本,第153页,转引自张廷国《建筑就是"让安居"》,《世界哲学》2009年第4期。
⑤ Heidegger, Vorträge und Aufsätze, S141. 参阅中译本,第154页,转引自张廷国《建筑就是"让安居"》,《世界哲学》2009年第4期。
⑥ [法]加斯东·巴什拉:《空间的诗学》,张逸婧译,上海译文出版社2013年版,第2页。
⑦ [法]加斯东·巴什拉:《空间的诗学》,第84页。
⑧ [法]加斯东·巴什拉:《空间的诗学》,第88页。

第四章　空间与存在

人的空间经验：这既是孤独的角落，又是辽阔的宇宙，既在自身之内，又在自身之外，既是寂静的避难所，又是对卑微的呼唤，体现了内与外、蜷缩与扩展的辩证法。① 再如"宽广"，如荒漠和平原，是一个无边界的、不断扩张并展开的空间，联系着人内心的孤独和漂泊感。人在"宽广"中的空间经验乃是人在宇宙中孤独存在的方式，"巨大的空间，是存在的朋友"。②

本雅明在《发达资本主义时代的抒情诗人》中结合波德莱尔等人的作品，讨论了现代主义时期城市空间与人们的空间经验。他的分析以巴黎拱廊街为主，还包括世界博览会、内部世界和街垒等问题。拱廊街主要存在于19世纪末到20世纪初期，是后来的百货商场的前身，上有拱形玻璃天棚，两侧商铺林立，这是一个既开放又独立的空间，是室内与街道的交接处，这里"可以说是小型城市，甚至是'小型世界'"。③ 这里乃游荡者喜欢逗留的地方。这些游荡者包括各种游手好闲之人，也包括喜欢在街上捕捉灵感的作家与文人。他们在商品的迷宫中穿行，找到了"大城市的宗教般的陶醉"④。他们靠在拱廊街的墙上，就像在自己家里一样安然自得。他们在人群中找到了避难所，也收获了各种崭新的体验：人群是他们的隐身之处，也是他们观察的对象，在人群中他们捕捉到"痛心和无数的自然震惊"⑤，与无数惊奇的体验迎面相遇或者擦肩而过。经本雅明描绘的游荡者形象，逐渐演化为城市空间中必不可少的一部分。他们的漫步，他们在城市中穿行时的窥视，他们与人群，与城市景观的关系，他们的各种空间经验，都成为理解城市空间必不可少的维度。发展到米歇尔·德·塞托那里，漫步已成为空间叙事本身，成为不断创造新路线并重新绘制城市空间的过程，而漫步者则体现了

---

① ［法］加斯东·巴什拉：《空间的诗学》，第146—154页。
② ［法］加斯东·巴什拉：《空间的诗学》，第227页。
③ ［德］瓦尔特·本雅明：《发达资本主义时代的抒情诗人》，张旭东、魏文生译，生活·读书·新知三联书店2007年版，第56页。
④ ［德］瓦尔特·本雅明：《发达资本主义时代的抒情诗人》，第74页。
⑤ ［德］瓦尔特·本雅明：《发达资本主义时代的抒情诗人》，第79页。

"发展中的城市的矛盾性：他是一个貌似全能的观察者，洞察一切却又一无所见"，同时他又是一个"孤独的一无所有的旁观者，被排除在所有人际关系之外"。①

除了关于城市漫步的经验，德·塞托还讨论了现代生活中一种常见又独特的空间经验——乘火车。他指出，这是旅行的封闭，假期式的封闭，也就是说，这是移动的封闭和休息式的封闭。这是内与外两种秩序的静止：车厢内，"休息与梦想统治全局"，车厢外的静止则是一种感官的幻象，是"空间对眼睛的抽象使用"，是对手和脚的权力的剥夺。旅行混淆了各种无形的边界，平衡了运动与静止、监禁与自由的矛盾，在日常生活中植入乌托邦式的美好。行程的结束意味着重新回到工作中，意味着一段美丽抽象的结束，意味着一段既是"监狱式"又是"航海式"的冒险的结束。②

弗雷德里克·詹姆逊讨论了后现代都市中人们的空间迷失感。他认为我们正在经历一场文化转变，我们的文化中出现了一种新的"超空间"，而作为生活于这一空间中的主体，我们却未能演化出相应的知觉能力以配合空间经验的诸多变化。这一变化的基础表现于建筑空间。詹姆逊以具有代表性的鸿运大酒店为文本，分析了其入口设计带来的寻找服务台的困难，玻璃幕墙产生的无位置感，客房分布带给人的压抑和混乱感，大堂内的拥挤繁忙令人失去距离感，失去透视景物和感受体积的能力，升降机令人在拥挤的室内空间和可以俯瞰全市风景的室外空间之间快速切换，酒店平台上众多商店令人无法辨别方向、无法再次找到其中的任何一家。这样的空间范畴超越了个人的能力，使人体无法在空间中为自身定位，人的身体与周遭环境之间产生了惊人的断裂。"作为主体，我们只感到重重地被困于其中……始终无法掌握偌大网络的实体空间，未能于失却中心的迷宫里寻找自身究竟如

---

① ［英］丹尼·卡瓦拉罗：《文化理论关键词》，张卫东等译，江苏人民出版社2006年版，第169页。
② ［法］米歇尔·德·塞托：《日常生活实践——1. 实践的艺术》，方琳琳、黄春柳译，南京大学出版社2009年版，第193—196页。

第四章 空间与存在

何被困的一点蛛丝马迹。"[1] 詹姆逊还对后现代建筑空间与战争空间的体验做了对比，指出两者既类似于"崭新的机器"（电梯、飞机、枪炮等），也都因为"崭新的机器"的动感而带给人新的空间经验，尤其是空间迷失感。

艾特林在《美学与自我空间感》一文中分析了人的"存在空间"（existential space）。她指出，存在空间至少涉及三组成对的因素：第一，人对周围环境的空间感知—植根于自我内部的轴线，前者往往取决于后者，换句话说，我们往往以自我身体的空间轴来感知我们置身于内的空间；第二，物质的庇护（shelter）—精神的超越（transcendence），前者是一个圈定的封闭的范围（enclosure），后者无限开放，而这两极构成了存在空间的框架；第三，自我—世界的区分，这是通过自我（self）—非我（nonself）或已知自我—神秘自我的二分法体验到的，是一种近和远的空间关系，体现了杰·艾坡顿所界定的"此处与彼处"（here-and-there theme）。[2] 她所指出的三种空间区分，其边界是看不见的，而且是流动的、难以明确界定的。不仅如此，她在对此处与彼处的讨论中指出，黑夜能取消这两者的区别，使得这儿与那儿、近处与远处、自我与世界融为一体。[3] 这与段义孚的一项观察构成了互为注释的关系。段义孚发现，对于美国西南部的 Hopi 印第安人而言，远处的地方和事件，属于无时间的过去，因为这些属于远方的事情要到事后才能知道，因此，远处是他们的主观空间与客观空间的交界处。[4]

以上哲学家的深刻思考向我们揭示，人的空间经验是人存在的重要方式。这里的空间经验代表一种广义的空间感，包括人的空间知觉、感受、想象、记忆、习惯等，这些都是人与空间的交互作用，体现了人与空间的关系。人在空间中能知觉到空间的大小、距离、方向、远

---

[1] ［美］詹明信：《晚期资本主义的文化逻辑》，张旭东编，陈清侨等译，生活·读书·新知三联书店 1997 年版，第 497 页。
[2] Etlin, "Aesthetics and the Spatial Sense of Self", pp. 7–13.
[3] Etlin, "Aesthetics and the Spatial Sense of Self", pp. 12–3.
[4] Yi-Fu Tuan, *Space and Place: The Perspective of Experience*, MN: University of Minnesota Press, 1977, pp. 120–121.

近、位置、边界、集中性、拥挤程度等，而与这些相关的是人在空间中感到的舒适、焦虑、熟悉、陌生、迷失、惊颤等体验，是人与空间之间和谐或紧张的关系。

三 人对空间的建构

人不仅在空间中存在，而且创造并建构空间。人对空间的建构是人存在的重要方式。

在空间建构的过程中，人以自己的身体为尺度，测定方位，衡量长度，区分远近，赋予空间以价值和秩序。这在语言中有许多例子。我们以身体的词汇表达方位。如古希腊语言中表示"脸"的词也表示"南面"，表示"头的背面"的词也含有"北面"的意义；在许多非洲语言中，"背"表示"后面"，"眼睛"表示"在前面"，"脖子"表示"在上面"，"胃"表示"在里面"，等等[1]。类似的例子在汉语中也不胜枚举，如"背后""眼前""左手边""顶天立地"，等等。我们以身体衡量距离。因此，一个 fathom 是胳膊伸直后从一只手的指尖到另一只手的指尖的距离，一英里是一千步。我们关于距离的表达是以自己的身体为中心的，是他物到自己的距离。我们关于空间的词汇往往来源于身体的结构与价值，如直立、倾斜、高、低、前、后、左、右等。我们对方位和宇宙的认识、对于空间的理解和建构，都是与我们直立的身体相联系的。比如，我们认为"直立的"是"自信的，庄严的，高贵的"，因为人体的直立带来了视野的扩展和对新领域的拓展；而"倾斜的"则是"顺从的"，意味着对自身状态和周围环境的接受。因此，有许多与 stand（站立）同字根的词汇，如 status（地位）、stature（身材，声望）、statute（法令）、estate（财产，较高的社会地位）等，都含有成就和秩序的意义[2]。我们对实体空间的建构也深受身体

---

[1] H. Hamburg Carl, *Symbol and Reality*, The Hague：Martinus Nijhoff, 1970, p. 98.

[2] E. W. Straus, *Phenomenological Psychology*, New York：Basic Books, 1966, p. 143, 转引自 Tuan, *Space and Place*, p. 37。

直立结构的影响:高处的、前面的往往是更重要的。人类的建筑总想做得更高,更高意味着更多尊敬和威严。居住地也体现出类似的价值层级:一般而言,工、商业基地被建于水的边缘,民居处于更高的地理位置,而有钱人的住宅则建在更高的地方,因为高处视野开阔,可看到世界在自己脚底,从而确定自己的地位。[1] 建筑空间和城市往往都有前(front)、后(back)之分,房间的前面部分(如报告厅的讲台)是受到关注的焦点;城市的前面部分处于价值体系的更高层级,如中国古代城市中,前面的也是南面的,往往用于礼仪活动,而后面的也是北边的,往往用于世俗的商业用途。[2] 由此可见,人从自己的身体出发,建构了自身周围的空间,也建构了空间中的价值与秩序。

艾特林在《美学与自我空间感》一文中指出,人以自己的身体为核心和出发点来感知并建构周围的空间。艾特林指出,我们随身体携带着一个内置的轴,以"自我"这个轴来感知周围的空间,因此,当我们置身于万神庙时,会认为自己占据着一个巨大的空间,并以自己的存在填满这个空间。[3] 一些常见的空间象征意义也与我们的身体和自我空间感相关。比如,我们常常将地平线之外的空间比喻成未来,或者是未知的、神秘的东西,这一比喻正是立足于人的自我空间感:我们认识到,在身体之外有一个有限的空间,这个空间存在于视野所及的物质性边界之内,而边界之外则是神秘未知的领域。[4] 也就是说,在经验空间的过程中,我们从"自我"这个轴出发,建构起"我"之外的各种空间:"我"周围的空间、与"我"相关的空间、"我"所占据的空间、"我"无法把握的遥不可及的空间,等等。

如上文中的例子所示,人对空间的建构总是与方向、位置、距离

---

[1] Tuan, *Space and Place*, pp. 38 – 39.
[2] Tuan, *Space and Place*, pp. 41 – 42.
[3] Richard A. Etlin, "Aesthetics and the Spatial Sense of Self", *The Journal of Aesthetics and Art Criticism*, 1 (1998), p. 8.
[4] Etlin, "Aesthetics and the Spatial Sense of Self", p. 11.

等问题相关。这些空间关系被人为地赋予秩序、等级、价值与文化，被用于确定所属权、划分群体、区分人际关系的等级与远近。另外，确定边界是空间建构中的重要方式。第三章第二节详细讨论了边界（包括设界）和越界，这里还想指出的是，划定边界标志着对空间所有权的声明，对边界的修改（扩展或缩减）、尊重或跨越是空间建构中时常发生的事情，这些都是人类生活中的重要问题，关系到秩序的维持与破坏，也是权力关系的重要标志，是空间建构对存在的重要影响。

从上文中的例子还可看出，空间建构不仅涉及物理空间，而且涉及心理空间和社会空间。方向、位置、距离、边界等问题具有精神、心理、文化、宗教、政治、社会等维度。在文学作品中，人对空间的建构更多地体现在这些维度，人的存在也更多地受到这些维度的影响，即使人对物理空间的建构也不可避免地带有这些维度的意义和对这些方面的追求。

人经验空间的过程也是建构空间的过程。海德格尔所讨论的"筑造"正是人建构空间、改造空间的活动。段义孚曾指出，人在感知空间、探索空间、组织空间的过程中，以身体的经验为基础，使空间与人的生理需求和社会关系相一致。[1] 在这个过程中，人不断创造空间，改变空间。因此，空间是"人类所建构的空间"。[2] 德·塞托也强调空间由人建构。他认为，空间"是一个被实践的地点"[3]，人的活动之间的冲突或相似所形成的整体激活了空间，比如，在几何学意义上的街道（地点），被行人的活动转变成了空间。由此可见，是人的实践活动界定并建构了空间。及至列斐伏尔提出的"空间生产"概念，则是具有资本生产意义的对空间的改造和建构（关于空间生产，已于第三章第一节讨论，此处不赘述）。列斐伏尔的空间生产主要指"具有一定历史性的城市的急速扩张、社会的普遍都市化，以及空间性组织

---

[1] Tuan, *Space and Place*, p. 34.
[2] Tuan, *Space and Place*, p. 35.
[3] [法] 米歇尔·德·塞托：《日常生活实践——1. 实践的艺术》，第 200 页。

的问题"。① 城市的迅速发展可以说是 20 世纪以来对人的存在具有最深刻、最重要、最深远影响的空间建构，人们的各种空间焦虑和日新月异的时空体验均与此相关。因而城市空间是考察空间与存在关系的重要场域，本章第三节将结合相关理论，讨论乔伊斯《尤利西斯》的都市空间，分析其中的现代性表征，揭示都柏林人在这座兼具现代性和殖民性的城市中的生存体验和困境。

最后简要讨论一下存在焦虑与空间这个话题。此处仅概述罗伯特·塔利的相关论述。更详细的考察将留给下一本书，因为这是一个宏大又艰深的话题，笔者尚未做好准备。

塔利的相关讨论揭示，无论是卢卡奇的"超验的无家可归"（transcendental homelessness）或海德格尔的"畏"（angst），还是萨特关于存在与本质的论述都与人的地方感（sense of place）相关，并且揭示了人在空间中识别"方位"、建立秩序、投射整体性的欲望、需要和努力。

塔利指出，卢卡奇将小说的出现看作对"超验的无家可归"这一存在状况的反应，即为"上帝抛弃的世界"绘制出想象的、临时的整体。"为了使自身存在具有意义和可理解性，个体或集体必须创造出一个有序的体系。"② 这种普遍而抽象的无家可归感既是一种存在焦虑，也是一种空间迷茫——因丧失古希腊时代的整体感而产生的迷惘和焦虑。

塔利认为，尽管源自不同哲学传统，卢卡奇的"超验无家可归"概念构成了"存在焦虑"（existential angst）概念的先驱，影响了存在主义哲学关于存在焦虑与地方感的讨论。塔利通过对海德格尔的观点——在世（being in the world）体验由强烈的焦虑感导致，这是一种诡异的非家感（unhomeliness），即在世界中不"在家"的感觉，或者说，出离家园（das Nicht-zuhause-sein）的感觉——的讨论，揭示了存在焦虑的空间性。塔利接着指出，"在一定程度上，萨特的存在主义

---

① ［法］亨利·列斐伏尔：《空间：社会产物与使用价值》，载包亚明主编《现代性与空间的生产》，上海教育出版社 2003 年版，第 47 页。
② ［美］罗伯特·塔利：《空间性》，方英译，北京大学出版社 2021 年版，第 59 页。

哲学出自他对海德格尔'在世'这一概念的理解，但与海德格尔不同的是，萨特并不寻求让人类恢复某种原初的、更具整体意味的地方感。相反，萨特……要求个体发展出赋予自己生命以意义的计划，或者……发展出重建自己在世界中的地方感的计划"①。萨特关于存在焦虑的空间性论述植根于对海德格尔的此在和存在的解读：在存在中"此在"代表着人在世界之中，也就是说，人不可能在世界之外的任何地方，人无法找到与这个世界无关的本质或意义。萨特由此得出结论，每个人必须创造自己存在的意义；这是每个人都应当拥有的自由，却又是被迫自由的，因而产生焦虑。在塔利看来，"这意味着每个主体都应当以某种有意义的方式精心安排自己生命的各个部分，以建立一种'地方感'和在世的目的"②。由此，塔利赋予存在焦虑和存在主义哲学更鲜明的空间性思考。

塔利在《空间性》第二章的"存在焦虑与地方感"、《处所意识：地方、叙事与空间想象》的第一章《处所意识》和一些文章中对以上话题都做出了详细而精彩的讨论，此处不再赘述。此外，塔利还提出并讨论了"处所意识""绘图紧要性""文学绘图""地理批评"等概念，这些概念本身就是对空间焦虑和存在焦虑的思考，也是对空间与存在关系的探索。由于第一章第一节和第四节详细讨论了塔利的一系列空间批评概念，此处只将塔利的主要观点概述如下："处所意识"是主体对自己所处地方的一种持续而强烈的意识和关切，是一种与空间相关的存在焦虑，这导致了主体的绘图欲望和焦虑，即主体想要想象/绘制自己所在时空整体的欲望和焦虑。换句话说，由于普遍存在的处所意识，人们迫切需要绘制自身与其他事物以及某种整体性之间的空间关系，这是塔利所称的"绘图紧要性"。此外，塔利提出的作为作者写作的"文学绘图"和作为读者批评的"地理批评"也是从空间维度对存在问题（和文学本质③）的探讨。笔者认为，在很大程度上，

---

① [美]罗伯特·塔利：《空间性》，第60页。
② [美]罗伯特·塔利：《空间性》，第83页。
③ 这暗示了一种新文学观，即将文学看作地图绘制。笔者正在撰文讨论这个问题。

文学绘图和地理批评是对处所意识的回应，也是应对这一存在焦虑和空间焦虑的策略；可以说，处所意识是一切（文学）绘图和地理批评的心理动因。

塔利对卢卡奇、海德格尔和萨特的讨论，以及他提出的一系列空间批评概念，是对空间与存在问题的深刻洞察，也是从空间性维度对存在焦虑的积极应对。笔者将继续深入考察。

第二节　空间与身体：《魔幻玩具铺》女主人公的身份建构

安吉拉·卡特是英国当代最具独创性的作家之一，其写作风格融魔幻现实、哥特式、狂欢化以及女性主义为一体。经由卡特的"改写"，一向以"爱"和"仁慈"等面目示人的童话或神话，摘下了纯白无瑕的面纱，露出了社会关系的真实面目，也揭示出人的身份追寻、存在困境等深刻话题。《魔幻玩具铺》是她的第二部小说，描述了少女梅拉尼在父母双亡后，带着弟弟妹妹在舅舅家寄人篱下的生活境况。

长期以来许多学者都聚焦于《魔幻玩具铺》中的父权暴力对女性的残害和大量的象征意象，却鲜有人解读主人公的身份建构以及空间在构建过程中的重要性。实际上，卡特在创作初期更为关注自我身份的问题，而小说标题以中心意象"玩具铺"直指主人公的身份与地方的关系。本节试图考察主人公梅拉尼在不同空间中探索和建构自我身份的努力，她身份建构过程中的体验、困境、反应和结果，并结合对作品中空间话语的解读，以此探讨小说中空间与身份建构的紧密联系。

一　乡下大宅：探索女人身份的"伊甸园"

小说第一部分发生于梅拉尼家的乡下大宅，时间是"这年夏天"。这是"一座有爱德华七世风格人字形山墙的独立的红砖房子，附带占地一到两英亩的庭院；室内有薰衣草香型家具打光料和金钱的香味"；在这座房子里，"每个人都有自己的卧室，另外还有几间空着的客房"，后院还有一匹马。① 这是一个生活富足的家庭，在"金钱的香味里长大"②的梅拉尼可以对自己的未来展开各种遐想，并萌生种种忧伤和深思，包括对死亡的思考。这座大宅远离城市喧嚣，远离邻居，有着丰足的房间和宽阔的庭院，而且此刻的大宅中梅拉尼的父母远游，只留下管家照顾三个孩子。这是一个权威缺场的空荡而自由的空间，宛如创世之初的伊甸园，任由没有"亚当"的"夏娃"（梅拉尼）在此探寻关于"自我"的真知，尝试一种独立的新身份——成熟女人的身份。

这些探寻，都源自身体，源自她对自己身体的觉知、观察和探索。身体是空间性的。莱布尼兹和康德曾讨论空间与身体的关系。乔治·柏克莱曾将空间与人的身体器官相联系，从视觉和触觉入手，对空间知觉展开了系统研究。③ 胡塞尔认为人的身体具有优先地位，而梅洛－庞蒂则赋予身体—主体建构空间性的原初性意义。同时，身体也是人的存在的起点和物质基础。梅洛－庞蒂认为，"身体是在世界上存在的媒介物，拥有一个身体，对一个生物来说就是介入一个确定的环境，参与某些计划和继续置身于其中"④。身体也联系着人的身份。身份是人与人交往中对自身进行定位的关键因素。人在成长过程中对自己身体的观察和思考也是思考自我身份问题的一部分。"思考身份问题也是思考'我是谁'以及自己在社会或群体中的角色与归属的问题。"⑤ 在关注身体和思考身份问题的基础上，梅拉尼展开对自我身份的追求，并开启了动态的身份建构的过程。

处于青春期的梅拉尼开始渴望并探索成熟女性的身份，而这是从她的身体探索开始的，即，始于她注意到自己变化了的"全新的"身

---

① ［英］安吉拉·卡特：《魔幻玩具铺》，张静译，浙江文艺出版社2009年版，第7—8页。
② ［英］安吉拉·卡特：《魔幻玩具铺》，第8页。
③ ［英］柏克莱：《视觉新论》，关文运译，商务印书馆1957年版，第18—20页。
④ ［法］梅洛·庞蒂：《知觉现象学》，姜志辉译，商务印书馆2001年版，第116页。
⑤ 程毅：《"把身份放入话语中"：从话语维度谈当前身份研究的现状及趋势》，《文艺评论》2016年第3期。

体，以及由此产生的种种的遐想。"这年夏天，十五岁的梅拉尼发现了自己的血肉之躯。哦，我的美利坚。哦，我的新大陆。她心神恍惚地启程探索这具身躯的全部……她光溜溜地站在壁橱前照镜子，连续几个小时"；她用双手触摸自己身体的每个部分，甚至双手倒立或做个侧翻，她意识到自己"不再是个小女孩了"。① 这一发现开启了她对自我（未来）身份的思考和探索。她在镜前想象着自己是各种名画和小说中的主人公，痴迷于假扮的人物中。对梅拉尼而言，身体的成熟伴随而来的是对恋爱与性的向往，是对"女人"身份的思考。显然，她在镜前扭捏着各种姿态是第一次通过身体在自我身份与外部世界（社会空间）之间建立起某种想象的、试探性的联系。小说中梅拉尼的身份建构便始于对自己身体的觉醒。还应指出的是，梅拉尼的这些探索都发生在她"那间色彩柔和、清白无辜的卧室里"，卧室里的床上摆着一只小布熊，床下放着一本以女性为主人公的浪漫爱情小说。② 这间卧室兼具孩子与女人的性质，确切地说，这是不谙世事的纯洁少女的私密空间，甚至与梅拉尼的少女身体形成了某种同构关系：隐秘、处子、浪漫、远离外界却又向往与外界的联系。因此，这个卧室空间与梅拉尼的身体和身份探索是一体的。

在梅拉尼对"女人"身份的探索中，最重要的也是最"冒险的"是她对"新娘"身份的探索。这次身份冒险既发生在她的卧室内，也发生在她父母的卧室和夜晚的花园中。在自己卧室里，梅拉尼"用窗纱做材料给自己弄了一系列的新娘睡袍……她把自己包裹得像一件礼物，赠送给她幻想出的幽灵新郎"；她想象着自己"随时向他显露自己洁白光滑的长腿，毫无保留"；她将窗纱裹紧，查看自己的乳房，想象着新郎会喜欢。③ 此时，梅拉尼对新娘身份的想象围绕着自己的身体展开：她的洁白光滑的长腿，小而坚实的乳房，窗纱下身体的轮廓，她觉得自己的身体是赠送给新郎的礼物。在这样的身份想象中，

---

① ［英］安吉拉·卡特：《魔幻玩具铺》，第1页。
② ［英］安吉拉·卡特：《魔幻玩具铺》，第2—3页。
③ ［英］安吉拉·卡特：《魔幻玩具铺》，第2页。

卧室和镜子发挥着重要作用。卧室在科特的理论框架中属于"个人空间"（personal space），能实现人的潜能和统一[1]，因此是梅拉尼在认识自我的过程中想象并探索自我身份的理想场所。镜子是福柯关于乌托邦和异托邦的重要隐喻。乌托邦是非真实的虚构的空间，但与社会中的真实空间有着直接的或倒转的类比关系；异托邦是一种真实的空间，既绝对不同于它们所反映的其他空间，又不同于虚构的地点。[2]福柯认为镜子所具有的二元性和矛盾性正好代表了异托邦与乌托邦的真实与非真实。镜子可作为乌托邦的隐喻，是因为我们看到的镜中的影像其实并不真实地存在于镜子空间中，而是镜子之外物体（世界）的投射。镜子可作为异托邦的隐喻，是因为镜子本身是真实的物体，其规定了我们与自己的影像（自我投射）相联系的方式。因此，当梅拉尼通过镜子观察自己的身体，想象自己的女人和新娘身份，既具有乌托邦的虚幻和美好，也具有异托邦的现实基础（比如，她日益成熟的身体），并对照出现实空间的病态或混乱。[3]镜子这一空间意象决定了梅拉尼身份探索的浪漫与美好，也表明这次身份建构的虚幻性，并预示了这次探索的失败结局。后来当她拿到通知父母身亡的电报，她将母亲的死归咎于自己偷穿并弄坏了母亲的婚纱，归咎于自己对身份的越界（一场没有得到允许的、偷偷进行的"婚礼"），也归咎于自己"偷"了母亲的妻子身份。于是她"拾起发刷，冲着镜里映出的脸扔了出去"，她想用毁灭镜像的"我"的方式，毁灭自己之前的身份幻想。同时，她又希望"她的镜子依然存在，镜子映射出的房间依然存在，然后，只有她自己不在了，缩小消失了"。但她很失望，因为镜子粉碎了，"镜子背面什么也没有，是衣柜的光木板"。[4]镜像空间被

---

[1] Wesley A. Kort, *Place and Space in Modern Fiction*, Gainesville: U P of Florida, 2004, p. 165.

[2] Michel Foucault and Jay Miskowiec, "Of Other Spaces", *Diacritics*, 16.1 (Spring, 1986), p. 24.

[3] Michel Foucault and Jay Miskowiec, "Of Other Spaces", *Diacritics*, 16.1 (Spring, 1986), p. 27.

[4] ［英］安吉拉·卡特：《魔幻玩具铺》，第26页。

毁灭了，镜子作为乌托邦和异托邦的美好与幻觉、真实与非真实都一同毁灭了，镜像中的房间也消失了。这象征着她衣食无忧的单纯少女身份的结束。

继续回到梅拉尼对新娘身份的"尝试"。在父母卧室里，梅拉尼斜靠在父母的奢华舒适的床上，尝试想象父母做爱的情形。她注视着父母婚礼的照片，展开对他们婚礼的想象。然后，她仔细地检视母亲的婚纱，思考着婚纱的白色和少女贞操的纯洁易碎。美丽豪华的婚纱激发了梅拉尼试穿的欲望。婚纱作为这个家宅空间中最核心的空间意象，对少女梅拉尼的身份探索起着重要作用。她觉得自己正在变老，朱丽叶在十四岁时已经为爱献出了生命，而自己却从未外出约会过。此时的她急需一场婚礼或者性爱体验来确证自己的女性身份。于是，她穿上母亲的婚纱礼服，虚构出一场属于她的婚礼。她试图通过婚纱来完成从女孩向成熟女人的过渡，即完成一次象征性的身份转变。她激动地喊道，"我要去花园，去到夜色中"[1]。此时的花园显然隐喻着蒙昧中的夏娃所在的伊甸园。梅拉尼独自一人来到花园，花园里没有男性，她是这里唯一的女主人。她要穿着新娘的婚纱在这座伊甸园展开空间和身份的双重探索。这是一场男性缺席状态下对"女人"身份的想象和"追寻"，也是一场女性与自我身体、所在空间和想象的身份的对话。但是夏娃被逐出了伊甸园；梅拉尼偷穿婚纱也预示着一场身份困境的到来。婚纱太大太重了，她根本撑不起不合身的婚纱，宛如"数英亩宽的"面纱将她整个套住，她像"拖着一顶堂皇的帐篷移动"[2]。拖沓的面罩和巨大的裙摆使她绊倒在地，后来猫的撕扯和树枝的牵绊使婚纱碎成布条。在漆黑的暗藏着种种未知的花园中，梅拉尼感到这是一件"穿不起来的婚礼服"，她发现自己"还太幼稚，不能适应"。她甚至感到孤独掐住了自己的喉咙，自己"迷失在这陌生的孤独感里"，迷失在关于上帝和永生的思考里。[3] 这次身份探索与尝试

---

[1] [英]安吉拉·卡特：《魔幻玩具铺》，第 18 页。
[2] [英]安吉拉·卡特：《魔幻玩具铺》，第 17 页。
[3] [英]安吉拉·卡特：《魔幻玩具铺》，第 19 页。

令她感到迷失，这份迷失与她的空间知觉相关，与她在空间中身体的尴尬和不适相关，也与夜晚花园令人害怕的空间特质相关。感到孤独迷茫的梅拉尼想要回到房子里，回到安全、舒适和封闭的空间。"回到熟悉的室内黑暗和人的气息中。"[1] 在前门关闭的情况下，梅拉尼脱去婚纱，赤身裸体地爬上自己卧室窗前的苹果树，从这里荡入卧室。在爬树的过程中，梅拉尼全身上下多处被树皮和小树枝划伤，摔入卧室后再次受伤。作者详细描写了梅拉尼身体受伤的过程和全身的累累伤痕，以她的身体感知和空间探险象征着她身份探索中的重重危险，也暗示着伴随着成长和新娘身份的种种未知和危险。次日，梅拉尼得知父母意外死亡，她将婚纱埋葬在花园的苹果树下，也埋葬了自己关于中产阶级新娘身份的幻想。至此，梅拉尼此前的身份探索以失败告终，这也意味着她需要重新追寻并建构自己的身份。

二 舅舅家的工作空间：自立与压迫

梅拉尼之前的身份建构因父母遇难而化为乌有，没有了经济来源的她不得不和弟弟妹妹搬去菲利普舅舅家居住，并结识了玛格丽特舅妈和她的两个弟弟费因、弗朗辛。梅拉尼由高高在上的中产阶级主人沦为寄人篱下的"客体"，物理空间的巨大变化和对新的生存空间的不适应，使得她的身份建构一次次面临困境。

舅舅家在伦敦，这座家宅由不同性质的空间构成：玩具铺、工作间、饭厅、厨房、卧室、浴室。正如斯蒂芬·皮尔所言，家不仅是个人身份的表达，而且能建构个人身份。[2] 在不同空间，梅拉尼努力建构与新环境和新境况相适应的新身份，却也被迫承受自己不喜欢的，甚至憎恨或恐惧的身份。对梅拉尼而言，这些空间可大体归为工作空间和生活空间。在工作空间中，梅拉尼一方面逐渐明白工作的意

---

[1] ［英］安吉拉·卡特：《魔幻玩具铺》，第20页。
[2] Steve Pile, *The Body and the City: Psychoanalysis, Space and Subjectivity*, London and New York: Routledge, 1996, p. 55.

义，慢慢接受自己"售货员女孩"的新身份，并为赚得自己的膳食而忙碌；另一方面，在舅舅的地下室工作间，她成为父权暴力的受害者。

梅拉尼的工作空间在她舅舅的玩具铺里。这是一个"黑暗，像洞穴的店铺"，灯光昏暗，货架上摆满了各式玩具、纸盒和包裹。① 梅拉尼经常在店里工作，接待顾客或者写标签，"还要擦亮木制的柜台和现金柜，永远擦不完地擦"。② 尤其是圣诞节临近期间，"她整天都站在店铺里"，甚至感觉到腿疼。她与舅妈一起不停地售卖玩具，"用一张又一张粉色和蓝色雏菊花纸包扎一件又一件玩具，有时用来放现钞的抽屉给英镑塞满了，根本关不上"。为了使店铺有节日气氛，她还用塑胶圣诞树装扮橱窗。③ 梅拉尼通过自己的劳动为舅舅家赚钱，并且认识到工作的价值（她很高兴将一个"诺亚方舟"玩具卖出了近80英镑），也认识到这家老式风格的商店利润可观，并佩服舅舅的经商头脑。在这个空间，梅拉尼对社会和金钱有了更多了解和更深的理解，也从一个衣食无忧、整天沉浸于幻想的女孩转变成热爱工作和自食其力的姑娘。然而，这个处于舅舅强权下的工作场所是一个剥削和压迫的空间：梅拉尼以及其他人的工作都得不到报酬，甚至连舅妈也不被允许拥有自己的钱。梅拉尼通过劳动得到的只是一个伪劳动者、伪员工的身份。

梅拉尼不仅得不到报酬，甚至连身体的自由都受到威胁。舅舅家是一个全新的空间，空间的巨大变化不仅仅是物理层面的，更重要的是其中权力关系的变化。这些变化深刻地作用于梅拉尼的身体和身份。福柯在对犯人身体的讨论中指出，人的身体被卷入了政治领域，"权力关系直接控制它，干预它，给它打上标记……"④ 对梅拉尼来说，

---

① ［英］安吉拉·卡特：《魔幻玩具铺》，第43—44页。
② ［英］安吉拉·卡特：《魔幻玩具铺》，第95页。
③ ［英］安吉拉·卡特：《魔幻玩具铺》，第145—147页。
④ ［法］米歇尔·福柯：《规则与惩罚：监狱的诞生》，刘北成、杨远婴译，生活·读书·新知三联书店2003年版，第27页。

只要舅舅在家，玩具铺、厨房、工作间都是强权空间，其中无形而又强势的权力关系束缚着她，压制着她和其他人的自由。舅舅的强权，尤其表现在对梅拉尼（以及他妻子）的身体操控。由于舅舅的好恶，梅拉尼不能穿裤装，不能化妆，不能先说话。最为极端的是在工作间（在此他制作各种玩具，上演木偶剧，爱玩偶胜过爱家人），他要求梅拉尼和他的玩偶天鹅搭档演一出木偶剧《琳达与天鹅》。① 在他的命令下，梅拉尼不得不赤身裸体地穿一件薄绸连身裙。他要求梅拉尼试装给他看，并对她的身体评头论足："我想要我的琳达是个小女孩。你的乳头太大了。"② "我想你也必须得适合。你的头发不错，腿也挺好看。"③ 他强迫梅拉尼按照他的要求转圈、微笑、排练舞台动作，不满意时辱骂她"蠢母狗"。显然，他的强权使她沦为玩偶，并将她"物化"。他甚至因为她"不是"木偶而恨她。在这个空间里，梅拉尼的身体被舅舅的强权操控。梅拉尼身体的禁锢和"物化"在舅舅强迫她表演丽达被木偶天鹅诱奸时达到巅峰："天鹅笨重地向前一跳，停在了她的腰部……它的翅膀把她盖住了，就像一顶帐篷，它的脑袋向前探着落下来，偎依着她的脖子。镀金的鹅喙深深地啄进了柔软的皮肤……淫猥的天鹅骑在她的身上。她再一次惊声尖叫。"④ 显然，舅舅不仅将她当作玩偶，而且将自己投射在天鹅身上，完成了这次象征意义的强奸。在这个强权空间中，梅拉尼的自我分裂了，她发生了意识中断，认不出费因的脸。她的身份构建遭到威胁，甚至作为人的身份都变得岌岌可危。

三　舅舅家的生活空间：建立家人关系

一般来说，家宅属于科特的"个人空间"，是"培养个人身份与

---

① 常译为《丽达与天鹅》。
② ［英］安吉拉·卡特：《魔幻玩具铺》，第153页。
③ ［英］安吉拉·卡特：《魔幻玩具铺》，第154页。
④ ［英］安吉拉·卡特：《魔幻玩具铺》，第178页。

亲密关系"① 的空间，能增强具有自身内容的人际关系，与自我价值和创造力相关②。在巴什拉看来，家宅是庇护所和藏身处，充满安定感与幸福感。③ 这些都是梅拉尼在这个新家渴望得到的。在浴室、卧室、厨房等生活空间，梅拉尼一直努力适应新环境，主动建立亲密关系（很大程度上是身体上的亲密），建构"家庭成员"的身份。

来到舅舅家的第二天早晨，她就开展了一场空间"探险"，试图尽快适应这里的空间安排与设施。她摸索着去寻找浴室，很快记起来浴室在通道的顶头，并为此有点得意。因为知道了浴室位置，她觉得"自己不太像别人家的生客"。④ 梅拉尼努力建构与这个新家的联系，通过方位感培养家的感觉。但浴室里的状况令她难以置信：浴室里没有热水，没有洗面皂（只有洗衣皂），没有厕纸（只能用报纸），墙面邋遢，马桶坏了，玻璃窗半掩着破烂塑料窗帘，浴缸里有一摊砂砾污浊的泥水。⑤ 这些与她老家浴室的洁净、高雅、温馨和奢华构成天壤之别——"那是一座清洁的神殿"⑥，那是身体的幸福享受。她强迫自己不去想老家的浴室，迅速用冷水沐浴，接受眼下的状况，努力习惯"用报纸把自己擦干净，用冰水把娇生惯养的手指泡红"。⑦ 作者利用梅拉尼的主人公内视角，叙述着梅拉尼在空间中的身体感受，并将此与她的身份探索相联系。叙述者梅拉尼还注意到，浴室里居然没有镜子。她无法照见自己，无法独自面对自我的镜像。其实，整个家宅里都没有镜子。梅拉尼只能在他人（尤其是费因）的眼中观察自己，根据他们的态度调整自己（比如，费因认为她披着长发更美，她会在吃

---

① Kort, *Place and Space in Modern Fiction*, p. 165.
② Kort, *Place and Space in Modern Fiction*, p. 169.
③ ［法］加斯东·巴什拉：《空间的诗学》，张逸婧译，上海译文出版社 2009 年版，第 1—16 页。
④ ［英］安吉拉·卡特：《魔幻玩具铺》，第 59 页。
⑤ ［英］安吉拉·卡特：《魔幻玩具铺》，第 60 页。
⑥ ［英］安吉拉·卡特：《魔幻玩具铺》，第 60 页。
⑦ ［英］安吉拉·卡特：《魔幻玩具铺》，第 61 页。

饭时间解开辫子，披散头发），在与舅妈姐弟三人的互动中建立家人之间的亲密关系，在他们温柔的目光中渐渐找到家的感觉，确立自己的身份。探索完浴室空间，独自醒着的"梅拉尼决定冒险下楼去昨天没去的厨房。她想尽快熟悉室内的地理环境，知道每间屋子的用途，知道怎样点炉子，知道狗在哪里睡觉，要让自己有家的感觉。"[1] 熟悉这个空间的构造，建立与空间中物的联系，像巴什拉所说的在家务中培养与家宅的亲密关系。[2] 梅拉尼明白，要融入这个新家，首先要熟悉这个空间，成为这里的一部分。

厨房是家人一同干家务、一同吃早饭和下午茶的公共空间，在小说中，这个空间在不同时间被建构成不同空间。菲利普舅舅在场时，这是一个强权的空间。与大多数家庭中厨房的亲密感不同的是，每当暴虐、残忍的菲利普出现，这个空间的亲密关系受到破坏，即刻变成君主暴政般的强权关系，每个人变成了他的"提线木偶"。当菲利普外出，厨房会变成亲密空间，这既是物理层面也是精神层面的。梅拉尼刚到伦敦的晚上，她听到音乐声，并通过锁孔偷看舅妈姐弟三人弹唱跳舞，其乐融融。这是她想要融入的空间。第二天早晨，梅拉尼一个人探索陌生的厨房。这里虽然很黑，有陈旧的烟味，但屋子干净而温馨，有洁净的松木餐桌，铺了菊花花纹的桌布（干净、漂亮的生活空间是她喜欢的），有一个很大的食品室，里面有许多食物。她发现了蛋糕，并切了一片吃。"在食品室偷吃，这让她有家的感觉。"[3] 厨房以其温暖、厚重的特质包裹着梅拉尼，以其与食物的关联建立起梅拉尼与新家的感情。梅拉尼想要了解并融入他们的生活，于是她决定煮茶给大家喝，她甚至想把茶端到每个人房间，她觉得这样显得友好。她煮茶，与费因一起喝茶，一起吃面包，对费因有了"半是害怕半是喜悦"的感觉。[4] 梅拉尼还会帮忙刷碗、切菜，和舅妈一起做饭。"即

---

[1] ［英］安吉拉·卡特：《魔幻玩具铺》，第61页。
[2] ［法］加斯东·巴什拉：《空间的诗学》，第72页。
[3] ［英］安吉拉·卡特：《魔幻玩具铺》，第62页。
[4] ［英］安吉拉·卡特：《魔幻玩具铺》，第64页。

第四章 空间与存在

使是同玛格丽特舅妈一起做家务也让她觉得满足。"① 在厨房与舅妈的交流，使她逐渐融入他们姐弟三人的团体，甚至找到了家的感觉，这也使她能够坚持追求"家庭成员"的身份。根据科特的解释，亲密空间可以对抗社会空间的吞噬性和主导性，也可以对抗社会空间中紧张的、压迫性的权力关系，是道德和精神的反抗之地与解放之地。② 同时，这里也是索亚的"第三空间"，是他们反抗的空间。索亚认为，"第三空间作为第三化的他者永远开放，永远具有颠覆力量"③。菲利普外出时，他们按照自己的意愿穿衣打扮，盛装而出，在厨房里弹唱和狂欢，以身体的放纵颠覆他在这个空间的强权与统治（至少暂时如此）。在这个空间，她坚定地表达了对姐弟俩的爱，并"感觉到了发自内心的爱、温暖和理解"④。

还值得重视的是卧室对于梅拉尼建构自我身份的意义。在（不同人的）卧室这个绝对的个人私密空间里，梅拉尼努力建立与大家的亲密关系，建构起家庭成员的身份。卧室是家宅中最私密也最亲密的空间，常常给人温馨、安全、被包裹、被保护的感觉，因此也最容易培养亲密感。梅拉尼通过努力，融入了舅妈三人的圈子。她会在弗朗辛的卧室里，陪伴他练琴，顺便帮舅妈做锋刃活。她发现自己可以自由进入弗朗辛的卧室听他演奏："她已无须任何邀请；她只要打开门，走进来就行了。"⑤ 在舅妈的卧室，梅拉尼将自己的衣裙和珍珠项链赠送给舅妈，因为她不希望舅妈只有一件陈旧呆板的灰色礼服和一副枷锁般的银质项圈，她也想与过去的富足生活彻底说再见。她还帮舅妈穿衣梳头，认真地打扮她。"梅拉尼像个侍女那样帮着舅妈穿衣，把双肩抚平，调整裙摆的幅度，拉上后背的拉链。"⑥ 身体的亲密加强了

---

① ［英］安吉拉·卡特：《魔幻玩具铺》，第 64 页。
② Kort, *Place and Space in Modern Fiction*, p. 170.
③ Edward W. Soja：《第三空间——去往洛杉矶和其他真实和想象地方的旅程》，陆扬等译，上海教育出版社 2005 年版，第 162—173 页。
④ ［英］安吉拉·卡特：《魔幻玩具铺》，第 208 页。
⑤ ［英］安吉拉·卡特：《魔幻玩具铺》，第 144 页。
⑥ ［英］安吉拉·卡特：《魔幻玩具铺》，第 200 页。

她俩之间情感的亲近。梅拉尼勇敢地告别过去,拥抱新家的亲人。在自己的卧室里,梅拉尼也尝试着新的家庭身份。她扮演着小母亲的角色,照顾同住一室的妹妹的起居。有一次在厨房晕倒,被费拉辛送回卧室,梅拉尼感受着姐弟三人的关怀,并在内心主动建立起与他们的亲密感情。她躺在床上感受舅妈的爱抚,"闭上了双眼,幻想是她自己的母亲在爱抚她"①;她将站在床边的姐弟三人想象成守护自己的天使。她还试图寻求两性中的亲密关系,寻求互相理解和依靠。当费因主动提出留下来陪伴她直到她睡着,她在心中告诉自己费因不会伤害自己,并主动关心费因手上的伤势。她安然享受着与费因"亲近私密的两人独处",甚至勇敢地询问费因为何在墙上凿个洞偷看自己,当得到"因为你是那么美"的回答,她开始觉得他本该成为自己睡梦里的幻影新郎。② 当费因埋葬了菲利普的天鹅玩偶,深感恐惧和兴奋,来到梅拉尼的卧室,在他的请求下,梅拉尼"抱住他直到听不见他的牙齿打战了"③;当了解到费因的狼狈和恐惧,她开始同情他吃了很多苦头,用语言宽慰他,并且开始感觉"他们的生活经验平行了"④;他们并肩躺在床上聊天,"就像两个结了婚,已经一生都很轻松地躺在一起的人"⑤;他们一同入睡,梅拉尼甚至很快习惯了费因的鼾声;第二天早晨,梅拉尼在费因面前换衣服,虽然有些不安。渴望两性亲密的梅拉尼,努力克服因原生家庭的优越感而产生的对费因的嫌恶,努力调整自己对"幻影新郎"的想象,并主动关心、安慰和接受费因,关注他的优点,由此一步步建立起恋人关系。这些亲密联系的建立与卧室空间,尤其是夜晚的卧室密不可分。卧室的温馨和安全感令人放下戒备,夜晚的黑暗和困倦感令人渴望亲密,尤其是身体的亲密接触。夜晚和卧室一起"包裹"着不同个体的身体,拉

---

① [英]安吉拉·卡特:《魔幻玩具铺》,第128页。
② [英]安吉拉·卡特:《魔幻玩具铺》,第130页。
③ [英]安吉拉·卡特:《魔幻玩具铺》,第182页。
④ [英]安吉拉·卡特:《魔幻玩具铺》,第185页。
⑤ [英]安吉拉·卡特:《魔幻玩具铺》,第186页。

近身体与心灵的距离，培养出亲密的关系。而成长中的梅拉尼，则主动且勇敢地建立起与他们的亲密联系，建构自己在这个新家的家庭成员身份。

人的存在与空间相互依存；空间的变化也促使空间中的人做出相应的调整，包括自我身份和存在方式的调整。当狂怒的舅舅点燃大火将玩具铺烧毁，她确立了自己的新身份——费因的伴侣。小说结尾，只有他们俩在黑暗中互相凝望对方，她将与他一起面对未来的新生活。梅拉尼和费因就像是逃出伊甸园的夏娃和亚当，必将遇见各种磨难，但小说也暗示，或许他们会在未来建立起平等又相互尊重的两性关系，将以新的身份创建自己崭新的生存空间。

《魔幻玩具铺》中空间对主人公梅拉尼的身份建构起着重要作用。通过不同空间的转换，不同空间话语的碰撞，梅拉尼最终摆脱了强权的压迫，脱离了玩偶的身份，与费因一起面对未来的各种不确定。她完成了从少女向成年人的转变，完成了青春期的成长过程，结束了不断摇摆和分裂的身份状态，暂时建构起一个稳定持续的身份。

第三节　乔伊斯《尤利西斯》都市空间的现代性表征[①]

《尤利西斯》是詹姆斯·乔伊斯的代表作之一，也是西方现代主义文学的经典之作。这部作品在题目与内容上与《荷马史诗》高度互文，讲述了一位"现代英雄"于1904年6月16日在爱尔兰首都都柏林的"冒险历程"。随着主人公的漫游，都柏林的城市空间如画卷般渐次展开。《尤利西斯》创作于20世纪初，是西方资本主义迅猛发展与大都市快速兴起的时期。这些导致了人们日益深刻的现代性

[①] 这一节已经发表，文献来源：方英、王春晖：《〈尤利西斯〉都市空间的现代性表征》，《江西社会科学》2019年第6期。

体验。作为先锋作家和现代主义代表的乔伊斯敏锐地感受到这些变化和体验,并将其融入《尤利西斯》的创作,尤其是对都市空间的建构中。他在作品中以繁复的细节表征了都柏林这座都城的各个侧面,揭示出转瞬即逝的现代性经验,及其对资产阶级现代性的反思与批判。

一 现代性、都市、乔伊斯

现代性(modernity),无论是作为一种时间意识,还是一种文化观念,无论是一种启蒙话语,抑或是一种审美范畴,在后现代的今天,仍然是人们无法回避且应当深入探讨的话题。

"现代性广义而言意味着变得现代(being modern),也就是适应现时及其无可置疑的'新颖性'(newness)。"[①] 对"现代性"的追溯要回到"现代"与"古代"的对立中。17世纪的"古今之争",不仅解放了理性,而且张扬对科学和进步的强烈信念,并决定了"现代性首先是一种时间意识,即推崇当代"[②]。这种时间观念是现代意识的核心。显然,不同时期有不同的"现代"和"现代性"特征:16世纪是文艺复兴,17世纪是理性,18世纪是启蒙,19世纪是工业革命,20世纪是对工业革命的反思。[③] 而在杰拉德·德兰蒂看来,现代性不仅仅是时间意识或历史阶段,而且是一种社会状况,一种文化观念和政治规划,其话语体系包含着现代与古代、文明与野蛮、基督教世界与异教世界、自我与他者的二元建构。[④]

马泰·卡林内斯库指出,就艺术和它们同社会的关系而言,有两

[①] [美]马泰·卡林内斯库:《现代性的五副面孔》,顾爱彬、李瑞华译,译林出版社2015年版,第349页。
[②] [英]杰拉德·德兰蒂:《现代性与后现代性——知识,权力与自我》,李瑞华译,商务印书馆2012年版,第12—13页。
[③] [美]马泰·卡林内斯库:《现代性的五副面孔》,导读第1页。
[④] [英]杰拉德·德兰蒂:《现代性与后现代性——知识,权力与自我》,第13—15页。

第四章 空间与存在

种剧烈冲突又相互紧密依存的现代性：一种是社会领域中的，"源于工业与科学革命，以及资本主义在西欧的胜利"；另一种是"本质上属论战性的审美现代性，它的起源可追溯到波德莱尔"。① 前者可称为社会现代性，或资产阶级现代性；后者也称为文化现代性或文学现代性，是对前者的反思、反动、批判乃至超越。而最广义的现代性就存在于这两者的对立之中。②

波德莱尔关于现代性的定义是审美现代性概念的起源：短暂的、飞逝的、偶然的（the contingent）；它构成艺术的一半，而艺术的另一半是永恒的、稳定的。③ 波德莱尔的美学显然以瞬间反对稳定的记忆，以现在反对过去，追求新（newness）与新奇（nouveaute）的观念；但同时，亦体现了他"现代美"和"永恒美"的二元观。波德莱尔的思想对齐美尔、克拉考尔、本雅明等人的现代性研究产生了深远影响。简言之，在波德莱尔等人那里，现代性就是现时性、当下性、瞬间性、新颖性、偶然的碎片和持续而迅速的变化；但同时又是悖论或辩证统一：在瞬间中寻求永恒，在碎片中重构整体或窥见总体性，在变化与新奇中探究本质与稳定，在转瞬即逝的现时片段中捕捉（或创造）永恒的美。

这种现代性与现代主义概念密切相关甚至可以互换。德兰蒂指出，现代主义"可以用来指称现代性文化中的一个根本转向"。④ 而正如现代性对历史的态度（既否认又怀念），现代主义与现代性的关系也充满张力："现代主义既可以反映一种逃避［资产阶级］现代性的欲望，又可以是对现代世界的赞美。"⑤ 与德兰蒂相似的是，卡林内斯库也阐明了现代主义对现代性的矛盾的态度：既赞美又敌视。⑥ 这种矛盾态度

---

① ［美］马泰·卡林内斯库：《现代性的五副面孔》，第355页。
② ［美］马泰·卡林内斯库：《现代性的五副面孔》，第3页。
③ Charles Baudelaire, *The Painter of Modern Life and Other Essays*, trans. and ed. Jonathan Mayne, London: Phaidon Press, 1964, p. 13.
④ ［英］杰拉德·德兰蒂：《现代性与后现代性——知识，权力与自我》，第24页。
⑤ ［英］杰拉德·德兰蒂：《现代性与后现代性——知识，权力与自我》，第26页。
⑥ ［美］马泰·卡林内斯库：《现代性的五副面孔》，第348页。

源自两者的内在一致性：现代主义是一种现代性的美学，本质上就是对现代性的寻求①；两者的文化基础都是将时间与自我等同，展开自我并创造出私人时间②；两者都反对历史，偏离传统，追求新颖性，并否定自身。

此外，正如许多研究者指出的，城市（尤其是大都市）与现代性有着必然的密切联系。都市乃产生现代性和体验现代性之变动方式的关键场所。正如戴维·弗里斯比指出的，现代性就存在于大城市的景致和时尚的稍纵即逝的美中。③正因为此，波德莱尔引入"现代性"概念时，描绘的是都市的景象：病态的大众、工厂的烟尘、铅和汞等有毒物质、公园的影子④，关注的是"现代性在现代都市生活的各种体验方式中所处的位置及其艺术表现问题"⑤，而其作品极力表现的是都市中的陌生人世界（林恩·洛弗兰德的术语），是展现这个世界中的两种个人经历的交织：一种是对共同人性的肯定，是跨过陌生人群的障碍；另一种是强调孤立和神秘⑥。弗里斯比考察了齐美尔、克拉考尔和本雅明关于现代性的研究，并指出，"他们的中心关怀……包括我们与都市的社会和物质环境之间的关系……"⑦ 换言之，他们的研究聚焦于都市中波德莱尔意义上的审美现代性体验：克拉考尔聚焦于魏玛时期的柏林；本雅明试图"在19世纪的首都巴黎，重建现代性的史前史"⑧；而对齐美尔来说，"都市是那些构成现代性分析基础的其他社会体验的焦点"⑨。

乔伊斯本人既是现代主义代表作家之一，又深受波德莱尔等人关

---

① ［美］马泰·卡林内斯库：《现代性的五副面孔》，第81页。
② ［美］马泰·卡林内斯库：《现代性的五副面孔》，第3页。
③ ［英］戴维·弗里斯比：《现代性的碎片》，卢晖临、周怡、李林艳译，商务印书馆2003年版，第26页。
④ ［英］戴维·弗里斯比：《现代性的碎片》，第21页。
⑤ ［英］戴维·弗里斯比：《现代性的碎片》，第28页。
⑥ Raymond Williams, *The Country and the City*, Oxford: Oxford University Press, 1973, p.234.
⑦ ［英］戴维·弗里斯比：《现代性的碎片》，第8页。
⑧ ［英］戴维·弗里斯比：《现代性的碎片》，第10页。
⑨ ［英］戴维·弗里斯比：《现代性的碎片》，第95页。

于审美现代性思想的影响,因而既追求与蒙昧相对立的现代精神①,又对资产阶级现代性持反思与批判的态度,这些在其作品中得到了鲜明的体现。此外,他的作品,恰如波德莱尔、福楼拜等其他现代主义作家的作品,都是关于城市的文学,城市已成为其作品中支配性的母题。在《一个青年艺术家的画像》《都柏林人》和《尤利西斯》中,都柏林都是不变的主角。可以说,这座城市已经与他的文学创作融为一体。

在《尤利西斯》中,乔伊斯细致入微地刻画出都柏林的街道、酒吧、交通工具和游荡者,在书写城市居民的生活百态、内心体验和精神困境的同时,赋予都柏林偶然性、碎片化与流动性等特征,彰显了都柏林的"现代"特质和他本人对资产阶级现代性的深刻反思。此外,小说中的都柏林是作家在自己经历和回忆基础上的虚构性文本建构,因而其都市空间的现代性和他的反思又具有其独特性:既体现了爱尔兰殖民历史的深刻影响,又打上了乔伊斯流亡经历的烙印。

二 都市场所与偶然性

偶然源自确定性的淡化乃至瓦解,是时间统一性的破坏,是由于"把现在和未来之间的区分消解为未来——延长的现在"②。蕴含着偶然性的时刻是独立的任意时刻,它超越因果限制并孕育无限可能。偶然性是波德莱尔所指的导致现代性之"短暂"和"过渡"本质的原因,也是齐美尔所讨论的现代社会生活中的意外性和随意性③,以及偶遇、性偶合等冒险经历④。

具有都市属性的场所,如街道、酒吧、电车等,往往凝结着"现

---

① 郭军:《〈尤利西斯〉:笑谑风格与宣泄——净化的艺术》,《外国文学评论》2011年第3期。
② [英]杰拉德·德兰蒂:《现代性与后现代性——知识,权力与自我》,第126页。
③ [英]戴维·弗里斯比:《现代性的碎片》,第61页。
④ [英]戴维·弗里斯比:《现代性的碎片》,第87—90页。

代性"特征，聚集着各种现代性体验，其中最显著的是"偶然性"。《尤利西斯》正是由都柏林一天中的无数偶然瞬间与人物意识的流动片段拼接而成的巨著，小说中的各种都市场所是偶然事件集中发生的地方，它们的空间构造与社会功能在一定程度上"生产"出城市中的"偶然性"——正如列斐伏尔指出的，空间既是一种产品，其本身也具有生产性①。

街道如城市的血管，连接了城市中的不同地点，聚集并流动着各色人群，为"偶然性"的发生提供了无限可能。在小说中，都柏林街道纵横交错，数量庞大的陌生人来往于此，时常上演偶遇与偶然事件。小说主人公布卢姆是一名兜揽广告者，在都柏林的街头漫游已成为他的工作与生活方式。在街道上行走，他时刻体验着与陌生人的短暂偶遇。当他拐进坎伯兰街，经过"跳房子"的游戏场地时，遇到一个娃娃"孤零零地蹲在木材堆放场附近弹珠儿玩"②；他经过风车巷时遇到一个拾破烂的少年；当他跟随送葬队伍经过爱尔兰区的街道时，看到路边居民区拉开的窗帘后面有一位向外张望的老妪。正因为都市中街道空间的开放性与包容性，形态各异的陌生人才得以偶然出现在主人公的视线之中。街道上的偶遇深刻影响着布卢姆的意识流动与情感波澜——坎伯兰街上弹弹珠的娃娃就像他夭折的小儿子鲁迪；街头衣衫褴褛的乞丐就像喜欢吃猪下水并忍受着妻子与情人幽会的自己；贴在窗户上的老妪观看葬礼，就像正在观看步步逼近的死神。对街上行人的任意一瞥都映射出布卢姆内心深处的孤独与悲伤，弥漫于街道的偶然性往往能直击人物的内心。本雅明曾分析过

---

① 列斐伏尔在《空间的生产》中指出：空间既是一种供使用和消费的产品，也是一种生产方式（Henri Lefebvre, *The Production of Space*, trans. Donald Nicholson-Smith, Oxford: Blackwell, 1991, p. 85）。他在《空间是一种社会产品》中也指出：空间是社会的产物，每个社会都生产自己的空间；同时，空间又具有生产性，社会空间是对生产力、生产关系和社会关系的表达与再生产（Henri Lefebvre, "Space Is a Social Product", in *Urban Theory—Classic and Contemporary Readings*, ed. Yu Hai, 复旦大学出版社 2006 年版，第 115—118 页）。

② ［爱尔兰］詹姆斯·乔伊斯：《尤利西斯》，萧乾、文洁若译，北方文艺出版社 2017 年版，第 137 页。

第四章　空间与存在

波德莱尔《恶之花》中偶遇带来的惊颤感：大城市的街道人潮拥挤，某个瞬间的匆匆一瞥，就能使城市中某个孤独的人身体痉挛地抽动，因其意识到"一种惊颤，随着这惊颤，某种急切的欲望突然"将其征服。[①] 乔伊斯在小说中描绘的偶然闪现的陌生面孔，正是捕捉到这样一种都市中的偶然性所引发的心灵震颤。

除了街道，酒吧同样是都市中偶然事件频发的场所。在欧洲，酒吧是流行的饮料场所，在爱德华时代，伦敦的酒吧已经汲取了欧洲大陆咖啡馆的公众风格。酒吧的空间构造与它的社交功能相互呼应。如果说"在吧台边人们可以自由聊天的话，那么其他就座的地方就是可以保持沉默以及一人独处的场所"[②]。在《尤利西斯》中，乔伊斯描绘了形形色色的酒吧：它们是相对封闭的空间；大多具有柔和变幻的光线和精致的装潢，酒架上摆设着琳琅满目的美酒；规模更大的酒吧如奥蒙德酒吧中还拥有性感的酒吧侍女与音乐演奏。酒吧的娱乐氛围和酒精使人轻松愉悦的功能吸引着大批市民，偶遇频繁发生。在小说的第十二章"独眼巨人"中，人们不约而同地出现在巴尼·基尔南这家酒吧中，关于报纸新闻、道路、赌马甚至文学的信息在酒吧中互相传递。一位不知名的叙述者与海因斯由扫烟囱的工人引出话题，随后布卢姆、阿尔夫等人都参与到有关爱尔兰牲畜贸易与处决监狱囚犯的讨论之中，并吸引了越来越多的市民加入。酒吧中的偶然交谈与城市中的偶遇一样，体现了偶然性的表现与成因，即连续性的消解、因果链的断裂和确定性的终结。酒吧同样是市民在喧嚣城市中的避难所与"异托邦"。在福柯看来，异托邦和乌托邦是相似的特殊空间，与其他所有空间相关联，但又与它们相抵触，以怀疑、中和、颠倒的方式与它们相关[③]；所不同的是，乌托邦是人类幻想出的不存在的地方，而异托邦则真实

[①] [德] 瓦尔特·本雅明：《发达资本主义时代的抒情诗人》，王涌译，华东师范大学出版社2017年版，第56页。

[②] [美] 理查德·桑内特：《肉体与石头——西方文明中的身体与城市》，黄煜文译，上海译文出版社2011年版，第456—457页。

[③] Michel Foucault and Jay Miskowiec, "Of Other Spaces", *Diacritics*, 16.1 (1986), p.24.

存在。酒吧就是这样独特的现实空间,它折射出市民生活的方方面面,又使他们的记忆、心灵与现实短暂隔离,营造出乌托邦式的幸福感。酒吧不同于街道,发生在其中的偶然性为人们带来的不是惊颤感,而是对现实的短暂逃离与回望,人们看似轻松而漫无目的偶然交谈却更加真实深刻地反映出都柏林的现实与都市生活的压迫感。

除此之外,往来穿梭的电车可谓是承载偶然性的移动场所。电车是现代科技的产物,发生在电车中的偶遇极具现代都市特征。电车是城市中移动的封闭空间,也是一种陌生人空间,但乘客们不得不忍受很近的身体距离,并因此衍生出防御心理。在小说中,乔伊斯详细描写了康米神父乘坐电车的经历:他坐在角落里观察电车上的乘客,但乘客之间没有交流,一种局促不安的气氛弥漫在车厢中。齐美尔曾描述都市市民的这种心理:"这种表面上的矜持的实质不仅仅是冷漠……它还带点儿反感,是一种拘谨和排斥。"① 不仅是电车内,电车与外部空间的互动同样具有现代性特征。这恰如德·塞托对乘坐火车的描述:"空间与空间的摩擦到了抹去它们之间疆界的地步。"② 火车与电车及其带来的空间体验有许多相似之处,比如,两者都是快速移动的封闭空间,乘客往往都会体验到与陌生人之间物理距离的缩小和与之不相称的心理疏离,以及乘客与车窗外的事物擦肩而过却无法交流。发生在电车内、外的偶然性折射出都市居民之间的冷漠、疏离和不安全感。

三 碎片化与空间对立

德兰蒂在对现代性的研究中指出,"在马克思、波德莱尔和乔伊斯这些作家那里,碎片化的主题越发重要。"③ 的确,碎片化是现代性的

---

① [德] 格奥尔格·齐美尔:《桥与门——齐美尔随笔集》,涯鸿、宇声译,上海三联书店1991年版,第267页。
② [法] 米歇尔·德·塞托:《日常生活实践——1. 实践的艺术》,方琳琳、黄春柳译,南京大学出版社2009年版,第195页。
③ [英] 杰拉德·德兰蒂:《现代性与后现代性——知识,权力与自我》,第27页。

第四章　空间与存在

内核。波德莱尔的"短暂、飞逝、偶然"的著名定义，以及现代性对"新奇"的追求，都决定了现代性必然是时间、空间和经验的碎片化。碎片化意味着时间的短暂和空间的片段（如齐美尔指出的瞬间形象或快照[1]和作为社会生活碎片的时尚[2]）；意味着时间、空间和审美经验的非整体性，或者说经验领域永远不可能认识与抵达"总体性"[3]。

碎片化是《尤利西斯》现代性的又一重要特征。首先，都柏林的城市规划和建筑特征使其都市空间，尤其人们的空间体验趋于碎片化。在此，城市中日益密集的宏伟建筑扮演着重要角色。城市与乡村的差异直观体现为建筑风格的不同：乡村的房屋相对低矮，在乡村道路上往往可以极目远眺，观察到大范围的空间区域；城市中的建筑与此相反，街道两侧的高楼大厦增加了人们的视野局限：他们"生活在被条条门槛挡住了视野的'下面'……在这种交织中互相呼应的道路……失去了可读性"[4]。这意味着都市中人们的视角已无法把握都市空间的整体性，只能触及局部的碎片般的角落，而现代性也正栖身于这些空间碎片之中。

其次，街道中行人的移动视角使小说中的都柏林以碎片化的形式呈现出来。德·塞托指出，人在观察城市时有两种不同的视角：一种是站在摩天大厦顶端，以上帝般的视角俯瞰整座城市，并"绘制"出完整的城市"地图"；另一种是穿梭于城市底部的街道，用移动的视角记录"行程"（itinerary）并书写城市。[5] 在这两种观察方式中，德·塞托似乎更倾向于行人的视角，他将行人、过路人、橱窗看客和流浪者看作城市的真正作者。[6]《尤利西斯》中对都柏林的逐步呈现采用的正是第二种视角，也就是街道上行人的视角。布卢姆行走于都柏林的各个街道，代表了丈量并书写都柏林都市空间的"作者"。在"赛仑"一章中，布卢姆时而出现在菲利河对岸的道路上，时而走过埃塞克

---

[1] [英] 杰拉德·德兰蒂：《现代性与后现代性——知识，权力与自我》，第27页。
[2] [英] 戴维·弗里斯比：《现代性的碎片》，第128页。
[3] [英] 戴维·弗里斯比：《现代性的碎片》，第69页。
[4] [法] 米歇尔·德·塞托：《日常生活实践——1. 实践的艺术》，第169页。
[5] [法] 米歇尔·德·塞托：《日常生活实践——1. 实践的艺术》，第167—170、173—174页。
[6] Tally, *Spatiality*, p. 129.

斯桥，时而又出现在奥蒙德饭店前面的街道上。随着他的行走，读者看到的是不断变化的碎片化的小范围空间，如街边的古董店、宝石店和道路旁边的圣母像。如果借用德·塞托对"提喻"和"省略"这两种道路修辞的讨论，都柏林经由他的空间实践（行走）的"处理和翻转"，已变成由一个个膨胀的或分散的空间片段拼接而成的都市空间。也就是说，其行走要么令某些空间片段"膨胀"并用其代替整体性（提喻），要么通过省略，只保留被挑选的片段，并取消了片段之间的空间连续性和因果性[1]，从而向读者呈现出偶然闪现的碎片化空间。

还值得一提的是，《尤利西斯》中不同民族文化的冲突导致了都市空间的矛盾和断裂。处于英帝国殖民统治下的都柏林，由于英国文化与爱尔兰文化的冲突而产生了许多空间对立，它们打破了都市空间的完整统一，形成了这座殖民化都市特有的（空间、经验与情感的）碎片化。例如，布卢姆参加好友葬礼时经过了丹尼尔·奥康内尔的圆塔形墓。奥康内尔是爱尔兰民族独立运动的领袖，他领导的革命虽惨遭失败，但将民族主义推向高潮，并点燃了爱尔兰民族独立的希望。他的墓碑支撑起爱尔兰民众的精神和象征空间，或者说他们的民族"想象共同体"。然而在小说下一章"埃奥洛"中，乔伊斯又将读者的视线转移到矗立于都柏林中心的纳尔逊纪念碑上，它为纪念牺牲的英国海军将领霍雷肖·纳尔逊而建立，垂直高耸的圆柱形象代表着帝国的权威和对爱尔兰的殖民统治。奥康内尔墓和纳尔逊纪念碑，借用列斐伏尔探讨空间与政治关系的一句话，都是"被建构的、被生产的、被规划的"[2] 社会/都市空间的地标性建筑，具有深刻的意识形态性。但它们在空间设计、文化意蕴和意识形态内涵上都形成了强烈的矛盾与对立，具有建筑学空间的"双重特征"："在统一性的伪装下，是断离的、碎片化的"[3]。穿行于城市中的矛盾

---

[1] ［法］米歇尔·德·塞托：《日常生活实践——1. 实践的艺术》，第178—179页。

[2] ［法］亨利·勒菲弗：《空间与政治》（第二版），李春译，上海人民出版社2008年版，第25页。

[3] ［法］亨利·勒菲弗：《空间与政治》（第二版），第37页。

空间，面对殖民历史带来的"异质性"① 对国家叙事和民族意识的完整统一性的破坏，都柏林的城市居民必然会感受到克拉考尔对世界断裂的体悟："世界作为紧密联系的统一体被打破，剩下的只有个体的碎片。"②

四　大街上的流动性

现代性的另一个重要特征是永不停歇的变化。卡林内斯库认为，"现代性就是信奉他性（otherness）和变化"③。《共产党宣言》指出，"一切社会状况不停的动荡……这就是资产阶级时代不同于过去一切时代的地方"④。齐美尔则从心理主义的角度解释现代性的变化本质：现代性是人们感觉到社会现实处在一种永不休止的变动状态中，"是固定内容在易变的心灵形式中的消解"。⑤ 在都市空间中，现代性的变化本质尤其体现为"流动性"：人群的游荡，交通工具的穿梭，信息的快速流通，以及科技进步引发的各种空间移动和变化。流动性是都市研究与现代性研究的重要方面。安德鲁·萨克在《穿过现代性》中深入讨论了福斯特、伍尔夫、乔伊斯等作家作品中的流动性与现代性问题，并详细分析了都市居民的出行、漫步、移动和城市本身的流动、骚动等现象。流动性是《尤利西斯》都市空间的又一重要现代性特征。有了流动性，都市中的偶然碎片得以拼贴与组合，得以朝向某种总体性的建构。小说中都柏林的街道是流动性的载体，大街上的游荡者和交通工具是都市流动性的重要体现。

罗伯特·塔利曾在《空间性》的"绪论"中讨论都市空间、流动

---

① Shan-Yun Huang, "'Wandering Temporalities': Rethinking *Imagined Communities* through 'Wandering Rocks'", *James Joyce Quarterly*, 49.3–4 (2012), p. 603.
② ［英］戴维·弗里斯比：《现代性的碎片》，第151页。
③ ［美］马泰·卡林内斯库：《现代性的五副面孔》，第69页。
④ ［德］卡尔·马克思、弗里德里希·恩格斯：《共产党宣言》，中共中央马克思恩格斯列宁斯大林著作编译局编译，人民出版社2014年版，第30页。
⑤ ［英］戴维·弗里斯比：《现代性的碎片》，第62页。

性（mobility）与游荡者（flaneur）的关系。他认为前两者是游荡者理论的核心，并指出：该理论在波德莱尔那里逐渐成形，在本雅明那里得到深入分析，而德·塞托则将"城市行走"（walking in the city）进一步理论化。① 游荡者是都市流动性的实践者与体验者，也是波德莱尔眼中"抵抗资产阶级厌倦（ennui）的最后英雄"。② 在他看来，现代生活的英雄主义是："成千上万游手好闲的人……在一个大城市底层浪荡的景观。"③本雅明将游荡者确立为"现代原型人物"④，他在《拱廊街计划》中描绘了游荡者的形象：他们不同于普通人群，而是带有疏离气质的观察者，他们站在大城市的门槛上，就像站在中产阶级的门槛上，在人群中寻找避难所。⑤ 在德·塞托看来，游荡者的游荡（步行者的步行）是一种微观实践活动，是对空间关系的重新组织，"远远没有受到敞视化管理的监督或排斥"⑥；而塔利则进一步指出，这是对自上而下的总体化权力凝视的反抗⑦。由此可见，游荡者既依赖于都市空间，并构成了都市空间的流动性及现代性，又以游荡这一行为对代表着资产阶级现代性的都市空间加以抵抗。

乔伊斯之所以对游荡者详细刻画，原因之一是他自己正是现实世界与精神世界中的"漂泊者"：国家动荡不安与家道中落迫使他年轻时就离开爱尔兰，以"流亡者"的姿态漂泊于欧洲各国。《尤利西斯》中同样是异乡人与游荡者的布卢姆体现了乔伊斯对"流动"的感悟。在"赛仑"一章中，乔伊斯不仅刻画了布卢姆的游荡方式也刻画了他的心理状态。布卢姆在利菲河对岸的码头附近漫无目的地行走，想到妻子与不幸的家庭，然后在给情人的回信中倾述自己的悲伤和孤寂。

---

① Tally, *Spatiality*, p. 9.
② [英] 戴维·弗里斯比：《现代性的碎片》，第 27 页。
③ [美] 马泰·卡林内斯库：《现代性的五副面孔》，第 55 页。
④ Tally, *Spatiality*, p. 95.
⑤ Walter Benjamin, *The Arcades Project*, trans. Howard Eiland and Kevin McLaughlin, Cambridge, MA: Harvard University Press, 1999, p. 10.
⑥ [法] 米歇尔·德·塞托：《日常生活实践——1. 实践的艺术》，第 172 页。
⑦ Tally, *Spatiality*, p. 131.

而这只是他生活中极为普通的一天,他的妻子不止一次与情人幽会,他身处的城市也不止一天肮脏拥堵。布卢姆看似已经对这种状态麻木不仁,但他持续的游荡表明他试图在游荡中成为空间关系的主动组织者,在流动中抵抗现代都市空间与都市生活的约束。如果说布卢姆的游荡是出于对现实不幸的抵抗,那么斯蒂芬的漫游则是出于对精神家园的探寻。斯蒂芬的母亲临终前希望儿子虔诚祷告,但斯蒂芬违抗了母亲的愿望,自己也承受着巨大的心理创伤,他因此搬离自己的家,漫无目的地行走在都柏林的街道上。生活与信仰的不确定使斯蒂芬不断探寻更加边缘的空间,试图在远方追寻道德与精神的更新。斯蒂芬最终在午夜时分与善良的布卢姆同行回家,找到了自己的精神之父。作者为小说创造了一个充满希望的结局,但他着力展现的,主要是城市居民迷茫的游荡状态:他们在快速变化的都市空间中似乎迷失了方向,却又在持续的游荡中观察和探寻。不管结果如何,他们的游荡既加剧了都市物理空间的流动,更折射出作为现代性特征之一的都市精神空间的流动性。

除了游荡者,《尤利西斯》中的交通工具也是现代都市必不可少的元素,它们大大增加了都市空间的流动性。电车是当时都柏林现代交通工具的代表,是20世纪初爱尔兰都市生活的重要维度。结合爱尔兰被殖民历史可以看出,都柏林的电车具有双重身份,它既是现代科技的产物,也是英国殖民的产物。电车代表了现代生活的"速度",并揭示了乔伊斯对待都柏林的殖民现代性空间(a space of colonial modernity)的态度。[①] 电车连接了城市与更远的郊区,扩展了都市空间的广度,令市民在都市中的移动速度大幅提升,而这又成为市民全新的出行体验。在乔伊斯看来,电车能使都市空间流动起来,改变都柏林拥挤瘫痪的现状。在"阴间"一章中,布卢姆看到一群牛正被送往码头,整车整车的牲畜使交通变得拥挤,他希望能在这里开通一条运送

[①] Andrew Thacker, *Moving through Modernity—Space and Geography in Modernism*, New York: Manchester University Press, 2003, p. 128.

牲畜的电车轨道，来改善都柏林的交通状况与市民的生活环境。从这里可以看出乔伊斯对电车与现代科技所持的积极态度。快速移动的电车展现了科技为都柏林带来的进步与流动，也体现了乔伊斯关于都柏林（爱尔兰）现代性发展的思考。

小说中都柏林街头驶过各种各样的交通工具，总督车队是最为独特的一种。车队在凤凰公园的大道上呼啸而过，以威严的姿态融入到都柏林流动的血液中，同时也提醒着读者，都柏林大街上的流动性深受英国殖民的影响。小说中的总督车队，不时出现在城市的一角与游荡者的视线中，对都柏林的市民而言，这象征着无处不在的英帝国的权力之眼，或者，借用福柯的术语，象征着某种"全景敞视"。总督坐在车中，前后有车马簇拥，市民无法看到总督，总督却能透过车窗观察街道上的市民，这时总督车队就成了福柯提出的具有规训功能的空间与权力机制的一部分，"在这种机制中，监视的技术能够诱发出权力的效应"[①]。在乔伊斯看来，总督车队在流动中隐含着权力的炫耀与失衡，打破了都市空间的和谐；车队在都柏林的街头奔驰时，很多市民并不愿意为之让路，这在一定程度上增加了城市的"瘫痪"。

《尤利西斯》中的游荡者、电车与总督车队为都柏林增添了特色鲜明的流动性，并深深地打上了作者自身经历与爱尔兰历史的烙印，是地理景观与历史因素共同作用的结果。小说中的都市空间流动性是现代性的一个侧面，也是爱尔兰历史的一帧缩影。

建筑、街道、酒吧、游荡者与各种交通工具都是《尤利西斯》中不可忽视的城市景观，共同构成了具有爱尔兰特色和乔伊斯特性的都市空间。乔伊斯深入挖掘并详细描述了都柏林都市空间和人们空间体验的偶然性、碎片化、流动性等现代性特征，使这部小说的先锋性不仅体现在语言形式上，更体现在思想内容上。《尤利西斯》不仅是都柏林的现代性表征，更探索了都市居民如何应对现代性所带来的问题和自身的生存

---

① ［法］米歇尔·福柯：《规训与惩罚》，刘北成、杨远婴译，生活·读书·新知三联书店2012年版，第194页。

困境。乔伊斯，恰如波德莱尔，既书写了现代都市中人们的孤立状态，强调了个体的反思与反抗，也肯定了共同人性的意义，更引起了读者的思考：在转瞬即逝的时空碎片中，在不断变幻和流动的现代性中，人们如何确定自身的"位置"，如何建立/重建与自身所在世界的关系？透过现代性的视角，在相关空间理论的观照下审视《尤利西斯》的都市空间，我们发现，乔伊斯在小说中不仅描写了一个被殖民的、时常"瘫痪"的都柏林，更建构了一个既具有资产阶级现代性特征，又承载着作者对时代、民族、存在等问题思考及（审美现代性）批判精神的都柏林。

第四节 卡夫卡《变形记》的伦理困境与空间书写[1]

弗兰兹·卡夫卡的一生受到身份困境与空间焦虑的折磨。在身份认同上，他始终处于难以界定的尴尬境地。"他到底属于哪里呢？作为一个犹太人，他不属于基督徒世界；作为一个不入帮会的犹太人……他在犹太人当中不算自己人。作为一个说德语的捷克人，却不属于捷克人；作为一个说德语的犹太人，却不属于波希米亚德国人。作为一个波希米亚人，他不属于奥地利人……"[2] 他似乎属于各种身份，却又什么都不属于。像许多犹太人那样，他始终是个流浪者，外来者，他者，一个"无家可归的异乡人"[3]。尽管他是犹太裔，却"生于布拉格，葬于布拉格，一生中大部分时间生活在布拉格……却不属于布拉格，更不属于捷克"[4]。布拉格原先属于奥匈帝国，后来又由于帝国崩溃而被划归捷克斯洛伐克。和大多数在世界各地漂泊的犹太人一样，空间上的归属也是卡夫卡一生的困境。空间焦虑和身份困境是卡夫卡一生痛苦的根源，

---

[1] 这一节已经发表，文献来源：方英：《卡夫卡〈变形记〉中的身份困境、伦理悲剧与空间书写》，《文学跨学科研究》2017年第4期。
[2] Anders Günther, *Franz Kafka*, trans. A. Steer and A. K. Thorlby, London: Bowes & Bowes, 1960, p. 18.
[3] Max Brod, "The Homeless Stranger", in *The Kafka Problem*, ed. Angel Flore, New York: New Directions, 1946, pp. 179–180.
[4] 曾艳兵：《卡夫卡研究》，商务印书馆2009年版，第40页。

也是其存在困境的焦点。文学天才卡夫卡将这样的困境写进了他的作品，将他对空间和身份的困扰编织在极其独特的文学空间建构之中。

身份问题是卡夫卡作品中最重要的主题[1]，伦理问题在其作品中具有首要地位[2]。卡夫卡的作品为许多伦理问题提供了思考和洞见，如道德距离和伦理暴力[3]，官僚主义、权力、权威、理性和异化[4]。其作品也表达了作者深刻的空间意识，为20世纪的空间理论研究提供了洞见和绝妙的解读文本，如其作品中关于异托邦和全景敞视空间的建构[5]、关于空间书写与身份的关系[6]。他的大多数作品表现了他的伦理困境和伦理反思，而且将伦理问题与空间书写紧密结合在一起，如《城堡》《诉讼》《美国》《在流刑营》《地洞》等。其代表作《变形记》则通过精妙的情节编织和空间书写，探讨了身份困境、伦理选择、伦理冲突、伦理悲剧等问题。

一 身份困境

"《变形记》是一个关于伦理的故事。"[7] 故事的核心伦理问题产生于格里高尔变形后的身份困境——难以界定他的身份，他本人身份认同的两难处境，以及他与他人关于他身份的矛盾态度。

格里高尔的变形出现在故事的开端，他一觉醒来发现自己变成了

---

[1] Jacob Golomb, "Kafka's Existential Metamorphosis: From Kierkegaard to Nietzsche and Beyond", *Clio*, 14.3 (Spring 1985), p.273.

[2] Jacob Golomb, "Kafka's Existential Metamorphosis: From Kierkegaard to Nietzsche and Beyond", *Clio*, 14.3 (Spring 1985), p.281.

[3] 如 Christian Huber and Iain Munro, "'Moral Distance' in Organizations: An Inquiry into Ethical Violence in the Works of Kafka", *J Bus Ethics*, 124 (2014)。

[4] 如 Malcolm Warner, "Kafka, Weber and Organization Theory", *Human Relations*, 60.7 (2007)。

[5] 如 Raj Shah, "Urban Panopticism and Heterotopic Space in Kafka's *Der Process* and Orwell's 1984", *Criticism*, 56.4 (2014)。

[6] 如 Cristina Nicolae, "Franz Kafka's Metamorphotic Prison: The Door and the window", *Philologia*, 18.1 (2015)。

[7] Carl Rhodes and Robert Westwood, "The Limits of Generosity: Lessons on Ethics, Economy, and Reciprocity in Kafka's *The Metamorphosis*", *J Bus Ethics*, 133 (2016), p.236.

第四章 空间与存在

一只巨大的甲虫，背是铠甲式的硬壳，肚子高高隆起，长着无数细小的腿。在身体外形上，他显然变成了"非人"的虫子。但他同时具有人的记忆、感知能力和思考能力。他能辨认自己的卧室和家具，能记得过去的经历，拥有人的各种思想和情感——厌恶工作，担忧迟到，以及对职业、早起、家庭责任等问题的理性思考。就思想和精神层面，他显然具有人的特征。约翰·洛克认为，人"是一种具有思维能力的思考着的存在，具有理智和思想，能在不同时间不同地点将自己看作同一个思维存在……正是意识使得每个人成为他所称的'自我'……只要这种意识能到达过去的任何行动和思想，该意识也就能到达此人的身份……"[1]由此可见，意识，尤其是对过去的意识，是界定人的自我和身份的关键。对过去的意识，即人的记忆。也就是说，一个人的记忆对于他/她的身份确认是关键因素。安东尼·奎因顿指出，洛克显然赞成笛卡尔的二元论，即自我有可能独立于最初的身体而存在。[2] 格里高尔在变形之初，拥有人的记忆和各种思想情感。从洛克的理论来看，格里高尔此时具有人的身份，他的自我"寄居"在变形后的身体中。他本人也将自己看作原先的格里高尔，还思考着如何挣扎着起床去赶火车，如何行使作为公司职员和家庭成员的各种责任。

然而，他身体外形的变化的确导致了他的身份困境。伊丽莎白·格罗斯指出，身体作为一个物质性肉体整体，通过对其表面的心理书写和社会书写逐渐形成"人的身体"（human body），这既需要家庭所规范的性欲对身体的书写和编码，也需要社会的规范和长期管理，将一系列社会编码的意义刻写在身体上，使身体成为社会网络的一部分。[3] 由此可见，身体的巨变必然影响人的存在方式乃至人在社会网

---

[1] John Locke, "Of Identity and Diversity", in *An Essay Concerning Human Understanding*, New York: Dover, 1959, pp. 448–449.
[2] Anthony Quinton, "The Soul", *The Journey of Philosophy*, 59.15 (1962), pp. 396–397.
[3] Elizabeth A. Grosz, *Space, Time, and Perversion: Essays on the Politics and Bodies*, New York: Routledge, 1995, p. 104.

络中的角色和身份。格里高尔身体变化中最关键的是，他的运动姿势从直立（行走）变成了平卧（爬行）。段义孚指出，直立和平卧生产出两个相反的世界：直立意味着对抗重力和其他自然力量，创造并维持一个有序的人类世界；而平卧则意味着向自然力屈服并离开我们所创造的世界。① 可见，直立是人的身体姿势的关键特征，对于人建构所处世界的秩序、维持人的身份至关重要。格里高尔从直立到平卧，是从人的姿势退化成动物的姿势，这意味着他难以再经验人类世界的秩序，难以再维持人的身份。

身体外形的变化还导致他空间知觉的变化，以及与此相关的身份危机。首先是肌肉运动知觉的变化。变形之始，他难以控制自己的身体，难以完成翻身、站立、开门等普通人日常生活中的简单动作。他始终无法照料自己的生活起居，更不必说劳动这样的复杂生产行为。这意味着他远离了人类社会秩序，不再属于人类社会空间，丧失了劳动者、家庭支柱乃至正常人的身份。其次，他的视知觉日益衰弱。他变形没过几天，"那些离他稍微远一点的东西，已一天比一天模糊了"；他所见到的窗外，"一切都是灰蒙蒙的，天和地混成一团"。② 视力的变化改变了他所能感知到的世界，也改变了他与世界的关系。段义孚指出，肌肉运动知觉、视知觉和触觉是空间知觉中至关重要的知觉力，决定着个体对空间和空间特征的感知和体验，以及空间意识的建立。③ 这两种空间知觉的巨变必然导致他很大程度上丧失了原先作为人的空间体验，因而也一定程度上导致他的身份困境。

更重要的是，他的甲虫外形令他难以被家人接受，难以被其他社会成员认同为"人"。他与家人的身体差异令家人难以将他看作同类，

---

① Yi-Fu Tuan, *Space and Place*: *The Perspective of Experience*, Minneapolis: University of Minnesota Press, 1977, p. 36.
② ［奥］弗兰茨·卡夫卡：《变形记：卡夫卡短篇小说集》，叶廷芳等译，云南人民出版社2010年版，第19页。
③ Tuan, *Space and Place*, p. 12.

其中最重要的差异是他没有人脸。列维纳斯（Levinas）认为，拥有人脸是伦理的核心。拥有人脸，是身份和同一性的来源。[①] 而格里高尔变形后却失去了人脸，失去了与他人的同一性。当他出现在众人面前，立即引起一场混乱，母亲晕厥，协理大叫一声捂嘴后退，父亲握紧拳头满脸敌意。显然，他们难以将眼前的"怪物"当作一个"人"来看待。他的自我身份认同和家人对他的认同产生了矛盾。

此外，笛卡尔认为，有目的的行动和对语言的理性使用是理性意识的标志。[②] 也就是说，"人"的身份取决于理性的行动和语言表达。格里高尔的困境恰恰在于很快丧失了人的语言能力——确切地说，用于交际的口头表达能力。他能用语言思考，但他所说出的只是虫子的声音，他人完全无法理解他的"语言"。"您二位听懂他哪怕一句话了吗？……这是动物的声音！"[③] 公司协理指出他发出的不是人的语言。语言能力的丧失动摇了他人对于他"人的身份"的接受。

最重要的是，即便在思维方面，他也越来越远离人的特征。他的理性意识越来越弱，渐渐丧失记忆，逐渐难以真正理解自己的行为模式变化的意义。比如，在第二部分的开头，他向卧室的门爬去。"但到了门旁他才发觉，把他吸引到那里去的究竟是什么了，那是某种吃的东西的味道。"[④] 他的这一行为，与其说是出于清醒的自我意识，不如说是出于本能。又如，当妹妹和母亲来搬走家具时，他一开始并不十分清楚这些意味着什么，自己应该如何反应。因为"两个月来他没有跟人直接交谈……他肯定被这种状况搞糊涂了……他现在真的快要把过去的一切忘光了"[⑤]。

"人是一种斯芬克斯因子的存在。"[⑥] "斯芬克斯因子"由人性因子

[①] Rhodes and Westwood, "The Limits of Generosity", p. 243.
[②] Kevin W. Sweeney, "Competing Theories of Identity in Kafka's *The Metamorphosis*", *Mosaic*, 23.4 (1990), p. 25.
[③] [奥] 弗兰茨·卡夫卡：《变形记：卡夫卡短篇小说集》，第 8 页。
[④] [奥] 弗兰茨·卡夫卡：《变形记：卡夫卡短篇小说集》，第 13 页。
[⑤] [奥] 弗兰茨·卡夫卡：《变形记：卡夫卡短篇小说集》，第 22 页。
[⑥] 聂珍钊：《文学伦理学批评：人性概念的阐释与考辨》，《外国文学研究》2015 年第 6 期。

和兽性因子有机组合在一起。"人性因子即伦理意识","伦理意识最重要的特征就是分辨善恶的能力";"兽性因子是人在进化过程中的动物本能的残留,是人身上存在的非理性因素"。① "其中人性因子是高级因子,兽性因子是低级因子,因此前者能够控制后者,从而使人成为有伦理意识的人。"② 也就是说,人的本质特征在于:理性能控制非理性,并因此具有伦理意识。而格里高尔的身份困境在于:他身上的理性因素越来越少,非理性因素越来越多,却依然具有一定的伦理意识,保持着对家人的爱和关怀;他自我认同为人,家人与其他人却难以接受他作为人的身份。

二 伦理选择

从文学伦理学批评的体系来看,格里高尔的身份困境构成了小说的伦理结,小说中的所有矛盾冲突都围绕这个伦理结展开,并构成小说的数条伦理线。"伦理结是文学作品结构中矛盾与冲突的集中体现。"③ 伦理线是将伦理结串联起来的"文学文本的线形结构",是"贯穿在整个文学作品中的主导性伦理问题(leading ethical track)"④。伦理结与伦理线结合在一起,共同构成作品的伦理结构。《变形记》的伦理结构由格里高尔的身份困境、他和家人的不同伦理选择以及由此引发的矛盾冲突编织而成,而其中的伦理主线则是格里高尔与家人的伦理选择过程。

格里高尔的变形,本身就是一次伦理选择。变形是一种逃避,逃避他所憎恨的工作。变形也是一种试探,试探众人的态度和伦理底线。当他挣扎着想要打开卧室的门,他"确实想让人看见并和协理说话,

---

① 聂珍钊:《文学伦理学批评:伦理选择与斯芬克斯因子》,《外国文学研究》2011年第6期。
② 聂珍钊:《文学伦理学批评:伦理选择与斯芬克斯因子》,《外国文学研究》2011年第6期。
③ 聂珍钊:《文学伦理学批评导论》,北京大学出版社2014年版,第258页。
④ 聂珍钊:《文学伦理学批评导论》,第265页。

他好奇地想知道，那些现在想见他的人见到他时会说些什么"①。变形也是他内心愿望和欲望的表达。一方面，甲虫喻指他对妹妹的乱伦冲动②，或者说爱情的欲望。在小说中"卡夫卡正是把妹妹当成格里高尔的情人来加以描写和处理的"③。另一方面，这喻指格里高尔想要放弃工作，像甲虫那样，在经济和生活上都由家人照料，从而追求自己喜欢的事情——艺术。格里高尔爱好艺术：他喜欢音乐，喜欢自己制作相框。文中三次提及墙上那个由他制作的美丽相框，而故事的高潮则是音乐对他的吸引。格里高尔的变形是放弃之前的伦理身份，追求内心的欲望和爱好，选择与此相符的伦理身份。

然而，格里高尔的变形，不仅导致其身份困境，而且导致整个家庭的伦理混乱。原有的伦理秩序改变了：格里高尔无法再履行哥哥、儿子、家庭经济支柱的伦理义务，反而在经济上与生活上变成了家人的拖累。这些问题必然要求全家人做出新的伦理选择，以重构处于混乱状态的伦理秩序。然而，对其身份界定的困境却决定了重构家庭伦理秩序的困境，也导致了一场艰难的、充满矛盾冲突的伦理选择。

当格里高尔发现自己的变形令全家和公司协理都深感惊恐，尤其是发现自己的新身份受到父亲手杖的驱赶和攻击，他意识到无法彻底做那个内心欲求的"自我"，也无法回避变形后的伦理与责任问题。于是，他试图选择另一个伦理身份，试图重新建立与他人（主要是家人）的关系，重构自己作为家庭和社会成员的身份。

起初，他的选择是消极地忍耐、躲避和等待，并一如既往地暴露真实的（作为"虫子"的）潜意识：他钻到沙发底下，安静地躺着，告诉自己要"用耐心和最大的体谅来减轻家人由于他目前的状况而引起的倒霉和难受心情"④；当妹妹开窗惊吓到他，他只是被动地"躲在

---

① ［奥］弗兰茨·卡夫卡：《变形记：卡夫卡短篇小说集》，第8页。
② Michael P. Ryan, "Samsa and Samsara: Suffering, Death, And Rebirth in *The Metamorphosis*", *The German Quarterly*, 72.2 (Spring 1999), p.148.
③ 李军：《出生前的踌躇：卡夫卡新解》，北京大学出版社2011年版，第94页。
④ ［奥］弗兰茨·卡夫卡：《变形记：卡夫卡短篇小说集》，第15页。

沙发底下瑟瑟发抖"①；对于妹妹态度的变化，他无法做出理性的分析和思考，反而一厢情愿地认为，"只要妹妹有可能，她一定……乐于在关好窗门的情况下照料他的"②——这种一厢情愿折射出他的乱伦欲望和物质上依赖家人的愿望；当他发现他的样子仍然让妹妹受不了，他选择了"自我隔离"——把一块床单驮到沙发上，"使它完全能够遮住自己"③。后来，当妹妹决定搬走他房间的家具，而母亲表示搬走了家具就表明大家放弃他病情好转的希望，他突然意识到必须令房间保持原样，以保持他对过去的记忆。但他却无法表达自己的思想，也无法采取理性而有效的应对措施，只是做出本能的选择：他爬到一幅女士画像上（相框是他自己制作的），"把身体紧贴在玻璃上，玻璃吸附住他发热的肚皮，使他感到舒服"（性欲的暗示），甚至不惜与妹妹对峙，"宁可跳到她的脸上也不让他的画被拿走"④；当母亲昏厥，他又爬到隔壁房间，"好像他还能一如往昔给妹妹出个什么主意似的"⑤。最后，妹妹的琴声吸引他爬进客厅，他希望妹妹带着小提琴到他的房间，并且不愿让她离开，"至少他活多久，就让她在这里待多久"，而且准备守卫房间的各个房门，"对着入侵者们吼叫"⑥。这象征着他为本能驱使——既有对艺术的热爱，也有对妹妹的欲望——忘记了自己应该安守的被隔离的伦理身份，并准备彻底以非理性的欲望示人，以社会所无法接受的"本我"对抗当时的社会伦理秩序。

  他的这些选择是自相矛盾的：他一方面坚持过去的记忆，继续将自己认同为人，尤其在情感上继续坚持家庭成员和经济支柱的身份；另一方面，他无法摆脱虫子的身份——内心对妹妹和艺术的欲望，以及摆脱推销工作的欲望——而且任凭这一欲望逐渐主宰自己，逐渐击

---

① ［奥］弗兰茨·卡夫卡：《变形记：卡夫卡短篇小说集》，第19页。
② ［奥］弗兰茨·卡夫卡：《变形记：卡夫卡短篇小说集》，第19页。
③ ［奥］弗兰茨·卡夫卡：《变形记：卡夫卡短篇小说集》，第20页。
④ ［奥］弗兰茨·卡夫卡：《变形记：卡夫卡短篇小说集》，第23页。
⑤ ［奥］弗兰茨·卡夫卡：《变形记：卡夫卡短篇小说集》，第24页。
⑥ ［奥］弗兰茨·卡夫卡：《变形记：卡夫卡短篇小说集》，第32页。

退理性思维。因此，他不可能建立一个统一而连贯的新身份。此外，这些选择既无法建立交流和沟通，也无法承担责任和义务，反而加剧了他与家人之间的隔阂与误解。显然，他的选择注定无法得到家人的理解和认同。根据社会—建构主义的观点，自我由各种社会角色的联系所建构，由特定的社会交流形式产生，因此，个人身份是通过建构社会关系得以维持的，无法建构社会关系，即便具备心理或物理层面的连续性，个人身份也遭到破坏。[①] 在社会环境中，没有得到他人——尤其是家人的承认，他的身份重构是失败的，他的伦理选择也无法得到认可。

格里高尔在矛盾与困境中做出伦理选择的同时，他的家人也在做出艰难的选择。起初，他们并没有马上将他认定为"异类"，却也难以把他看作原先的那个身份。他们仍然把他看作格里高尔，一个严重病态、令他们厌恶和恐惧的格里高尔，并期待他康复，变成原来的"自我"。因此，家人将他驱赶并禁闭在他的卧室。此时，家人的选择是隔离、（暂时的）照料和等待。当妹妹发现他饮食习惯的变化，给他带来各种食物供他挑选，这实际上是让他选择身份。他对过期食物的选择让家人意识到他对虫子身份（本我）的坚持，因而日渐失望。当妹妹决定搬空他卧室的家具，实则是彻底否定他过去的身份。显然，家人的选择是一个动态变化的过程：由隔离和等待到失望和圈禁，再到放弃并否定他作为人的身份。

这一艰难而具悲剧色彩的伦理选择过程在小说的空间书写中得到了精彩而深刻的展示，尤其是对格里高尔卧室空间的书写。小说将这个卧室书写成一个圈禁、监控和异化的"他者"空间，在此空间展示格里高尔与家人的不同伦理选择。卧室本来是家的一部分，给人以温馨和庇护。在哺乳动物中，只有人类将家看作供病人和伤者在他人照料下康复的地方。[②] 在巴什拉看来，家宅是庇护所，藏身处，充满安

[①] Kevin W. Sweeney, "Competing Theories of Identity in Kafka's *The Metamorphosis*", *Mosaic*, 23.4 (Fall 1990), p. 9.

[②] Tuan, *Space and Place*, p. 137.

定感、幸福感与儿时的梦幻①；家宅既是回忆，又是展望，既是休息的地方，又是腾飞的地方②。然而，格里高尔变形后，卧室失去了家的一切美好意义，被家人变成囚禁动物的他者空间。家人不允许他随意进出卧室，常常用关门的方式实现对他的圈禁。家人经常在卧室门外听门内的动静，或者随意开门对其观察。后来，家人逐渐忽视对房间的打扫，任其变得肮脏凌乱；挪走卧室的所有家具和他的个人物品，将这彻底变成动物的巢穴；有了租客之后，又将这变成堆放杂物的储物间，将他等同于堆放于一室的杂物。家人将卧室逐步异化和他者化的过程，也是将格里高尔逐步物化、他者化、非人化的过程，也是他们的伦理选择变化的过程。

三 伦理冲突

格里高尔与家人做出了不同的伦理选择，他们的选择过程呈现出动态的矛盾对立性。这些对立植根于他们不同伦理观念的对立，并导致了小说中一系列伦理冲突。小说中的身份困境、伦理选择和伦理冲突都是处于特定伦理语境中的。因此，理解该语境是解析小说伦理冲突与伦理悲剧的关键。

伦理语境是"文学作品中人物的意识、思考、观念和语言交流的伦理环境"。③ 当时的伦理语境，有两点与小说中的伦理冲突密切相关。其一，从人类文明之初，乱伦禁忌就被确立为最重要的两大伦理禁忌之一。④ 因而，当时的伦理语境绝对不容许兄妹之间的乱伦关系，也不允许兄长公开显露对妹妹的乱伦欲望。其二，在19世纪末20世纪初的北欧，尤其是在卡夫卡所在的欧洲犹太人移民居住区，家庭责

---

① ［法］加斯东·巴什拉：《空间的诗学》，第1—16页。
② ［法］加斯东·巴什拉：《空间的诗学》，第39—71页。
③ 聂珍钊：《文学伦理学批评导论》，第270页。
④ 聂珍钊：《文学伦理学批评导论》，第261—262页。

任和对父母的孝道是其社会文化的基础。① 成年男性应当赚钱养家，孝顺父母，照顾弟妹，这是当时北欧犹太人族群的伦理语境。在解读当时伦理语境的基础上，我们发现，《变形记》中具有两种无法调和的伦理冲突。一是格里高尔的伦理身份、伦理选择与伦理语境之间的冲突；二是格里高尔与家人伦理观之间的冲突。

先看第一种伦理冲突。如前文所述，格里高尔变形后，丧失了劳动者、家庭支柱乃至正常人的身份。他的变形，在本质上，是选择完全依赖家人——尤其是依赖于妹妹的照顾，是显示自己对妹妹的情欲。在后来的选择中，他虽然坚持自己作为人的身份，但却不愿放弃内心的欲望，也无法承担应尽的家庭责任。因此，他的伦理选择和新的伦理身份不仅违背了乱伦禁忌，而且放弃了"建立在替父还债义务基础上的社会身份"②，违背了欧洲犹太族群的伦理规范，是与当时伦理语境的根本性冲突。

再看第二种伦理冲突，即格里高尔与家人伦理观之间的冲突。格里高尔的"个人"伦理观基于身体—意识二分法和对个人意志、情感因素的强调。他的伦理选择表明：他认为伦理身份在于人的意识和情感可以独立于身体的物质状态，家庭伦理关系的核心是心中无条件的爱和包容——他自己对家人始终坚持这一原则，并期盼家人以这样的原则对待自己。而以家人、公司协理和租客为代表的社会伦理观（也是当时伦理语境的基础）则主张伦理关系的社会—建构性和犹太文化特征，即伦理处于人与人之间的互动关系中，每个人的伦理身份都对应着相应的义务，尤其是对家庭的责任和对父母的孝道。显然，这两种伦理观念是根本冲突的。

这些伦理冲突，被深深地镌刻在小说的空间书写中。小说中卧室内、外的空间对比，以及由边界异化、边界跨越引发的"空间性"冲突，揭示了两种伦理观念、两种伦理秩序的根本对立，以及由此导致

---

① Rhodes and Westwood, "The Limits of Generosity", p. 241.
② Julian Preece (ed.), *The Cambridge Companion to Kafka*, Cambridge: Cambridge University Press, 2002, p. 37.

的种种伦理冲突。

　　首先，卧室内与窗外的空间形成了鲜明的对比。如果说卧室是困境、圈禁和他者空间；窗外则是自由、希望和常规空间。卧室是私密的个人空间，代表着格里高尔个人的伦理观念；窗外是公开的社会空间，是公共伦理规范、伦理秩序与伦理体系所处的空间。变形后的格里高尔无法走出自己居住的公寓，无法再走进窗外这片广阔的空间。本来窗户是连接并沟通室内与窗外空间的通道，是"将外面的世界带到近处的途径"[①]。但格里高尔衰退的视力令他无法再看见窗外的景象。窗因此变成了"伪沟通"和"归属幻觉"的象征。[②] 这些都象征着他无法再融入人类社会空间，无法再进入社会伦理秩序，无法在这个伦理体系中保持或获得一个伦理身份。两种空间的对比和窗户功能的失效，深刻地揭示了两种伦理观念、伦理秩序的对立，以及沟通、妥协的不可能性。

　　其次，是卧室与客厅之间的空间对比。客厅是家人活动的公共空间，是家庭内部的社交空间，比卧室具有更多的关系性和互动性。格里高尔作为家庭一员，本来也有权进入这个空间，享有这个空间里亲人间的相聚与交流。但，变形后的他被排除在这个空间之外。客厅与卧室变成了相互对立的矛盾关系。如果说卧室属于怪物和他者的空间，是伦理关系的异化，那么，客厅才是正常人的空间，遵循人类社会的伦理秩序。这两个空间，代表着两种对立的伦理秩序，也象征着格里高尔与家人伦理观念的对立。两种空间的对立将格里高尔的伦理困境、他与家人之间的伦理冲突空间化，结构化，物质化。

　　再次，空间跨越引起的伦理冲突。客厅与卧室虽然是家庭空间中公共空间与私密空间的两极，但可以通过门互相跨越与沟通。门是这两个空间的边界，既分隔出两种空间功能，又为家人之间的空间跨越、

---

　　① Cristina Nicolae, "Franz Kafka's Metamorphotic Prison: The Door and the window", *Philologia*, 18.1 (2015), p.146.
　　② Cristina Nicolae, "Franz Kafka's Metamorphotic Prison: The Door and the window", *Philologia*, 18.1 (2015), p.146.

第四章 空间与存在

身份转换与情感交流提供了通道。索亚通过讨论混血身份、混血艺术、对领土的穿越、对族裔的跨越等问题，将边界空间视为第三空间的一种，并援引纪勒莫·格梅兹帕、斯皮瓦克、霍米·巴巴等的思想，揭示出：边界既是边缘，又是重叠与混合；既是裂缝，又是中间和结合部；是穿越、变数、对立与共生，是超越与解方向性；边界作为第三化的他者而永远开放，永远具有无限可能。① 然而，格里高尔变形后，门这个边界的功能与意义发生了巨变。变形之初，他卧室的锁着的门是一个重要的空间象征。这道门，家人无法从外面打开，他也难以从里面打开。锁着的门造成了他与家人之间物理空间的分离，也是两个不同世界的分离，两种伦理观念和伦理秩序的对立。此后卧室的门，主要发挥着禁闭与隔离的功能，变成了维持秩序和禁止跨越的森严边界。门的开和关由家人和帮佣控制。即使门没有锁上，开门和出门对格里高尔而言也是困难的。而且，当家人有意开着门，门也已经失去了沟通和跨越的意义。"格里高尔依然是门外面的人，观察着门的另一边的生活。"② 而且，他几乎每次进门或出门都会受伤，每次跨越边界都引起混乱，并遭到父亲的驱赶甚至攻击。他最后一次跨越边界直接导致妹妹消灭他的坚定决心。这一方面是家人已濒临绝望，而更重要的是他这次不仅跨越了家庭内部的空间边界，而且跨越了更具结构性、矛盾性和意识形态性的社会空间的边界——租客代表着更大范围的社会秩序和伦理语境。这次边界跨越跨过了社会伦理规范的极限，是对人类基本伦理秩序的威胁和破坏，因而直接导致家人否定了他在家庭中（也是人类社会中）的伦理身份和伦理地位。

最后，卧室内、外之间的空间对立象征着不同伦理选择、伦理观念和伦理秩序的根本冲突。而门和窗的边界功能的异化，以及每次边界跨越必然导致混乱乃至暴力冲突，都表明这两种伦理观念无法共存和妥协。

---

① Edward W. Soja, *Thirdspace: Journeys to Los Angeles and Other Real-and-Imagined Places*, Oxford: Blackwell, 1996, pp. 125 – 144.
② Nicolae, "Franz Kafka's Metamorphotic Prison", p. 148.

四 伦理悲剧

格里高尔的伦理身份、伦理选择与当时伦理语境的根本冲突，他与家人不同伦理选择之间的冲突，是无法解决的两难困境。因而，伦理悲剧的发生是不可避免的。

在激烈的伦理冲突中，最不能为大家容忍的是格里高尔离开卧室的行为，这被看作对他自己伦理身份（疯子或怪物）的僭越。对此，家人选择了以暴力对待他的非理性、极度"非正常性"和"越界"行为。其中最典型的是他父亲对他的苹果攻击，而嵌入他背部并逐渐腐烂的苹果是导致他死亡的原因之一。最后，当他的出现引发房客的恐慌和愤怒，并威胁到家庭经济收入，家人则视他为敌人，并否定他作为人的身份。一直照顾他的妹妹在家人中做出了最坚定的决定："一定得把它弄走……你只需设法摆脱这是格里高尔的念头就行了……假如它是格里高尔，那它早就该明白，人和这样的动物是无法生活在一起的，早就自动跑掉了……可你看这头怪物，它紧随我们不放，它在害我们……"① 显然，在家人最终的伦理选择中，格里高尔已经被视为"非人"。而"非人身份"乃人类社会伦理的极限。② 也就是说，他已经被排除出人的伦理范围，不再拥有以人的身份存在的资格。但"非人"并非他自己的身份认同和伦理选择。因而，最终他只能选择死亡，通过死亡摆脱自己无法确定伦理身份的困境，解决他的变形带给家人的伦理尴尬，以恢复家庭的，也是整个社会的正常伦理秩序。

在现代社会中，无论是自己选择死亡（选择饿死，病死，或者放弃生的希望），还是家人对其"人"的身份的否定，或者家人的暴力攻击导致其死亡，都是令人震惊的伦理悲剧。悲剧的根源是无法解决的身份困境，是不同伦理观念的根本性冲突。

---

① ［奥］弗兰茨·卡夫卡：《变形记：卡夫卡短篇小说集》，第35页。
② Rhodes and Westwood, "The Limits of Generosity", p. 243.

第四章　空间与存在

格里高尔变形之后的身份困境在于：在身体上，他既不具备人的外形特征，也无法从事人的活动，因而危及其作为人的身份；在社会关系上，他既无法建立与他人的有效交流，无法获得他人对自己伦理身份的认可，也无法再承担家庭伦理责任，因而最终无法维持与他人的伦理关系。因此，他必然被家人（以及所有人）他者化，非人化，最终被排斥于人的伦理之外。

格里高尔的伦理观念、伦理选择不仅与家人的观念和选择存在根本性冲突，而且是对当时伦理语境的背离，是对构成伦理语境的伦理规范的违背和破坏。然而，伦理毕竟是关于社会中人与人之间的关系，个人伦理观念必须服从社会伦理观念，必须符合社会伦理语境。格里高尔不愿放弃自己的伦理观念，在身份选择中也无法符合家人的期望和社会伦理规范的要求，就只能选择死亡，只能以悲剧解决这一伦理困境。而由于这一悲剧发生于亲人之间，在家这个亲密空间中上演，由许多空间书写的细节构成，其悲剧性则更为令人痛心，更为发人深省，也更具有普遍性意义。

格里高尔的伦理悲剧显然书写了卡夫卡本人的身份困境，也"不由得使读者想起几千年来犹太人的不幸遭遇和悲苦命运"[①]。而从象征的层面看，这又折射出现代社会中人与人之间的隔阂，人之自我的分裂与异化，以及普遍存在的现代人的身份困境。而小说中的空间书写则深刻地揭示了这一伦理悲剧与空间的关联，伦理问题在空间中的投射，以及人的伦理存在如何为空间所形塑，如何依靠空间得以言说。正如存在不可能在空间之外，伦理问题也必然与空间相关。在本质上，现代人的伦理困境也是存在困境，是一种空间性焦虑，是"在世"（being-in-the-world）的必然焦虑。

[①] 曾艳兵：《卡夫卡研究》，第190页。

结语 研究范式、问题域与其他[①]

春光
（一）
绵延的油菜花
明亮得有些炫目
好一派田园风光
从某个特定的角度

不远处的高楼
终究露了马脚
整齐有序的错落起伏
铿锵而深情地宣告
这只是这个季节
城市的新装

（二）
二十一世纪
所谓的田园

---

① 结语主要由拙文《文学空间批评：理论语境、研究范式、问题域》第二、三部分构成，稍有扩充（载《华中学术》2023 年第 1 期）。

不过是一些人的记忆
和另一些人的想象
既回不去
也并不真心向往

公园和绿地
耐心地将我们接纳
走走也不错
或者，远远地打量

（三）
所谓踏春
不过是对近处的逃离
所谓的田园情怀
不过是想象着陌生的美丽
无视另一群人
生存的艰辛

20世纪的巨变与混乱尤其是战争带来的冲击，令人们无法将世界当成一个稳定有序的整体来把握。与之相关并相随的是，现代时间也失去了过去的稳定性与连续性。"一种更趋加速、然而也更趋散漫的时间性质与今天的各种机器胶着在一起。"[1] 18世纪以来伴随着历史进步观的时间连续流也逐渐崩溃。[2] 在现代时间中，钟表和各种时间表将时间分割成无数片段，时间的各种维度——工作时间、生活时间、政治时间、劳动时间、家庭时间、休闲时间、消费时间、闲散时间、等候时间等等——也将每个人所拥有的时间分裂成不同碎片。时间不

---

[1] ［奥］赫尔嘉·诺沃特尼:《时间：现代与后现代经验》，金梦兰、张网成译，北京师范大学出版社2011年版，第120页。

[2] ［奥］赫尔嘉·诺沃特尼:《时间：现代与后现代经验》，第5页。

再是稳定的整体。世界的整体性与时间的整体性肢解了，生活的真实难以通过整体性来把握。现代人认识到，生活是偶然的，碎片式的，不确定的，许多事情与体验瞬息而至，又倏忽而去。那么，如何把握生活的实在，存在的质感？如何在一片混乱与迷茫中为自己的生命找到真实的维度？现代人将对真实的探寻从整体转向瞬间，将瞬间的感受与记忆视为最深刻的真实。瞬间为何有这样的魅力？因为这种瞬间可以指向内部，指向"由诸多碎片反复重组而得到的某种认同的发展"，能让时间流停下、让意外进入其中，能创造一种短暂的有希望的过渡期，这个过渡期"如此短暂，又如当下……完全是瞬时即变的，……它仍然保持着连续流的同时，又轰然击开了连续流"。[①] 瞬间既连接过去与未来，又创造了时间停滞的幻觉，创造了一种充满希望的过渡，令内在感觉得到延长和展现，令个体体验到短暂又绵长的真实。

　　人们日益感受到时间与空间的双重焦虑。一方面是时间的焦虑。现代人因为机械、交通、通信、信息技术的日新月异而不得不生活在快节奏的时间之中，生活在同时面对无数选择而产生的时间匮乏感之中。现代时间不再循环，不再匀速地展开，而是单向飞逝，像一辆不断加速的列车，无情地碾碎人们对生命的感觉。同时，飞速流逝的时间又被各种时间表和最后期限所肢解，现代人的生活也被其肢解成飞速消逝的碎片。在这样的时间焦虑之中，创造飞逝时间中的间隔、体验当下、感受空间，才能真正体悟存在的意义，而这正是存在空间性的价值。在现代生活中，那些偶然，那些存在中的碎片，那无数的间隔与瞬间，那些时间"停滞"之处的空间感知，才在片刻中恢复了我们的知觉和情感，恢复了真实的存在。人们多么需要像过去的手工艺人那样，静静地专注于一件自己喜欢的事，忘却时间的流逝，将时间凝固在一个自己所处的空间，凝固于专注做事的每一个片刻。只有在每个瞬间中感知到包括自己在内的空间，我们才感知到自己的存在。

---

① ［奥］赫尔嘉·诺沃特尼：《时间：现代与后现代经验》，第116—117页。

时间的焦虑令空间感和空间性弥足珍贵。

另一方面，现代空间尤其是后现代空间的碎片化给人带来了空间的焦虑，令人们不得不重视存在的空间维度，令存在与空间的关联变得空前紧密。20世纪以来，全球性战争将民族国家空间裂解，将空间争夺与空间入侵问题摆在不可不重视的位置。交通技术的发达让人们可以片刻从一个地方转移到另一个地方，造成了哈维所说的"时空压缩"感；信息技术将不同物理空间中的人带入同一个网络空间，又将同一物理空间中的人带入不同网络空间，而且在人际交流中网络空间正在日益"吞噬"物理空间。都市的快速发展导致各种空间焦虑、空间矛盾与空间冲突，这些既表现在物理空间，也表现在文化空间、权力空间等社会领域。人们不断在居住空间、移动空间（交通工具）、工作空间、生活空间、娱乐空间、休闲空间、公共空间、私密空间、物理空间、网络空间之间快速切换，经历着不同空间带来的不同体验和不同权力关系。这些都解构了以往的空间稳定性，过去那个稳定、整一的空间被肢解成碎片。人们的时空体验和生存状态就紧紧地附着在这些空间碎片中。

当下，世界面临着地区军事冲突、地缘经济和政治关系重组、难民问题、数字化全面覆盖和"元宇宙"的崛起，福柯关于"我们的时刻代表着空间的纪元"的判断或许仍未过时。思考空间关系，研究各种尺度、各个方面的空间问题，已成为各学科应当积极参与的工程。在这样的时代背景下讨论并实践文学空间批评，以及更广泛的文学空间研究，可谓正当其时。

作为整本书的结语，笔者将尝试着总结文学空间批评的研究范式、问题域和特征。

一 研究范式

文学空间批评应当被看作"文学空间研究"的一个分支。塔利在《文学空间研究》一文中详细讨论了文学空间研究的兴起、发展、大致构成和前景,并详细讨论了文学空间研究的三个重要概念:处所意识(topophrenia)、文学绘图(literary cartography)和地理批评(geo-crticism),即"感知、写作和阅读",或者说存在主义的、诗学的和批判的维度。① 塔利认为,"文学空间研究"概念涵盖面很广,可用于指称"任何关于聚焦空间、地方和绘图的文本的研究",如"地理批评、地理诗学(geopoetics)、文学地理学(literary geography)、人文空间研究(spatial humanities),或其他类似的研究"。② 与文学空间研究中的其他概念、领域或"学科"相比,文学空间批评更强调"批评",更侧重对文本的考察;同时,又都是以空间(性)为核心,以(广义的)文学为本体,都具有跨学科性,都研究与空间相关的问题。

本书所论述的"文学空间批评"可归为狭义的空间批评,所考察的文本主要是传统意义上的文学作品,具有自己的独特研究范式。即以空间(性)为路向(视角与核心),围绕"空间(性)"发展了一系列关键词和批评术语,以文学为本体,整合或改造其他学科和文学研究诸分支的理论、概念和方法,生成新的批评话语、理论体系和研究路径,分化出丰富多样的研究话题,并力求做出新阐释,得出新发现。简言之,文学空间批评具有空间路向性、文学本体性、"固有的"跨学科性和"求新"等特征。

第一,空间(性)路向。文学空间批评又可称为"朝向空间的"(spatially-oriented)文学批评,其特点在于以空间(性)为路向、视角与核心,以"空间的"思维考察文学,以空间元素和空间问题为批评对象。首先是空间(性)视角。空间性是物体具有的一种可能性——隆起并占据一个空间③,是各种空间的本质属性。(文学)空间性对应(文学)时间性,是与文学研究相关的、文学文本所表征或创

---

① [美]罗伯特·塔利:《文学空间研究:起源、发展和前景》,方英译,《复旦学报》(社会科学版)2020年第6期。
② Robert T. Tally Jr. , "The Reassertion of Space in Literary Studies", in *Routledge Handbook of Literature and Space*, ed. Robert T. Tally Jr, London:Routledge, 2017, p. 3.
③ David B. Greene, "Consciousness, Spatiality and Pictorial Space", *The Journal of Aesthetics and Art Criticism*, 41. 4 (1983), p. 379.

造的空间性，始终处于真实与虚构、文本与世界、指称与表征的互动之中。（文学）空间性可包含表达和内容两个层面："在表达层面，是抽象的形式化、作品的结构或文学表征的空间形态"；在内容层面，包括"空间形象、空间知觉、空间关系"、特定场所、空间类型、社会空间结构等。[①] 空间（性）是各种与空间相关的概念、理论、研究对象和研究方法的共同点，也是文学研究中各种空间、地方、地理、场所、空间组织、地图与绘图的共性。空间既是具象的，又是抽象的，既是静态的，又是动态的，小可至微观的容器，大可超出地球，既处于文学的表达层，又处于内容层。因此，作为文学空间批评视角的"空间（性）"可包含各种空间元素、组织、结构和关系，具体的建筑空间、地理或人文景观，乡村与城市、乌托邦与异托邦等不同空间类型，以及动态的空间活动与实践。由于文学空间批评以"空间（性）"为视角，因此围绕空间（性）逐渐发展出一系列关键词和批评术语，比如空间、地方、地理、绘图、空间经验、空间结构、景观、城市、异托邦、非托邦、第三空间、空间生产、处所意识、文学绘图/文学地图学、地理批评等。其次是聚焦空间关系。文学空间是"关系的建构"[②]，因此文学空间批评必然聚焦"空间关系"。其一，应聚焦文本世界中人与人、物与物、人与物、人与地方、地方或区域之间的空间关系，以及这些关系所隐含的主题表达、审美旨归、意识形态、存在困境、文化与政治内涵等问题。其二，空间关系（尤其是中心与边缘、边界内外、不同空间类型的关系等）的讨论往往联系着伦理关系、权力关系、性别关系、种族关系等维度。其三，文学地图学（以及各种图表研究法）既是对文学世界中空间关系的考察和绘制，同时也是对文学世界中的空间关系和地图（图表）中的空间关系之间的对应、背离、互动等复杂关系的考察。再次，批评者的"空间性"思

---

① 关于（文学）空间性，具体可参考方英《绘制空间性：空间叙事与空间批评》，《外国文学研究》2018 年第 4 期。

② 具体请参阅方英《文学空间：关系的建构》，《湘潭大学学报》（哲学社会科学版）2016 年第 3 期。

维也很重要：既应熟悉一些空间理论和研究方法，又应具有空间敏感性，发现文学中的空间问题，或以空间性为切入点或逻辑线，深入考察某个话题。

第二，以文学为本。文学空间批评首先是一种文学研究，应当以文学为本体。虽然其具有鲜明的跨学科性（见下文），但不能在与其他学科和方法的整合中迷失自我，远离文学，脱离文本，或将文学文本作为其他学科的文献资料（如史学研究中对作家自传等文学文本的使用）。又如，法国哲学家韦斯特法尔的"地理批评"是通过收集并分析大量关于某个地方的文学（与非文学）文本，以此揭示这个地方的意义。这是"将文学应用到地理学里"①，首先是地理研究，而非文学批评。就文学批评（以及任何文学研究）而言，文学是目的，跨学科只是手段。因此，文学空间批评应立足于文本分析和阐释，据此展开聚焦空间（性）的作家、文类和相关理论研究。

第三，"固有的"跨学科性。刘啸霆曾指出跨学科研究可概要地分为四大层次：方法交叉、理论借鉴、问题拉动、文化交融。② 文学空间批评的跨学科性主要体现在前三个层次。具体而言，可借鉴、融合或改造哲学、地理学、文化学、人类学、社会学、政治学、心理学、宗教学等不同学科，以及马克思主义、后殖民主义、新历史主义、女性主义、族裔研究、生态批评、比较文学、叙事学、文体学等文学研究分支的理论、概念、方法和问题域，尤其是各个学科的空间理论与方法；由此呈现为"空间+文学+N 学科"的模式，即空间（性）和文学这两种常量与其他学科/理论/方法的多种组合。空间（性）是人的存在和宇宙万物的基本维度，甚至在康德看来是我们先验认知的直观形式之一（另一个是时间），因而空间也是人文社会科学的基本维度（如文学、美学、伦理学、社会学、政治学等都离不开对空间元素、空间关系、空间结构的讨论），甚至是物理学、天文学等自然科

---

① 朱立元、[法]波特兰·维斯法尔：《关于"地理批评"——朱立元与波特兰·维斯法尔的对话》，骆燕灵译，《江淮论坛》2017 年第 3 期。
② 刘啸霆：《当代跨学科性科学研究的"式"与"法"》，《光明日报》2006 年 3 月 28 日。

学的基本维度。因此，空间批评具有与生俱来的开放性和生成性，极易与其他（亚）学科或批评方法交叉融合，并生成新的理论、话语、路径和问题；要之，具有"固有的"跨学科性。比如，塔利提出的"文学绘图"理论和相关文本批评就是整合了哲学、地理学、社会学等学科的空间理论和研究方法。[①] 迈克·克朗《文化地理学》的部分章节结合文学与地理学的理论和方法，讨论了文学叙事与地域空间的塑造、文学空间书写与地理他者化过程、文学中的城市空间等，拓展了文学批评的地理学视域。[②] 又如，可以结合马克思主义、空间理论和多种文学批评方法，形成马克思主义空间批评，考察文学中的地缘政治关系与世界体系，以及空间视域下的阶级、民族、国家、资本、政治、艺术生产等问题，或者对空间理论家展开马克思主义阐释和批评。还可整合伦理学和存在主义哲学的理论资源，讨论作品中人物的伦理困境与空间表征的关系[③]。

第四，求新。文学空间批评往往借鉴并融合与空间相关的新理论和新方法，或者在文学批评中对旧理论做出新阐发或新运用，并试图对文学作品、作家创作、文学流派、文学现象等作出（新的）空间性解读。这些研究可以包含、但更应区别于传统的涉及空间问题的研究（如地域与作家群研究，作家创作的地方色彩等）。相较于传统研究，空间批评是空间转向的产物，应超越过去视空间为环境、背景或场景的观念，转向以空间（性）为视角，将空间（性）作为研究的重心和前景。此为新视角和新空间观。此外，应力求研究新问题，或对旧问题做出新阐释，得出新发现。比如，狄更斯笔下的伦敦是个旧话题，但如果将目光投向伦敦某个区域与整个城市的（经济、政治、阶层的）空间结构关系，乃至与更宏大的世界系统之间的关系，或许能对

---

① 详见方英《文学绘图：文学空间研究与叙事学的重叠地带》，《外国文学研究》2020年第2期。
② 详见［英］迈克·克朗《文化地理学》（修订版），杨淑华、宋慧敏译，南京大学出版社2005年版，第四、五章。
③ 比如本书第四章第四节。

人物命运、情节发展、小说主旨等做出新解读。又如，笔者的《〈尤利西斯〉都市空间的现代性表征》①考察了乔伊斯《尤利西斯》中都柏林的都市场所、城市布局、交通工具和人物行走等空间现象，讨论了一个新问题——《尤利西斯》中都市空间与现代性的关系。还可以对作家创作中的空间问题做出整体考察，从而对作家的创作风格和在文学史中的位置做出重新定位，正如塔利在《麦尔维尔、绘图与全球化》(*Melville*, *Mapping and Globalization*, 2009)中提出的新观点：麦尔维尔并不属于美国文艺复兴传统，而是创造了一种独特的巴洛克风格的文学绘图，并对当时占主导地位的美国国家叙事和国家哲学(American State philosophy)具有批判作用。②

二 问题域

文学空间批评的固有跨学科性决定了该批评可以不断吸纳、生发、分化出新话题，但若借用阿尔都塞的"问题域"(problematic)概念，也可将这些具有无限生发性的话题归结为一点：文学与空间的关系。此问题域规定了文学空间批评的相关问题群落（他们相互关联，有所交叉，又互相独立）、研究视域和继续提出问题的角度。就问题群落而言，可以包括文学中的空间类型、文类的空间模式、空间与权力、空间与存在、空间与性别、空间与族裔、空间与意识形态、空间与伦理、空间与情感（如段义孚的恋地情结［topophilia］③，迪伦·特里格的地方恐惧［topophobia］④）、文学空间与地图绘制（如塔利关于冒险叙事的文学绘图研究⑤，莫瑞迪将文学文本中相互独立的元素绘制

---

① 《〈尤利西斯〉都市空间的现代性表征》，《江西社会科学》2019年第6期。
② Robert T. Tally Jr., *Melville*, *Mapping and Globalization*: *Literary Cartography in the American Baroque Writer*, London and New York: Continuum Books, 2009, pp. 7-8, 65, 82, 122.
③ 详见 Yi-Fu Tuan, *Topophilia*: *A Study of Environmental Perception*, *Attitudes*, *and Values*, New York: Columbia University Press, 1990 (orig. 1974).
④ 详见 Dylan Trigg, *Topophobia*: *A Phenomenology of Anxiety*, London: Bloomsbury, 2016.
⑤ 详见［美］罗伯特·塔利《文学绘图中的冒险：勘探，表征，投射》，《临沂大学学报》2020年第2期。

在真实的地图上并解释最后的结果图①）等。其中文类的空间研究、空间与意识形态、空间与性别、空间与伦理是笔者想要讨论却未能深入研究的领域，只能留待未来的探索。此处仅略论笔者对这几个话题的初步思考和大胆构思。

　　文类的空间结构/模式研究是文学空间批评的题中之义。不同文类往往具有不同空间模式或空间组织特征，可从空间的角度展开文类研究，考察某些文类在空间表征和空间建构方面呈现出的类别性特征。约翰·佛柔将文类看作"界限分明的意义、价值和情感的领域"②，认为文类理论应当"研究意义和真理的不同结构如何被创造"③。如果说佛柔的定义暗示了文类的空间性内核，巴赫金则明确了文类与空间的必然关系。巴赫金将其提出的时空体（chronotope）看作文学形式的一个基本范畴，认为这具有内在的文类意义。④ 更重要的是，他所讨论的各种时空体揭示了不同文类的空间建构（和时间安排）的不同类别特征，如古希腊传奇（the Greek romance）的时空体拥有广阔多样的地理背景、抽象的空间离散性和陌生的、不确定的"别人的世界"。⑤ 此外，冒险叙事、侦探小说、哥特式小说、乌托邦小说、奇幻叙事、都市小说、海洋叙事等亚文类也在空间表征层面各具显著特征。比如，海洋叙事是一种绘制敌托邦和异托邦空间的文类，也是以笛卡尔网格标记未知海洋空间的叙事模式。⑥ 又如，成长小说不仅具有情节上的特定模式，并且具有一定的空间组织模式：离开熟悉的空间，去往陌生的空间，经历一系列空间移动，穿插各种空间经验和情感地理的描

---

① 详见 Franco Moretti, *Graphs*, *Maps*, *Trees*: *Abstracts Models for a Literary History*, London: Verso, 2005。

② John Frow, *Genre*, London: Routledge, 2006, pp. 85 – 86.

③ John Frow, *Genre*, London: Routledge, 2006, p. 10.

④ Mikhail Bakhtin, *The Dialogic Imaginations*: *Four Essays*, ed. and trans. Caryl Emerson and Michael Holquist, Austin, TX: University of Texas Press, 1981, pp. 84 – 85.

⑤ Mikhail Bakhtin, *The Dialogic Imaginations*: *Four Essays*, ed. and trans. Caryl Emerson and Michael Holquist, Austin, TX: University of Texas Press, 1981, pp. 88 – 102.

⑥ Robert T. Tally Jr., "Sea Narratives as Nautical Charts: On the Literary Cartography of Oceanic Spaces",《外国文学研究》2020 年第 2 期。

写，因为经历了新的空间以及与这些空间相关的人物和事件而收获新知识乃至"顿悟"，从而获得"成长"。

空间与意识形态具有复杂而多维的关系。本书持一种包容的意识形态观，既包括马克思、恩格斯指出的意识形态的阶级性和虚假性，也包括列宁拓展了的"与不同阶级利益相关的以政治意识为核心的"中性的概念①，以及列宁之后的诸多学者对意识形态概念的扩展、综合与嫁接（如阿尔都塞的"意识形态国家机器"论和"想象关系说"②，詹姆逊的"政治无意识"［political unconscious］等）。本书的"意识形态"大致可界定为某个群体的"总体性意识"（借用葛兰西的概念）以及这些意识的不同维度。空间与意识形态有着天然的勾连。列斐伏尔曾明确指出空间"是政治性的……意识形态性的"。③ 詹姆逊曾揭示资本主义不同文化形态与不同空间组织、不同意识形态结构的关系。文学空间乃表达或批判意识形态的场所，文学中关于阶层、种族、民族、国家、殖民、帝国等主题的表征往往都与意识形态有着千丝万缕的联系，而这些主题（以及其中的意识形态）往往在空间书写中得到或隐或显的呈现。文学空间批评可以剖析文学中的空间（性）对特定意识形态的表征与建构，或反抗与批判。具体而言，可以考察某些特定空间意象（如"纪念碑空间""神圣空间"或《1984》中的真理大楼）被赋予的、所承载的意识形态；亦可讨论空间对比（如里外、上下、远近、中心与边缘）如何表征或批判特定的意识形态；还可考察边界、设界与跨界，这些既彰显意识形态，又是意识形态冲突（也是权力关系）的场域。此外，还可剖析某些空间类型如何融入并传达特定的意识形态话语。比如美国电视剧《老友记》，在温情脉脉

---

① 万娜：《意识形态》，收入《西方文论关键词与当代中国》，胡亚敏主编，中国社会科学出版社 2015 年版，第 379 页。

② 阿尔都塞认为，意识形态是"对个体与真实生存状况之想象性关系的表征"，详见 Louis Althusser, "Ideology and Ideological State Apparatuses", in *Lenin and Philosophy and Other Essays*, trans. Ben Brewster, New York: Monthly Review Press, 1971, p. 167。

③ ［法］亨利·勒菲弗：《空间与政治》（第二版），李春译，上海人民出版社 2008 年版，第 46—47 页。

的"亲密空间"（卧室、浴室、客厅、厨房，以及几位主角经常光顾的如同自家客厅一般放松的咖啡店）中反复上演着所谓的"美国梦"的实现，建构了一个充满善意、理解和尊重、人人皆有机会的美国国家形象。这个"虚幻的"意识形态之所以编织得不露痕迹并深入人心，很大程度上是因为亲密空间的成功建构。以此类推，《生活大爆炸》等热播美剧采用了类似的意识形态传播策略。

空间与性别是一个值得出专著和系列丛书的话题。性别问题与权力关系存在一定重叠。但一方面国外的女性主义地理学研究已成一定气候，而另一方面性别与空间的关系在国内学术界尚未引起足够重视，因此，本书将"空间与性别"单列为一个问题。而以下话题值得深入讨论。其一，空间的性别化及其根深蒂固的二元对立性。列斐伏尔曾指出，现实中的社会空间（我们生活于其中；作为社会实践的产品）"是可视性的、男阴崇拜性的"（visual et phallique），是具体的统治，是（男性的）"权力和权力意志的空间与话语……男性的和战略的空间"①。列斐伏尔揭示了社会空间的"阴茎崇拜"本质和男性空间主导这一性别权力关系。社会空间不仅仅是男性主导的，而且其中的具体空间往往被纳入性别的二元对立结构，即某些空间（如工作空间、政治空间、公共空间、冒险空间、图书馆等知识空间等）长久以来被认为是男性的，是中心化、统治性、生产性空间；而某些空间（如私人空间、作为整体的家庭空间以及其中的厨房、储物间、花园、育婴室等）则被女性化，具有压抑性、服从性、被征服等特点，被看作边缘化、附属性、从事（劳动力）再生产的空间。理查德·利罕也曾在《文学中的城市》中指出，在西方文学经典著作中，往往将男人的世界和女人的世界一分为二，分别对应着（市中心）商业区（downtown）与（郊区）住宅区（uptown），会议室（boardroom）与沙龙，赚钱的地方与花钱的地方。② 即便随着现代文明的发展，越来越多女

---

① [法] 亨利·勒菲弗：《空间与政治》（第二版），第 124 页。
② Richard Lehan, *The City in Literature: An Intellectual and Cultural History*, Berkeley/Los Angeles/London: University of California Press, 1998, p. 289.

性进入工作空间，这个空间的格局往往是男性居于中心位置，女性处于边缘和从属的角落。如美国一本20世纪60年代的小说中提到一种位于"楼下的"秘书空间，书中称为"女孩池"（the girl pool），这个独特的性别化空间在高管和工程师（都是男性）工作的区域之外。[①]麦道威尔也曾指出工作的性别化，以及这种性别差异的工作划分"构成并维系整套'男尊女卑'的父权制话语实践。工作场所仍然是男子气概社会建设的最重要场所"[②]。其二，性别压迫与空间表征。在社会空间中，充斥着男性对女性的性别压迫，而这种压迫也往往通过空间实现，借助空间得以巩固，并常常作用于女性的身体（空间）。许多文学作品对此都有详细的描写和空间表征。比如，罗伯·格里耶的《偷窥者》、安吉拉·卡特的《魔幻玩具铺》、约翰·福尔斯的《收藏家》等作品中充斥着男性对女性的凝视、监视、偷窥，乃至身体控制、圈禁、侵犯和占有，这些加诸女性身体的女性客体化和性别压迫往往与空间表征相交织，或通过空间形象和空间隐喻深化其主旨。其三，女性的反抗与空间实践，主要集中于两种形式：驾车/乘车出游（出逃），在城市中"游荡"（需指出的是，长久以来都市游荡者［flaneur］多为男性）。这两种空间实践都使女性从被凝视者变成凝视者，从被限制者成为空间冒险者；而女性的游荡又往往跨越空间性别区隔的边界，进入所谓（隐性）"禁止"女性的空间，如弗吉尼亚·伍尔夫《到灯塔去》的拉姆齐夫人"深入伦敦贫民窟开展调研工作，试图'闯入'以社会和政治因素为标志的男性空间之中"[③]。需要指出的是，"反凝视"和"越界"是不够的，因为这些都是消极的或柔性的反抗，并不能从根本上改变不平等的性别权力关系和与此相关的空间结构。更需要的是建构一个性别平等的社会空间，这需要文学创作和文学批评的参与。

---

① 方英、刘英、［美］罗伯特·塔利：《"文学空间研究"三人谈——罗伯特·塔利访谈录》，《外国语文研究》2021年第5期。
② Linda McDowell, *Working Bodies: Interactive Service Employment and Workplace Identities*, Malden: Wiley-Blackwell, 2009, p.131.
③ 方英：《对立、越界与重构：〈到灯塔去〉中的性别与空间》，《山东外语教学》2021年第3期。

空间与伦理、文学空间批评与文学伦理学批评之间的关系一直没有得到应有的关注。首先，空间和伦理都是人的存在的基本纬度。一方面，人不仅在空间中存在，而且人的存在本身具有空间性，甚至时间与空间在人的存在中具有某种"先验性"；另一方面，有人就有伦理，人绝大多数时候都处于伦理关系中，并且伦理属性是人的社会属性的核心，甚至人与自然、人与物之间也具有隐喻性的伦理关系。因而在文学中空间与伦理具有多重紧密而必然的关联。笔者发现了以下五种关联：其一，映射—表征关系。换言之，伦理（关系、秩序、问题、结构等）会映射或投射在空间（关系、秩序、问题、结构等）中，而空间则是对伦理的表征（有意思的是，罗伯特·塔利对"mapping"的使用包含了"映射"和"表征"这两重含义，而其基本含义"绘制地图"则包含了"投射"的含义）。比如，《红楼梦》中各种场合的座位和站位都有或严或松的规矩，这些正是这个大家族中复杂的伦理关系（比如尊卑亲疏）在空间中的映射，而小说中许多关于建筑、室内摆设、园林布置、空间结构等的描写也在很大程度上是伦理关系和伦理问题的表征。另一个著名的例子是索福克勒斯的《俄狄浦斯王》。俄狄浦斯杀父娶母的命运既是伦理悲剧/困境，也是空间困境：无法逃离的出生地与躲不过的颠覆人伦的命运，旅行者避不开的三岔路口与伦理冲突/选择/悲剧（杀死一个陌生人/父亲）。此处的出生地和三岔路口是对人物命运和伦理困境的隐喻和表征。其二，构成关系。有时伦理身份和伦理关系会构成某种独特的空间类型。比如，威斯利·科特提出的亲密空间往往是由家庭成员或恋人之间的伦理关系构成的；而机场、车站、旅馆、超市等非托邦则多由偶发的、临时的、短暂的陌生人之间的伦理关系构成，大家保持着恰当的物理和心理距离（既要尽量保证令自己舒适的身体空间，又要与大家共处并共享这个空间），并共同遵守公共空间的基本伦理准则，维持着与这类空间相应的伦理秩序和空间秩序。其三，因果关系，虽然有些是直接的，有些是间接的。某些空间因素会导致特定的伦理选择（比如，离婚不离家的夫妻或许会因为同在一个家宅空间中而选择复婚或偶发的性关系);某些伦理选择也会导致空间选择的变化(比如因为结婚而买新房或改变居住的城市);空间困境/矛盾/冲突有时亦会导致伦理困境/矛盾/冲突(比如,居住条件差、住房空间过于狭小拥挤的家庭往往更容易产生矛盾甚至激烈冲突,这是空间困境导致的伦理冲突)。又如,面对新冠疫情,全世界很多国家都曾采取封城、集中隔离、居家隔离、保持社交距离等空间管控措施,而这些也导致了一系列伦理问题(一方面因空间分隔而导致亲人、朋友之间的疏远,或无法对长辈、孩子等脆弱群体给予充分的关爱和照顾;另一方面又可能因长期居家隔离而产生家人之间的矛盾和冲突),而这些又是更宏大的伦理语境和时空情境的结果。其四,(互相)生成关系。比如,卡夫卡《地洞》中,因害怕臆想的敌人入侵"我"的地洞(城堡、家园),"我"选择大部分时间都独自躲藏在地洞中,并不断扩张和加固地洞的防御工事,同时"我"也选择了拒绝任何人际关系的离群索居的生活,并时刻处于防御和担心敌人的状态。这是一种独特而罕见的伦理选择和伦理困境。在这个故事中,"我"的伦理选择/困境与空间选择/困境互为因果,互相生成;同时,"我"的伦理情境与地洞的这个"地方"的特质(根据人文地理学的观点,地洞显然是"我"的"地方")也是互相生成的,并共同被畸形的伦理关系和人—地关系所定义。其五,共生关系,即共同存在并构成另一个话题,如生存悖论和情境辩证法(后文展开分析)。

  文学伦理学批评和文学空间批评也具有许多共性:都是跨学科研究,且都具有嵌入性和生成性,能与多种理论、方法和话题组合,并生成新批评话语、批评视角和批评路径;都以文学为本,以跨学科为手段、文学研究为目的;都具有求新、出新的特点,包含着新文学观、新理论、新方法、新视角,并力求对老问题和旧文本做出新阐释和新发现(前文已详述文学空间批评的这几个特点,此处不赘)。因此,文学伦理学批评和文学空间批评可以互相借鉴(对方的理论、术语、概念、方法和话题),也可以多种方式结合(可两者并重,也可以一种批评为主,同时借用另一种批评的理论、术语或方法),还可以在相互借鉴、组合的基础上共同生发新领域。比如本文第四章第四节采用了这两种批评方法，对卡夫卡《变形记》的伦理悲剧和空间书写的关系展开讨论；而同一章的第二节则借用了文学伦理批评中"伦理身份"这一话题，分析了卡特《魔幻玩具铺》中的地方与身份建构（伦理选择）的关系，文中空间与（伦理）身份这两个话题并重，但主要采用了空间理论和空间批评的方法。[1] 此外，还可结合这两种批评，讨论另一个话题。比如，可通过对卡夫卡《地洞》中伦理选择/困境与空间选择/困境的分析，进一步讨论人的存在这一主题。《地洞》中代表安全、宁静、休憩和归属感的地洞，却常常让我感到危机与恐惧，让我拒绝任何人际关系；与之对照的是，当"我"在洞外巡查，却并不担心外面的危险，而只是在意洞口是否会被发现。换句话说，"我"在地洞里时时感到危险，无处不是敌人；而我在外面，与野外的环境浑然一体，却没有了敌人。此处内与外、安与危、我与他者的对比蕴含着多么深刻的哲理[2]，揭示了人的存在的终极悖论和情境的辩证法：安全的也是危险的（反之亦然），拥有与失去相互朝对方运动，朋友与敌人、自我与他者都是意念的产物，且只有一念之隔，随时可能反转或互相转化。我们永远困于伦理语境和时空情境中，也永远无法摆脱情境的辩证法（即某特定历史情境的缺点或优点可能突然发生逆转，事物会突然转向其对立面，或者说，历史情境包含着对立的双方）。[3]

关于"空间与存在"，笔者曾有过更细致的构想，产生过许多有

---

[1] 由于对"空间与伦理"这一问题的思考还不成熟，因此本书没有就此单列一章，而是将相关讨论纳入"空间与存在"这个更宽泛的话题中。

[2] 此处关于《地洞》的分析来自笔者的文章《论小说中的空间叙事——以〈地洞〉为例》，《宁波大学学报》（人文科学版）2015年第5期。

[3] 此处关于情境辩证法的思考受到詹姆逊在《马克思主义与形式》中关于辩证反转（the dialectical reversal）的启发。詹姆逊在书中指出：辩证法必须讲述的基本故事无疑是"辩证反转"的故事，即将一个现象矛盾地转变为它的对立面……它可以被描述为一种时间上的"跳背游戏"，即某特定历史情境的缺点实际上变成其秘密优势，某些看似固有的优势突然对未来的发展设定了最牢不可破的限制。事实上，这是局限性的逆转，是从消极向积极和从积极向消极的转变。见 Fredric Jameson, *Marxism and Form: Twentieth-Century Dialectical Theories of Literature*, Princeton: Princeton University Press, 1971: 309。

趣的灵感，也曾打算写更多文本分析的文章，但由于种种原因，这些灵感或想法终未能成篇。此处做个简单的小结，仅为存念。笔者认为，空间研究的本质是对存在的思考，从空间入手，能深入剖析人的存在经验、存在困境、对存在意义的探索和创造。文学空间批评应当探究文学如何将存在问题蕴含于空间表征和空间建构之中。可探讨以下话题。其一，空间经验：文学中人的各种空间经验与存在的关系，尤其是身体与空间经验、城市空间经验等问题。如詹姆斯·乔伊斯的《尤利西斯》、弗吉尼亚·伍尔夫的《达洛维夫人》、菲利普·拉金的城市诗歌等作品大量描写了身体对空间的经验，并建构了以交通工具、人物漫游为核心意象的动态都市空间，揭示了人们孤独、隔阂、焦虑、迷失等存在状态。其二，身份之思：可考察空间与身份认同、身份困境、身份建构、身份追寻之间的关系。如，卡夫卡《变形记》中格里高利的身份困境淋漓尽致地体现在小说的空间书写中；《魔幻玩具铺》中女主人公活动的地点和空间特征的变化与其动态的身份建构之间具有极大的相关性；帕特里克·莫迪亚诺的《暗店街》中的身份追寻具有"空间—记忆—身份"的模式，主人公试图通过对空间的探寻重拾记忆，完成对身份的追寻和重构。其三，存在困境。如卡夫卡的许多作品（《城堡》《审判》《地洞》《一道圣旨》等）通过空间建构体现了深刻的存在困境：近在眼前却永远无法接近的空间，永远找不到的入口，永远走不出的皇城，无形却又无法突破或跨越的边界，边界的悖论，等等。其四，存在的意义。一方面可考察作者如何将存在的意义导入空间，将抽象的空间建构成人文地理学的"地方"，如《魔幻玩具铺》中的厨房、《到灯塔去》中的灯塔；另一方面，可分析人物在探寻、生产、建构空间的过程中，如何探索并创造自身存在的意义，如刘慈欣的系列科幻小说、电影《少年派的奇幻漂流》。

三 总结与展望

　　文学空间批评是文学研究方法论的革新，是本体论层面对空间/地

结语　研究范式、问题域与其他

方重要性的强调，是在本体论和认识论层面重新看待文学研究，本质上"是一种有关［文本空间与世界之］空间间性的研究"[①]。是对空间关系的考察，亦是以空间思维"空间地"看待文学作品和文学现象。既是对空间问题的全新思考，更是对传统文学批评中所考察的元素的重新思考和认识——从空间的角度审视存在、情感、经验、成长、国家等话题，以及作者、叙述者、场景、人物、事件等元素。文学空间批评不仅整合了各种与空间、地理和制图相关的理论，为文学研究提供了新理论、新视角、新领域和新空间观，而且不断探索解读或阐释空间（性）的新路径和新方法。能帮助研究者增强"空间性"思维和看待文学的"空间性自觉"，能对经典文本做出新的解读，并促进传统上与空间相关的研究（如关于环境、自然、场景、地域等的研究，又如中国传统的"文学地理学"研究）对最新的空间理论与成果的关注和运用。更重要的是，能为我们提供关于文学、文学与世界、文学与存在关系的新理解，展现了（文学）文本与（现实）世界的多维关系与互动。

空间批评话语具有嵌入性和生成性特点，可与其他（亚）学科的理论或批评话语相结合，并生成新的批评话语或理论体系。因此空间批评具有与生俱来的跨学科特征和"无限"开放性，而且带有比较文学研究的特质。总之，文学空间批评是研究范式的革新，是文学理论的更新，也是文学研究范围的扩张。

文学空间批评也为整个文学研究提出了新问题，尤其是空间转向视域下的当代文学理论建构问题。在这个为"后现代隐含的新空间性"所困扰的时代，我们的文学研究应当更加重视"空间（性）"这个视角和元素。我们或许可以/应该做这些研究：整理出中国传统文论和文学批评中的空间话语，如张世君的《明清小说评点叙事概念研究》[②] 中对"一线穿""间与间架""脱卸"等空间性概念的梳理；建

[①] 高方、路斯琪：《从文本到世界：一种方法论的探索——贝尔唐·韦斯特法尔〈地理批评：真实、虚构、空间〉评介》，《文艺理论研究》2020 年第 4 期。

[②] 张世君：《明清小说评点叙事概念研究》，中国社会科学出版社 2007 年版。

构具有中国特色并能与西方话语形成对话的"文学空间研究"理论与体系乃至相关学科建设（如梅新林、葛永海的《文学地理学原理》[①]中对中国文学地理学的话语建构与理论重构），还可以在空间叙事、空间美学、空间批评等领域加强理论建构和话语生产；在作为整体性的"文学理论"的建构中纳入"空间"这个维度；在文论史撰写中，应包括"文学空间研究"的相关理论和成果。

最后，对笔者而言，（文学）空间批评不仅仅是文学研究，甚至不仅仅是学术探讨，而是对存在困境的思考，对存在意义的追问。毕竟，存在首先是空间性的：存在意味着我们在世界中；我们的存在体验和问题往往取决于我们在一个空间组织或结构中的位置，取决于我们的情境（situation），以及我们在此情境中的空间感（拥挤、逼仄，还是宽阔、进退自如？）；我们对一个空间或处所的依恋、认同感、归属感、安全感决定了我们是否获得"地方感"（sense of place），而缺乏地方感则是一种精神与心理的"无家可归"。我们都希望"得其所"，希望有自己的独立空间和私密空间；我们都喜欢"in place"，不喜欢"out of place"。"在何处""何去何从""建立自己的地方"既是空间问题，也是存在问题。而空间批评就像拿着各种地图探险，在探险中不断勘探新路线，不断绘制新地图。勘探与绘制，又何尝不是对存在意义的探寻、揭示和创造？

[①] 梅新林、葛永海：《文学地理学原理》（上下卷），中国社会科学出版社2017年版。

参考文献

一　中文文献

包亚明主编：《后现代性与地理学的政治》，上海教育出版社 2001 年版。
包亚明主编：《现代性与空间的生产》，上海教育出版社 2003 年版。
陈丽：《空间》，外语教学与研究出版社 2020 年版。
方英：《边界、权力与叙事》，朱立元主编《美学与艺术评论》（2023 年第 1 期总第二十六辑），山西教育出版社 2023 年版。
方英：《地理批评》，傅修延主编《叙事研究》（第 4 辑），上海外语教育出版社 2022 年版。
方英：《文学空间研究：地方、绘图、空间性》，朱立元主编《美学与艺术评论》（2019 年第 2 期总第十九辑），山西教育出版社 2019 年版。
方英：《小说空间叙事论》，上海交通大学出版社 2017 年版。
冯雷：《理解空间：现代空间观念的批判与重构》，中央编译出版社 2008 年版。
冯亚琳等：《感知、身体与都市空间》，安徽教育出版社 2009 年版。
高鉴国：《新马克思主义城市理论》，商务印书馆年 2006 年版。
胡亚敏：《马克思主义文学批评中国形态的当代建构》，人民出版社 2020 年版。

胡亚敏主编：《西方文论关键词与当代中国》，中国社会科学出版社 2015 年版。
李军：《出生前的踌躇：卡夫卡新解》，北京大学出版社 2011 年版。
李银河：《女权主义》，山东人民出版社 2005 年版。
梅新林、葛永海：《文学地理学原理》，中国社会科学出版社 2017 年版。
聂珍钊：《文学伦理学批评导论》，北京大学出版社 2014 年版。
孙江：《"空间生产"——从马克思到当代》，人民出版社 2008 年版。
孙文宪：《马克思主义文学批评范式研究》，人民出版社 2020 年版。
童强：《空间哲学》，北京大学出版社 2011 年版。
汪民安：《身体、空间与后现代性》，江苏人民出版社 2006 年版。
王文斌、毛智慧主编：《心理空间和概念合成理论研究》，上海外语教育出版社 2011 年版。
吴国盛：《希腊空间概念》，中国人民大学出版社 2010 年版。
《西方大观念》，华夏出版社 2008 年版。
谢纳：《空间生产与文化表征：空间转向视阈中的文学研究》，中国人民大学出版社 2010 年版。
颜红菲：《地理学想象、可能世界理论与文学地理学》，朱立元主编《美学与艺术评论》（2018 年第 1 期第十六辑），山西教育出版社 2018 年版。
杨大春：《杨大春讲梅洛 - 庞蒂》，北京大学出版社 2005 年版。
曾艳兵：《卡夫卡研究》，商务印书馆 2009 年版。
战红、陆扬：《恋地情结：空间批评的跨学科研究》，王杰主编《马克思主义美学研究》（第二十四卷第一期），上海人民出版社 2021 年版。
赵一凡、张中载、李德恩主编：《西方文论关键词》，外语教学与研究出版社 2006 年版。
陈榕：《流动的现代性中的陌生人危机——评鲍曼的〈我们门口的陌生人〉》，《外国文学》2019 年第 6 期。
程党根：《游牧》，《外国文学》2005 年第 3 期。

参考文献

程毅：《"将身份放入话语中"：从话语维度谈当前身份研究的现状及趋势》，《文艺评论》2016年第3期。

方英：《城市空间鲜活的灵魂脉动——宁波"湿人俱乐部"诗歌创作论》，《宁波日报》2019年5月14日B2阅读版。

方英：《对立、越界与重构：〈到灯塔去〉中的性别与空间》，《山东外语教学》2021年第3期。

方英：《绘制空间性：空间叙事与空间批评》，《外国文学研究》2018年第5期。

方英：《卡夫卡〈变形记〉中的身份困境、伦理悲剧与空间书写》，《文学跨学科研究》2017年第4期。

方英：《空间转向与外国文学教学中地图的使用》，《宁波大学学报》（教育科学版）2018年第3期。

方英：《理解空间：文学空间叙事研究的前提》，《湘潭大学学报》（哲学与社会科学版）2013年第2期。

方英：《论罗伯特·塔利的文学空间研究》，《文艺理论研究》2021年第5期。

方英：《论小说中的空间叙事——以〈地洞〉为例》，《宁波大学学报》（人文科学版）2015年第6期。

方英：《论新马克思主义者列菲伏尔关于空间生产的批判》，《中共宁波市委党校学报》2011年第5期。

方英：《文学绘图：文学空间研究与叙事学的重叠地带》，《外国文学研究》2020年第2期。

方英：《文学空间：关系的建构》，《湘潭大学学报》（哲学社会科学版）2016年第3期。

方英：《文学空间批评：理论语境、研究范式、问题域》，《华中学术》2023年第1期。

方英：《文学叙事中的空间》，《宁波大学学报》（人文科学版）2016年第4期。

方英：《西方空间意义的发展脉络》，《江西社会科学》2014年第2期。

方英、刘英、[美]罗伯特·塔利：《"文学空间研究"三人谈——罗伯特·塔利访谈录》，《外国语文研究》2021年第5期。

方英、卢艺萱：《田园幻象的解构：托马斯·哈代的乡村书写》，《河北师范大学学报》（哲学社会科学版）2023年第2期。

方英、王春晖：《〈尤利西斯〉都市空间的现代性表征》，《江西社会科学》2019年第6期。

方英、王春晖：《空间与存在：20世纪西方文学理论的空间转向》，《江西社会科学》2016年第12期。

冯亚琳：《卡夫卡小说中的另类空间》，《外国文学评论》2009年第1期。

高方、路斯琪：《从文本到世界：一种方法论的探索——贝尔唐·韦斯特法尔〈地理批评：真实、虚构、空间〉评介》，《文艺理论研究》2020年第4期。

高峰：《城市空间生产的运作逻辑——基于新马克思主义空间理论的分析》，《学习与探索》2010年第1期。

郭彩霞：《从日常生活走向公共生活——列斐伏尔女性观对当代妇女解放的启示》，《马克思主义与现实》2016年第5期。

郭军：《〈尤利西斯〉：笑谑风格与宣泄——净化的艺术》，《外国文学评论》2011年第3期。

胡大平：《地理学想象力和空间生产的知识——空间转向之理论和政治意味》，《天津社会科学》2014年第4期。

李保杰：《城市历史与空间政治——〈天使之河〉中的洛杉矶》，《山东外语教学》2017年第5期。

梁璐等：《新文化地理学视野下的消费空间研究进展》，《人文地理》2017年第1期。

林耿、沈建萍：《大城市健身消费与地方建构》，《地理学报》2011年第10期。

林密：《马克思资本主义生产方式批判的空间视域》，《天津社会科学》2011年第1期。

林树明:《大众消费文化与女性审美体验》,《湘潭大学学报》(哲学社会科学版)2013年第4期。

刘啸霆:《当代跨学科性科学研究的"式"与"法"》,《光明日报》2006年3月28日。

刘英、孙鲁瑶:《女性与汽车:美国女性旅行叙事中的性别空间与流动性》,《妇女研究论丛》2016年第2期。

陆伟芳:《对19世纪英国妇女运动的理论考察》,《妇女研究论丛》2003年第2期。

陆扬:《"想象地理学"的发轫——赛义德〈东方主义〉开辟的空间批评》,《南国学术》2021年第1期。

陆扬:《空间批评的谱系》,《文艺争鸣》2016年第5期。

吕洪灵:《〈到灯塔去〉:回忆的再现与认知》,《外国文学研究》2013年第4期。

聂珍钊:《文学伦理学批评:基本理论与术语》,《外国文学研究》2010年第1期。

聂珍钊:《文学伦理学批评:伦理选择与斯芬克斯因子》,《外国文学研究》2011年第6期。

聂珍钊:《文学伦理学批评:人性概念的阐释与考辨》,《外国文学研究》2015年第6期。

牛宏宇:《空间理论视域下的弗吉尼亚·伍尔夫研究》,博士学位论文,天津师范大学,2014年。

束永珍:《区别与整合:〈到灯塔去〉的女性主义解读》,《外国文学研究》2001年第1期。

唐晓峰:《文化转向与地理学》,《读书》2005年第6期。

陶伟、王绍续、朱竑:《身体、身体观以及人文地理学对身体的研究》,《地理研究》2015年第6期。

王文、郭张娜:《理性与情感相融合的女性表达——弗吉尼亚·伍尔夫意识流小说〈到灯塔去〉的女性主义解读》,《国外文学》2005年第2期。

吴宁：《列斐伏尔对空间的政治学反思》，《理论学刊》2008 年第 5 期。
袁素华：《试论伍尔夫的"雌雄同体"观》，《外国文学评论》2007 年第 1 期。
臧佩洪：《肉身的现象学呈现之途——从胡塞尔到海德格尔再到梅洛—庞蒂》，《南京社会科学》2005 年第 12 期。
张德明：《卡夫卡的空间意识》，《浙江大学学报》（人文社会科学版）2004 年第 4 期。
张俊：《神圣空间与信仰》，《福建论坛》（人文社会科学版）2010 年第 7 期。
张娜、董慧：《女性主义地理学发展动态初探》，《理论界》2013 年第 5 期。
张中载：《小说的空间美——"看"〈到灯塔去〉》，《外国文学》2007 年第 4 期。
周雪松：《西方文论关键词　解辖域化》，《外国文学》2018 年第 6 期。
朱立元、［法］波特兰·维斯法尔：《关于"地理批评"——朱立元与波特兰·维斯法尔的对话》，骆燕灵译，《江淮论坛》2017 年第 3 期。
朱立元、陆扬、［美］罗伯特·塔利：《关于空间理论和地理批评三人谈——朱立元、陆扬与罗伯特·塔利教授的对话》，方英译，刘宸整理，《学术研究》2020 年第 1 期。
朱晓兰：《"凝视"理论研究》，博士学位论文，南京大学，2011 年。
［英］阿兰·德波顿：《旅行的艺术》，南治国等译，上海译文出版社 2009 年版。
［美］爱德华·W. 苏贾：《后现代地理学——重申批判社会理论中的空间》，王文斌译，商务印书馆 2004 年版。
［英］柏克莱：《视觉新论》，关文运译，商务印书馆 1957 年版。
［美］大卫·哈维：《希望的空间》，胡大平译，南京大学出版社 2006 年版。
［英］戴维·弗里斯比：《现代性的碎片》，卢晖临、周怡、李林艳译，

商务印书馆2003年版。

[美] 戴维·哈维：《后现代的状况——对文化变迁之缘起的探究》，阎嘉译，商务印书馆2003年版。

[英] 丹尼·卡瓦拉罗：《文化理论关键词》，张卫东等译，江苏人民出版社2006年版。

[美] 道格拉斯·凯尔纳、[美] 斯蒂文·贝斯特：《后现代理论：批判性的质疑》，张志斌译，中央编译出版社2012年版。

[英] 德雷克·格利高里、[英] 约翰·厄里编：《社会关系与空间结构》，谢礼圣、吕增奎等译，北京师范大学出版社2011年版。

Edward W. Soja：《第三空间——去往洛杉矶和其他真实和想象地方的旅程》，陆扬等译，上海教育出版社2005年版。

[英] 弗兰克斯·彭茨等编：《空间——剑桥年度主题讲座》，马光亭、章邵增译，华夏出版社2006年版。

[美] 弗雷德里克·詹姆逊：《文化转向》，胡亚敏等译，中国社会科学出版社2000年版。

[奥] 赫尔嘉·诺沃特尼：《时间：现代与后现代经验》，金梦兰、张网成译，北京师范大学出版社2011年版。

[法] 亨利·勒菲弗：《空间与政治》（第二版），李春译，上海人民出版社2008年版。

[法] 亨利·列斐伏尔：《日常生活批判》，叶齐茂、倪晓晖译，社会科学文献出版社2018年版。

[法] 加斯东·巴什拉：《空间的诗学》，张逸婧译，上海译文出版社2013年版。

[英] 杰拉德·德兰蒂：《现代性与后现代性——知识，权力与自我》，李瑞华译，商务印书馆2012年版。

[德] 卡尔·马克思、[德] 弗里德里希·恩格斯：《共产党宣言》，中共中央马克思恩格斯列宁斯大林著作编译局编译，人民出版社2014年版。

[美] 理查德·桑内特：《公共人的衰落》，李继宏译，上海译文出版

社 2008 年版。

［美］理查德·桑内特：《肉体与石头——西方文明中的身体与城市》，黄煜文译，上海译文出版社 2011 年版。

［英］琳达·麦道威尔：《性别、认同与地方：女性主义地理学概说》，徐苔玲、王志弘译，群学出版有限公司 2006 年版。

［美］罗伯特·戴维·萨克：《社会思想中的空间观：一种地理学的视角》，黄春芳译，北京师范大学出版社 2010 年版。

［美］罗伯特·塔利：《空间性》，方英译，北京大学出版社 2021 年版。

［英］罗素：《西方哲学史》（下卷），马元德译，商务印书馆 1976 年版。

［德］马丁·海德格尔：《存在与时间》，陈嘉映、王庆节合译，生活·读书·新知三联书店 2006 年版。

［德］马克斯·韦伯：《非正当性的支配——城市的类型学》，康乐、简惠美译，广西师范大学出版社 2005 年版。

［美］马泰·卡林内斯库：《现代性的五副面孔》，顾爱彬、李瑞华译，译林出版社 2015 年版。

［英］迈克·克朗：《文化地理学》（修订版），杨淑华、宋慧敏译，南京大学出版社 2005 年版。

［罗马尼亚］米尔恰·伊利亚德：《神圣与世俗》，王建光译，华夏出版社 2002 年版。

［荷］米克·巴尔：《叙述学：叙事理论导论》，谭君强译，中国社会科学出版社 1995 年版。

［法］米歇尔·德·塞托：《日常生活实践——1. 实践的艺术》，方琳琳、黄春柳译，南京大学出版社 2009 年版。

［法］米歇尔·福柯：《规训与惩罚》，刘北成、杨远婴译，生活·读书·新知三联书店 2003 年版。

［法］米歇尔·福柯：《求知之志（〈性意识史〉第一卷）》，杜小真选编《福柯集》，上海远东出版社 1998 年版。

［法］米歇尔·福柯：《性史》，张廷琛等译，上海科学技术文献出版

社 1989 年版。

［法］米歇尔·福柯：《不正常的人》，钱翰译，上海人民出版社 2003 年版。

［法］莫里斯·梅洛－庞蒂：《知觉现象学》，姜志辉译，商务印书馆 2005 年版。

［法］让·鲍德里亚：《消费社会》，刘成富、全志钢译，南京大学出版社 2008 年版。

［英］R. J. 约翰斯顿主编：《人文地理学词典》，柴彦威等译，商务印书馆 2004 年版。

［德］瓦尔特·本雅明：《波德莱尔：发达资本主义时代的抒情诗人》，王涌译，译林出版社 2014 年版。

［法］雅克·德里达：《文学行动》，赵兴国等译，中国社会科学出版社 1998 年版。

［德］亚明·那塞希：《穿行社会：出租车上的社会学故事》，许家绍译，北京大学出版社 2019 年版。

［德］伊曼努尔·康德：《纯粹理性批判》（第 2 版），李秋零主编，中国人民大学出版社 2004 年版。

［美］詹明信：《晚期资本主义的文化逻辑》，张旭东编，陈清侨等译，生活·读书·新知三联书店 1997 年版。

［法］贝尔唐·韦斯特法尔、颜红菲：《文学·世界·地理批评——贝尔唐·韦斯特法尔教授访谈录》，《浙江工业大学学报》（社会科学版）2020 年第 3 期。

［法］波特兰·韦斯特法尔：《地理批评宣言：走向文本的地理批评》，陈静弦、乔溪译，《南京工程学院学报》（社会科学版）2018 年第 18 卷第 2 期。

［美］段义孚：《地方感：人的意义何在？》，《鄱阳湖学刊》2017 年第 4 期。

［美］罗伯特·塔利：《文学绘图中的冒险：勘探，表征，投射》，方英译，《临沂大学学报》2020 年第 2 期。

［美］罗伯特·塔利:《文学空间研究:起源、发展和前景》,方英译,《复旦学报》(社会科学版) 2020 年第 6 期。

二 外文著作

Agnew, John A. and David N. Livingstone, eds. , *Handbook of Geographical Knowledge*, London: Sage, 2011.

Anderson, Benedict, *Imagined Communities: Reflections on the Origin and Spread of Nationalism*, London: Verso, 1983.

Ardis, Ann L. and Leslie W. Lewis, eds. , *Women's Experience of Modernity, 1875 – 1945*, Baltimore, MD: Johns Hopkins University Press, 2002.

Argan, Giulio Carlos, *The Europe of the Capitals: 1600 – 1700*, Geneva: Albert Skira, 1964.

Aristotle, *Physics*, in *Great Books of the Western World* (Vol. 8), Robert Maynard Hutchins ed. , Chicago: Encyclopedia Britannica, 1952.

Augé, Marc, *Non-Places: Introduction to the Anthropology of Supermodernity*, John Howe trans. , London: Verso, 1995.

Bakhtin, Michael M. , *The Dialogic Imagination: Four Essays*, M. Holquist ed. , C. Emerson and M. Holquist trans. , Austin: University of Texas Press, 1981.

Baudelaire, Charles, *The Painter of Modern Life and Other Essays*, Jonathan Mayne trans. and ed. , London: Phaidon Press, 1964.

Bell, David and Gill Valentine, *Consuming Geographies: We Are Where We Eat*, London: Routledge, 1997.

Benjamin, Walter, *Illuminations: Essays and Reflections*, Harry Zohn trans. , New York: Schocken Books, 1968.

Benjamin, Walter, *Reflections: Essays, Aphorisms, Autobiographical Writings*, Edmund Jephcott trans. , New York: Harcourt, Brace, Jovanovich, 1978.

Benjamin, Walter, *The Arcades Project*, Howard Eiland and Kevin McLaughlin trans., Cambridge, MA: Harvard University Press, 1999.

Bhabha, Homi ed., *Nation and Narration*, London: Routledge, 1990.

Bird, Jon, et al. eds., *Mapping the Futures: Local Cultures, Global Change*, New York: Routledge, 1993.

Bonta, Mark and John Protevi, *Deleuze and Geophilosophy: A Guide and Glossary*, Edinburgh: University of Edinburgh Press, 2004.

Bourdieu, Pierre, *Distinction: A Social Critique of the Judgment of Taste*, Richard Nice trans., Cambridge: Harvard University Press, 1984.

Braudel, Fernand, *The Mediterranean and the Mediterranean World in the Age of Phillip II*, S. ReynoldsTrans., New York: Harper & Row, 1972.

Brett, Cooke, *Human Nature in Utopia: Zamyatin's We*, Evanston: Northwestern University Press, 2002.

Bulson, Eric ed., *Cambridge Companion to the Novel*, Cambridge: Cambridge University Press, 2018.

Butler, Judith, *Gender Trouble: Feminism and the Subversion of Identity*, New York: Routledge, 1999.

Carl, H. Hamburg, *Symbol and Reality*, The Hague: Martinus Nijhoff, 1970.

Casey, Edward S., *The Fate of Place: A Philosophical History*, Berkeley: University of California Press, 1997.

Castells, Manuell, *The Rise of the Network Society* (2nd Edition), Malden, MA: Blackwell, 1996.

Chatman, Seymour, *Story and Discourse: Narrative Structure in Fiction and Film*, Ithaca and London: Cornell University Press, 1978.

Chatman, Seymour, *Coming to Terms: The Rhetoric of Narrative in Fiction and Film*, Ithaca and London: Cornell University Press, 1990.

Colomina, Beatriz eds., *Sexuality and Space*, New York: Princeton Architectural Press, 1992.

Conley, Tom, *The Self-Made Map: Cartographic Writing in Early Modern France*, Minneapolis: University of Minnesota Press, 1996.

Crang, Mike, *Cultural Geography*, London and New York: Routledge, 1998.

de Certeau, Michel, *The Practice of Everyday life*, Steven Randall Trans., Berkeley, CA: University of California Press, 1984.

Deleuze, Gilles, *Foucault*, Séan Hand trans., Minneapolis, MN: University of Minnesota Press, 1988.

Deleuze, Gilles, *Difference and Repetition*, Paul Patton trans, New York: Columbia University Press, 1994.

Deleuze, Gilles, and Félix Guattari, *Anti-Oedipus: Capitalism and Schizophrenia*, Robert Hurley et al trans., Minneapolis, MN: University of Minnesota Press, 1983.

Deleuze, Gilles, and Félix Guattari, *A Thousand Plateaus*, Brian Massumi trans., Minneapolis, MN: University of Minnesota Press, 1987.

Deleuze, Gilles, and Félix Guattari, *What is Philosophy?*, Hugh Tomlinson and Graham Burchell trans., New York: Columbia University Press, 1994.

Deleuze, Gilles, and Claire Parnet, *Dialogues II*, Hugh Tomlinson and Barbara Habberjam trans., New York: Columbia University Press, 2007.

Downey, Dara, Ian Kinane, and Elizabeth Parker eds., *Landscapes of Liminality: Between Space and Place*, London and New York: Rowman & Littlefield International, 2016.

Entrikin, J. Nicolas, *The Betweenness of Place: Towards a Geography of Modernity*, Baltimore: Johns Hopkins University Press, 1991.

Ewen, Shane, *What is Urban History?*, Malden, MA: Polity Press, 2016.

Foucault, Michel, *Power/Knowledge: Selected Interviews and Other Writings, 1972 – 1977*, Colin Gordon ed., Colin Gordon, Leo Marshall, John Mepham, Kate Soper trans., New York: Pantheon, 1980.

Foucault, Michel, *The History of Sexuality*, Robert Hurley trans., New York: Vintage Books, 1985.

Foucault, Michel, *Discipline and Punish: The Birth of the Prison*, Alan Sheridan trans., New York: Random House, 1995.

Frank, Joseph, *The Idea of Spatial Form*, New Brunswick: Rutgers University Press, 1991.

Frow, John, *Genre*, London: Routledge, 2006.

Godfrey, Laura Gruber, *Hemingway's Geographies: Intimacy, Materiality, and Memory*, New York: Palgrave Macmillan, 2016.

Goodman, Michael K., David Goodman, and Michael Redclift, *Consuming Space: Placing Consumption in Perspective*, Farnham: Ashgate, 2010.

Gottdiener, Mark and Leslie Budd, *Key Concepts in Urban Studies*, London: Sage, 2005.

Gregory, Derek, *Geographical Imaginations*, Oxford: Blackwell, 1994.

Grosz, Elizabeth A., *Space, Time and Perversion: Essays on the Politics of Bodies*, New York: Routledge, 1995.

Günther, Anders, *Franz Kafka*, A. Steer and A. K. Thorlby trans., London: Bowes & Bowes, 1960.

Guthrie, William, *A History of Greek Philosophy* (Vol. 2), Cambridge: Cambridge University Press, 1965.

Haffenden, John, *Novelists in Interview*, New York: Methuen & Co. Ltd., 1985.

Haigron, David ed., *The English Countryside: Representations, Identities, Mutations*, New York: Palgrave Macmillan, 2017.

Harvey, David, *Social Justice and the City*, Oxford: Blackwell, 1988.

Harvey, David, *The Condition of Postmodernity*, Oxford: Blackwell, 1989.

Heidegger, Martin, *Being and Time*, John Macquarrie and Edward Robinson trans., New York: Harper and Row, 1962.

Helsinger, Elizabeth K., *Rural Scenes and National Representation: Brit-

ain, *1815 – 1850*, Princeton: Princeton University Press, 1997.

Herman, David ed. , *Routledge Encyclopedia of Narrative Theory*, London and New York: Routledge, 2005.

Holland, Eugene W. , *Deleuze and Guattari's Anti-Oedipus: Introduction to Schizoanalysis*, London: Routledge, 1999.

Hooks, Bell. , *Yearning: Race, Gender, and Cultural Politics*, Boston: South End Press, 1990.

Jacobs, Jane. , *The Death and Life of Great American Cities*, New York: Random House, 1961.

Jameson, Fredric, *Marxism and Form: Twentieth-Century Dialectical Theories of Literature*, Princeton: Princeton University Press, 1971.

Jameson, Fredric, *Marxism and the Interpretation of Culture*, Cary Nelson and Lawrence Grossberg ed. , Urbana: University of Illinois Press, 1988.

Jameson, Fredric, *Postmodernism, or, the Cultural Logic of Late Capitalism*, Durham, NC: Duke University Press, 1991.

Jameson, Fredric, *The Geopolitical Aesthetic: Cinema and Space in the World System*, Bloomington: Indiana University Press, 1992.

Jameson, Fredric, *The Ideologies of Theory*, London New York: Verso, 2008.

Jammer, Max, *Concepts of Space: The History of Theories of Space in Physics*, Cambridge, MA: Harvard University Press, 1954.

Johnson, Allan G. , *The Gender Knot: Unravelling Our Patriarchal Legacy*, Philadelphia: Temple University Press, 1997.

Kelley, Wyn, *Melville's City: Literary and Urban Form in Nineteenth-Century New York*, Cambridge: Cambridge University Press, 1996.

Kestner, Joseph, *The Spatiality of the Novel*, Detroit: Wayne State University Press, 1978.

Kort, Wesley A. , *Place and Space in Modern Fiction*, Gainesville: University Press of Florida, 2004.

Kristeva, Julia, *Powers of Horror: An Essay on Abjection*, Columbia: Columbia University Press, 1982.

Lefebvre, Henri, *The Production of Space*, Donald Nicholson-Smith trans., Oxford: Blackwell, 1991.

LeGates, Richard T. and Frederic Stout eds., *The City Reader*, 3rd Edition, London: Routledge, 2003.

Lehan, Richard, *The City in Literature: An Intellectual and Cultural History*, Berkeley/Los Angeles/London: University of California Press, 1998.

Levinas, Emmanuel, *Totality and Infinity*, Pittsburgh: Duquesne University Press, 1969.

Locke, John, *An Essay Concerning Human Understanding*, New York: Dover, 1959.

Longhurst, Robyn, *Bodies: Exploring Fluid Boundaries*, London and New York: Routledge, 2002.

Low, Setha M. and Denise Lawrence-Zuniga eds., *The Authropology of Space and Place: Locating Culture*, Malden: Blackwell Publishers Ltd., 2003.

Marx, Karl and Friedrich Engels, *Marx-Engels Collected Works*, Volume 26 Engels: 1882–1889, Paris: International Publishers, 2001.

Massey, Doreen, *Spatial Divisions of Labour*, Basingstoke: Macmillan, 1984.

Massey, Doreen, *Space, Place, and Gender*, Minneapolis: University of Minnesota Press, 1994.

McDowell, Linda, *Gender, Identity and Place: Understanding Feminist Geographies*, Minneapolis: University of Minnesota Press, 1999.

McDowell, Linda, *Working Bodies: Interactive Service Employment and Workplace Identities*, Malden: Wiley-Blackwell, 2009.

Mills, Charles Wright, *The Sociological Imagination*, Oxford: Oxford University Press, 1959.

Monmonier, Mark, *How to Lie with Maps*, Chicago: University of Chicago Press, 1991.

Moran, Joe, *Reading the Everyday*, London and New York: Routledge, 2005.

More, Thomas, *Utopia*, Paul Turner trans. , New York: Penguin, 2003.

Moretti, Franco, *Graphs, Maps, Trees: Abstract Models for a Literary History*, London: Verso, 2005.

Nicholson, Linda J. ed. , *Feminism/Postmodernism*, London and New York: Routledge, 1990.

Pateman, Carole, *The Sexual Contract*, Cambridge: Polity Press, 1988.

Phelan, James and Peter J. Rabinowitz eds. , *A Companion to Narrative Theory*, Malden, MA: Blackwell, 2005.

Pile, Steve, *The Body and the City: Psychoanalysis, Space and Subjectivity*, London and New York: Routledge, 1996.

Powell, Walter W. and Paul J. DiMaggio, *The New Institutionalism in Organization Analysis*, Chicago: The University of Chicago Press, 1991.

Preece, Julian ed. , *The Cambridge Companion to Kafka*, Cambridge: Cambridge University Press, 2002.

Raberg, Per, *The Space of Man: New Concepts for Social and Humanistic Planning*, Stockholm: Almquist and Wiksell International, 1987.

Relph, Edward, *Place and Placelessness*, London: Pion, 1976.

Rose, Gillian, *Feminism and Geography: The Limits of Geographical Knowledge*, Minneapolis, MN: University of Minnesota Press, 1993.

Said, Edward W. , *Culture and Imperialism*, New York: Knopf, 1993.

Sedgwick, Eve Kosofsky, *Between Men: English Literature and Male Homosocial Desire*, New York: Columbia University Press, 1985.

Shane, David Grahame, *Recombinant Urbanism: Conceptual Modeling in Architecture, Urban Design, and City Theory*, London and Chichester: John Wiley & Sons, 2005.

Shilling, Chris, *The Body and Social Theory*, London: Sage Publications,

2004.

Snaith, Anna, *Virginia Woolf: Public and Private Negotiations*, New York: Palgrave Macmillan, 2000.

Soja, Edward W., *Thirdspace: Journeys to Los Angeles and Other Real-and-Imagined Places*, Oxford: Blackwell, 1996.

Son, Youngjoo, *Here and Now: The Politics of Social Space in D. H. Lawrence and Virginia Woolf*, New York and London: Routledge, 2006.

Spain, Daphne, *Gendered Spaces*, North Carolina: University of North Carolina Press, 1992.

Spinks, Lee, *James Joyce—A Critical Guide*, Edinburgh: Edinburgh University Press, 2009.

Staeheli, Lynn A., Eleonore Kofman, and Linda J. Peake eds., *Mapping Women, Making Politics: Feminist Perspectives on Political Geography*, New York and London: Routledge, 2004.

Tally, Robert T., *Melville, Mapping and Globalization: Literary Cartography in the American Baroque Writer*, London and New York: Continuum Books, 2009.

Tally, Robert T. ed., *Geocritical Explorations: Space, Place, and Mapping in Literary and Cultural Studies*, New York: Palgrave Macmillan, 2011.

Tally, Robert T., *Spatiality*, London and New York: Routledge, 2013.

Tally, Robert T., *Utopia in the Age of Globalization: Space, Representation, and the World System*, New York: Palgrave Macmillan, 2013.

Tally, Robert T., *Fredric Jameson: The Project of Dialectical Criticism*, London: Pluto Press, 2014.

Tally, Robert T. ed., *Literary Cartographies: Spatiality, Representation, and Narrative*, New York: Palgrave Macmillan, 2014.

Tally, Robert T., *Poe and the Subversion of American Literature: Satire, Fantasy, Critique*, London and New York: Bloomsbury, 2014.

Tally, Robert T. ed., *Routledge Handbook of Literature and Space*, London:

Routledge, 2017.

Tally, Robert T. ed., *Teaching Space, Place and Literature*, London and New York: Routledge, 2018.

Tally, Robert T., *Topophrenia: Place, Narrative, and the Spatial Imagination*, Bloomington: Indiana University Press, 2019.

Tally, Robert T. ed., *Spatial Literary Studies: Interdisciplinary Approaches to Space, Geography, and the Imagination*, London and New York: Routledge, 2021.

Thacker, Andrew, *Moving through Modernity—Space and Geography in Modernism*, New York: Manchester University Press, 2003.

Thomas, Alexander R., Brian M. Lowe, Gregory M. Fulkerson, and Polly J. Smith, *Critical Rural Theory: Structure, Space, Culture*, Lanham, MD: Lexington Books, 2013.

Tolkien, John Ronald Reuel, *The Letters of J. R. R. Tolkien*, Humphrey Carpenter ed., Boston: Houghton Mifflin, 2000.

Tompkins, Jane, *West of Everything: The Inner Life of Westerns*, New York: Oxford UP, 1992.

Trigg, Dylan, *Topophobia: A Phenomenology of Anxiety*, London: Bloomsbury, 2016.

Tuan, Yi-Fu, *Space and Place: The Perspective of Experience*, MN: University of Minnesota Press, 1977.

Tuan, Yi-Fu, *Topophilia: A Study of Environmental Perception, Attitudes, and Values*, New York: Columbia University Press, 1990.

Turchi, Peter, *Maps of the Imagination: The Writer as Cartographer*, San Antonio, TX: Trinity University Press, 2004.

Wallerstein, Immanuel, *The Modern World System*, Berkeley, CA: University of California Press, 1974.

Waters, Michael, *The Garden in Victorian Literature*, Ashgate: Ashgate Pub Co., 1988.

Wegner, Phillip E., *Imaginary Communities: Utopia, the Nation, and the Spatial Histories of Modernity*, Berkeley: University of California Press, 2002.

Westphal, Bertrand, *Geocriticism: Real and Fictional Spaces*, Robert T. Tally Jr. trans., New York: Palgrave Macmillan, 2011.

Westphal, Bertrand, *The Plausible World: A Geocritical Approach to Space, Place, and Maps*, Amy Wells trans., New York: Palgrave Macmillan, 2013.

Whyte, William H., *City: Rediscovering the Center*, New York: Anchor Books, 1988.

Williams, Merryn, *Thomas Hardy and Rural England*, London: Palgrave Macmillan, 1972.

Williams, Raymond, *The Country and the City*, Oxford: Oxford University Press, 1973.

Williams, Raymond, *Marxism and Literature*, Oxford: Oxford University Press, 1977.

Williams, Raymond, *Politics and Letters: Interviews with New Left Review*, London: Verso, 1981.

Women and Geography Study Group of the IBG, *Geography and Gender: An Introduction to Feminist Geography*, London: Hutchinson, 1984.

Woolf, Virginia, *A Room of One's Own*, London: Grafton, 1977.

Young, Eugene B., Gary Genosko, and Janell Watson, *The Deleuze and Guattari Dictionary*, London: Bloomsbury, 2013.

Young, Iris M., *On Female Body Experience: "Throwing Like a Girl" and Other Essays*, Oxford: Oxford University Press, 2005.

三 外文期刊文章

Boelhower, William, "The Rise of the New Atlantic Studies Matrix", *Amer-*

ican Literary History, Vol. 20, No. 1 – 2, 2008.

Darici, Katiuscia, "'To Draw a Map Is to Tell a Story': Interview with Dr. Robert T. Tally Jr. on Geocriticism", Revista Forma, No. 11, 2015.

Etlin, Richard A., "Aesthetics and the Spatial Sense of Self", The Journal of Aesthetics and Art Criticism, Vol. 56, No. 1, 1998.

Featherstone, Mike, "The Body in Consumer Culture", Theory, Culture and Society, Vol. 2, No. 1, 1983.

Fincher, Ruth, and Ruth Panelli, "Making Space: Women's Urban and Rural Activism and the Australian State", Gender, Place and Culture, Vol. 8, No. 2, 2001.

Foucault, Michel and Jay Miskowiec, "Of Other Spaces", Jay Miskowiec trans., Diacritics, No. 16, 1986.

Frank, Joseph, "Spatial Form: Some Further Reflections", Critical Inquiry, Vol. 5, No. 2, 1978.

Greene, David B., "Consciousness, Spatiality and Pictorial Space", The Journal of Aesthetics and Art Criticism, Vol. 41, No. 4, 1983.

Gullon, Ricardo, "On Space in the Novel", Critical Inquiry, Vol. 2, No. 1, 1975.

Hayford, Alison M., "The Geography of Women: An Historical Introduction", Antipode, Vol. 6, No. 2, 1974.

Huber, Christian and Iain Munro, "'Moral Distance? in Organizations: An Inquiry into Ethical Violence in the Works of Kafka'", J Bus Ethics, No. 124, 2014.

Kern, Leslie, "Selling the 'Scary City': Gendering Freedom, Fear and Condominium Development in the Neoliberal City", Social and Cultural Geography, No. 3, 2010.

Linde, Charlotte and William Labov, "Spatial Networks as a Site for the Study of Language and Thought", Language, Vol. 51, No. 4, 1975.

McDowell, Linda, et al., "Women's Paid Work and Moral Economies of

Care", *Social and Cultural Geography*, Vol. 6, No. 2, 2005.

Moretti, Franco, "Conjectures on World Literature", *New Left Review*, No. 1, 2000.

Moretti, Franco, "The Slaughterhouse of Literature", *Modern Language Quarterly*, Vol. 61, No. 1, 2000.

Piatti, Barbara and Lorenz Hurni, "Editorial: Cartographies of Fictional Worlds", *Cartographic Journal*, Vol. 48, No. 4, 2011.

Pyke, Karen D., "Class-based Masculinities: The Interdependence of Gender, Class and Interpersonal Power", *Gender and Society*, Vol. 10, No. 5, 1996.

Radley, Alan, Darrin Hodgetts, and Andrea Cullen, "Fear, Romance and Transience in the Lives of Homeless Women", *Social and Cultural Geography*, Vol. 7, No. 3, 2006.

Ronen, Ruth, "Space in Fiction", *Poetics Today*, Vol. 7, No. 3, 1986.

Sudradjat, Iwan, "Foucault, the Other Spaces, and Human Behaviour", *Procedia-Social and Behavioral Sciences*, No. 36, 2012.

Tally, Robert T., "'Spaces That before Were Blank': Truth and Narrative Form in Melville's South Seas Cartography", *Pacific Coast Philology*, Vol. 42, No. 2, 2007.

Tally, Robert T., "Neutral Grounds, or the Utopia of the City in the Era of Globalization", *Journal of Contemporary Literature*, Vol. 2, No. 2, 2010.

Tally, Robert T., "Spatial Literary Studies versus Literary Geography?", *English Language and Literature*, Vol. 65, No. 3, 2019.

Valentine, Gill, "The geography of Women's Fear", *Area*, Vol. 21, No. 4, 1989.

Warner, Malcolm, "Kafka, Weber and Organization Theory", *Human Relations*, Vol. 60, No. 7, 2007.

Zoran, Gabriel, "Towards a Theory of Space in Narrative", *Poetics Today*, Vol. 5, No. 2, 1984.

后　记

　　撰写《文学空间批评》，虽有艰辛与挫折，以及许多遗憾（结语中已详述），但更多的是探索的喜悦和思考的兴奋，是不断与同路人相遇，是收获鼓励、支持与启发而心怀感恩。绪论、结语和每一章开篇处的诗歌记录了我撰写本书时的情绪碎片，以及我对空间（时空）的体验和思考。因此，此处不再讲述这段心路历程，只表达对师友、亲人和学生的感谢。

　　首先要感谢恩师胡亚敏先生指引我走上文学空间研究之路。2010年考博，因对叙事学的热情而追随胡老师。入学后讨论博士论文选题，本打算研究修辞叙事学，但胡老师建议我考虑空间叙事，老师的高屋建瓴和前瞻眼光为我打开了一片广阔的天空。在写博士论文的过程中，我接触到许多空间理论，深受吸引。博士论文《小说空间叙事论》出书后，我对空间研究的热爱愈加强烈，并逐渐萌生探讨"文学空间批评"的想法。"文学空间批评研究"于2017年获得国家社科基金立项，从立项到本书的完成，都得到老师的鼓励、启发和指导。每每想起，心中感到无尽的幸运、幸福和感恩。因此，特将此书献给恩师。

　　还要感谢四川大学的程锡麟教授。程老师是国内最早关注空间叙事的学者之一，不仅学问好，而且待人亲切、提携后辈。撰写博士论文时，程老师曾为我的资料收集提供帮助，并将一本关键性英文资料复印相赠。2015年我与程老师在云南大学因叙事学会议再次相遇，并由云南师范大学的郝桂莲老师（程老师的博士、我在宁波大学的同事)安排,一同到翠湖公园漫步。我一路上向程老师请教学术问题,并提及关于文学空间批评的想法,得到了程老师的鼓励和指点。每念及此,心怀感激。

还有一位必须感谢的学者是罗伯特·塔利(Robert T. Tally Jr.)先生。塔利教授是我在得克萨斯州立大学访学期间的合作导师。2017年我出国访学主要是出于评职称的考虑,却未想到自己的研究领域与塔利高度契合,甚至学术观点也有颇多共鸣。在得克萨斯期间,塔利每周安排一两次学术活动(讨论、沙龙或讲座),孜孜不倦地给我鼓励,更带给我许多启发。塔利对学术近乎疯狂的热情和勤奋深深地感染了我。

感谢宁波大学。"文学空间批评研究"的申报和立项都是我在宁波大学工作期间。感谢领导和同事们的关心,尤其感谢王松林、罗思明和谌莉文教授,他/她们为我的国家社科基金申报书提出许多宝贵意见,并不断给我鼓励和帮助。感谢朋友们的支持,尤其是毛智慧和吴燕飞的爱;并感谢吴燕飞对本课题的参与。感谢优秀、勤奋且可爱的学生们。我的文学硕士王春晖、林艳、郑晨怡都参与了这项课题的研究,她们的硕士论文也都是对文学空间批评的探索和实践。宁波大学是我职业生涯开始的地方,从青春到中年,风风雨雨二十载,许多情感的藤蔓早已在此深深扎根。宁波大学培养并滋养了我,我心中永远满怀感恩。

感谢浙江工商大学,尤其是外国语学院的领导、同事和同学们。这本书的大半内容是在浙工商任职期间撰写的。感谢蒋承勇教授的关怀和支持;感谢院长李丹弟的知遇之恩;感谢朋友们的帮助和关心,尤其是高军和李娟夫妇;感谢同事们找我讨论学术;感谢我的研究生,因为你们的陪伴,因为与你们讨论文学,我常常收获最纯粹的快乐,也因此可以抵御独自在杭的孤独与彷徨,烦恼与无奈。

感谢浙江工业大学,尤其是人文学院、文化地理学研究中心和南宋古都研究院,不仅为本书的出版提供资助,更为我提供了开展空间研究的平台支持和广阔天地。感谢梅新林教授长久以来给予我关心、鼓励和帮助；尤其是梅老师的国家社科基金重大项目"中国文学地理学文献整理与理论研究"（23&ZD279），为本书的撰写和出版提供支持。

感谢中国社会科学出版社对拙著的认可，尤其要感谢陈肖静老师和张玥老师。两位老师的专业精神和责任心令我受益匪浅，而她们的宽容、鼓励、关心和耐心则令我倍感温暖和感动。

还要衷心感谢学术界许多师友对我的鼓励、认可和帮助，此处不再一一点名。但我要发自肺腑地说一句：谢谢你们，令我感到自己研究的价值，令我在枯燥的案头工作中看到辛劳的意义。

最后要感谢我的家人。从项目申报到该书的出版横跨近十个年头。公婆当年健步如飞，如今已步入耄耋之年；先生从不惑之年到了"知天命"的年龄；儿子则从小学阶段的懵懂，到青春期的躁动和一系列"事故"／"故事"，如今已经读大二了，憧憬未来的同时也开始操心就业。这本书的每一行字都见证了时光流逝、岁月留痕；也都凝结着家人的理解、陪伴、扶持和坚强的忍耐——因为这些，我才有坚持下去的力量，也才能一次又一次重拾勇气，不断前行。

2024 年于杭州